# LA NOVIA RAPTADA

## JENNIE LUCAS

Editado por Harlequin Ibérica.
Una división de HarperCollins Ibérica, S.A.
Núñez de Balboa, 56
28001 Madrid

© 2010 Jennie Lucas
© 2017 Harlequin Ibérica, una división de HarperCollins Ibérica, S.A.
La novia raptada, n.º 2560 - 26.7.17
Título original: The Virgin's Choice
Publicada originalmente por Mills & Boon®, Ltd., Londres.
Este título fue publicado originalmente en español en 2011

I.S.B.N.: 978-84-687-9955-1
Depósito legal: M-13044-2017
Impresión en CPI (Barcelona)
Fecha impresion para Argentina: 22.1.18
Distribuidor exclusivo para España: LOGISTA
Distribuidores para México: CODIPLYRSA y Despacho Flores
Distribuidores para Argentina: Interior, DGP, S.A. Alvarado 2118.
Cap. Fed./Buenos Aires y Gran Buenos Aires, VACCARO HNOS.

# Capítulo 1

**P**ARECÍA un cuento de hadas hecho realidad.
Hacía solo tres meses, tenía que trabajar duramente en San Francisco para poder llegar a fin de mes.
Desde hacía una hora, tras su boda con el barón Lars Växborg, se había convertido en toda una baronesa.

Rose Linden miró a su marido, que conversaba animadamente con una copa de champán en la mano, rodeado de un grupo de mujeres jóvenes en aquel espléndido salón de su castillo, en el norte de Suecia. Estaba muy atractivo con su elegante esmoquin y su cabello rubio.

Y ella era su esposa. Tenía motivos de sobra para sentirse feliz. Sin embargo, contemplando a Lars, sintió una especie de desazón.

—Una boda maravillosa, señora baronesa —le dijo su padre con una sonrisa—. Pero te veo un poco desmejorada estos últimos días, hija mía. ¿Has estado enferma o algo así?

—Es su noche de bodas, tonto —replicó la madre—. ¡Nuestra hija está maravillosa!

—¡Pero si está en los huesos! —dijo él mirándola de arriba abajo.

—Yo también me puse a régimen cuando nos casamos, para que me sentara mejor el vestido de novia. Pero, claro, eso fue antes de que tuviera a nuestros cinco hijos —dijo la madre con nostalgia—. Y por el amor de Dios, Albert, déjala que presuma de buen tipo, ya tendrá tiempo de ponerse gorda –añadió pasándole afectuosamente la mano por la cara.

Pero Rose ni siquiera sonrió a su madre como era habitual en ella. Tampoco le dijo que no había hecho nada para tratar de adelgazar. Se limitó simplemente a recordar los continuos halagos de Lars. Él la encontraba siempre perfecta en todos los sentidos.

Pensó que su inquietud sería debida a los nervios de la boda. Pero se sentía cada vez más mareada. ¿Sería porque no había comido nada desde el día anterior? ¿O tal vez porque le apretaba demasiado el vestido de novia?

Debía sentirse tan feliz y dichosa como la Cenicienta, toda de blanco y con su rutilante diadema de brillantes sobre el largo velo de encaje. Pero se sentía fuera de lugar en aquel castillo.

Vera, su madre, tenía muy buen ojo con sus hijos, no se le escapaba una. Pronto comenzaría a hacerle preguntas y ella no sabría qué responderle.

Dejó su copa sobre la bandeja del camarero que pasaba en ese momento.

–Voy a salir a tomar un poco de aire fresco.

–Te acompañamos.

–No, por favor. Será solo un minuto. Necesito estar sola…

Se volvió y salió del salón. Caminó a través de los largos y desiertos corredores del castillo hasta llegar a la gran puerta medieval. Era una noche fría de invierno. Cerró la puerta de golpe tras de sí, produciendo un sonido cuyo eco retumbó a lo largo y ancho de los fantasmales jardines nevados del castillo.

Cerró los ojos e inspiró profundamente. Sintió el aire gélido de febrero en los pulmones.

Sí, estaba ya casada, pero... Siempre había pensado que sentiría... otra cosa.

A sus veinte y nueve años, había empezado a despertar la compasión de sus amigas y de sus hermanos que estaban ya todos casados salvo su hermano menor. Le decían a menudo que era demasiado exigente, que a qué estaba esperando, que si todavía creía en el Príncipe Azul. Pero ella se había mantenido firme, sin querer conformarse con el primer pretendiente que le saliese. Había querido esperar hasta encontrar su gran amor.

Lars había aparecido un buen día en el restaurante de San Francisco donde ella trabajaba en el turno de mañana. Se había sentado a la barra y había pedido el desayuno especial.

San Francisco era una ciudad pintoresca y cosmopolita, muy diferente del pequeño pueblo costero del sur en el que ella había crecido, pero incluso allí, un hombre como Lars no pasaba desapercibido. Era un aristócrata rico y apuesto, afincado en Oxford, y que tenía su propio castillo medieval en Suecia. Desde el primer instante en que se conocieron, Lars había tratado de intimar con Rose por todos los medios.

Ella estaba acostumbrada a que los hombres la asediasen, aunque nunca había demostrado el menor interés por ninguno. Pero Lars era increíblemente romántico y sus atenciones y galanteos la habían conquistado. Hacía una semana que le había propuesto matrimonio.

–No puedo esperar un día más, quiero que seas mi esposa hoy mismo.

Ella había aceptado y él, a regañadientes, había accedido a esperar una semana para que pudiera asistir su familia a la boda. Aunque ella había expresado su deseo de que fuera un boda íntima en su ciudad natal, él había decidido hacer un boda por todo lo alto en su castillo de Suecia y lo había arreglado todo para que sus padres, su abuela y sus cinco hermanos con sus respectivas familias pudieran volar hasta allá.

Había sido una boda espectacular.

Y esa noche, harían el amor por primera vez.

¿Era eso por lo que estaba nerviosa? ¿Por qué?, se dijo ella. No había ninguna razón.

Sin embargo, al recordar la promesa que le había hecho a Lars de estar junto a él toda la vida, sintió un escalofrío que nada tenía que ver con el frío polar que hacía en el exterior.

Se acababa de casar con el hombre de sus sueños. ¿Por qué sentía tanto miedo? ¿Por qué tenía ganas de huir de allí?

Cruzó el puente sobre el foso helado y se encaminó hacia el jardín, que ofrecía un aspecto silencioso y fantasmal, todo cubierto de nieve. Avanzó, arrastrando la cola de su maravilloso vestido blanco de tul, levantando pequeños copos de nieve que brillaron cual diamantes a la luz de la luna.

La noche era oscura. Levantó la vista y se quedó sorprendida al ver unas franjas de luz de color verde pálido surcando el cielo. La aurora boreal. Ella nunca había visto nada igual. Era tan hermoso y a la vez tan extraño… Parecía algo mágico. Cerró los ojos.

—Por favor, que tenga un matrimonio feliz —dijo elevando una plegaria al cielo.

Pero cuando abrió los ojos, las luces de la aurora boreal habían desaparecido y el cielo estaba negro y vacío.

—Así que usted es la novia —dijo entonces una voz profunda a su espalda.

Rose se volvió produciendo un escalofriante sonido al rozar su vestido sobre la nieve helada.

Un hombre, oscuro como la noche, estaba de pie junto a tres vehículos todoterreno en el sendero de grava del jardín. Tenía el pelo negro y largo. La pálida luz de la luna iluminó un chaquetón también negro. Junto a él, crecía, entre ramas de muérdago, un solitario rosal lleno de escarcha y hielo.

Rose comenzó a temblar como si hubiera visto un fantasma.

–¿Quién es usted? –acertó a decir.

El hombre no contestó y avanzó hacia ella.

Había algo en aquel rostro sombrío y en aquella mirada malévola que despertó sus temores.

Comprendió de repente que se había alejado demasiado del castillo y se hallaba sola en aquel paraje. En el salón de baile, repleto de invitados bebiendo champán, estaría tocando en ese momento la orquesta. Nadie la oiría gritar.

¡Qué tontería! Estaba en Suecia. El lugar más seguro del mundo.

Sin hacer caso a su instinto, que le decía que se diera la vuelta y echase a correr, Rose se quedó en el sitio, se cruzó de brazos y alzó la barbilla desafiante esperando la respuesta del desconocido.

El hombre se detuvo a escasos centímetros de ella. Era muy alto, musculoso y tenía unos hombros muy anchos.

–¿Está aquí sola, pequeña? –dijo al fin, con un diabólico brillo en sus ojos negros.

Rose sintió un escalofrío por todo el cuerpo, pero se armó de valor y movió la cabeza con gesto negativo.

–Hay cientos de personas en el salón.

–Sí, pero tú no estás en el salón. Estás aquí, sola. No sabes lo fría que puede resultar aquí una noche de invierno.

Volvió a sentir un escalofrío, pero ahora de forma más intensa.

A pesar del calor tan agradable que había en el salón del castillo, de los jerseys que se había llevado, de los halagos de Lars diciéndole que era la mujer perfecta y de la belleza de los paisajes que rodeaban el castillo, no se había sentido a gusto una sola vez en aquel lugar casi polar, rodeado de hielo y nieve. Pero no iba a decirle eso a aquel extraño.

–No me asusto fácilmente por un poco de nieve.

–¡Qué valiente! –exclamó el hombre de los ojos negros recorriéndola de arriba a abajo con su ardiente mirada–. Pero sabe a lo que he venido, ¿verdad?

–Sí, claro que sí –respondió ella, desconcertada.

–¿Y a pesar de todo no sale corriendo?

–¿Por qué iba a hacerlo?

–¿Asume entonces toda la responsabilidad por su delito? –preguntó el hombre, mirándola como si intentara penetrar en el fondo de su alma.

Era un hombre muy corpulento y de apariencia brutal, pero resultaba difícil verle la cara. En medio de las sombras de la noche tenuemente iluminada por la luna, parecía un vampiro absorbiendo cada rayo de luz reflejado por la nieve. Todo en él, desde el color de su pelo y de sus ojos hasta su chaquetón, era tan negro como la noche. Había algo en él que daba miedo.

Sin embargo, Rose no se movió del sitio, permaneció inmóvil. Miró de reojo hacia el castillo para tranquilizarse. Su esposo y su familia se encontraban allí. No había ninguna razón para asustarse. ¡Todo eran imaginaciones suyas!

–¿Llama usted delito a mi boda? Admito que, tal vez, haya sido excesivamente suntuosa, pero no creo eso sea un delito –dijo muy serena, y añadió luego al ver que el hombre permanecía impasible–: Lo siento. No debería gastar bromas. Debe haber hecho un largo viaje para asistir a nuestra boda, y todo para llegar con una hora de retraso. No me extraña que esté molesto.

–¿Molesto?

–Venga conmigo al salón a tomar una copa de champán –le propuso ella mientras comenzaba a retroceder instintivamente unos pasos hacia el castillo–. Lars se alegrará de verle.

–¿Eso es otra broma? –dijo el hombre, soltando una carcajada.

–¿No es usted amigo suyo?

–No. No soy su amigo –respondió él, acercándose a ella.

Rose sintió su cuerpo muy cerca del suyo, como una amenaza.

Tenía que salir huyendo de allí sin perder un instante. Estaba en juego su seguridad.

–Disculpe –dijo ella con la voz entrecortada, tropezándose con el vestido mientras trataba de retroceder de nuevo–. Mi marido me está esperando. Cientos de personas, incluidos guardias de seguridad y policías, están esperando a que abramos el baile de recién casados…

No pudo continuar. El hombre la agarró por el brazo con fuerza para evitar que escapase.

–¿Casados? –repitió él mirándola como si quisiera matarla por haber dicho esa palabra.

–Sí… ¡Déjeme por favor, me está haciendo daño!

El hombre de negro la sujetó con más fuerza mientras recorría su cuerpo de forma insolente con la mirada, desde sus pechos hasta el anillo de brillantes que llevaba en la mano izquierda.

Finalmente la miró a los ojos con una expresión diabólica.

–Los dos merecen arder en el infierno por lo que han hecho.

–¿Qué dice? ¿De qué está hablando?

–Lo sabe de sobra –contestó él con voz desolada–. Igual que también sabe por qué he venido.

–¡No! –exclamó ella, forcejeando para tratar de soltarse–. ¿Está loco? ¡Suélteme! ¡Déjeme!

Un soplo de aire le levantó el velo, dejando al descubierto su maravilloso pelo rubio que llevaba recogido en un moño. Rose percibió el peligro que emanaba del cuerpo de aquel hombre extraño, y por un momento, se sintió inmersa en una pesadilla medieval de hielo, fuego y vikingos.

¡Pero aquello no era un sueño! Él la agarraba con fuerza, haciendo inútiles sus forcejeos.

–Tal como me imaginaba, es una embustera. Lo que no me esperaba era que fuera tan hermosa.

–Creo que usted se equivoca. Debe confundirme…

Rose se humedeció los labios resecos, mientras el hombre seguía atentamente cada uno de los movimientos de su lengua.

El fuego que veía en su mirada provocaba en ella un ardiente calor que se extendía por todo su cuerpo, desde la boca y los pechos hasta el vientre y el centro mismo de su feminidad.

–No, no hay ninguna equivocación –dijo él fuera de sí, agarrándola ahora por los hombros–. Usted ha cometido un delito y es hora de que lo pague.

–¡Usted debe de estar borracho… o loco!

Le propinó un par de patadas en las espinillas, consiguió soltarse y salió corriendo desesperada hacia el castillo. Aquel castillo que representaba ahora para ella el calor, la música, su marido, su familia, la seguridad y la vida.

Pero no pudo llegar. Se lo impidió el desconocido. La agarró con fuerza y la levantó como una pluma, apretándola contra su pecho. Se dirigió con ella en brazos en dirección a los vehículos que había estacionados.

–¿Qué está usted haciendo? ¡Deténgase! –exclamó ella pataleando y agitando los brazos–. ¡Déjeme! ¡Socorro! ¡Que alguien me ayude!

Pero no acudió nadie. Nadie podía escuchar sus gritos en el interior del castillo, en cuyo salón de baile la orquesta tocaba alegremente un vals.

Al llegar a donde estaban los tres vehículos todoterreno, el hombre la llevó al que estaba aparcado en último lugar. Rose oyó arrancar casi al mismo tiempo los tres motores. Gritó y trató de luchar denodadamente, pero su secuestrador era mucho más fuerte que ella.

La empujó dentro del vehículo en la parte de atrás. Luego se sentó a su lado y cerró la puerta.

–En marcha –dijo.

El conductor pisó el acelerador, y el coche arrancó bruscamente despidiendo una nube de grava y polvo de nieve al deslizarse sobre el suelo helado. Por delante de ellos, los otros dos coches enfilaron en dirección a las oscuras montañas boscosas de la región.

Rose vio por la ventanilla de atrás cómo el castillo desparecía poco a poco de su vista.

Con un grito ahogado, miró al loco que tenía a su lado, al oscuro desconocido que la apartaba de todas las personas a las que amaba.

–Me ha secuestrado el mismo día de mi boda –dijo con un hilo de voz–. ¿Qué quiere usted de mí?

El hombre la miró con odio y desprecio. Ella, asustada, trató de apartarse de él y se acurrucó en el borde del asiento, pegada a la puerta. Su delicado vestido blanco de tul estaba ahora desparramado por el interior del vehículo.

El hombre esbozó una sonrisa siniestra. Luego, se inclinó hacia ella mirándola de forma perversa.

Rose pensó que iba a golpearla y cerró los ojos resignada. Pero, en cambio, lo que hizo el extraño fue arrancarle la diadema y el velo.

Ella abrió entonces los ojos y vio cómo el hombre bajaba la ventanilla, arrojaba con rabia ambas cosas a la carretera y volvía luego a subir suavemente la ventanilla.

Rose miró hacia atrás y vio por un instante el brillo de los diamantes y el vaporoso velo blanco ondeando al viento en medio de la nieve como una bandera de rendición a la luz de la luna.

Luego el todoterreno tomó una curva y desaparecieron de su vista.

–¿Cómo se ha atrevido a hacer una cosa así? –le dijo ella llena de indignación.

–Todo era falso –respondió el hombre con frialdad.

–¿Qué dice usted? Era una pieza de un valor incalculable. Ha pertenecido a la familia de mi marido durante generaciones.

–Falso –repitió él–. Tan falso como su boda.

–¿Qué?

–Ya me ha oído.

–Usted está loco.

–Usted sabe bien que su matrimonio ha sido una farsa. Igual que sabe quién soy yo.

–¡No lo sé!

–Me llamo Novros –dijo él, mirándola fijamente.

Rose había oído a Lars pronunciar ese nombre con

desprecio delante de sus ayudantes y guardaespaldas. Ahora el enemigo de su marido la había secuestrado.

Rose se quedó de repente sin respiración. Eso significaba que aquello no era ningún error ni un sueño. Había sido secuestrada por el enemigo de su marido. Y, a juzgar por lo que había visto, era un villano cruel y despiadado.

–¿Qué se propone hacer conmigo? –le preguntó ella.

–Nada. Absolutamente nada –replicó él con una sonrisa escalofriante.

Pero ella no le creyó ni por un instante. Tenía que escapar de allí. Trató de abrir su puerta, pero estaba bloqueada.

El hombre entonces la agarró por las muñecas.

–No puede escapar.

–¡Socorro! –gritó ella, aunque sabía que era inútil–. ¡Que alguien me ayude!

–Nadie va a venir en su ayuda, Rose Linden –le dijo con los ojos llenos de odio–. Eres… mía.

# Capítulo 2

NO se había imaginado que ella pudiera ser tan hermosa.

Mientras el todoterreno circulaba a través de las carreteras nevadas, Jerjes Novros miró a la pequeña rubia que tenía sujeta por las muñecas. Al verla tratando de escaparse, se había abalanzado sobre ella de forma instintiva, apresándola entre su cuerpo y el cuero del asiento.

Jerjes podía sentir su aliento y oler el perfume a ropa limpia y a flor de té que emanaba de su piel. Con cada suspiro, sus pechos se marcaban bajo el vestido tan ceñido que llevaba, pareciendo pugnar por salir de su encorsetada prisión.

Se sintió excitado y trató de apartar la mirada de su cuerpo.

Se suponía que él no deseaba a Rose Linden. Solo la despreciaba. Y quería utilizarla.

¿Por qué estaba sintiendo entonces aquel súbito arrebato de deseo?

A él le bastaba desear a una mujer para acostarse con ella. No sentía el menor interés por conocer sus sentimientos. ¿Para que podría servirle? Tampoco sus amantes eran tan inocentes. Ellas tenían sus ambiciones, codiciaban su cuerpo, su dinero, su poder o las tres cosas a la vez. Él sabía que todo el mundo tenía un precio.

Pero desear a la mujer que tenía ahora a su lado suponía un desafío, incluso para él. Sabía que Rose Linden era una mujer inmoral, despiadada y ambiciosa. Pero no se había imaginado que fuera tan hermosa. Ahora podía entender por qué Lars Växborg se había arriesgado tanto celebrando aquella falsa boda. Cualquier hombre querría tener una mujer así.

Ella lo miró, aún jadeante y asustada. Tenía el pelo suelto después de que él le deshiciera el moño, al arrancarle el velo y la diadema. En su rostro de porcelana resplandecían unas mejillas sonrosadas. Sus ojos, enmarcados por unas pestañas largas y espesas, eran del mismo color turquesa del mar Egeo. Sus labios eran carnosos y su cara reflejaba la indignación y la rabia que sentía en ese momento.

Tenía el aspecto de una mujer que acabase de hacer el amor de forma ardiente y apasionada.

La deseaba.

Y eso le hacía sentirse más furioso. Pensó que ella era la culpable. Debía estar provocándole, tratando de seducirle, para intentar librarse así de su castigo.

Pero no contaba con que él era un hombre despiadado y sin corazón.

Sus secuaces habían estado vigilando el castillo de Trollshelm desde que se había enterado de la celebración de aquella supuesta boda. Había planeado secuestrar al barón para obligarle a revelar el paradero de Laetitia. Sabía que Lars Växborg era demasiado astuto para dejarse atrapar, pero no había podido esperar más. Había pasado un año, no sabía en qué condiciones estaría Laetitia. Podría estar muriéndose.

Había irrumpido en las puertas del castillo con todos sus hombres armados, aun a sabiendas de que su aventura podría acabar trágicamente. Entonces había visto a la novia de su enemigo saliendo del castillo, paseando por el jardín a la luz de la luna. Al verla iluminada por las luces sobrecogedoras de la aurora boreal, había decidido cambiar los planes y aprovechar la ocasión.

Lo sabía todo acerca de Rose Linden, aquella camarera americana que había dilapidado la fortuna de Laetitia en joyas, pieles y ropa de diseño. La ambiciosa cazafortunas que no había tenido escrúpulos en jurar fidelidad a un hombre para convertirse en una baronesa millonaria, respetable a los ojos del mundo.

Sintió un odio feroz hacia ella mientras la sujetaba por las muñecas en el asiento trasero, y percibía el perfume de su piel.

—No va a salirse con la suya —afirmó ella, jadeando.

—¿No? —replicó él con ironía, tratando de apartar la vista de aquellos pechos que subían y bajaban de forma cada vez más rápida al ritmo de su respiración.

—Mi marido…

—Usted no tiene marido.

—¿Cómo que no? ¿Qué le ha hecho? —exclamó ella, presa de pánico—. ¿No habrá sido capaz de…?

—Sabe muy bien a lo que me refiero.

—No le habrá hecho nada, ¿verdad? —insistió ella con la cara muy pálida.

Jerjes había tenido efectivamente la tentación de matar a Växborg, pero había llegado a la conclusión de que podría ser contraproducente. Probablemente, Växborg tendría retenida a Laetitia en algún escondite inhóspito. Si lo mataba, nunca conseguiría dar con ella.

—Déjeme marchar y le doy mi palabra de que no le diré nada a nadie —susurró Rose Linden.

–¿Su palabra? –dijo él con desprecio–. Los dos sabemos el valor que tiene su palabra.

–¿Cómo puede decir eso? –replicó ella con voz ahogada en lágrimas–. ¡Ni siquiera me conoce!

–Más de lo que cree. Y ahora usted y su amante van a pagar por…

No pudo terminar la frase, porque ella se revolvió contra él y comenzó a darle patadas con el tacón de los zapatos. El conductor estuvo a punto de salirse de la carretera al sentir un fuerte golpe en la espalda del asiento. Luego ella se puso a dar patadas a la ventanilla con tal fuerza que Jerjes tuvo que agarrarla de los tobillos para que no acabase rompiendo el cristal.

–¡Basta ya! –le ordenó él, echándose sobre ella para tratar de reducirla.

–¡Maldito sea! ¡Es usted un cobarde! ¡Un criminal! Mi esposo lo encontrará y lo detendrán. ¡No conseguirá salirse con la suya!

Siguió forcejeando y, cuanta más resistencia ofrecía, mayor era el deseo que despertaba en él.

–¡Estese quieta de una vez!

Ella dejó de luchar, dirigiéndole una mirada de odio y desafío que consiguió acrecentar aún más el deseo de él.

El vehículo comenzó a aminorar la marcha. Vieron entonces un jet privado esperándoles en una pista de aterrizaje abandonada, barrida por un fuerte viento que levantaba los copos de nieve.

Rose sintió pánico. El todoterreno se detuvo.

–No haga esto, por favor –susurró ella llorando–. Haya lo que haya entre Lars y usted, no me obligue a subir a ese avión. Sea usted quien sea, déjeme volver con la gente que amo. Déjeme volver con mi marido.

–¡Amor! ¡Ja, ja! ¡Como si una mujer como usted

supiera lo que es el amor! –respondió él con una amarga sonrisa–. Además, ya se lo he dicho. Usted no tiene marido.

Le miró aterrorizada mientras el conductor abría la puerta.

–Se lo ruego –le imploró ella bañada en lágrimas–. ¡No le haga daño a mi marido!

–Usted no tiene ningún marido –dijo él agarrándola por el brazo–. ¿Sabe por qué? Muy fácil. Lars Växborg ya está casado.

# Capítulo 3

ROSE se quedó petrificada. Ni siquiera opuso resistencia cuando Jerjes la sacó del vehículo y se dirigió con ella hacia la pista de aterrizaje.

–No puede ser. No puede estar casado –exclamó ella aturdida–. Yo soy la única esposa de Lars.

–Su boda fue una farsa –replicó él con frialdad–. El sacerdote era falso. Y, lo más importante, usted, señorita Linden… es una farsante.

Al llegar al pie de las escalerillas, Jerjes la obligó a subir al avión y a entrar en la cabina, donde fueron recibidos por el comandante y el copiloto. Los guardaespaldas se dirigieron a los asientos de la parte de atrás.

–Estamos listos para el despegue cuando usted lo ordene, señor –dijo el comandante muy respetuosamente.

Una azafata morena se hizo cargo del chaquetón de Jerjes, mientras otra azafata pelirroja le ofrecía unas bebidas que llevaba en una bandeja de plata.

Rose oyó el sonido estruendoso de la puerta del avión cerrándose herméticamente.

Jerjes dio las gracias a las dos azafatas, tomó una copa de champán de la bandeja y se acomodó en el amplio sillón de cuero blanco situado en la primera fila del avión.

–¿No quiere usted una copa de champán, señorita Linden? –dijo con indiferencia, volviéndose hacia Rose.

Al ver que no respondía, le dirigió una sonrisa irónica y dio al comandante la orden de despegar.

El comandante y el copiloto entraron en la cabina
de control dispuestos a ultimar los preparativos, y las
azafatas se dirigieron a los asientos posteriores del
avión.

Rose observó al extraño. Hacía apenas una hora, ella
también estaba tomando champán en el lujoso salón del
castillo de su marido, durante la fiesta de su boda. Lars
la había estado mirando todo el rato con una sonrisa cariñosa.

¿Cómo podía ser posible que todo hubiera sido una
mentira?

No, no podía ser cierto.

—Está usted muy equivocado con Lars —le dijo
Rose—. Él nunca cometería…

—¿Bigamia?

—¡No use esa palabra tan horrible, por favor!

—Tiene razón —replicó él con frialdad, apurando la
copa—. No se puede hablar de bigamia, dado que la
boda con usted fue solo una farsa de principio a fin.

—¡Se equivoca!

—¿Usted cree? ¿Firmó usted algún documento? —
preguntó él al tiempo que observaba la reacción de
Rose, que por primera vez se daba cuenta de que en
efecto no había firmado ningún documento, ningún
acta matrimonial, ningún impreso, nada—. Växborg
hacía años que no ponía el pie en Suecia. Ninguno de
sus amigos de aquí sabía nada de su primer matrimonio. El sacerdote que celebró la ceremonia era un simple actor en paro de Estocolmo.

—No es posible —dijo ella.

Rose recordó entonces que el sacerdote le había
parecido demasiado joven y apuesto, como un galán

de culebrones de la pequeña pantalla. Había llegado incluso a la ingenua conclusión de que todos los suecos debían ser tan rubios y atractivos como Lars.

¿Era posible que hubiera algo de verdad en todo aquello?

–¡No! –exclamó Rose rotundamente–. ¡Lars no se habría acercado a mí aquel día en el café de San Francisco si hubiera estado casado!

–¿Está segura?

–¡Sí! ¡Él no sería capaz de hacer una cosa así! El matrimonio es algo para toda la vida. La fidelidad y el amor son la base de todo.

–¿Quién le ha dicho eso, princesa? –preguntó él con sorna.

–No necesito que me lo diga nadie –replicó ella–. Mis padres llevan casados cuarenta años y mis abuelos lo estuvieron sesenta, hasta que mi abuelo murió. Todos mis hermanos están casados excepto uno. Y todos son muy felices.

Jerjes la observó durante unos segundos y luego pulsó el botón del intercomunicador.

Cuando la azafata llegó, le entregó su copa vacía.

–Whisky con hielo –le dijo secamente, y luego añadió dirigiéndose a Rose y mirando el anillo de brillantes que llevaba en la mano izquierda–: Veo que el matrimonio significa mucho para usted. Tanto, que no tuvo ningún reparo en jurar en falso para conseguir llevar eso en el dedo.

Estaba muy equivocado. A Rose no le importaban nada las joyas, sino solo lo que simbolizaban.

–¡Nunca habría salido con Lars si hubiera sabido que estaba casado!

–Todo se puede comprar en este mundo. Todas las personas tienen su precio. Y es evidente –añadió él,

mirando con desprecio su anillo y su traje de novia–
cuál ha sido el suyo.

–El encaje lo han hecho a mano unas monjas de
Francia –le había dicho Lars muy orgulloso el día que
se lo regaló.

Y se había reído cuando ella le había manifestado
su deseo de llevar el humilde vestido de novia que había usado su madre en los años sesenta cuando se casó
en una sencilla ceremonia en su ciudad natal de California.

–Voy a ocuparme de todo, cariño –había añadido
Lars–. Quiero que todo sea maravilloso ese día y…
¡Vete preparándote para la luna de miel!

Rose alejó aquel pensamiento de su mente y suspiró.

–Está muy equivocado –dijo ella–. Debe confundirme con otra persona o…

«O me está mintiendo», pensó ella, pero no tuvo
valor para decirlo al ver su terrible mirada.

Jerjes se levantó y se acercó a ella. Sus ojos parecían
carbones encendidos. Rose trató de mantener la calma y
lo miró desafiante.

–Växborg no tiene dinero –afirmó él muy serio–.
Todo el dinero proviene de la herencia de su esposa,
cuya madre era millonaria. Todo eso que lleva usted
encima ha sido comprado con el dinero de su esposa –
añadió tocando con gesto de repugnancia un extremo
de su vestido.

–No le creo una palabra. Si Lars fuera tan malvado
como dice, su esposa se habría divorciado de él.

–No puede –contestó él apretando los dientes–.
Tuvo un accidente y ahora está en coma. Aunque no
creo que a usted eso le preocupe mucho.

Su tono no dejaba lugar a dudas. Consideraba a
Rose una mujer ambiciosa y sin escrúpulos.

¡Ella, que había tenido que trabajar en dos sitios a la vez para poder pagarse la universidad y ayudar a sus padres a salir adelante desde que había quebrado el negocio familiar…!

Los motores se pusieron a rugir de forma ensordecedora cuando el avión comenzó a ganar velocidad, preparándose para el despegue. Rose estuvo a punto de caerse al suelo.

–Siéntese –le dijo él.

Ella, sin hacerle caso, se apoyó muy arrogante con una mano en el techo de la cabina.

–No se atreva a decirme lo que tengo que hacer –replicó ella.

–Siéntese, le digo –gritó él como si fuera una orden.

Sintió entonces que le flaqueaban las piernas y se dejó caer de golpe en el asiento.

El avión aceleró por la pista iniciando el despegue y él se sentó a su lado. Ella se agarró a los brazos del asiento mientras él sacaba tranquilamente su ordenador portátil.

Una vez en el aire, Rose miró por la ventanilla. Todo lo que se podía ver era un cielo oscuro y una masa de nubes levemente iluminadas por la luz de la luna.

Nadie podía ayudarla. Estaba sola. Respiró hondamente tratando de controlar el pánico.

–¿Adónde me lleva?

Jerjes no respondió. Se quedó mirando la pantalla de su ordenador y escribió después algo muy de prisa. La azafata llegó con su whisky en una bandeja. Él echó un trago.

–¿Adónde me lleva? –repitió ella en cuanto la azafata se dio la vuelta.

–Eso es algo irrelevante.

–Le exijo que me diga a dónde me lleva.

–Creo que no está en condiciones de exigir nada.

–¿Es esto un secuestro?

–Esa es una palabra muy melodramática.

–¿Y qué palabra usaría usted?

–Justicia –replicó él fríamente.

–No tiene mi pasaporte.

–Eso es algo que podemos arreglar.

–¿Cómo?

–Ya se lo he dicho –respondió él–. No hay nada imposible. Todo tiene un precio.

–Dígame ahora mismo adónde vamos o si no...

–O si no, ¿qué? –dijo él con una sonrisa burlona.

¡Oh! ¡Cuánto le habría gustado a ella tener en ese instante el viejo bate de béisbol de su hermano! ¡O al menos un buen bolso!

Pero, como no tenía ni una cosa ni otra, trató de poner la expresión más dura que pudo.

–¡Ya puede ir diciéndome a dónde nos dirigimos o haré que este vuelo se convierta para usted en un auténtico infierno!

–La creo –replicó él, mirándola fijamente con una amarga sonrisa, y añadió después tras concluir lo que estaba escribiendo en la pantalla de su ordenador–: Vamos a Grecia.

–¿Para qué?

–Para obligar a Växborg a que me dé lo que quiero.

–¿Y qué es lo que quiere?

–Si él la ama tanto como usted cree –dijo él con tono despectivo–, aceptará el trato.

–¿Un trato? ¿Qué trato?

–Usted –respondió él, echando otro trago de whisky–. La utilizaré para obligarle a divorciarse de su esposa. De su verdadera esposa.

–Yo soy su única y verdadera esposa. Y nada de lo que usted diga podrá convencerme de lo contrario.

–¿De verdad es posible que usted no lo supiera? –dijo él con el ceño fruncido.

–¿Saber qué? Todo esto es un gran error.

–No acertaba a comprender por qué Lars había montado todo este espectáculo. Pero, si usted no sabía que ya estaba casado… –dijo Jerjes mirándola fijamente–. ¿Le planteó usted algún ultimátum? ¿Algo que le hiciera pensar que la única forma que tenía de seguir acostándose con usted era fingiendo una boda?

¡Seguir acostándose!, se dijo Rose para sí, mirándole indignada. Ella no se había acostado con él. ¡Ni con él ni con ningún otro hombre! ¡Había guardado su virginidad para la noche de bodas!

No tenía ningún sentido que Lars se hubiera tomado tantas molestias y hubiera montado toda aquella ceremonia solo para acostarse con ella.

–Haré cualquier cosa por ti, cariño –le había dicho Lars una semana antes–. Mi vida sería un infierno sin ti. Tienes que ser mía.

Rose tomó aliento y trató de dejar a un lado sus recuerdos y volver al presente.

–Nuestro matrimonio fue auténtico. No hay ninguna otra mujer.

Jerjes se giró en el asiento para acercarse a ella.

–Le estoy diciendo la verdad, Rose –le dijo muy sereno.

Ella lo miró durante un buen rato. Su rostro era demasiado enérgico, demasiado viril para poder decir que fuese atractivo desde un punto de vista convencional. Como lo era, por ejemplo, Lars, con sus suaves facciones y su pelo rubio. Jerjes, en cambio, tenía la mandíbula cuadrada, la nariz aguileña y unas cejas negras pobladas sobre unos ojos oscuros que le daban un aspecto duro y sombrío. Llevaba el pelo corto por las sienes.

Se inclinó hacia ella y la miró a los ojos. Ella sintió la calidez y la fuerza de su cuerpo. En contra de su voluntad, se embriagó de su perfume, una mezcla de masculinidad y de alguna exótica fragancia. Estaba tan cerca de ella. Tan cerca...

–¿Y quién es esa mujer que según usted es su verdadera esposa? –preguntó ella en un hilo de voz.

–Laetitia Van Reyn.

–¿Van Reyn?

–¿La conoce? –preguntó él.

–Hay una familia acomodada de San Francisco, que aparece a menudo en los periódicos...

–Sí, esa es.

–Pero según creo haber leído, sus padres han muerto y ella, su única hija, acaba de terminar el instituto y ha empezado la universidad.

–Ahora está en coma –dijo él con toda crudeza–. Necesita ayuda y yo no puedo localizarla para llevarla a un hospital. Pero usted me servirá para negociar con Lars. Es su punto débil. Usted es la mujer más bella que he visto en mi vida. Si no fuera por... eso... –murmuró frunciendo el ceño–. Quíteselo.

–¿El qué?

–Su vestido. Quíteselo.

–¿De qué está usted hablando?

–Su vestido de novia. Es un insulto. Para ella y para mí. Quíteselo. Usted no es una novia.

–Yo soy...

–Quíteselo ahora mismo o se lo quitaré yo –dijo él muy enfadado.

–¡No tengo otra cosa que ponerme!

–Ese no es mi problema –replicó él con indiferencia.

Ella se levantó furiosa del asiento y alzó la cabeza desafiante.

–Tengo todo el derecho a llevar este vestido. Soy una novia. ¡Y usted, un mentiroso!

Él se puso en pie rápidamente, como un depredador a punto de saltar sobre su presa.

–Llámeme eso otra vez, princesa –dijo él en tono de amenaza.

–Soy baronesa –le corrigió ella con arrogancia–. ¡Y usted, Jerjes Novros, es un mentiroso!

# Capítulo 4

USTED es un mentiroso!»

Jerjes recordó aquella ocasión en que otra mujer joven, igualmente bella, pero morena en vez de rubia, le había hecho la misma acusación.

Laetitia Van Reyn se hallaba sentada en el salón de la mansión que su familia tenía en San Francisco con vistas al famoso Golden Gate. Se había quedado en casa aquel día para asistir a su madre, cuya salud se había vuelto muy delicada tras la muerte de su padre.

–¡No! –había exclamado ella incorporándose bruscamente del asiento y tapándose los oídos con las manos al escuchar la noticia de Jerjes–. ¡Usted es un mentiroso! ¡Salga de mi casa y no vuelva más!

Jerjes parpadeó desconcertado. Mentiroso. La misma acusación. Pero en boca de otra mujer.

Contempló a la mujer rubia que estaba junto a él. Rose Linden era una belleza. Un poco delgada, tal vez, pero costaba darse cuenta de ello cuando uno miraba sus turgentes pechos moviéndose acompasadamente debajo del ajustado vestido que llevaba. El cabello rubio de color miel le caía en dorados mechones sobre los hombros, dejando al descubierto su elegante cuello de cisne. Sus ojos de un color entre esmeralda y aguamarina brillaban de rabia.

–¡Es usted un mentiroso! –repitió Rose una vez más–. ¡No me creo una palabra de lo que dice!

Un mentiroso. Para Jerjes, la palabra de un hombre era lo más sagrado y constituía la verdadera medida de su honor.

Era el único insulto que no podía soportar.

–Puedo ser egoísta, despiadado e incluso cruel –dijo fuera de sí, agarrándola por los hombros–. Pero no un mentiroso. No lo he sido nunca.

Jerjes se quedó entonces extasiado mirando su boca. Rose, llena de nerviosismo, se estaba mordiendo ligeramente el labio inferior. Luego se humedeció los labios. Él siguió como hipnotizado los movimientos de su carnosa lengua rosada y se sintió excitado. La deseaba ardientemente. En ese momento, su vestido de novia era todo lo que los separaba.

El vestido de novia.

Ella seguía con él puesto, desafiante, como un insulto explícito tanto a Jerjes como a la verdadera esposa de Växborg. Era como si Laetitia hubiera quedado sepultada en el olvido. ¡Como si ya estuviera muerta!

Jerjes bajó las manos lentamente desde los hombros de Rose hasta las mangas de su vestido.

–Le dije que se quitara el vestido.

La sintió temblar. Incluso cuando clavó en él sus maravillosos ojos color turquesa.

–No.

–Entonces tendré que quitárselo yo.

–No se atreverá a…

Con un movimiento brusco, le desgarró el vestido por los hombros, rompiendo los finos encajes de la tela y haciendo estallar toda la línea de pequeños botones blancos de la espalda. Luego tiró de las mangas hacia abajo con tal fuerza que la hizo tambalearse.

Dejó caer el vestido al suelo del avión.

Hizo ademán de pulsar el botón del intercomunicador para que una de las azafatas le llevara una bata, pero cambió de idea.

Rose estaba frente a él, con el vestido de novia a sus pies. Lo único que llevaba era la ropa interior de seda fina que había destinado para la noche de bodas: un pequeño sujetador blanco, unas minúsculas bragas de encaje y unas medias blancas sujetas con un ligue-ro.

Jerjes no podía apartar la mirada de ella. Su cuerpo semidesnudo, su piel de terciopelo, sus sinuosas y se-ductoras curvas… Contempló extasiado aquella me-nuda pero perfecta figura, la prominencia de sus pe-chos y la rotundidez de sus caderas. Casi soltó un gemido de placer.

Llevado por su despecho, había cometido un gran error quitándole el vestido. La visión de su cuerpo le perturbaba la razón.

Debería haberse imaginado que llevaría una provo-cadora lencería blanca para su noche de bodas con el barón. Fingía ser virgen, cuando sin duda se habría acostado más de una vez con él. De eso no le cabía la menor duda. Ningún hombre se habría resistido a sus encantos.

Växborg era culpable. Pero, ¿y Rose? ¿Había sabi-do ella de la existencia de Laetitia?

Daba igual, se dijo él. Lo hubiese sabido o no, ella había ambicionado casarse con el barón por su dinero y su título. Todo el mundo tenía un precio. Eso era algo que había aprendido hacía mucho tiempo. Los sentimientos eran una mercancía como cualquier otra.

Siguió mirando aquel cuerpo maravilloso, casi desnudo.

Rose bajó la mirada ruborizada y trató de cubrirse con los brazos. Pero luego cambió de opinión y los

dejó caer a lo largo del cuerpo. Tenía un brillo especial en la mirada.

«¡Qué mujer!», se dijo para sí con admiración. Incluso ahora, que estaba completamente a su merced,
cuando cualquier otra mujer se habría rendido a sus
pies, se mostraba desafiante.

—Ahora le debe a Lars un vestido de boda —le dijo
ella—. Además de una diadema de brillantes, un velo y
una novia.

Se agachó para recoger el vestido del suelo y trató
de taparse con él lo mejor posible.

Jerjes la miró frustrado. ¿Por qué sentía ese deseo
irrefrenable por aquella simple camarera?

Se inclinó hacia ella. Rose pensó que iba a quitarle
el vestido de las manos, pero en lugar de ello la ayudó
a ponérselo. Pasó los dedos sobre sus brazos desnudos. Su piel era suave y cálida.

Ella lo miró desconcertada, con los labios separa-
dos. Eran unos labios rosados y carnosos.

De repente, a Jerjes se le ocurrió lo que tenía que
hacer para descubrir si era culpable o inocente.

Besarla.

Si era la mujer ambiciosa que él creía, dejaría que
la besara y trataría de seducirlo para ganarse su confianza y tenerlo así de su parte.

Si no...

Bueno. La pondría a prueba.

Además, sentía un enorme deseo de besarla.

Rose, sujetándose con las manos los hombros des-
garrados del vestido, lo miró con hostilidad.

—No crea que le tengo miedo, nunca conseguirá…

Sus palabras quedaron ahogadas por un gemido
cuando Jerjes la tomó en sus brazos, inclinó la boca
hacia sus labios y la besó brutalmente.

# Capítulo 5

ROSE sintió sus labios duros y calientes. Apretó las manos instintivamente contra su pecho para tratar de apartarle, pero él la agarró por la espalda para atraerla hacia sí y la besó con fuerza. Al sentir su lengua, ella sintió una súbita sacudida de placer que la dejó sin aliento. Sintió que el mundo era un torbellino girando alrededor de ellos en una oleada de deseo como nunca había experimentado antes. Se embriagó en la dulzura de su aliento y en el sabor a whisky de su lengua. Sintió la aspereza de su barbilla sobre la suavidad de su piel y el calor masculino sobre su tibio cuerpo.

Se rindió al poder de su raptor y a la intensidad de su abrazo. Perdió la voluntad al sentir sus manos acariciándole la espalda desnuda. Nunca la habían besado, y menos de aquella manera. De forma inconsciente, abrió los labios ofreciéndose a los suyos. No sabía lo que estaba haciendo, pero sentía un placer indescriptible. Era como una dulce agonía que abrasaba su cuerpo haciéndola temblar de gozo. Le pasó los brazos alrededor del cuello, como si quisiera tirar de él y tenerlo más cerca, como si pensara que él y solo él pudiera proporcionarle el aire que necesitaba para respirar…

Entonces se dio cuenta de lo que estaba haciendo. Con un gemido ahogado, se apartó bruscamente de él, mirándolo horrorizada con el aliento contenido.

Echó atrás la mano derecha para tomar impulso y le propinó una bofetada.

Él la miró sorprendido, llevándose la mano a la mejilla.

–¿Cómo se atreve a besarme? –exclamó ella con la mano dolorida–. Soy una mujer casada.

–Usted no está casada. Ya empiezo a estar harto de esta discusión. Pero no se preocupe, todo ha terminado. Lo del beso ha sido solo una manera de conseguir la respuesta a una pregunta.

–¿Qué pregunta? –dijo ella desconcertada.

–Si usted sabía o no que Växborg estaba casado. Ya veo que no. De lo contrario, habría intentado seducirme. Con este beso tan torpe me ha convencido.

¿Torpe?, se dijo ella con las mejillas encendidas tratando de recuperar el aliento.

Era normal, teniendo en cuenta que había sido su primer beso. De adolescente, había soñado con aquella experiencia idílica del primer beso de amor. Más tarde, a los veinte años, y abrumada por su situación familiar, no se había preocupado de salir con chicos. Costaba creerlo, pero ahora, a sus veintinueve años, era virgen, una virgen a la que ningún hombre había besado hasta entonces.

Pero eso era algo que no le iba a decir a Jerjes Novros, solo se burlaría de ella.

–Ahora veo que no es culpable de ningún delito –añadió él–. Salvo de ser una ingenua.

«Ingenua», se dijo Rose para sí, mirándolo fijamente. Sí, tal vez lo era. Sentía aún los labios inflamados. ¿Qué le había pasado? ¿Cómo podía haber respondido así al beso de aquel hombre? ¿Cómo podía haberse rendido a él?

–No se atreva a tocarme otra vez.

–No se preocupe, no lo haré.

Sintió un nudo en la garganta y apartó la vista de él. Percibía aún la electricidad que había estremecido su cuerpo cuando él la había besado. Odiaba a su secuestrador, pero no tanto como se odiaba a sí misma en ese instante.

–Lo digo en serio. Si intenta besarme otra vez… lo mataré.

–¿Me está amenazando? –replicó él muy divertido.

–Sí.

Parecía una estupidez por su parte amenazar de muerte a un millonario despiadado cuando se hallaba atrapada en su avión, pero se sentía tan indignada y humillada tras aquel beso, que además él había calificado de torpe, que no estaba en condiciones de razonar con sensatez.

–Está bien, le doy mi palabra. –dijo él con una sonrisa irónica–. No volveré a besarla a menos que usted me lo pida.

–Muy bien –dijo ella–. Y no se preocupe, nunca lo haré.

Jerjes se apartó de ella, se sentó, tomó su vaso de whisky y lo apuró de un trago. Luego, apretó el botón del intercomunicador y apareció al instante una de las azafatas.

–La señorita Linden está algo cansada. Acompáñela al dormitorio, por favor.

–¡A su dormitorio, seguro! –exclamó Rose, muy indignada, volviéndose hacia él–. Debería haber imaginado que todo era un simple truco.

–No tiene nada que temer, yo me quedaré aquí. Vaya a descansar. Aterrizaremos en unas horas.

Una vez en aquel pequeño cuarto privado ubicado en la parte posterior del avión, Rose se sentó, se echó por encima una manta, y se puso a mirar la oscuridad de la noche a través de la ventanilla.

Rememoró el placer que, muy a pesar suyo, había sentido con el beso de aquel hombre. Había sido inenarrable. Y lo odiaba por eso.

Trató de pensar en otra cosa. Su familia estaría muy intranquila. Quizá Lars estaría llorando, tratando de encontrar su cuerpo en el fondo del foso del castillo.

Deseó con toda su alma que hubiera llamado a la policía. Cerró los ojos y se imaginó por un instante el avión aterrizando en Grecia, y a una brigada de policías esperándoles para detener a Jerjes Novros y meterle en la cárcel como se merecía.

Se acurrucó en su asiento, imaginándose los terribles castigos que recibiría el hombre que la había secuestrado, hasta que, vencida por el sueño, se quedó dormida.

Se despertó sobresaltada al sentir una mano en el hombro.

Jerjes estaba de pie a su lado. Vio que el avión ya había aterrizado en una pequeña pista desierta junto al mar. Aún era de noche.

Comprobó decepcionada que no había coches con luces intermitentes y sirenas. No estaba la policía.

—No voy a salir de este avión —dijo con mucha convicción cuando Jerjes le tendió la mano.

—Estará mucho más cómoda en mi casa que aquí.

—Gracias, pero me quedaré aquí —replicó ella cruzándose de brazos.

—¿No le gustaría hablar por teléfono con su novio? —le preguntó él, recalcando la palabra novio.

—¿Se refiere a mi marido? —replicó ella.

—Veo que es usted muy testaruda.

Rose se frotó los ojos. Estaba cansada. Pensó en lo preocupada que estaría su familia. Debía avisarles. Miró fijamente a su raptor.

–¿Me da su palabra de que no intentará hacerme daño?

–Yo nunca haría daño a una mujer –contestó él, frotándose la mejilla con la mano.

–Un prisionero tiene derecho a defenderse –dijo ella a modo de disculpa.

–No esperaba menos de usted.

Ya no había aquella intensidad y aquel fuego en su mirada, pero sin embargo ella sintió que había un extraño sentimiento entre ellos que no acertaba a comprender.

Echaba de menos a Lars. Era tan agradable y encantador, y también tan previsible... Aunque a veces no la escuchase, siempre tenía un elogio para ella. A veces, eso la había hecho sentirse un poco incómoda, siempre mirándola con tanto afecto y diciéndola una y mil veces que era perfecta. Ella sabía que no lo era. Pero se decía a sí misma que tenían mucho tiempo por delante para que él llegase a conocerla y comprenderla mejor.

No. De ningún modo. No podía permitir que Jerjes pusiera en duda la integridad de Lars. No podía confiar en las palabras de aquel hombre despiadado que la había secuestrado, del enemigo de su marido, del hombre que se había atrevido a besarla en contra de su voluntad.

Todo lo que Jerjes le había contado era una sucia mentira.

Tenía que serlo.

Tenía que seguir confiando en Lars. Él la salvaría y demostraría que era su esposa legal. Su única y verdadera esposa.

Se puso de pie con mucho cuidado, sujetándose con las manos su vestido de novia medio roto.

—Espero que cumpla su palabra de no hacerme daño.

—Puede estar tranquila.

Jerjes le apartó con delicadeza el pelo de la cara, y luego le tendió la mano amablemente.

Ella ni siquiera se dignó mirarla. Pasó por su lado majestuosamente, como si llevara aún la diadema de diamantes en la cabeza. Como una baronesa en el exilio.

A duras penas consiguió llegar a la puerta del avión y luego bajar la escalerilla. La cola de su vestido era un pesado lastre que tenía que arrastrar.

Había varios coches esperándoles en la pista. Un conductor de uniforme al pie de un elegante Bentley negro le abrió la puerta al llegar.

—Si es tan amable… —le dijo Jerjes poniéndole la mano delicadamente en la espalda para que entrase en el coche.

Ella se estremeció al contacto, como si le hubiesen quemado la piel con un hierro candente.

Entró finalmente en el coche. Él pasó después y se sentó a su lado en silencio.

El vehículo enfiló una carretera paralela a la costa. Rose se asomó a la ventanilla y vio la luz de la luna reflejada sobre las oscuras aguas del mar.

—¿Estamos cerca de Atenas? —preguntó ella para romper el hielo.

—Estamos en una isla del Egeo.

—¿Qué isla?

—La mía.

—¿Tiene una isla? —exclamó ella sorprendida.

—Tengo varias.

—¿Y para qué necesita usted tener varias islas?

—Se las presto a mis amigos para que puedan descansar tranquilamente sin sentirse acosados por los reporteros de la prensa y la televisión.

—Y así pueden además estar a solas con sus amantes, ¿no?

Él no respondió. Se limitó a encogerse de hombros.

Rose lo miró con desdén y se cruzó de brazos. ¿Qué otra cosa podía esperar de un hombre sin moral como él?

—¿Y cuántas islas tiene usted? ¿O ya ha perdido la cuenta? —le preguntó ella con ironía.

—Ahora solo tres. La cuarta la intercambié hace por un palacio en Estambul.

—Claro —dijo asombrada, pensando que lo más parecido que ella había hecho era intercambiar con su vecino de arriba una caja de bombones caseros por macarrones con queso—. Su amigo debe de tener muchas ganas de tener un lugar privado y discreto para esconder a su amante.

—Yo no diría que Rafael Cruz sea exactamente mi amigo —replicó Jerjes—. En todo caso, ya tenía ganas de deshacerme de esa isla.

—Es comprensible —dijo Rose moviendo una mano con gesto de displicencia—. Tener tantas islas privadas en Grecia debe resultar algo aburrido. Yo he vendido recientemente las mías para adquirir unos salones de té japoneses.

Jerjes esbozó una amarga sonrisa al tiempo que movía la cabeza con gesto de resignación.

—Yo crecí en esa isla. Mi abuelo fue pescador. Pero incluso después de morir mis abuelos y haber levantado una gran mansión sobre el terreno de su vieja cabaña, nunca quise volver allí.

¡Vaya! ¡Jerjes había sido pobre una vez! Por un momento, creyó sentir cierta simpatía hacia él, pero en seguida se repuso.

–Me da usted asco –le dijo ella con acritud–. Con sus islas privadas, viajando por todo el mundo en su propio jet y secuestrando a mujeres casadas –miró por la ventanilla del coche–. ¿Por qué estamos aquí y no en su nuevo y flamante palacio turco?

–La he traído aquí porque aquí está mi casa.

–¿Me ha traído usted a su casa? Pero entonces... Lars no tendrá ningún problema en localizarle.

–Así es.

–No comprendo. ¿Qué clase de secuestro es este?

–Ya se lo dije. No se trata de un secuestro, sino de una mera transacción comercial.

El coche se detuvo y el conductor se bajó y abrió la puerta. Jerjes salió y le ofreció la mano a Rose, pero ella, sin mirarlo, se bajó del coche sin rozarle siquiera.

–Vamos, baronesa –dijo él, recobrando su tono sarcástico–. Estoy seguro de que estará deseosa de ver el interior de su prisión.

Esa vez le hizo un gesto con la mano, pero sin tocarla. Ella se sintió aliviada. Después de la sensación tan electrizante que había experimentado cuando la había besado, tenía miedo de volver a sentir el calor de sus manos sobre su piel.

Le siguió con paso vacilante hacia la casa.

Ella había soñado siempre con hacer un viaje a Grecia, pero nunca se había imaginado que sería de aquella manera.

La grandiosa mansión blanca estaba construida sobre un abrupto acantilado, bañado por la luz de la luna. Con su arquitectura de corte frío y clásico, le dio la impresión de estar en una fortaleza. Le vino en seguida a la memoria la isla que ella veía desde su casa. La prisión de Alcatraz.

Al llegar a la entrada principal, un grupo de sirvientes que les estaban esperando saludaron respetuosamente a Jerjes y luego desaparecieron discretamente por los oscuros pasillos.

Él la llevó a la biblioteca, una sala de techos altos, repleta de libros encuadernados en cuero. Al abrir las puertas francesas de la terraza, entró la brisa fresca del mar.

–¿Tiene hambre? –le dijo él.

–No –respondió ella, cerrando los ojos para no llorar–. Solo quiero hablar con mi familia.

–¿Se refiere a su familia verdadera? –dijo él con sarcasmo–. ¿O a su querido novio?

–Mi marido forma parte de mi familia.

Jerjes sacó su teléfono móvil, marcó un número y se lo dio a ella.

–Tenga.

–¿Es esto otro de sus trucos? –replicó ella extrañada.

–No.

Tomó el móvil, se lo llevó al oído y escuchó en seguida la voz de Lars al otro extremo de la línea.

–¡Lars!

–¿Rose? ¿Dónde estás? Un jardinero se encontró tu diadema tirada en la carretera. Tu familia está angustiada. ¿Por qué te fuiste? ¿Te dijo alguien algo que te disgustó? Sea lo que sea, yo puedo explicártelo…

–Me han secuestrado –dijo ella llorando–. Estoy en Grecia.

Se hizo un largo y tenso silencio.

–Novros –dijo él con una voz sombría–. Fue Novros, ¿verdad?

–Sí –contestó ella con la voz ahogada, pensando cómo podía haberlo sabido–. Él…

–¿Qué te dijo?

Se dio la vuelta para que Jerjes no pudiera verla llorar mientras hablaba con Lars.

–¡Oh, Lars! Me dijo todo tipo de mentiras. Me dijo que ya estabas casado, que la diadema era falsa, que toda nuestra boda había sido solo una farsa. Mentiras y más mentiras.

Se echó a llorar, esperando que Lars le confirmara que en efecto todo era una mentira, que ella era su esposa legal y que llamaría inmediatamente a la Interpol.

Pero se produjo de nuevo un largo silencio.

–Es algo complicado de explicar –dijo él al fin en un hilo de voz.

–¿Complicado? –exclamó ella sintiendo como si le acabasen de dar una puñalada en el corazón.

–Empeñé la diadema de brillantes de mi abuela hace unos años, pero la versión de cristal es casi idéntica –dijo él como disculpándose–. Tenía intención de recuperarla, pero no encontré la ocasión propicia para hacerlo. Sin embargo, tu anillo de compromiso es auténtico.

¿Por qué hablaba tanto de joyas? ¿A quién le importaba eso?

–¿Y lo demás?

–Bueno, supongo que técnicamente se podría decir que ya estaba casado, pero la que podríamos llamar mi esposa lleva en estado de coma más de un año. Es un vegetal. Nunca la amé, pero necesitaba el dinero, ¿lo comprendes? Tengo una imagen que cuidar. Te lo juro, Rose –dijo él muy agitado–, Laetitia no significa nada para mí.

–Nuestra boda fue solo una farsa… –dijo ella aturdida como si estuviera en una pesadilla.

–No tenía otra elección. Tú no querías hacer nada conmigo hasta que no estuviésemos casados –replicó Lars–. Contraté a un actor para que oficiara la ceremonia. Fue muy fácil. Ninguno de mis amigos sabe nada sobre Laetitia. El día después de la boda, mi estúpida mujer se estrelló en el coche contra un poste de la luz. Tú eres la única a la que amo, cariño. Eres mi mujer perfecta. La única a la quiero realmente por esposa. Siempre tuve la intención de renovar nuestros votos de matrimonio de forma legal en cuanto Laetitia muriese. Los médicos dicen que está desahuciada. Puede morirse en cualquier momento –añadió con un tono de esperanza.

–Tú… –replicó ella con un nudo en la garganta–. Tú… ¿quieres que se muera?

–¡Claro que sí! Te necesito, Rose. Por favor, cariño, tienes que creerme…

Pero Rose ya no le escuchó. Dejó caer el teléfono al suelo y miró con indiferencia el anillo de brillantes que llevaba en la mano. Se había comprometido con un hombre que no era libre. Y lo que era aún peor, un hombre que trataba de hacer uso de todo tipo de argucias para justificar su engaño. Un hombre sin corazón que deseaba incluso la muerte de su esposa.

Había confiado en él. Había creído que realmente se había casado con él. Incluso horas después le habría dado su virginidad.

¿Cómo podía haber sido tan estúpida? Todo su cuento de hadas había sido una mentira.

Sintió que le flaqueaban las piernas. Se quitó el anillo del dedo, y lo arrojó al suelo con rabia. Se cubrió la cara con las manos para que Jerjes no la viera llorar y se dejó caer en el frío suelo de mármol blanco.

Él recogió el anillo y luego el móvil, que aún no había perdido la llamada, y habló con Lars Växborg.

–Bueno, creo que tenemos un asunto pendiente – escuchó durante unos segundos con indiferencia los gritos e insultos de Lars y luego continuó impertérrito–: Esta es mi última oferta. Dejaré que conserves el castillo y el coche que compraste con el dinero de ella. Pero tendrás que renunciar a Laetitia así como al resto de su fortuna. Si no has presentado la demanda de divorcio en una semana, créeme, te arrepentirás.

De nuevo se escucharon más gritos e insultos del otro lado de la línea.

Jerjes miró a Rose con sus ojos negros y sombríos. Luego se dirigió de nuevo a su enemigo.

–Los dos sabemos que aceptarás el trato, Växborg. Hazlo lo antes posible. Tu amante es una mujer muy hermosa –dijo esbozando una sonrisa llena de sensualidad–. Cualquier hombre estaría dispuesto a hacer cualquier cosa por poseerla.

# Capítulo 6

DESPUÉS de colgar, la biblioteca quedó en silencio. Solo se escuchaban los sollozos de Rose.

Jerjes se acercó a ella y la miró fijamente. Ella trató de ahogar su llanto, pero no pudo. Él tenía razón: Lars la había traicionado. Había abusado de su inocencia y su ingenuidad. Y de su amor.

Él nunca la había amado, solo la había deseado. Ya estaba casado, y había estado esperando a...

–Desea que su esposa se muera –susurró ella en voz alta.

–Así es –dijo Jerjes tocándola suavemente en el brazo–. Vamos. Ha tenido un día muy duro. La llevaré a la cama.

Ella no ofreció resistencia cuando él la agarró de la mano para ayudarla a levantarse del suelo. Se estremeció al sentir el contacto de su mano y apenas tuvo fuerzas para sujetarse su maltrecho vestido con la otra mano. Estaba desfallecida. Le temblaban las piernas. Casi no podía caminar.

Lo miró mientras la llevaba por un pasillo oscuro, sombrío. Observó la crudeza de su expresión. Jerjes era completamente distinto de Lars. Era despiadado y vengativo. Pero era sincero.

De repente, Jerjes la tomó en brazos y la apretó contra su pecho. Ella sintió una corriente eléctrica atravesando todo su cuerpo, como cuando la había besado en el avión.

Él no podía saber que ese había sido su primer beso ni que toda ella se estremecía ahora de deseo. De un deseo contenido durante veintinueve años de soledad.

Oyó el ritmo pausado de sus pasos sobre aquel suelo de mármol, que parecía mezclarse con el rugido de las olas rompiendo entre las rocas.

Volvió a mirarlo. Su expresión era cruel. Y, sin embargo la sujetaba con suma delicadeza. Había pensado en él como en una especie de demonio maligno, pero quizá no lo fuera. Tal vez fuese un ángel negro que había aparecido inesperadamente para salvarla.

Al llegar al final del pasillo, él empujó una puerta con el hombro. Luego, una vez dentro del dormitorio, la sostuvo con una sola mano, como si fuera una pluma, y encendió una pequeña lámpara con la otra.

El cuarto era espacioso pero austero y con un aire típicamente masculino, desprovisto de todo color. Las paredes eran blancas y la cama negra. Tenía unos grandes ventanales y una terraza con vistas al mar iluminado por la luna.

La sentó sobre la cama y la miró fijamente con sus ojos oscuros como la noche. Oscuros y llenos de deseo.

Ella supo que iba a besarla de nuevo a pesar de su promesa. Lars le había demostrado que las promesas de los hombres no tenían ningún valor. Ahora Jerjes iba a poseerla sin piedad. Se haría dueño de toda la inocencia que ella había esperado dar solo al hombre que la hiciese su esposa.

Pero ya no le quedaban fuerzas para luchar.

La empujó dejándola tendida sobre aquella enorme cama y comenzó a abrirle lentamente el vestido por arriba hasta dejar al descubierto su sostén de seda y la piel desnuda de su vientre. Ella sintió la fuerza magnética de su cuerpo sobre el suyo mientras la miraba con sus ojos negros y enigmáticos.

—Le... odio —dijo ella en un susurro, incapaz de resistirse.

—No necesito que me ame, solo que me obedezca —replicó él con un rictus sensual en los labios.

Rose cerró los ojos, esperando que él le quitase finalmente el vestido, la dejase totalmente desnuda y la violase brutalmente sin compasión.

Casi no le importaba. Se sentía completamente perdida. Hacía apenas unas horas era una mujer idealista, romántica y soñadora. Ahora no era... nada.

Entonces él la tocó.

Sintió las yemas de sus dedos, ligeros y suaves como plumas recorriendo su cuello y sus hombros desnudos. Fue una extraña sensación, nueva para ella, que recorrió todo su cuerpo. Estaba asustada. ¿Era miedo? Sí. Pero también algo más que la hizo estremecerse por dentro.

Sus manos se movieron lentamente bajando hasta el valle desnudo que se abría entre sus pechos, provocando una sacudida de placer en cada palmo de piel que acariciaban sus manos. Sintió sus pechos pesados y sus pezones duros y tiesos bajo aquel sostén de seda que Lars había insistido en encargar a París. Ella se había ruborizado cuando se lo había dado. Ahora solo serviría para el disfrute de su enemigo.

Él deslizó suavemente su vestido por debajo de la cintura y luego por las piernas hasta quitárselo del todo. Luego, lo tiró al suelo.

—Sabía que acabaría quitándoselo —le susurró al oído.

Ella intentó decir algo, pero se quedó muda al verle arrodillarse al pie de la cama. La imagen de aquel hombre tan rudo puesto de rodillas ante su cuerpo semidesnudo le resultó tan impactante que decidió cerrar los ojos.

Pero con ello solo consiguió hacer más intensa la sensación que sintió al notar las manos de él sobre sus muslos, soltando los broches del liguero que le sujetaban la medias blancas de seda. Percibió el calor de su aliento sobre su vientre desnudo, y no pudo evitar el gemido de placer por el deseo prohibido. Pensó que no debía sentir eso... por un extraño.

Lentamente, le fue bajando una de las medias. Ella sintió el suave roce de sus dedos alrededor del muslo y la rodilla. Luego la seda se deslizó poco a poco por la pantorrilla hasta el tobillo y el pie, quedando la pierna completamente desnuda.

Jerjes arrojó la media al suelo, se inclinó hacia el otro muslo y procedió de igual manera deslizando suavemente la media de seda a lo largo de la pierna al tiempo que acariciaba cada centímetro de su piel.

Sintió un calor intenso dentro de ella que se intensificaba con cada una de sus miradas y sus caricias. Notó una tensión creciente en los pezones que le bajó poco a poco hacia el vientre, mientras su respiración se tornaba cada vez más jadeante.

No debía consentirlo. ¡Él era un criminal, un extraño! ¡No debía dejar que la tocara!

Pero mientras su mente le dictaba eso, su cuerpo parecía incapaz de obedecerla, permaneciendo inmóvil como si fuera incapaz de moverse. Estaba allí tendida sobre aquellas sábanas suaves de algodón, sintiendo la brisa que entraba por la ventana entreabierta y viendo las olas a través de los visillos casi transparentes. Oyó el lejano canto lastimero de las gaviotas y el de su propia respiración entrecortada. Se mordió el labio inferior hasta sentir el dolor.

Él le acarició entonces el vientre con sumo cuidado.

–Está muy flaca, demasiado –susurró él–. ¿Por qué?

Aquellas palabras consiguieron romper el hechizo. Rose se sentó bruscamente.

–¡Ingenua! ¡Torpe! ¡Flaca! –exclamó ella con amargura mientras agarraba las sábanas con rabia tirando de ellas hacia arriba–. Es usted muy cruel. Lars siempre me decía que yo era la mujer más hermosa del mundo…

Se detuvo al recordar que estaba hablando del hombre sin alma, ni corazón que la había traicionado y engañado.

–Växborg no le mintió –le dijo él en voz baja–. Es usted la mujer más hermosa que he visto en mi vida.

La empujó de nuevo con fuerza para tenderla en la cama, y ella no se resistió. Cerró los ojos. Pero los abrió en seguida sorprendida al sentir la suave textura de la sábana cubriéndole el cuerpo.

Desde un lado de la cama, Jerjes estaba contemplándola con una extraña sonrisa. Su rostro de facciones duras y angulosas resultaba increíblemente atractivo a la luz de la lámpara. Luego, vio cómo le echaba por encima de la sábana un edredón blanco de plumas y entonces comprendió lo que estaba haciendo.

No estaba tratando de seducirla, sino de arroparla.

–¿Me deja? –susurró ella al verle marcharse–. ¿Así?

Él se detuvo en la puerta. La penumbra del cuarto impedía ver la expresión de su rostro, pero sí la musculatura de su cuerpo.

–Buenas noches –dijo él escuetamente.

–No lo entiendo. ¿Por qué actúa así?

–¿Así? ¿Cómo?

–Como un caballero. Como... una buena persona.

Él apagó entonces la luz y el dormitorio quedó sumido en la oscuridad.

–No crea que soy una buena persona –dijo en voz baja–. Si lo hace, puede que lo lamente el resto de su vida.

Y se fue, cerrando la puerta tras de sí, dejándola sola.

# Capítulo 7

ROSE se despertó a la mañana siguiente con un sol radiante inundaba el cuarto de una claridad cegadora. Se desperezó, feliz de dejar atrás las oscuras pesadillas que habían perturbado su sueño toda la noche.

Bostezó, aún somnolienta.

«Fue solo un sueño», pensó. «Gracias a Dios, todo fue solo un sueño».

Estaba de nuevo en su apacible habitación del castillo de Trollshelm. Era el día de su boda. El día en que juraría serle fiel a Lars durante el resto de su vida...

Tuvo sin embargo un instante de vacilación. Se incorporó bruscamente en la cama, apartando la colcha, y miró a su alrededor. Aquel no era su cuarto.

Vio que había dormido solo con el sujetador y las bragas de seda blanca. Sintió un rubor en las mejillas al recordar a Jerjes en su cama la noche pasada, con su cuerpo casi pegado al suyo mientras le desataba los broches del liguero y le quitaba lentamente las medias de seda. Aún podía sentir el sabor de su boca cuando la había besado en el avión y cómo la había tomado en sus brazos y la había apretado contra su pecho para llevarla a la cama.

—Buenos días.

Levantó la vista y lanzó un pequeño grito tapándose de inmediato con la sábana.

Jerjes estaba en el quicio de la puerta, con unos pantalones cortos de color caqui y una camiseta negra sin mangas que dejaba ver unos brazos bronceados y musculosos.

–Buenos días –respondió ella con la voz apagada.

–Espero que haya dormido bien –dijo él con su mirada oscura y sensual–. He entrado por si necesitaba algo.

Sonrió y se sentó en la cama junto a ella dejando una bandeja de plata en su regazo. Había una cafetera de plata, cruasanes de chocolate, pastas, fruta fresca, patatas fritas y un zumo de naranja.

–¿Me ha traído el desayuno a la cama? –preguntó medio aturdida.

–Anoche parecía hambrienta.

Sí, tenía razón. Pero vio algo más que le llamó la atención. En la bandeja, además del desayuno, había un pequeño florero con una rosa. Aspiró su delicado perfume.

–¿Y esto? ¿También forma parte del desayuno?

–Me acordé de usted al ver esa flor y decidí traérsela –respondió él, encogiéndose de hombros–. Tengo un jardinero que cultiva rosas en el invernadero. Mi abuela también tenía unos rosales poliantas. Eran preciosos, lo único hermoso que teníamos entonces –se calló un instante y miró la pequeña flor rosácea–. Es tan delicada y menuda... Y sin embargo, es más fuerte de lo que parece. Crece en cualquier suelo por pobre que sea y resiste muy bien las enfermedades e incluso a los hombres. Tiene una espinas muy peligrosas –añadió mirándola con una leve sonrisa al ver su cara de asombro–. Bueno, no se extrañe, es solo mi manera de disculparme con usted por haberla secuestrado de la forma en que lo hice. Si hubiera sabido que era inocente, que no había tratado intencionadamente de usurpar el lugar de Laetitia, habría... –se pasó la mano por el pelo esbozando una sonrisa burlona–. Bueno, creo que la habría secuestrado de todos modos, pero habría sido más amable.

–¡Vaya! –exclamó ella, muy nerviosa al estar tan cerca de él, recién afeitado y sonriéndole de aquella forma tan seductora–. Esto tiene una pinta deliciosa –dijo mirando la bandeja que tenía delante–. ¿No irá a decirme que también lo preparó usted?

–No. Pero ofrezco un servicio completo en esta prisión, alojamiento y comida incluidos.

–Estupendo –replicó ella, mirándole a los ojos–. Pero sería aún mejor si me dejase marchar.

–Creo que ya dejamos eso claro. Yo soy un hombre cruel y despiadado. Un hombre de negocios, en suma. Y usted está demasiado delgada. Déjese ya de dietas y coma.

–No he estado haciendo ninguna dieta –respondió ella, ofendida en su amor propio–. Solo que no conseguía relajarme cuando estaba con Lars y no tenía apetito.

–¿Le encontraba acaso poco apetecible? –le preguntó Jerjes, alzando una ceja–. Bueno, ahora soy yo quien cuida de usted y tiene que comer si no quiere perder su atractivo. Y tendrá que obedecerme, al menos en esto.

Rose frunció el ceño ante su tono de mando y miró luego de nuevo al desayuno. El café tenía un aroma delicioso y los cruasanes parecían muy tiernos. Oyó el rugido de su estómago. No había comido nada desde el día anterior. ¿O quizá desde antes? No había comido ni siquiera un trozo de la tarta nupcial a pesar de ser una tarta de chocolate con nata, que era su favorita.

Se puso la servilleta y le dio un mordisco a un cruasán de chocolate.

—Ummm… ¡Qué rico! —exclamó ella, abriendo los ojos como platos.

—Así me gusta —dijo él con cara de satisfacción.

Rose dio luego un buen trago al zumo de naranja.

—Me siento relajada con usted. No necesito ser perfecta —dijo ella con una sonrisa repentina— con un hombre tan cruel como usted.

—Tiene razón, lo soy —replicó él pasándole la yema del dedo pulgar por su labio superior.

—¿Por qué ha hecho eso? —preguntó ella, estremecida con el contacto.

—Tenía el labio manchado.

Rose tragó saliva. ¿Cómo podía Jerjes, tocándola solo con un dedo, hacerle olvidar por completo quién era y qué estaba haciendo allí?

—Vamos —dijo él—. Siga, cómaselo todo. Quiero que esté sana y hermosa cuando tenga que utilizarla en mi negociación con Växborg.

A Rose se le heló la sonrisa en la boca al escuchar esas palabras.

Negociación. Trato. Sí. Quería verla sana para tratar con ella como se hace con un caballo en una feria de ganado. Hermosa y con buenas carnes como una vaca de cría. Quizá encontrase incluso la manera de venderla al peso. Se mordió los labios y bajó la mirada hacia la bandeja.

—¿Cómo puede estar tan seguro de que yo pueda tener algún valor para él? Lars está casado. No puede sentir amor por mí. Cuando uno está casado, no puede amar a nadie más.

—¿De veras cree eso? —exclamó Jerjes con los ojos brillantes como carbones encendidos.

–¡Claro que sí! –respondió ella–. El no me ama, y yo no... No puedo volver a amarlo nunca más.

–¿Por qué no? Växborg sigue siendo un barón. Una vez que se divorcie, quedará libre y podrá casarse legalmente con usted. Pero ya no tendrá la fortuna de Laetitia. ¿Es ese el problema?

Rose soltó una carcajada.

–No me importa el dinero. Nunca lo he tenido y estoy acostumbrada a vivir solo con lo necesario.

–¿Y?

–Él me mintió. Y eso es algo muy grave. El matrimonio es para toda la vida. Las promesas no son simplemente palabras. Cuando me case, será con un hombre que sepa lo que vale una promesa.

–Me sorprende –dijo él–. Nunca pensé que una mujer como usted fuera…

–¿Fuera qué? –preguntó ella

–Tan… anticuada –respondió él muy sereno–. ¿Una mujer que cree en el honor y el compromiso? ¿Una mujer que no se puede comprar? No sabía que quedara aún alguien así.

Rose se ruborizó al oír esas palabras. ¿Se estaba riendo de ella, tomándola por una ingenua?

–No es tan raro –dijo en ella en su defensa–. En la ciudad donde nací, hay muchas personas que piensan como yo. Sobre todo en mi familia –se mordió los labios recordando que su familia estaría preocupada por ella y que Lars probablemente no les hubiera informado de dónde estaba–. ¿Me dejará que llame a mi madre y le diga lo que me ha pasado?

–Lo siento –replicó él moviendo la cabeza con gesto negativo–. Sería asumir demasiados riesgos. Su madre podría avisar a la policía. Cosa que sé con toda seguridad que Lars no hará.

–Está bien –susurró ella, mirando para otra parte–. La verdad es que aún no acierto a comprender cómo Lars fue capaz de algo tan horrible como organizar una boda falsa conmigo.

Jerjes le tomó la barbilla, obligándola a mirarle a la cara. Luego se acercó a ella, hasta que Rose sintió sus ojos negros despidiendo un fuego que pareció consumirla por dentro.

–Quería asegurarse de que ningún otro hombre pudiera poseerla.

–Me siento patética –exclamó tapándose la cara con las manos.

–Rose… Lo siento. No tenía derecho a llamarte ingenua ni anticuada –dijo tuteándola–. Simplemente confías en la bondad y en la buena voluntad de la gente y eso es una buena cualidad muy poco común.

Ella sintió entonces el calor de sus brazos alrededor del cuerpo.

¡No! No podía dejar que la tocara. Si le dejaba, se derretiría en sus brazos. Se echó hacia atrás, apartándose, y le miró a los ojos indignada.

–Si de verdad piensas eso de mí, déjame llamar a mi familia y decirles que estoy bien.

–Estoy seguro de que Lars ya les habrá informado –replicó él.

–No. Necesito hablar con ellos ahora.

–Ya sabes mi respuesta. No –dijo él, levantándose de la cama–. Hay una buena colección de vestidos en el armario. Elige el que más te guste y disfruta de tu desayuno.

Salió del dormitorio y Rose se quedó mirando por unos instantes la puerta.

Con un suspiro de cansancio, se levantó de la cama y se dirigió al armario. Tal como él le había indicado, había una buena colección de vestidos nuevos, perfectamente planchados, y en una amplia variedad de tallas.

Pasó las manos por aquellos vestidos, colgados de las perchas, acariciando sus finas telas. Luego miró en la parte baja, donde había un buen número de zapatos muy bien ordenados. Había trajes de todos los estilos posibles que una mujer pudiera desear, desde bikinis y vestidos de noche hasta pantalones deportivos y camisetas. Desde ropa de andar por casa hasta modelos exclusivos.

Todo lo contrario que con Lars, que había tenido siempre una idea preconcebida de cómo le gustaba que fuese vestida. No le había permitido siquiera que se quitara el traje de novia y se pusiera otro más indicado para la fiesta. «Tú estás espléndida te pongas lo que te pongas, cariño», le había dicho. «Pero prefiero que lleves las joyas y las pieles que te mereces».

Ella había tratado de decirle más de una vez que no se sentía cómoda con esas cosas, pero él nunca la escuchaba.

Llena de tristeza, se volvió a la cama y se sirvió un poco de café caliente en la taza de porcelana que había en la bandeja. Bebió un sorbo y se miró en el espejo del tocador.

Tenía un aspecto horrible. Las ojeras la hacían parecer un fantasma de Halloween. Estaba pálida y delgada. Y además el maquillaje y el rímel se le habían corrido por toda la cara.

Bebió otro sorbo de café. Se fijó entonces en el vestido de novia, arrugado y medio roto, tirado en el mismo sitio en que lo había dejado Jerjes la noche anterior. Cruzó la habitación descalza, recogió aquel vestido de alta costura con dos dedos y lo arrojó a la basura.

Se sintió mejor. Incluso tenía hambre.

Volvió a tomar la bandeja de desayuno y se echó tres cucharadas colmadas de azúcar en el café y un buen chorro de leche. El café adquirió una fragancia dulce y cremosa. Lo bebió con gusto. Estaba delicioso. Luego, dio buena cuenta del resto de los cruasanes, untados con mantequilla.

Dejó a un lado la bandeja, se quitó el sostén y las braguitas que Lars le había comprado y los tiró al suelo. Miró durante unos segundos aquellas delicadas prendas de lencería fina. Luego, les dio una patada y las echó también a la basura.

Entró en el cuarto de baño, que estaba dentro del propio dormitorio, y abrió el grifo de la ducha. Se puso debajo del chorro de agua caliente y se lavó la cara hasta borrar todos los restos del maquillaje.

Salió y se secó con una toalla. Luego tomó mecánicamente el secador del pelo, pero se detuvo antes de ponerlo en marcha.

No. No más secadores. No más pinzas, ni rizadores, ni…

Volvió desnuda al tocador, abrió un cajón y encontró un sostén normal y unas bragas blancas de algodón muy cómodas. Echó una ojeada luego al armario. Pasó por alto los lujosos vestidos de noche de satén y escogió una sencilla falda de algodón y un suéter de punto. Después de vestirse, se volvió a mirar en el espejo y respiró profundamente.

Había vuelto a recobrar su aspecto de siempre. Volvía a ser la Rose Linden de California, la chica que trabajaba de camarera para conseguir graduarse en la universidad, la hija cariñosa que llevaba pasteles a sus padres los fines de semana, y que cuidaba de sus sobrinos los viernes por la noche. Sin joyas, ni pieles, ni diademas.

Solo ella misma.

Sus ojos sí parecían diferentes. Estaban hinchados por las lágrimas derramadas, pero había realmente algo más. Aunque ya no era una novia, seguía siendo virgen, pero sabía que ya no volvería a ser nunca más la chica idealista y romántica de antes.

Con aquella ropa informal, sin ningún tipo de maquillaje, y dejando que se le secase el pelo al aire, se sintió más libre. Se dirigió a la mesa que había junto a la terraza. Descorrió las puertas de cristal y se asomó para ver el mar mientras terminaba lo que le quedaba del desayuno, la fruta fresca, las patatas fritas y las pastas.

Se sintió bien. Una oleada de libertad corría por su cuerpo, fresca y refrescante como la suave brisa marina que se filtraba por la ventana. Dejó la taza de café y los platos vacíos en la bandeja y salió a la terraza a contemplar el azul del mar Egeo. El aire era cálido y olía a sal y al aroma de flores exóticas venidas de tierras lejanas.

La noche anterior había sentido miedo. La villa le había parecido poblada de sombras y oscuridades. Pero aquel día, a la luz del sol, la encontraba hermosa, con sus parterres de flores de color rosa al borde de aquel mar tan azul y luminoso.

Cerró los ojos para disfrutar mejor del placer de sentir en su cuerpo la brisa de la mañana, y se puso de cara al sol para recibir el calor de sus rayos como una flor que se hubiese visto privada de él durante años. Por primera vez en tres meses, no se sentía nerviosa ni estresada. Se sentía feliz.

–¡Compra! –dijo la voz de Jerjes llegando desde abajo–. Pero espera a que el precio baje a cuarenta. Para entonces habrá cundido el pánico entre los accionistas y no les quedará más remedio que vender.

Rose miró hacia abajo y le vio paseando por la arboleda que había junto a la piscina mientras hablaba por su teléfono móvil.

Ofrecía un aspecto impresionante con aquella camiseta sin mangas y aquellos pantalones cortos que dejaban al descubierto la musculatura de sus brazos y sus piernas.

Le pareció un hombre diferente. La luz del sol, matizada a través de la masa de nubes grises, contribuía a suavizar la dureza de sus facciones. No le pareció ya tan terrible como el día anterior, sino un hombre apuesto de facciones muy varoniles.

¿Es que ya no le tenía miedo? En realidad, no tenía derecho a hacerlo. Si Jerjes no la hubiese raptado del castillo, ella se habría entregado esa noche a Lars, creyendo que ser su esposa. Y habría cometido el mayor error de su vida.

—Bien —oyó decir a Jerjes por teléfono.

Él alzó de improviso la cabeza y miró en dirección a la terraza donde ella estaba.

Conteniendo la respiración, ella dio un paso atrás tratando de ocultarse en las sombras.

Un instante después, oyó el ruido seco de su móvil al cerrar la tapa.

—Rose —la llamó él desde abajo, con una media sonrisa—. Te estoy viendo.

Ella dio un paso adelante, roja de vergüenza.

—¡Ah! ¡Hola! —dijo ella, esforzándose por aparentar normalidad—. No te había visto.

—Venga, baja —replicó él con una sonrisa—. Quiero enseñarte algo.

# Capítulo 8

JERJES había sentido, desde el primer instante, la presencia de Rose en el balcón, como se siente el primer rayo de sol del amanecer.

Pero había fingido no verla. Había seguido hablando por teléfono, como si tal cosa, de sus operaciones financieras por valor de varios cientos de millones de dólares. Pero mientras discutía de negocios con el vicepresidente del Grupo Novros de Nueva York, había estado contemplando a Rose disimuladamente con el rabillo del ojo.

No podía ver su expresión, pero sí su cuerpo. Llevaba el pelo suelto por los hombros y lucía un fino suéter que realzaba sus pechos y la estrechez de su cintura. Se había puesto una falda hasta la rodilla que dejaba ver parte de sus impresionantes piernas, largas y bien formadas.

Había sentido una gran excitación. Rose Linden era toda una mujer. Pero había algo en ella, tal vez su inocencia, que la hacía parecer una muchacha aún más joven de lo que era. Había sentido un súbito deseo, como nunca había experimentado antes. Y no quería aceptarlo. Él, Jerjes Novros, no necesitaba ese tipo de cosas.

Apenas la conocía, pero sabía que ejercía un cierto poder sobre él.

–Bien –dijo él al terminar su conversación telefónica.

Miró abiertamente hacia la terraza, dejando que se cruzasen sus miradas. Ella se echó hacia atrás inmediatamente, como si se hubiese quemado con un hierro al rojo vivo, ocultándose en las sombras.

Sin duda ella también percibía esa extraña afinidad que había surgido entre ellos.

Jerjes recordó la forma en que ella había temblado cuando la había besado en el avión. La había llamado «torpe», y con razón. Para ser una mujer tan hermosa, había demostrado una gran inexperiencia. Recordó la forma trémula en que había movido sus labios entre los suyos, como si fuera la primera vez. Pero aquello solo era una verdad a medias. Porque no le había dicho que había sido también el beso más erótico de su vida. Durante los breves segundos en que ella se había entregado con pasión a su beso, él se había visto sumergido en un verdadero torbellino de deseo.

Y entonces ella le había abofeteado.

En ese momento, había sabido que sería suya.

Su promesa de no besarla hasta que ella se lo pidiera era sincera, pero estratégica. Él no faltaría a su palabra. No tendría necesidad.

Ella acabaría por rendirse a él.

Seducir a la amante de Växborg, antes de utilizarla como moneda de cambio para su negociación con el barón, sería el golpe de gracia contra su enemigo.

Cerró la tapa de su teléfono móvil con un golpe seco y alzó la vista para mirar hacia la terraza vacía. Solo pudo ver las buganvillas de color fucsia a la sombra de las nubes que eclipsaban pasajeramente al sol.

–Rose –le dijo él con una media sonrisa–. Te estoy viendo.

Ella, ruborizada, dio entonces un par de pasos hacia adelante.

–¡Ah! ¡Hola! –dijo visiblemente avergonzada–. No te había visto.

–Venga, baja. Quiero enseñarte algo.

Pero ella no le hizo caso.

–¿Qué es? –exclamó ella inclinándose ligeramente en la barandilla de la terraza.

A decir verdad, lo que él quería enseñarle era su cama, que lo viera desnudo y que supiera el placer que él podía darle acariciando cada palmo de su piel con la lengua. Pero sabía que todo eso tendría que esperar.

–Mi casa –dijo él con mucha naturalidad–. Puede que tengas que quedarte aquí por un tiempo y sería conveniente que la conocieras bien.

–Gracias, pero me quedaré aquí. En mi habitación.

«Donde estoy más segura», pareció dar a entender por el tono de su voz.

–Vamos, Rose –dijo él muy cordial–. No estás en una prisión. No veo ninguna razón por la que no puedas disfrutar de esta casa estando aquí conmigo. Baja un momento.

–No, te lo agradezco de veras, pero… Hasta luego.

Rose se metió en su dormitorio.

Estuvo a punto de soltar una carcajada. Seducirla iba a resultar aún más fácil de lo que había pensado. Si obraba con astucia, la tendría rendida en su cama antes del mediodía.

Si ella no bajaba, él subiría a por ella. Silbando una vieja canción popular griega, entró en la casa y se dirigió por el pasillo hacia las escaleras.

Pero, en ese instante, sonó su móvil.

–Novros –respondió él.

–Déjame hablar con Rose –le dijo Lars Växborg.

Al oír la voz malhumorada del aristócrata, Jerjes cambió el rumbo de sus pasos y se dirigió a su despacho privado. Se acercó a la ventana con vistas al mar y respondió con frialdad:

–¿Has arreglado ya lo del divorcio?

–Prácticamente. Estoy en Las Vegas. He firmado todos los papeles. Puedes darlo por hecho. Ahora, déjame hablar con ella.

–No –respondió él con firmeza.

Iniciar un proceso de divorcio no significaba nada. Los dos lo sabían muy bien. Hasta la resolución final, podía anularse en cualquier momento. Jerjes se sentó en la silla.

–Se lo exijo –dijo Lars muy enfadado.

–Podrá hablar con ella cuando cerremos el trato.

–¡Maldito sea! ¿La ha tocado? ¡Dígamelo! ¿La ha besado?

–Sí –respondió Jerjes saboreando el momento.

–¡Es usted un malnacido! ¿Y qué otra cosa ha…?

–Solo un beso –le cortó Jerjes, aunque añadió de forma malévola–: De momento.

–¡Cerdo asqueroso! ¡No se atreva a tocarla! ¡Ella es mía!

–Concluya los trámites del divorcio y devuélvame a Laetitia lo antes posible. Si no, me olvidaré de mis deberes como anfitrión y me divertiré con su presunta novia. Gozaré de ella hasta que se olvide de su nombre.

–¡No se atreva a tocarla, malnacido! –exclamó Växborg casi gritando–. Ni se le ocurra.

Jerjes colgó, con una sonrisa de satisfacción. Luego oyó un ruido y se dio la vuelta.

Rose estaba de pie junto a la puerta.

–¿Lo has oído todo?

–Acabo de llegar... bajé a ver... –dijo Rose con la voz entrecortada–. ¡Intentaste seducirme solo para vengarte de Lars! Tu promesa de no volverme a besar fue una sucia patraña.

–No, Rose, escucha…

Ella se tapó los oídos con las manos.

–No trates de engañarme. Eres un mentiroso –le dijo ella retrocediendo hacia la puerta–. ¡Eres igual que él!

Se volvió y salió corriendo del despacho.

Jerjes soltó una maldición y salió corriendo tras ella. Para ser una mujer tan pequeña, corría bastante de prisa. Antes de que llegara a atravesar la puerta de su despacho, ella ya había recorrido todo el pasillo y había salido por la puerta trasera de la villa. Una vez fuera, la persiguió por los alrededores de la piscina y por la ladera que conducía al viñedo.

Una masa de nubes grises había oscurecido el cielo cuando al fin dio con ella. Rose trató de escapar, luchando con tesón y arañándole.

–¡Déjame! ¡Mentiroso!

Él la acorraló contra un tosco muro de piedra.

–Deja de llamarme mentiroso. Yo siempre cumplo mis promesas –afirmó él–. Siempre.

–Pero te oí decir que…

–Solo trataba de asustar a Växborg diciéndole lo que podría hacer contigo. Es la única manera de que se divorcie de Laetitia y renuncie a su fortuna.

–¿Por qué tienes tanto afán en rescatarla? –preguntó Rose–. ¿Qué representa para ti?

«No se lo digas a nadie. Nunca», Jerjes recordó la primera y última vez que habló con Laetitia, la furia en sus hermosos ojos. «¿No tuviste bastante destruyendo a mi padre y ahora quieres matar también a mi madre? No debes decir una palabra de esto a nadie. ¿Me oyes? Prométemelo».

Jerjes escuchó entonces a lo lejos un trueno bajando del cielo. Aún podía sentir el mismo vacío en el estómago de aquel día.

Miró a Rose, a la mujer que sujetaba entre sus manos. Era tan pequeña, pero tan increíblemente bella... Oyó su aliento. Contempló sus grandes ojos turquesa. Parecían un mar de emociones para un hombre a punto de ahogarse. Sus labios, sonrosados y carnosos, limpios de maquillaje.

Jerjes apretó los puños, tratando de controlarse y la soltó.

–No te mentí –dijo él suavemente–. No volveré a besarte a menos que tú me lo pidas.

Bajo las sombras amenazantes de la tormenta que se avecinaba, Rose echó la cabeza atrás para mirarlo.

–Entonces, ¿no tienes intención de seducirme?

–Claro que sí. No puedo pensar en otra cosa. Pero te di mi palabra. No volveré a besarte.

–¡Oh! –exclamó ella, suspirando aliviada–. ¿Te dijo Lars si estaba dispuesto a aceptar tus condiciones a cambio de que me dejaras libre?

–En su arrogancia, el muy estúpido cree que acabará ganando otra vez tu corazón.

–Eso nunca –dijo ella con los ojos encendidos–. Ayer me salvaste de cometer el mayor error de mi vida. Y ahora estás manteniendo tu promesa. Empiezo a creer que, a pesar de todo, no eres tan malvado como él. Quizá no seas...

–Sí –replicó él–. Lo soy. Soy tan malvado como él.

–Pero lo estás arriesgando todo para salvar a Laetitia.

–Tengo mis razones para hacerlo... Prometí protegerla.

–¿Lo ves? –exclamó Rose–. Eso viene a confirmar lo que pensaba de ti.

Jerjes esbozó una leve sonrisa. Tenía a gala mantener su palabra desde que, siendo un niño triste y solitario de cinco años, abandonado por sus padres, había jurado que algún día los encontraría.

–Yo mantengo mis promesas –dijo muy serio, mientras un relámpago quebraba las nubes negras.

–¿Quién es Laetitia, Jerjes? –le preguntó Rose, acercándose a él–. ¿Es amiga tuya?

Ya no parecía enfadada. Le tocó el brazo tímidamente con una mano y por primera vez lo miró con interés y ternura.

Tuvo que luchar consigo mismo para no estrechar aquel pequeño cuerpo entre sus brazos.

–¡Qué importa eso!

–¿Es… tu amante? ¿La quieres?

Jerjes la miró fijamente mientras comenzaban a caer las primeras gotas de lluvia del cielo gris.

–Sí. La quiero.

# Capítulo 9

JERJES amaba a esa mujer. Sus palabras produjeron un dolor inmenso en el corazón de Rose que no logró entender.

–¿Y crees que, una vez que esté a salvo contigo, conseguirás que se despierte del coma?

–Lo intentaré por todos los medios –respondió él–. Su matrimonio ha sido un infierno.

Rose lo miró, con el corazón en un puño. Amaba tanto a esa mujer, que estaba dispuesto a salvarla a toda costa. Eso era el verdadero amor, pensó ella. Sacrificarlo todo por la persona amada.

–La amas, ¿verdad? –le preguntó ella.

–¿Qué? –exclamó él fríamente con un gesto irónico–. ¡Ah, ya! Te imaginas que soy uno de esos caballeros de los cuentos de hadas que van rescatando a las doncellas de las garras del dragón. Me parece que eres demasiado romántica.

Rose se sonrojó al advertir un cierto tono de burla en sus palabras.

–¿Dices eso solo porque me gusta ver el lado bueno de la gente?

–Te equivocas conmigo –dijo él, con un brillo especial en la mirada–. Tienes demasiada fe en las personas. Esos caballeros tan nobles no existen más que en tu imaginación.

–Me da igual lo que digas. Yo seguiré teniendo fe.

–La fe es una mentira que los tontos se repiten cada noche.

–¿De verdad crees eso?

Jerjes se dio la vuelta y miró al mar.

Rose sintió deseos de acercarse a él para consolarle. Pero, ¿quién era ella para consolar a aquel hombre? Jerjes Novros era rico y poderoso. Podía tener a cualquier mujer que quisiera. Además, ¿por qué creía que él podría necesitar su consuelo?

«La fe es una mentira que los tontos se repiten cada noche». Era la cosa más terrible que había oído nunca, pensó Rose.

–Puede que tengas razón –dijo ella–. Pero yo seguiré teniendo fe. No concibo una vida sin amar desinteresadamente a una persona y ser correspondida por ella.

–Yo veo la vida de un modo diferente. Para mí lo más importante es la palabra de una persona.

Rose sintió entonces un deseo irrefrenable de abrazarle y preguntarle qué era lo que le había dejado aquella cicatriz tan profunda en su corazón.

–Pero el honor no tiene ningún sentido sin amor –objetó ella–. Deberías saberlo. Precisamente es por eso por lo que tratas tan desesperadamente de salvar a Laetitia. Porque la amas.

–No es lo que crees –replicó él.

–¿No?

Él no respondió y ella, tras suspirar profundamente, decidió cambiar de tema.

–Y, ¿qué pasaría si tu plan no funcionase? –preguntó ella–. ¿Y si Lars, después de todo, no estuviera dispuesto a aceptar el trato?

–Lo aceptará –respondió él con una mirada sombría.

Rose sintió compasión por aquel hombre tan fuerte

y poderoso al que, sin embargo, veía tan angustiado y solo. No podía soportarlo por más tiempo. Deseaba consolarlo. Hizo ademán de acercarse a él, pero en ese instante vio que uno de los guardaespaldas de Jerjes venía corriendo hacia ellos, diciendo algo en griego. Se detuvo al llegar a donde estaba Jerjes y le habló al oído.

Jerjes puso cara de sorpresa y respiró profundamente.

—Tenemos que irnos —le dijo a Rose.

—¿Irnos?

—Sí, ahora mismo.

—Pero, ¿por qué? —preguntó ella desconcertada.

—Tengo ganas de estar en una playa tropical —respondió él con su sonrisa irónica de siempre.

—¡Pero si aquí hay una playa maravillosa!

—Aquí hace frío y llueve. Quiero estar en un sitio donde haga calor... para verte en bikini.

—¿Dónde?

Jerjes no contestó, se dio la vuelta y se dirigió a la villa con su guardaespaldas.

Ella lo miró consternada. ¿Qué podría haber producido ese cambio tan drástico en él?

Luego, cuando pensó que ya no podría oírla, exclamó:

—¡Está listo si piensa que me voy en quedar en bikini delante de él!

Al caer la tarde, el jet privado de Jerjes Novros había tomado tierra en una isla de aguas azules y cristalinas del océano Índico, con unas hermosas playas de arena blanca, flanqueadas por esbeltas palmeras que se mecían al soplo de la cálida brisa tropical.

–¿Dónde estamos? –preguntó Rose cuando se bajaron del todoterreno.

–En las Maldivas –respondió él escuetamente.

–¿Cuántas islas tienes?

–Esta isla no es mía –replicó él tras soltar una carcajada–. Estamos en una zona residencial propiedad de un amigo, Nikos Stavrakis. Nos ha dejado el chalé con un ama de llaves para nuestro servicio exclusivo. Los guardaespaldas se quedarán a la entrada del complejo.

Jerjes tomó de la mano a Rose y la acompañó hasta un pequeño chalé amarillo construido en medio de una solitaria playa privada. En el interior del salón principal, había un ventilador colgado de un techo de madera. A través de las ventanas, se podía ver una piscina privada y una amplia terraza que daba a la playa de arena blanca y aguas azules, rodeada de palmeras.

Rose había oído hablar de los complejos turísticos de Stavrakis. Hoteles de lujo para millonarios, de esos que se ven en las revistas del corazón, y que por supuesto estaban fuera del alcance de una persona corriente como ella.

Echó un vistazo al chalé. A pesar de parecer más bien una cabaña, debía costar más de diez mil dólares la noche por lo menos.

E Iba a estar a solas allí con él. Volvió a mirar a Jerjes, y de repente la cabaña le pareció aún más pequeña.

–No hay televisión –dijo él–. Pero no creo que la echemos de menos.

–¿Por qué no? –dijo ella pasándose la lengua por los labios–. ¿Qué vamos a hacer?

–Tienes a tu disposición una buena selección de libros y revistas. El ama de llaves nos preparará las comidas, hará la limpieza y estará en todo momento a tu disposición. No tienes nada que hacer más que sentarte en la playa a tomar el sol.

–En otras palabras, no puedo salir –dijo ella frunciendo el ceño.

–No tienes ninguna necesidad de hacerlo.

Eso significaba que no podría hacer una escapada al pueblo para buscar un cibercafé o una cabina telefónica para ponerse en contacto con su familia. Miró a su alrededor. No había siquiera un teléfono y mucho menos un ordenador con un módem conectado a internet.

–¿Te gusta la casa? –le preguntó él.

–Claro que sí. Es preciosa… para ser una prisión.

–Si quieres verlo de esa manera...

–¿De qué otra manera podría verlo?

–Como unas vacaciones –dijo él con una sonrisa, mirándola de arriba abajo–. Por desgracia, no tuvimos tiempo de hacer el equipaje en Grecia, pero te he conseguido aquí un nuevo vestuario.

Entraron en el dormitorio y abrió la puerta del armario.

Rose vio que había una buena colección de bikinis y varios pareos y otras prendas de algodón fino o de gasa transparente. Eso era todo. No había más.

–¿Dónde está lo demás? –dijo ella poniendo los brazos en jarras y con el ceño fruncido.

–¡Oh! Me temo que no hay más que bikinis –contestó él con un gesto de inocencia.

Pero eso no era lo peor. Cuando Rose miró más detenidamente en el interior del armario, vio que había pantalones cortos y camisetas de hombre.

–¿Por qué está tu ropa en mi armario?

Él se acercó a ella lo suficiente para que, sin llegar a tocarla, pudiera sentir el calor de su cuerpo.

—Esta es una cabaña pensada para lunas de miel. Solo tiene un dormitorio… y una cama.

—¡Lunas de miel! —acertó a decir ella finalmente—. Entonces yo dormiré en el sofá.

—No, dormirás en la cama —dijo él mirándola fijamente.

—Eso tampoco sería justo —dijo ella confiando en la promesa que le había hecho de no tocarla—. Supongo que podríamos compartir…

—No —le cortó él bruscamente.

—¿Por qué?

—Estar cerca de ti cuando he prometido no tocarte es algo que va más allá de lo que un hombre puede soportar. A menos que realmente quieras hacerme sufrir…

—Un poco de sufrimiento tampoco te vendría mal —repuso ella con una sonrisa pícara.

Cuando parecía que comenzaba a surgir una cierta aproximación afectiva entre ambos, se oyeron unos golpes en la puerta. Era uno de los guardaespaldas.

—Discúlpame —dijo Jerjes—. Pero tengo que dejarte.

—¡Si acabamos de llegar!

—Tengo un asunto urgente. Volveré más tarde —dijo pasándole una mano por la mejilla—. He dado órdenes al ama de llaves para que nos sirva la cena en la playa.

Le estrechó la mano y se fue. Rose se quedó mirándolo sorprendida.

Luego se fue a pasear por la playa y a admirar los exuberantes jardines que había por detrás de la cabaña. Se sentía extraña allí sola en aquel lugar tan maravilloso. Al llegar a un jardín tropical, se quedó sorprendida al contemplar dos grandes y hermosos rosales.

Eran las rosas favoritas de Jerjes. Crecían de forma silvestre en aquella isla del Índico, a miles de kilómetros de Grecia.

Con cuidado, para no pincharse los dedos con las espinas, arrancó una de aquellas pequeñas flores de color rosa. Volvió a la cabaña y la puso en agua en un florero que encontró en la cocina.

Se pasó la mayor parte del día sola en aquella casa de lujo. El ama de llaves le sirvió la comida, y luego se puso a leer una novela mientras contemplaba la luz del sol reflejada en las aguas azules y cristalinas del océano Índico.

Pero echaba algo de menos. O a alguien.

¿No sería a Jerjes? No, eso sería una insensatez. Él era el hombre que la había secuestrado. Si de vez en cuando lo encontraba divertido, e incluso fascinante, era solo para tratar de hacer un poco más llevadera la triste situación en la que estaba. Eso era todo.

Recordó que, al final, Jerjes se había portado bien con ella en el viaje en avión hasta allí. Le había hablado de su familia, de las costumbres griegas y la había escuchado con interés, cosa que nunca había hecho Lars.

Pero no quería pensar en eso ahora. Sin embargo, ¿por qué había cortado su flor favorita de aquel jardín y la había puesto en agua?

El sol estaba a punto de ocultarse en el horizonte.

Miró a la joven y robusta ama de llaves de pelo negro llevando la mesa de la cena a un lugar romántico de la playa. Rose se incorporó del sofá donde había estado leyendo, deseosa de dejar a un lado la cabaña, la novela y todos sus confusos pensamientos.

—¡Espere! ¿Puedo ayudarla?

La mujer, que por su aspecto debía tener solo unos

pocos años más que ella, negó con la cabeza. A Rose le pareció que estaba tratando de contener las lágrimas.

–Por favor, señora Vadi –insistió Rose–. ¿No quiere que la ayude?

–No –dijo la mujer, echándose a llorar.

Tras unos minutos de conversación, Rose se enteró de que la mujer estaba de luto por su marido, que había fallecido hacía seis meses, y que estaba muy preocupada por su hija de ocho años, a la que había dejado sola en casa con fiebre.

–No puedo perder este trabajo, señorita –exclamó la mujer, restregándose los ojos con la mano–. Lo necesito para mantener a mi niña.

–¡Váyase a casa! –le dijo Rose.

–No puedo, señorita.

–No le diré nada al señor Novros. Es solo un pequeño favor. Estoy tan lejos de mi familia que me gustaría al menos poder ayudar a la suya.

El ama de llaves rompió a llorar y la abrazó. Luego le dio las instrucciones precisas para hacer la cena. Instrucciones que Rose fue incapaz de recordar cuando se enfrentó a la cocina de vitrocerámica minutos después. Tras varios intentos frustrados, renunció a preparar aquella receta y decidió hacer en su lugar su comida favorita. Puso al fuego unos fideos de arroz y mientras cocían salió afuera a terminar de poner la mesa en la playa.

Contempló el sol a punto de ocultarse. Pensando que Jerjes podría volver en cualquier momento, entró corriendo en el dormitorio, se duchó y se cepilló el pelo. ¿Qué podría ponerse? Lo único que había en el armario era ropa de playa. Se le ocurrió por un instante ponerse un pantalón corto y una camiseta de Jerjes, pero la idea de llevar su ropa le pareció de una audacia propia de una amante. Algo que ella no estaba dispuesta a ser nunca.

Al final, decidió ponerse dos pareos de gasa sobre un bikini de color rosa pálido. Se miró al espejo satisfecha. Con las dos piezas, superpuestas una sobre otra, no se transparentaba casi nada. Sonrió imaginando la decepción de él al verla así vestida. ¡Así aprendería!

Llevó la bandeja con la cena a la mesa y puso en el centro el florero con la rosa que había cortado en el jardín. Luego se sentó a esperar, mirando las pinceladas de color rojo y púrpura que la puesta de sol iba dejando en el horizonte sobre aquella playa de arenas blancas y aguas de color zafiro.

Se despertó sobresaltada al sentir a Jerjes tocándola en el hombro. Comprendió que se había quedado dormida sobre la mesa.

Ya era casi de noche. Vio su silueta negra recortada sobre el fondo rojizo del cielo. Los pantalones y la camiseta estaban manchados de polvo. Tenía una expresión malhumorada, muy distinta de la de horas antes.

—¿Qué ha pasado? —preguntó ella.

— Nada —contestó él muy serio, sentándose a su lado.

—¿Dónde has estado?

—Eso no tiene importancia —dijo él muy seco y añadió luego al ver la flor—: ¿Cómo ha llegado aquí esta rosa?

Rose se mordió el labio, pensando que quizá hubiera hecho algo que revelase que había dejado marchar al ama de llaves a su casa.

—¿Por qué lo preguntas? —preguntó a la defensiva.

—Es la primera vez que vengo aquí, el personal de

servicio todavía no me conoce. ¿La has encargado para mí?

—La encontré en el jardín de al lado —replicó ella con las mejillas encendidas—. Me chocó que aquí pudieran crecer las mismas flores que las que tienes en tu casa de Grecia a miles de kilómetros. Pensé que te gustaría.

—Sí, me gusta mucho —dijo él suavemente—. Gracias.

Sacó la rosa del florero y se la puso a ella detrás de la oreja, acariciándole la mejilla. Luego le tomó la mano. Ella se estremeció.

Por encima de sus cabezas, los colores rojos y violáceos de la puesta de sol parecían ahora reminiscencias de un fuego que se hubiera propagado por el firmamento. Un fuego como el que se veía ahora en los ojos de él o como el que la quemaba a ella de deseo por dentro.

—Siento haber llegado tarde —se disculpó él, mirando la fuente de plata que había sobre la mesa—. La cena debe de estar fría. ¡Es una pena! He venido todo el tiempo pensando en la cena que el ama de llaves nos habría preparado. La comida de estas islas tiene mucha fama. Al parecer es una mezcla de los sabores de la India, de Asia y del Medio Oriente. Según me ha contado Nikos, esa mujer es una cocinera excelente. Estoy deseando probar…

Con gran expectación, destapó lentamente la fuente de plata y, tras ver lo que contenía, se dejó caer de golpe en el respaldo de la silla.

—¡Pasta a la boloñesa! —exclamó él sorprendido.

—Es deliciosa —replicó ella—. ¡Y los fideos de arroz le dan un toque exótico!... ¿Quieres que te sirva?

Rose echó una buena ración en cada plato. Luego

miró el suyo. Los fideos no tenían muy buen aspecto. Quizá se habían quedado fríos o los había dejado hervir demasiado tiempo. Al probarlos, se dio cuenta de que estaban horribles. Le entraron ganas de vomitar, pero controló la náusea y, tras toser un par de veces, consiguió tragárselos.

–¡Vaya, no están mal! –se le ocurrió decir.

Jerjes los probó también y se quedó blanco. Se levantó de la mesa muy enfadado.

–No sé si esa mujer estaría bebida cuando preparó esto, o si se trata de una broma, pero pienso presentar una queja… –dijo, arrojando la servilleta sobre la mesa.

–¡No! –exclamó Rose, agarrándole la mano, con cara de súplica–. No es culpa suya sino mía.

–¿Qué quieres decir? –preguntó él, mirándola con el ceño fruncido.

–Envié a la señora Vadi a su casa. Le dije que yo haría la cena y que no se notaría la diferencia –se disculpó Rose con lágrimas en los ojos–. No se lo digas a su jefe, podría despedirla por algo que no ha hecho. Ella no tiene la culpa de que me haya salido este desastre de cena.

–¿La enviaste a su casa? ¿Por qué? –preguntó él, volviéndose a sentar a la mesa.

–Estuvimos hablando… Su marido murió hace poco y tenía una niña enferma sola en casa. Necesitaba ayuda. Así que traté de ayudarla.

–¿Estuviste hablando con ella? –dijo él asombrado–. Yo tengo empleados que llevan más de diez años trabajando para mí y de los que no sé nada.

–Eso no es bueno.

–Yo lo prefiero así. Pero, ¿por qué te prestaste a hacer su trabajo cuando podías haberte quedado tranquilamente en la playa? Era su trabajo. Su responsabilidad. No la tuya.

–Tenía que ayudarla para que pudiera asistir a su hija. A mí también me habría gustado que alguien me dejara hablar con mi madre.

–No puede ser. Si hablas con tu madre, ella podría ponerse en contacto con las autoridades de Estados Unidos. Una novia joven secuestrada es el tipo de historia sensacionalista sobre la que se echarían como lobos los medios de comunicación de medio mundo.

–¿Y si te doy mi palabra de que ella no le dirá nada a nadie?

–Lo siento –respondió él negando con la cabeza.

–¿No tienes familia? –le preguntó ella, mirando el plato que tenía sobre la mesa.

–No de la forma que supones.

–¿No tienes hermanos?

–Fui hijo único.

–¿Y tu madre?

–Murió.

–¿Y tu padre?

–No tuve.

–Eso es terrible –exclamó ella desolada, apretándole la mano entre las suyas–. Lo siento mucho.

Por un momento, él permaneció inmóvil. Luego apartó la mano.

–Déjame adivinar –dijo él con sarcasmo–. Vivías en una casa antigua, tu madre te hacía galletas en el horno para cuando llegaras del colegio y tu padre te enseñó a montar en bici.

–Exacto –dijo ella ingenuamente.

–Claro. Has vivido en un cuento de hadas –dijo con aspereza, levantándose otra vez de la mesa mientras ella lo miraba extrañada–. Vamos. Es tarde. Prepararé la cena.

La luna llena se iba elevando sobre el horizonte

mientras ellos caminaban por la playa desierta hacia la cabaña. Entraron en la cocina y él encendió la luz.

–¿Puedo ayudarte? –se ofreció ella tímidamente.

–No, por supuesto que no –respondió él con un cuchillo de cocina en la mano–. Siéntate ahí.

En unos minutos, Jerjes preparó un par de sándwiches de pavo y los sirvió en dos platos con unas rebanadas de mango. Los puso en la mesa y se sentó al lado de ella.

Abrió un par de botellas de cerveza india y le dio una a ella. Luego, con una sonrisa, chocó su botella con la de Rose.

–¡Buen provecho!

El sándwich y la fruta estaban deliciosos. Mientras comía, Rose lo miró en la suave penumbra de la cocina. Sus palabras resonaban aún en su mente: «Has vivido en un cuento de hadas».

Ella había pensado una vez que el sueño de su vida sería casarse con un apuesto barón en un castillo medieval. Él tenía razón, ella había estado viviendo en un cuento de hadas.

Había tenido una familia y muchos amigos que la querían. Tenía un pequeño apartamento de su propiedad, a menos de una hora de la casa de sus padres. ¿Qué problema había en que tuviera que trabajar en dos sitios para poder llegar a fin de mes? ¿O que su coche se estropease cada dos por tres y tuviera que empujarlo para que arrancase y poder llegar a tiempo a sus clases nocturnas después del trabajo? Había tenido una infancia feliz. Una vida feliz.

–Tienes razón –le dijo ella con un nudo en la garganta–. Con relación a mi familia, quiero decir. Supongo que he tenido una vida feliz.

Jerjes acabó el sándwich y apuró la cerveza. Luego la miró a los ojos.

–Y volverás a tenerla de nuevo. Una mujer como tú ha nacido para ser feliz.

Jerjes se inclinó hacia ella. La luz de la luna que entraba por la ventana le confería un brillo especial, haciéndole parecer un ser sobrenatural, como un ángel negro.

Rose sintió sus ojos oscuros clavados en sus labios. Iba a besarla. Lo presentía. Él le acarició la mejilla, e inclinó su cabeza hacia la suya. Ella oyó un rumor que no supo distinguir si era el de las olas rompiendo en la playa o el de su propio corazón latiendo a toda prisa.

–Nunca he conocido a una mujer como tú –susurró él, acariciándole suavemente los brazos desnudos con las yemas de los dedos–. Me… desconciertas… ¿Has terminado? –le preguntó, mirando a su plato medio vacío –ella lo miró, pero fue incapaz de decir nada–. Venga –le dijo él con una sonrisa tomándole la mano.

La llevó al cuarto de estar y la ayudó a sentarse cómodamente en el sofá. Volvió a la cocina y regresó al poco con una bandeja y unas frambuesas en una copa de cristal. Descorchó una botella de champán francés y lo echó sobre las frambuesas. Luego, le ofreció la copa mientras la contemplaba con su mirada inescrutable.

–¿Qué es eso? –preguntó ella sin atreverse a tomar la copa.

–Lo he preparado especialmente para ti. Le estropeé la noche de bodas –dijo él, poniéndole la copa en la mano y apretándola alrededor de las suyas–, y voy a compensarte, dedicándote esta noche.

–¿Cómo? –dijo ella con la voz medio quebrada.

Rose sintió un vacío en el estómago. Bebió un sorbo de aquella deliciosa infusión de champán aromatizado con frambuesas, pero sus nervios no se aplacaron. Jerjes, sin decir nada, volvió a llenar la copa de champán con una mirada cargada de sensualidad.

Luego se fue al cuarto de baño. Las paredes eran de mármol blanco y tenía una bañera para dos personas desde la que se veía el mar bañado por la luna. Abrió el grifo del agua caliente y echó un gel espumante. El cuarto se llenó en seguida de un vapor cálido y de unas fragantes burbujas.

—Listo —dijo él, volviendo a la sala y ayudándola a incorporarse del sofá.

Sin soltar la copa de champán que, sin saber cómo, estaba otra vez llena, Rose miró la enorme bañera llena de burbujas. A través del ventanal de enfrente entraba la luz de la luna. Sintió a la vez la tibia brisa tropical, el vapor cálido de la bañera y el aroma de las exóticas flores que llenaban la estancia.

Luego, él se acercó a ella y le quitó con suma delicadeza las dos gasas que cubrían su cuerpo, dejándolas caer lentamente al suelo.

Con una sensual sonrisa, la miró de arriba a abajo. Ella, con su bikini rosa pálido, sintió una oleada de fuego corriendo por su cuerpo y notó cómo unas gotas de sudor comenzaban a deslizarse entre sus pechos.

—Quítate el bikini.

Ella, sin pensarlo, se pasó las manos por detrás del cuello para soltarse el lazo del bikini, pero luego se dio cuenta de lo que estaba haciendo y dejó caer las manos.

—No puedo contigo ahí mirándome —dijo ella.

—Me daré la vuelta.

Rose tuvo ocasión entonces de tener una nueva visión de su cuerpo, así vuelto de espaldas. Sus hombros anchos y fuertes realzados por aquella camiseta ajustada, sus caderas estrechas que sus ceñidos pantalones vaqueros marcaban y su trasero duro y musculoso.

–¿Ya? –pregunto él, sin volverse.

Ella se echó las manos a la cabeza, sobresaltada. ¡Se lo había estado comiendo con los ojos! ¿Habían sido las burbujas del champán las que la habían transformado en una mujer diferente?

Pero no, no había solo el champán. Debía salir de allí en seguida. Debía decirle a Jerjes que no le interesaba el champán, ni el vapor, ni las burbujas. Tenía que volver sola a la habitación y cerrar la puerta. Eso sería lo que haría una mujer sensata.

Pero, de repente, sintió ganas de no serlo.

Se había pasado veintinueve años esperando a su príncipe azul, reservándose para el hombre que la amase para siempre. Pero, ¿y si no llegaba? ¿Qué pasaba si, como Jerjes le había dicho, los caballeros de armadura blanca ni siquiera existían? ¿Si ella había malgastado toda su juventud en un sueño romántico que nunca se haría realidad?

Estaba cansada de ser la chica solitaria que había sido siempre. Siempre esperando, como una princesa durmiente encerrada en un ataúd de cristal.

Respiró profundamente. Si no podía cumplir su sueño romántico se aferraría al menos al placer que la vida podía darle. Correría ese riesgo.

Muy despacio, se desató la parte de arriba del bikini y lo dejó caer al suelo. Luego se soltó también la parte de abajo y lo apartó todo de una patada. Entró totalmente desnuda en la bañera y se sumergió en la fragante espuma llena de burbujas, cerró los ojos y, aguantando la respiración, se dejó hundir hasta el fondo.

Cuando se levantó unos instantes después, con el pelo chorreando, se sintió renacida.

Oyó entonces un jadeo ahogado. Jerjes estaba de

pie junto a la bañera, mirando el reguero de agua que fluía entre sus pechos y sus pezones de color rosa oscuro.

Se hundió en el agua, cubriéndose el cuerpo con la espuma.

—¡Me prometiste que no mirarías! —se quejó ella.

—Nunca dije tal cosa —respondió él sentándose en el borde de la bañera y deslizando la mano por su hombro—. Eres tan hermosa, la mujer más hermosa que he visto nunca.

—Me parece que hablas bajo los efectos del champán.

—No he tomado nada.

Ella parpadeó y miró sorprendida la botella casi vacía que había junto a la bañera. Entonces, ¿quién se la había bebido? La respuesta parecía bastante clara.

—Has estado tratando de... emborracharme —dijo ella casi tartamudeando.

—¿Y por qué iba yo a hacer una cosa así? —replicó él con su sonrisa burlona.

—No sé. Tú sabrás.

Jerjes le pasó la mano por el pelo empapado y ella echó la cabeza hacia atrás. Luego se inclinó hacia ella y acercó su boca a la suya. Rose sintió deseos de que la besara.

Pero él comenzó entonces a acariciarle el cuello y los hombros, masajeándolos suavemente con círculos relajantes a la vez que sensuales. Ella cerró los ojos. Era una bendición. La gloria.

—Supongo que crees que estoy tratando de seducirte, ¿verdad? —susurró él en voz baja.

Al oír esas palabras, Rose pensó que sus temores eran ridículos. Él era un millonario poderoso que tenía el mundo en sus manos. Le había dicho que amaba a otra mujer. Una mujer por la que estaba dispuesto precisamente a negociar con ella. Ella era solo su cautiva, su moneda de cambio. ¿Por qué iba a esforzarse tanto en seducirla, a ella, la exnovia de su enemigo, una simple camarera de veintinueve años?

–Sí, sé que suena ridículo –exclamó ella.

–Sin embargo, tienes razón –dijo él–. Voy a seducirte.

Rose abrió los ojos de golpe. Mientras él seguía frotándole sensualmente el cuello y los hombros, miró a través de la ventana. En el silencio, vio las esbeltas siluetas negras de las palmeras recortadas entre las nubes blancas iluminadas por la luna, y el centelleo de las estrellas en la oscuridad de la noche.

Sintió un intenso placer al contacto de sus manos sobre su piel desnuda.

Luego, sintió su aliento y se estremeció cuando sus labios le rozaron el lóbulo de una oreja.

–Te deseo.

Ella se sintió mareada, como si el mundo diese vueltas a su alrededor. Estaba desnuda en el calor del baño que él había preparado para ella, embriagada de champán francés. Pero lo más embriagador de todo era el sentimiento que comenzaba a nacer dentro de ella.

Volvió a cerrar los ojos, esperando que él la tomara en sus brazos y pusiese fin a aquel dulce tormento.

–Te deseo, Rose –repitió él–. Locamente… Pero te mereces algo mejor que un hombre como yo.

De repente, todo su calor y su pasión se esfumaron.

Se dio la vuelta, sorprendida, salpicando de agua y de espuma el suelo de mármol, y le vio salir del cuarto sin volver la vista atrás.

# Capítulo 10

«TE mereces algo mejor que un hombre como yo». A la mañana siguiente, Jerjes se despertó con el cuerpo entumecido y la espalda dolorida tras haber pasado la noche en una hamaca de la playa. Aún no se lo podía creer.

La había tenido. Desnuda y dispuesta para él. Había visto cómo se había estremecido ante sus caricias. La había tenido. Había sentido su deseo, pidiéndole sin palabras que la besara. No habría necesitado romper su promesa. Habría sido la cosa más fácil del mundo.

Si hubiera esperado un poco más, habría sido suya. Habría conseguido al mismo tiempo satisfacer su venganza y lograr su recompensa. Y sin embargo, la había dejado allí en la bañera, con el cuerpo cubierto de espuma.

Después de la salir de la habitación, se había quitado la ropa y se había metido desnudo en el mar para limpiar su cuerpo del polvo. Y para limpiar su alma de deseo.

«Te mereces algo mejor que un hombre como yo».

Se peinó el pelo con las manos y movió el cuello para estimular sus vértebras doloridas. Había pasado toda la noche al aire libre.

Se maldijo en silencio. ¿Por qué lo había hecho? ¿Por qué había sido tan considerado con ella?

«Seguiré teniendo fe...».

Creyó oír su voz de nuevo como una música, y recordó la forma en que ella le había mirado con sus profundos ojos azules.

«No concibo una vida sin amar desinteresadamente a una persona y ser correspondida por ella».

Sonrió amargamente. Su frustración y la mala noche que había pasado le nublaban la razón.

Había llegado a las Maldivas el día anterior lleno de optimismo, después de que el jefe de sus guardaespaldas le hubiera dicho que habían visto a Laetitia por allí. Si podía encontrarla y llevarla sana y salva a un centro médico para que la atendieran debidamente, no tendría necesidad de tratar con Växborg. Una vez que Laetitia se recuperase, podría divorciarse, y Rose...

Rose podría ser solo suya.

Pero después de un año, todas las pistas habían resultado falsas. Casi había perdido la esperanza. La pequeña cabaña al final del camino de aquella isla desierta había resultado estar abandonada. Unos vecinos le habían dicho que habían visto por allí a una mujer que se parecía a Laetitia, pero que se había marchado hacía dos días y no sabían a dónde había ido. A su cuidadora, una vieja mujer desdentada que no hablaba inglés y no tenía ningún conocimiento médico, le habían pagado en efectivo. La mujer le dijo que la joven, que estaba siempre dormida, aún vivía. Eso fue todo lo que supo decirle.

Al volver a la cabaña la noche anterior, había visto a Rose durmiendo plácidamente en la mesa de la playa y se había quedado mirándola. Estaba allí sola, a la puesta del sol, con aquellas gasas vaporosas que llevaba sobre su bikini rosa. Y, de repente, se le había ocurrido la forma de paliar su frustración, de buscar a la vez consuelo y placer.

Antes incluso de que la tocara en el hombro para despertarla, ya había decidido poseerla. Pero no la obligaría a hacer nada que ella no quisiera. Quería que se entregase a él por su propia voluntad.

Sabía que, como cualquier otra mujer, se rendiría si lograba convencerla de que era ella la que controlaba la situación.

El poder era un gran afrodisíaco.

Y, si él no se hubiera ido, Rose se habría rendido.

¿Por qué?, se dijo él, con gesto cansado. ¿Por qué lo había hecho? ¿Porque le gustaba? ¿Porque ella era buena persona? ¿Porque la admiraba?

Pensó de nuevo en su cuerpo seductor. Frunció el ceño. La próxima vez, no tendría piedad.

—¿De verdad dormiste ahí toda la noche?

Volvió la cabeza al oír aquella tímida voz y vio a Rose de pie junto a la hamaca ataviada con un vestido playero blanco. Iba sin maquillar y su cara estaba algo bronceada. Llevaba el pelo suelto por los hombros. Tenía un aspecto verdaderamente juvenil.

—Sí —respondió él escuetamente.

—No tenías por qué haberlo hecho. Podías haber dormido en el sofá. No muerdo, ¿sabes? —dijo ella con una trémula sonrisa.

—Yo sí.

—No te tengo miedo.

Al ver aquella radiante sonrisa, él sintió en el pecho algo parecido a un dolor.

El sol había hecho acto de presencia en aquella mañana espléndida, tiñendo el cielo de color rosa sobre las aguas cristalinas. Las palmeras se mecían al soplo de la brisa del mar que hacía ondear también el pelo de ella.

Fue entonces cuando lo leyó en sus ojos. Rose se preocupaba de verdad por él.

La idea le produjo un vacío en el estómago. Saltó de la hamaca con tal rapidez que casi se cayó.

—¿Estás bien?

—Muy bien —contestó él, incorporándose algo irritado.

—¿Por qué te marchaste anoche de esa forma?

—Por tu propio bien —respondió él queriendo dar por zanjado el asunto.

—No te entiendo

—Dejémoslo así. Créeme, dormiste mejor anoche sin mi compañía.

—No —dijo ella mirándolo fijamente—. Te equivocas. No pude dormir nada. Me pasé la noche pensando en ti.

Jerjes no pudo apartar la mirada de aquel rostro angelical.

Sentía un deseo loco por su cuerpo. Deseó llevarla a la playa desierta, arrancarle lo que llevaba puesto, tenderla desnuda sobre la arena y luego besarla y pasar la lengua por cada centímetro de su piel. Quería estar dentro de ella, llenarla por completo, hasta saciarse de ella, y hacerla olvidar a todos los amantes que hubiera tenido, hasta que la oyese gritar su nombre desesperadamente.

Pero allí, de pie junto a ella, trató de controlarse apretando los puños para no acercarse más a ella y besarla.

—¿Y por qué estuviste pensando en mí?

—Quieres dar la impresión de que eres un hombre egoísta y cruel. Pero he llegado a la conclusión de que eres un hombre bueno.

—Yo no soy bueno —dijo él con voz de trueno, poniendo las manos en sus hombros y mirándola intensamente—. Eres tú la que eres...

–¡Oh! –exclamó ella sonrojándose–. Yo no soy tan buena. En realidad, me he sentido bastante mal alejándote de tu cama… Del sofá, quería decir.

Rose estaba avergonzada, como si se sintiera culpable. Cuando había sido él el que había alquilado aquella cabaña para seducirla.

–No te preocupes por eso –replicó él mirándose la ropa manchada ahora por el sudor–. Una noche bajo las estrellas es justo lo que necesitaba.

–Aun así, me hace sentirme mal. Prométeme que no volverás a dormir fuera. Y ahora vayamos dentro. He preparado algo para desayunar.

–¿En serio? –dijo él con una sonrisa–. ¿Debo tomar eso como un premio? ¿O como un castigo?

–¡Yo sé cocinar! –exclamó ella, sacando la lengua–. Lo de la pasta de ayer no fue culpa mía. Pensé que con los fideos de arroz saldría igual la receta.

–¿Estás segura de que no tienes miedo de quedarte a solas conmigo en la cabaña? –preguntó él ardiendo de deseo, y luego añadió al verla asentir con la cabeza–: ¿Cómo lo sabes?

–Puedo sentirlo. Además, me diste tu palabra –dijo ella con una amplia sonrisa.

Ella se dirigió a la cabaña. Él se quedó mirándola unos segundos y luego la siguió, admirando las suaves curvas de su trasero moviéndose al ritmo de sus caderas. Estaba empezando a estar un poco más rellenita, observó con satisfacción. Le vino de repente una imagen de Rose, redondita y embarazada de un hijo suyo.

«¡Por Dios santo!», se dijo parándose en el sitio y dándose una palmada en la frente. «¡Qué cosas me vienen a la cabeza!»

–Por aquí –dijo ella.

Jerjes entró en la cabaña y vio que todo estaba limpio y ordenado. Pasó por el dormitorio y salió a la terraza. El jardín conservaba aún su frescor a esas horas de la mañana. Vio que ella había puesto una pequeña mesa para dos. Junto a la cafetera, había una fuente con tostadas y mantequilla, un bol de frutas muy bien cortadas y unas flores.

–¿Lo ves? –dijo ella con una reluciente sonrisa. ¿Lo ves como sí sé cocinar?

–¿Lo dice por las frutas y las tostadas?

–Quería que la señora Vadi se quedase en casa hasta que su hija se pusiera bien. Eso no es nada malo, ¿verdad? –dijo ella con una sonrisa– Esto es lo único que sé hacer. Sé que no soy una gran cocinera, se me da mejor la limpieza. La casa está ahora más limpia, ¿no te parece?

Él apenas se había fijado en lo reluciente que estaba todo. Nunca se fijaba en el trabajo de sus empleados, daba por sentado que era su obligación hacerlo todo correctamente.

–¿Es esa la idea que tienes de unas vacaciones? –preguntó él, apartándole un mechón de la cara–. Nunca he conocido a nadie como tú, Rose. Ese interés que te tomas por la gente, tratando de ayudarla, sin pensar nunca en ti misma. Somos tan diferentes...

–No es verdad –dijo ella inclinándose hacia él.

Era una reacción desafiante, muy propia de ella, pensó.

¿Cómo podía pensar que había algo bueno en el alma de él?

Porque era una ingenua. Algo que sería evidente cuando él la sedujera, acostándose con ella con el único propósito de satisfacer su deseo egoísta y hacerle el mayor daño posible a su enemigo. Y luego la vendería por Laetitia.

Ella alargó la mano y le acarició la mejilla.

–Eres un hombre bueno. Sé que lo eres. ¿Por qué lo hace, Jerjes? ¿Por qué te empeñas en pasar por un hombre cruel, sin corazón?

Jerjes sintió un fuego en el cuerpo al contacto de su mano. No pudo soportarlo y apartó la cabeza bruscamente. Era la misma reacción extraña que había tenido la noche anterior.

Ella lo miró sorprendida.

«Te mereces algo mejor que un hombre como yo».

Jerjes Novros, el hombre que se había enfrentado a magnates y hombres de negocios, astutos, déspotas y corruptos, se sentía indefenso ante una mujer sencilla de corazón tierno.

Rose debía haberse levantado muy temprano, antes del amanecer, para preparar aquellas flores, cortar la fruta y preparar el desayuno. Lo había hecho ella misma para que así el ama de llaves pudiera quedarse en casa atendiendo a su hija enferma.

–Discúlpame –dijo él–. Necesito darme una ducha... Vuelvo en seguida.

Se fue corriendo al cuarto de baño y se dio una ducha de agua fría. Pero ni todo el hielo del Ártico habría podido apagar el fuego que sentía por dentro. Por ella.

Era la única mujer pura que había conocido en su vida. ¿Qué otra mujer se habría levantado tan temprano para ayudar desinteresadamente a una desconocida?

Él no lo habría hecho. Habría pensado que la mujer le estaba mintiendo para no trabajar y, en cualquier caso, habría evitado involucrarse en el asunto. Rose, sin embargo, había decidido ayudarla sin pensarlo dos veces.

Cerró el grifo de la ducha, se secó y se puso unos pantalones cortos de color caqui y una camiseta ajustada de color negro.

Se dirigió de nuevo al jardín de la terraza donde Rose le estaba esperando.

El deseo que sentía por ella seguía tan vivo como antes. Pero, ¿sería capaz de seducir a una mujer como ella? ¿A una mujer que veía siempre lo mejor de los demás, incluso de él?

Pero él la deseaba y no estaba acostumbrado a controlar sus pasiones. Era la primera vez que se había resistido a seducir a una mujer.

–Debes de estar hambriento –le dijo Rose sonriente cuando él se acercó a la mesa–. ¿Café o té?

–Café –respondió él, dejándose caer en la silla.

–¿Con leche o...?

–Solo.

Sentada en la silla junto a él, Rose le sirvió el café en una taza de porcelana, con la desenvoltura y los modales de una dama victoriana. Él se tomó de un trago aquel líquido negro y caliente, y se quemó la lengua.

Sintió el dolor como un bálsamo. Él podía soportar el dolor. Lo que no podía aguantar era el deseo que sentía por ella.

–Lo siento –dijo ella contrariada.

–¿Por qué?

Ella se humedeció los labios. Él sintió un fuego quemándole por dentro cuando vio su lengua rosada deslizándose de un lado a otro de sus labios.

–Por privarte anoche de tu cama.

Sí, ella tenía la culpa. Pero no por lo que ella pensaba. Se pasó la mano por el pelo mojado.

–Más –dijo él empujando la taza hacia ella–. Por favor.

Rose le volvió a llenar la taza.

Era sin duda una mujer muy hermosa y tradicional. Jerjes pensó que era de ese tipo de mujer que cualquier hombre desearía tener al llegar a casa.

¡Por Dios santo! ¡Qué pensamientos! Antes le había venido la imagen de ella embarazada y ahora se la estaba imaginando esperándole en casa al llegar del trabajo. Él estaba destinado a estar solo. Siempre lo había estado y siempre lo estaría.

Tomó otro trago de café.

—¿Quieres un poco de mermelada con las tostadas? —le preguntó ella.

—No, me gustan solas —dijo tomando una y devorándola en unos segundos.

Se produjo entonces un largo e incómodo silencio. Solo se oía el graznido de las gaviotas y el batido de las olas del mar.

—¿Tienes alguna noticia de Lars? —preguntó ella para romper el hielo.

—No —respondió él secamente.

Había vuelto a fracasar. No había conseguido dar con el paradero de Laetitia. La idea de que tendría que entregar a Rose a otro hombre le enfureció tanto, que sintió deseos de dar un golpe en la mesa. Decidió, sin embargo, comerse otra tostada.

—Debes de estar hambriento —repitió ella, sin saber qué decir.

Jerjes se limpió la boca con la mano y la miró detenidamente. Su cuello de cisne, la forma en que sus senos se marcaban bajo la fina blusa de algodón, la esbelta curva de su cintura… Estaba tan cerca de ella, que podía oler su perfume mezclado con el de las flores y admirar su cabello largo y dorado como los rayos del sol de la mañana. Llevaba el pelo al natural, sin peinar, como si acabase de hacer el amor. Como si, en lugar de haberse ido él a duchar, hubiera tirado todo lo que había allí encima de la mesa de un manotazo, le hubiera arrancado la ropa, la hubiera puesto desnuda sobre la mesa y la hubiera hecho el amor apasionadamente.

Pero tenía que aguantar sus impulsos. Por una vez en la vida, tenía que comportarse como era debido con otra persona. No podía seducir a una mujer como Rose sabiendo el daño que le haría, sabiendo que después de amarla se vería obligado a entregársela a Växborg como un juguete usado.

–Växborg está en Las Vegas –dijo él al fin–. Se pondrá en contacto conmigo en cuanto ultime los trámites de su divorcio. Espero que sea solo cuestión de días.

–¿Se puede divorciar uno tan fácilmente?

–Un divorcio normal en Las Vegas suele llevar por lo general un par de semanas, pero estoy haciendo uso de mis influencias para acelerarlo.

–Ya veo… Debes de estar deseando volver a verla.

–¿Y tú? –dijo él con amargura–. ¿Estás también deseando volver a estar en los brazos de Växborg?

Ella se volvió hacia él, con una expresión de desconcierto en sus grandes ojos verde mar.

–¡Sabes muy bien que no!

Sí, él lo sabía, pero sabía también que era tan bondadosa, que quizá podría, con el tiempo, acabar perdonando al barón. Y ese pensamiento le puso furioso.

–Deberías saber que no fuiste la única amante que él tuvo una vez casado.

–¿Cómo?

–Ha tenido al menos cinco o seis.

–Debes de pensar de mí que soy la mujer más estúpida del mundo –replicó ella dejando su taza de café sobre la mesa–. ¡Creer que Lars se casaría legalmente con alguien como yo!

Jerjes la miró fijamente y tomó su mano entre las suyas.

–¿Alguien como tú? Tú no eres una mujer cualquiera. Eres una mujer muy especial. Eres la única que él deseaba tener.

Como si el contacto de sus manos la quemara por dentro, ella apartó la suya y desvió la mirada.

–Aún no comprendo lo que estaba haciendo en San Francisco cuando nos conocimos. Me dijo que estaba buscando oportunidades de negocio –dijo ella con una leve sonrisa–. Pero yo nunca le he visto trabajando.

–Hay una clínica al este de San Francisco que tiene fama de ser el mejor centro médico del mundo en problemas cerebrales. Al principio pensé que habría llevado allí a Laetitia, pero luego averigüé que la había dejado en una vieja cabaña de las montañas antes de regresar a San Francisco para tramitar la venta de una de las propiedades de la familia de ella.

–¿Una cabaña?

–Sí, una cabaña vieja y abandonada, sin electricidad ni agua corriente –respondió él con expresión sombría bajando la mirada–. Cuando llegué, me encontré unos restos de brasas en la chimenea, una manta tirada en el suelo y una bolsa abierta de patatas fritas. Pero Laetitia ya no estaba. Desde entonces, he estado siguiendo todas las pistas que me han llegado, buscándola por medio mundo y registrando desesperado una clínica tras otra, tratando de encontrarla antes de que Lars consiguiera su deseo de verla muerta.

–Todavía no me puedo creer que sea tan cruel.

–Lo comprendo –dijo él con una amarga sonrisa–. El amor a veces nos ciega los ojos.

–¿Cómo puedes aún creer que le siga amando? –exclamó ella conteniendo las lágrimas–. ¿Qué te pasó para ser tan cínico y duro?

–Solo sé que cuando las personas creen estar enamoradas –replicó él sin poder evitar un tono de burla en la voz– suelen engañar a los demás o engañarse a sí mismas.

–Sin embargo tú mismo has dicho que la quieres.

–No la abandonaré –contestó él, apretando los dientes–. No dejaré que se muera sola y abandonada. No lo permitiré.

Jerjes pudo ver las preguntas que pugnaban por salir de su boca. Rose se inclinó hacia él como tratando de consolarle. Pero él no podía dejar que se acercara más. El deseo que sentía hacia ella le convertía en un hombre indefenso, vulnerable. No podía imaginar lo que pasaría si además de desear su cuerpo, empezase a desear también ser algún día el hombre bueno que ella pensaba que era.

–Laetitia no tenía ni dieciocho años cuando se casó con Växborg en Las Vegas –continuó diciendo él–. Después de una fuerte discusión, ella se marchó sola con el coche. Supongo que había decidido dejarle. Fue entonces cuando se estrelló con el coche –apretó con rabia las manos por debajo de la mesa–. He estado buscándola durante un año. Pero siento como si hubiera estado perdiendo el tiempo. He fracasado.

Jerjes bajó la cabeza, desolado. Sintió entonces los brazos de Rose. Se había levantado de la silla y arrodillada junto a él le estaba abrazando en silencio.

Por un instante, aspiró el perfume del sol y de las flores. Se sintió reconfortado. Aquello era ridículo. Nunca le había protegido nadie. ¿Cómo podía sentirse tan seguro en los brazos de una mujer, mucho más pequeña que él, que no tenía ni su poder ni su dinero?

Pero no, no era cierto. Rose tenía un poder increíble, una fuerza como nunca había visto antes. Había conseguido cambiarle. Le hacía sentirse... como si estuviera en casa.

–Una vez me dijiste que todo se podía comprar, que todo tenía un precio –dijo ella.

–Sí –contestó él abriendo los ojos, sorprendido.

–Entonces, ¿por qué no le das a Lars la fortuna de Laetitia?

–¿Pretendes que le premie? –exclamó él fuera de sí–. ¿Que le dé una recompensa por querer dejarla morir?

–Sería la solución más fácil.

–Puede ser, pero yo quiero justicia. Växborg no recibirá nunca un céntimo.

–Lo comprendo –dijo ella con una sonrisa trémula–. Eres un hombre de principios. Pero hay un pequeño problema en el que no sé si te has parado a pensar. ¿Qué pasaría si Lars cambiara de opinión y no estuviera dispuesto a renunciar a todo por mí?

–No lo hará –respondió él acariciándole la mejilla–. Un hombre haría cualquier cosa por tener a una mujer como tú. Sería capaz incluso de vender su alma –hizo ademán de acercarse a ella pero se contuvo–. Creo que debo irme –dijo levantándose de la mesa.

–Quédate –dijo ella, agarrándolo del brazo y mirándole a los ojos.

–Si me quedo… –susurró él con un hilo de voz–. Te besaré.

–Lo sé.

–¿Sabes lo que estás diciendo?

–Sí –contestó ella–. Bésame.

# Capítulo 11

**R**OSE se ruborizó al escuchar sus propias palabras.

Pero al final las había dicho. Había conseguido expresar lo que su corazón le había estado pidiendo toda la noche desde que se había quedado sola en aquella enorme cama.

Sabía que Jerjes no rompería su promesa. Si ella quería que la besara, tendría que pedírselo.

Él se volvió hacia ella y acunó su cara entre las manos, mirándola con pasión.

−Si te beso −susurró él−, no me contentaré con un beso, querré más.

Ella no había pensado en eso. Solo sentía un deseo irrefrenable de que la besara en seguida.

Era una locura, se dijo Rose. Pero su cuerpo hacía ya tiempo que había dejado de escuchar los consejos sensatos de su mente.

−Romperá tu relación con Växborg para siempre − le dijo él en voz baja.

−¿Crees sinceramente que eso me importa?

−Espero que no. Es más, lo deseo fervientemente − respondió él, acariciándole el cuello con las yemas de los dedos−. Pero... quiero que estés convencida de ello. Luego ya no habrá vuelta atrás.

Ella pudo ver el deseo en el brillo de sus ojos oscuros y en el jadeo de su voz. Podía sentir su pasión en la piel con cada una de sus caricias. Sintió entonces un estremecimiento bajando por su cuerpo, desde los lóbulos de las orejas, al cuello y los pechos hasta los lugares más sensibles e íntimos de su feminidad.

–Bésame –repitió ella.

Cerró los ojos y esperó con los labios entreabiertos, mientras sentía el soplo cálido de la brisa del mar sobre su piel.

Sabía que esa aventura no podría durar mucho. Pero pensó que, si no encontraba nunca el amor verdadero en un hombre, al menos no se iría del mundo sin haber experimentado el placer, aunque solo fuera por un instante.

–Quizá solo te mueva el resentimiento y el deseo de venganza que sientes en tu corazón por haberte visto traicionada.

No era verdad. Lars era lo último que pasaba por su mente en ese instante.

–¿Tú no querrías vengarte si alguien te traicionase?

–Sí –respondió él sin pensárselo dos veces–. Pero tú eres diferente. Tienes buen corazón. La venganza no va contigo. Te sentirías mal y yo no quiero que sufras, ni hacerte daño.

–Tú no puedes hacerme daño. Yo nunca volveré con él.

–Eso es lo que piensas ahora –dijo él acariciándole las mejillas–. ¡Cielo santo! Me cuesta tener que decir esto, pero... no creo que hayas tenido muchos amantes. Perdóname, pero creo que tenemos una idea diferente de lo que es una relación sexual. Me temo que cuando te acuestas con un hombre, haces el amor no solo con su cuerpo, sino también con el corazón.

–No tengo ni idea, no sabría qué decirte –replicó ella conteniendo una carcajada–. Pero creo que eso que dices no es más que una hipótesis.

–¿Qué? –exclamó él sorprendido–. ¿Qué quieres decir con eso de que no tienes ni idea?

Rose tenía las mejillas al rojo vivo. Le iba a resultar humillante.

Pero él tenía que saberlo.

–Te vas a reír de mí cuando te lo diga. Le va a parecer una estupidez a un hombre como tú.

Jerjes frunció el ceño comenzando a sospechar lo que se ocultaba bajo aquellas palabras.

–Pero Rose. No me irás a decir que eres…

–Sí, soy virgen.

–Pero, ¿cómo es posible? ¡Una mujer tan hermosa como tú!

–Y lo que es aún peor– dijo ella suspirando–. Eres el primer hombre que me ha besado.

–¡No! –exclamó él, poniendo las manos en sus hombros y mirándola fijamente a los ojos.

–Por eso Lars me preparó esa falsa boda, porque no quería besarle hasta que estuviésemos casados. Apenas le dejé que me diera un beso en la mejilla durante la ceremonia.

–¿Y ahora? –preguntó él, con las manos aferradas desesperadamente a sus hombros.

–Ahora quiero que me beses –dijo ella echando la cabeza hacia atrás.

–¡No lo hagas por venganza! –exclamó él–. Me dijiste que querías un amor que durase toda la vida. No creo que eso fuese posible a mi lado. Yo no soy de ese tipo de hombres que llegan a casa después del trabajo esperando que su mujer le tenga preparada la cena en la mesa.

–No me importa.

–¿Es que no lo entiendes? Probablemente tendré que canjearte por Laetitia.

–Lo sé.

–Entonces, ¿en qué demonios estás pensando?

–Estoy cansada de esperar a un marido. Empiezo a pensar que quizá no exista y quiero empezar a disfrutar de la vida. Aquí y ahora… A menos que, después de todo, no me desees… Me has dicho que amas a Laetitia. Sería poco honorable por tu parte tener una aventura con otra mujer a sus espaldas. La estarías traicionando.

–Yo no soy honorable –replicó él, que seguía sujetándola por los hombros–. Pero estás muy equivocada. Laetitia no es mi amante y nunca lo ha sido.

–¿Entonces… ella no es…? –balbuceó Rose.

–Mis sentimientos... por Laetitia son más bien… de naturaleza… familiar –contestó él pronunciando cada palabra como si le costase…

–¿Familiar? –exclamó ella confundida–. ¿Como qué? –preguntó ella y luego añadió, al ver que él no respondía–: ¿Es tu prima? ¿Tu sobrina?... Porque creo que no es lo bastante joven para que pueda ser tu hija –él apretó los dientes y desvió la mirada–. No vas a decírmelo, ¿verdad?

–No –respondió él.

–¿Porque le prometiste que no lo harías?

Él asintió ligeramente con la cabeza.

Así que ella no era su amante. Era alguien de la familia. Laetitia era un miembro de su familia, o al menos así era como él se sentía.

El corazón de Rose se iluminó de pronto. Lo miró a los ojos.

–También me prometiste a mí que me besarías si te lo pedía –dijo ella, acariciándole la cara con la mano–. Pues bien, ahora te lo estoy pidiendo. Bésame, bésame.

–Muy bien. De acuerdo. Que el cielo me ayude.

Posó su boca sobre la suya y la besó de forma ardiente y apasionada. Presionó su cuerpo contra el suyo, besándola tan profundamente, que ella casi se quedó sin aliento, henchida de placer. Sintió la dureza de su virilidad sobre ella, y la robustez de su cuerpo mucho más fuerte y grande que el suyo. Ya no tenía miedo. Con las manos enredadas en su pelo, le devolvió el beso mientras jadeaba de placer e inclinaba hacia atrás el cuello.

Él la besó en el cuello, al tiempo que sus manos se deslizaban sobre la fina tela de su vestido, murmurando palabras de deseo que ella no pudo oír con claridad, pero que de alguna manera sintió en su cuerpo. Tomó sus pechos con sus manos y comenzó a mordisquearle el cuello y los hombros. Ella sintió como si un fuego ardiente recorriera su cuerpo ,y se estremeció.

–¿Tienes frío? –le preguntó el, mirándola a los ojos.

Sin esperar respuesta, la levantó en brazos, llevándola desde las frías sombras de la terraza hacia la soleada zona de la playa. La tendió dulcemente sobre la arena cálida y blanca y se tumbó a su lado. Inclinó la cabeza a un lado y la besó. Luego se puso sobre ella apretándola con su cuerpo. Al sentir su peso, ella sintió un intenso calor quemándola por dentro.

Apoyado en sus musculosas piernas, se quitó la camiseta negra y la dejó en la arena. Luego hizo ademán de quitarle a ella la blusa que llevaba encima.

Ella puso su mano sobre la suya.

–No –susurró ella, tomándole la mano–. Aquí no podemos...

–¿Por qué no? –dijo él.

–Pero…

–Este sitio es nuestro.

La besó, y sus labios fueron tan persuasivos y los movimientos de su lengua tan atrevidos, que ella no pudo negarle nada. Se sometió humildemente a su deseo, sin darse cuenta siquiera de que él le iba quitando lentamente el vestido mientras la besaba.

Luego, deslizó las dos manos por debajo del bikini, acariciándole los pechos y frotándole los pezones con las yemas de los dedos. Con un par de movimientos le soltó los tirantes y arrojó el bikini sobre la arena junto a la blusa.

Rose se dio cuenta entonces de que estaba tendida en la arena, completamente desnuda. Cerró los ojos cuando él se dispuso a quitarse los pantalones cortos.

Luego sintió su cuerpo fuerte y duro como el acero sobre el suyo y sus piernas musculosas. Le separó los muslos mientras la besaba. Rose pudo sentir de inmediato entre las piernas la dureza y tamaño de su miembro mientras le acariciaba los pechos y los pezones con las manos.

Se inclinó entonces sobre ella y le lamió primero un pezón y luego el otro, estimulándolos con los movimientos de su lengua, hasta que ella comenzó a gemir de placer.

Poco a poco, fue bajando por su cuerpo, acariciándole el vientre con la lengua en pequeños círculos mientras la sujetaba por las caderas con las manos.

El corazón de Rose comenzó a latir con fuerza. Podía oírle con más nitidez e intensidad que los gritos de las gaviotas que pasaban por encima de ellos y que el susurro de las hojas de las palmeras agitadas por el viento del mar.

Notó su aliento cálido entre las piernas. Era algo insólito, tal vez perverso, pero ella no podía luchar contra él. Su cuerpo le pertenecía. La cabeza le daba vueltas. Extendió las manos sobre la arena, tratando de aferrarse a algo, cualquier cosa, algo que la mantuviera apegada a la tierra e impidiera que su cuerpo se elevase al cielo. Sintió sus manos deslizándose entre los muslos. No estaría pensando en...

Totalmente abierta, él pasó la lengua entre sus muslos saboreando buena parte de ella.

Con un gemido de placer, ella se arqueó sobre la arena, sintiendo una gran excitación con la sola idea de aquel acto íntimo y prohibido. Él comenzó a mover la lengua una y otra vez de abajo a arriba estimulando su punto más sensible. Primero lentamente, luego más rápidamente y de nuevo otra vez despacio.

Ella comenzó a respirar de forma entrecortada y su visión se tornó borrosa por momentos.

–Mírame –le susurró él.

Pero ella no podía.

–Mírame –repitió él apremiante.

Y entonces ella no tuvo más remedio que obedecer.

La imagen de su cabeza oscura entre los muslos le produjo la misma sensación que si una corriente eléctrica le recorriese el cuerpo chisporroteando a su paso.

Luego, él se arrodilló entre sus piernas y ella pudo ver completamente su cuerpo desnudo.

Era impresionante y hermoso, por la fortaleza de su torso musculoso, su vientre plano y terso y sus caderas estrechas. Pudo ver también la dura y enorme evidencia del deseo que sentía por ella y decidió cerrar los ojos asustada.

Él la cubrió con su cuerpo, apartándole suavemente el pelo de la cara.

–No tengas miedo.

–Sé que me va a doler –susurró ella con los ojos cerrados–. Por favor, hazlo deprisa.

–Mi querida niña… –dijo él con una sonrisa–. Eso es lo último que haría.

Hundió de nuevo la cabeza entre sus piernas, agarrando firmemente con las manos sus caderas, y sumergió la boca en la zona húmeda de entre sus muslos. Ella sintió un placer tan intenso, que comenzó a mover las caderas a un lado y a otro, hacia arriba y hacia abajo, como si tratara de soltarse de él. Estaba completamente bajo su control. Siguió agitándose con las caricias de su lengua y lanzó un gemido, que se mezcló con el rugido de las olas, cuando él le pasó la lengua por su punto más erógeno e íntimo, lamiéndolo, succionándolo con pequeños golpecitos de la punta de la lengua.

Luego introdujo casi toda la lengua dentro de ella.

Ella se puso a jadear al comenzar a notar los espasmos del placer. La sensación de sentir su lengua dura y húmeda en su interior era algo que no había experimentado nunca, ni se lo había imaginado. Arqueó la espalda cuando su lengua se deslizó hacia arriba, saboreándola y recreándose lentamente en cada pliegue de su cuerpo. Una vez él notó bien húmeda toda la zona, le introdujo un dedo. Cuando ella gimió de dolor, él lo sacó suavemente un instante y le introdujo luego dos dedos a la vez. Ensanchándola. Llenándola. Al mismo tiempo que continuaba estimulando su punto erógeno femenino con la lengua cálida y mojada, hasta que la excitación fue tan fuerte, que ella se puso a gemir desesperadamente, pidiendo que la liberase de aquel dulce tormento.

Pero él no tuvo piedad. Fue implacable. La mantuvo inmovilizada sobre la arena y comenzó a pasar repetidas veces la punta de la lengua alrededor del centro mismo de su feminidad. Y cuando ella ya no pudo soportarlo más, cuando empezó a respirar de forma jadeante y a nublársele la vista, le lamió su clítoris con pasión mientras introducía tres dedos dentro de ella. Rose creyó que su cuerpo iba a estallar en mil pedazos y comenzó a gritar sintiendo que el mundo explotaba dentro de ella.

Él retiró inmediatamente la boca, apartándole las piernas con sus caderas y colocando su miembro firme y duro entre sus muslos. Ella seguía aún aturdida en medio de su éxtasis cuando sintió su miembro tratando de introducirse en su húmeda cavidad femenina.

Con una respiración jadeante, él fue penetrándola con un movimiento suave pero constante.

Ella no estaba preparada para que aquel miembro enorme entrara en su cuerpo. Lanzó un grito ahogado al sentirlo dentro. Se quedó inmóvil unos segundos.

Luego, él comenzó a moverse lentamente dentro de ella. Suavemente, muy suavemente, balanceando las caderas sobre las suyas, meciéndose hacia adelante y hacia atrás mientras empujaba con desesperante lentitud. Pero de pronto, para su sorpresa, ella volvió a sentir una nueva oleada de placer que prometía llegar al éxtasis. Él se había metido tan dentro de ella, la había llenado tan profundamente, que por un instante creyó sentirlo cerca del corazón.

Más profundo. Más profundo. Su fuerza y su empuje eran tales, que ella creyó que podría partirse en dos. En cuestión de minutos, sintió una segunda explosión, aún más profunda y devastadora que la anterior, y gritó de nuevo. La voz profunda de él se unió a la suya al alcanzar él también el clímax.

Rose sintió las lágrimas corriéndole por las mejillas. Estaba llorando de alegría.


Jerjes se quedó tendido sobre ella hasta que el calor del sol dándole en la espalda le hizo volver en sí.

Miró a la hermosa mujer que tenía debajo. Tenía los ojos cerrados y una dulce sonrisa en los labios. Su corazón se estremeció. Nunca había sentido nada igual. Nunca. Con nadie. Nunca había imaginado siquiera que haciendo el amor pudiera sentirse algo parecido.

Con mucho cuidado para no aplastarla, se giró y se recostó a su lado sin dejar de abrazarla. Él solo había querido hacer el amor con ella para satisfacer su deseo y hacerla sentir a ella ese mismo deseo. Pero no había resultado como él se lo había imaginado. Había sido mucho mejor. Había sido la única experiencia sexual verdaderamente auténtica de su vida.

Miró las nubes blancas flotando ligeras sobre el cielo azul. Luego miró de nuevo a la hermosa mujer que tenía en sus brazos, y se dio cuenta de que aún deseaba más de ella.

Y en ese momento comprendió que no quería dejarla, ni renunciar nunca a ella.

Quería que fuera suya para siempre.

# Capítulo 12

A LA mañana siguiente, Rose se despertó, acunada en sus brazos, en la cama del dormitorio y contempló las luces rosadas del amanecer.

Habían pasado toda la tarde y la noche del día anterior en la cama. Apenas habían salido del dormitorio unos minutos para ducharse y tomar algo en la cocina.

Lo miró ahora mientras dormía. Su rostro apacible parecía más joven que nunca, casi infantil. Había dormido abrazada a él toda la noche, después de haber hecho el amor varias veces. Era la felicidad absoluta. El paraíso. El éxtasis total.

¿Por qué se sentía tan cerca de él, tan ligada a él? ¿Porque le había entregado su virginidad? ¿No se estaría engañando a sí misma como le había ocurrido con Lars, imaginándose que Jerjes era el hombre que satisfacía todos sus sueños románticos?

«No crea que soy una buena persona», le había dicho él muy serio. Pero ella no quería creerlo. ¿Cómo podía hacerlo cuando cada centímetro de su piel y de su cuerpo le decía lo contrario? Además, él había mantenido su promesa. Incluso le había aconsejado que estuviese muy segura antes de dar ningún paso. Ella había sido la que le había pedido que la besara, la que le había entregado su virginidad por voluntad propia.

Y no lo lamentaba.

Sin embargo…

Había pensado que podría mantener relaciones sexuales solo por placer, sin necesidad de sentir amor por el hombre con el que estuviera. Pero ahora se daba cuenta de lo estúpida que había sido al creer tal cosa. Ella no podía separar los sentimientos de esa manera.

—¿Arrepentida? —le dijo él en voz baja a su lado, como si hubiera estado leyéndole el pensamiento.

—No —respondió ella con una sonrisa trémula—. De hecho, creo que debería haber hecho esto hace ya mucho tiempo.

—Pues yo me alegro de que no lo hicieras —replicó él, dándole un beso lleno de ternura y luego añadió al notar una cierta preocupación en su mirada—: ¿Qué pasa, Rose? ¿Sigues pensando en Växborg?

—No.

—Aún le amas, ¿verdad?

—No —respondió ella—. Creo que nunca lo amé.

—Me alegra oírlo.

Jerjes clavó en Rose sus profundos ojos negros y ella se sintió totalmente perdida. Sus recuerdos de Lars parecían una gota de rocío comparados con el océano de emociones que él le inspiraba en ese momento.

Pero sabía que no podía enamorarse de Jerjes después de lo que él le había dicho. ¡No podía ser tan estúpida e ingenua!

Se incorporó en la cama bruscamente.

—¿Rose? —exclamó él sorprendido.

—Estoy bien —respondió ella con una sonrisa forzada, tratando de contener las lágrimas—. Lo de anoche fue maravilloso.

—Fue tu primera vez —dijo él con añoranza, poniendo las manos sobre la almohada por debajo de la cabeza–. Sí, fue realmente maravilloso –añadió acariciándola con la mirada.

–Bueno, no tienes de qué preocuparte –dijo ella desviando la mirada–. No voy a atosigarte para que me regales un anillo de compromiso.

–Eso está bien –replicó él–. Los dos sabemos que yo no soy de ese tipo de hombres que iría a pedirte a casa de tus padres. No tengo madera de marido, ni de padre.

–Ya…

–Lo digo en serio –dijo él, incorporándose en la cama y sentándose a su lado con gesto serio–. ¿Crees que Växborg es un egoísta malnacido? Pues bien, yo soy peor.

–Si tú lo dices…

–No sería bueno para ninguna mujer. Y menos para una mujer como tú. Rose... –se inclinó hacia ella y tomó sus manos entre las suyas–. Tú te mereces ver cumplido tu cuento de hadas y ambos sabemos que yo no soy tu caballero de la blanca armadura.

–No necesitas darme explicaciones– replicó ella con la voz quebrada, apartando las manos–. Estoy bien. En pocos días, ultimarás el trato con Lars y yo regresaré a casa y encontraré en California un hombre con el que pueda compartir un amor de verdad. Un hombre honrado, cariñoso y fuerte, al que pueda amar el resto de la vida.

Se produjo un silencio largo y tenso.

–¿Y si nunca llega? –preguntó él en voz baja.

–Entonces me quedaré sola y viviré en soledad hasta que me muera.

–Eso no va a suceder –dijo él pasándole un brazo por la espalda y acunándola sobre su pecho desnudo–. Tendrás una vida feliz. Ya lo verás. Te mereces todo lo bueno de este mundo.

Rose sintió sus manos acariciándole el pelo antes de que se inclinara para besarla. Su beso fue tierno y dulce, nada que ver con la intensa pasión de la noche anterior. Embargada de emoción, sintió las lágrimas ardiéndole en los ojos.

¿Por qué sentía aquel dolor en el corazón? ¿Era por la alegría y la pasión desbordadas de estar en sus brazos? ¿O por la pena de saber que aquello iba a terminar muy pronto?

Su beso se hizo más apasionado. La agarró por las caderas y rodaron juntos en la cama hasta que ella quedó encima de él. Jerjes le acarició la espalda desnuda, haciéndola sentir un escalofrío. Rose, tendida sobre él, le contempló pensando que nunca había visto a un hombre que a la vez fuera tan hermoso y rudo. Su rostro, sin afeitar, le daba un aspecto más viril. Tenía además el pelo revuelto después de su larga noche de amor. El cuerpo bronceado y musculoso. Los hombros anchos y rectos, el vientre plano, y las piernas y los muslos duros y firmes como troncos de árboles.

Jerjes no era como los hombres que había conocido. Si no era el príncipe azul, entonces era el príncipe negro de sus sueños de nocturnos.

La sujetó por las caderas y la levantó como una pluma, luego la fue bajando lentamente hasta que se quedó sentada sobre él. Y mientras bajaba, iba corrigiendo la posición de su cuerpo para poder penetrarla, muy suavemente, centímetro a centímetro, ante los gemidos de ella. Rose echó la cabeza atrás, ofreciéndole el cuello. Sus ojos miraban extraviados a algún punto lejano e invisible. Él la llevaba y la enseñaba a cabalgar sobre él, pero dejándole imponer su propio ritmo. La tensión fue creciendo en una vorágine de pasión y deseo hasta que ella explotó finalmente con un grito de placer. Segundos después, él llegó al clímax con un empuje profundo y definitivo, gritando su nombre con un rugido tal, que podría haber pasado por el de algún animal salvaje. Ella, completamente exhausta, se desplomó encima de su cuerpo, y se quedó temblando sobre él varios minutos.

Más tarde, mientras dormían uno en los brazos del otro, Rose abrió los ojos y contempló con la mirada perdida la luz del sol que brillaba en el mar.

Ya no podía seguir negando sus sentimientos.

Jerjes la había aceptado tal como era. Tal vez porque él también había acabado aceptándose a sí mismo. Él sabía que no era perfecto y ella pensó que tampoco necesitaba serlo. Los dos tenían sus defectos, pero podían seguir siendo... amigos.

¿Amigos?

La amistad no era el sentimiento que mejor describía lo que ella sentía en su corazón.

Pero ella sabía que eso no le traería más que sufrimientos. Aunque Jerjes se mostrase tan considerado con ella, sabía que tendría que dejarla ir a cambio de Laetitia. Era solo cuestión de tiempo.

«Mis sentimientos por Laetitia son más bien de naturaleza familiar», le había dicho. ¿Sería su prima? ¿Su sobrina? ¿La hija de un viejo amigo? ¿Quién podría ser?

De lo que sí que estaba segura era de que Jerjes Novros cumplía siempre sus promesas. Y a pesar de todas sus advertencias, ella le había dado no solo su cuerpo, sino también su corazón.

Fuera, el sol era brillante y luminoso, y los pájaros de la mañana cantaban alegremente en el cielo azul.

Rose lloró en silencio en sus brazos mientras él dormía.

Estaba enamorada de Jerjes. Y sabía que su relación solo podía terminar de una manera. Con el corazón roto.


Un sonido persistente parecido a un zumbido, que parecía provenir del suelo del dormitorio, despertó a Jerjes de su plácido sueño reparador. Abrió los ojos somnoliento y vio que estaba sonando el teléfono móvil que había dejado en un bolsillo del pantalón, junto a la cama. Miró a Rose. Seguía durmiendo dulcemente con una sonrisa en los labios.

Se bajó de la cama con mucho cuidado para no molestarla. Habían dormido muy poco las últimas horas.

Tomó el móvil y salió del dormitorio sin hacer ruido, cerrando la puerta tras de sí.

—Novros —respondió él al teléfono.

—Jefe, esta vez la hemos encontrado —le dijo su guardaespaldas de confianza.

En menos de diez minutos, Jerjes se afeitó, se duchó y se vistió. Luego regresó a la habitación con energías renovadas. Se acercó a la cama con intención de despertar a Rose, pero se detuvo al verla dormida con aquella cara de felicidad.

La miró detenidamente. Le costaba creer que le hubiera elegido a él, de entre todos los hombres del mundo, para que fuera su primer amante. Se estremeció al recordar todas las veces que habían hecho el amor en las últimas veinticuatro horas. Debería estar saciado, sin embargo, en aquel momento, mirándola, estuvo a punto de olvidar su misión y meterse de nuevo en la cama con ella.

Pero tenía una pista sobre Laetitia y tenía que seguirla. Tenía que concentrar todo su esfuerzo en encontrarla y salvarla.

Luego podría tener a Rose para él solo. Sí, era tan egoísta como para retenerla a su lado sabiendo que ella estaría mejor con un hombre bueno y no con un malnacido como él.

La miró y sintió una nueva excitación. Sí. Sin duda era un egoísta. En ese momento, sería capaz de matar a cualquier hombre que tratase de arrebatársela.

Acercó finalmente la mano a su hombro.

–Despierta –dijo en voz muy baja–. Tenemos que irnos.

–¿Irnos? –dijo ella, medio dormida, estirándose en la cama–. ¿Adónde?

La sábana se deslizó hacia abajo dejándola desnuda de cintura para arriba. Él sintió un reguero de sudor en la espalda al ver aquellos pechos desnudos y aquellos pezones sonrosados que él había lamido con la lengua solo unas horas antes…

Hizo un esfuerzo de voluntad para darse la vuelta antes de que se olvidase de todo y saltase a la cama para pasar otras veinticuatro horas con ella.

–A México –respondió él finalmente.

–¿A México? –repitió ella desconcertada–. ¿Para qué? ¿Tienes negocios allí?

–En cierto modo sí. Vístete. Uno de mis hombres te está haciendo el equipaje con los bikinis y el resto de tu vestuario.

–¿Qué vestuario? –preguntó ella–. Solo tengo bikinis.

–Pedí que trajeran más ropa.

–¿Cuándo fue eso?

–Pocas horas después de nuestra llegada.

–¿Y por qué no me lo dijiste? –preguntó ella.

–La maleta con la ropa está debajo de la cama. Salimos en diez minutos.

Pero una vez más, todas sus esperanzas de encontrar a Laetitia iban a resultar vanas. Tan pronto llegaron en el jet privado a Cabo San Lucas, Jerjes dejó a Rose en un villa de lujo de las colinas sin darle más explicaciones y él se fue con su guardaespaldas en un jeep por un camino de tierra en dirección norte a un pequeño pueblo desierto de Baja California.

Al llegar, llamó a la puerta de una casita. Escuchó entonces el lamento de una mujer en su interior. Fuera de sí, abrió la puerta de una patada llamando a gritos a Laetitia.

Vio a una mujer acostada en una cama. Era una mujer morena de la misma constitución física que Laetitia y con la cara vendada. Por un momento, creyó que después de todos esos meses, al final la había encontrado.

Pero se desengañó en seguida al ver que aquella mujer hablaba en alemán. Resultó ser una importante empresaria de Berlín que había ido a aquel apartado lugar a recuperarse de un lifting facial. Jerjes tuvo que recompensarla económicamente para que no llamase a la policía.

Regresaron a Cabo San Lucas en silencio. Entraron en la villa. Jerjes parecía hundido y desolado. Medio encorvado, empujó la gran puerta de roble con desgana y los goznes chirriaron como las uñas en una pizarra. Él sintió como si le raspasen el alma.

La voz dulce y clara de Rose vino milagrosamente a aliviar su dolor.

–¡No sabes la alegría que me da verte en casa!

Rose estaba de pie, en la espléndida terraza que daba al Pacífico. Tenía un aspecto fresco y juvenil. Llevaba un vestido nuevo de color rosa sin mangas, y el pelo suelto por los hombros. Estaba bellísima. Jerjes respiró aliviado. Todo lo bueno que había en el mundo parecía estar condensado en ella.

Ella vio su expresión de tristeza, pero no quiso hacerle ninguna pregunta, solo le tendió los brazos.

Él estuvo a punto de echarse llorar al sentir su abrazo, pero se contuvo. Los hombres no lloraban. Era algo que había aprendido de pequeño.

La llevó adentro. La estancia era de estilo colonial y tenía los techos muy altos. Se dirigió al cuarto de baño, abrió del todo el grifo del agua caliente y en pocos segundos se llenó todo de vapor. Luego, sin mediar palabra, se acercó a Rose y le desabrochó lentamente el vestido.

Ella no se resistió. Se limitó a mirarlo con una expresión llena de ternura. Él le quitó el vestido, el sujetador y las bragas y lo tiró todo al suelo. Luego se desnudó él, la tomó la mano y la llevó a la ducha. Era una ducha enorme.

Jerjes sintió cómo el agua caliente, que casi le quemaba la piel, le quitaba el polvo, la suciedad y... el dolor. Miró el pequeño cuerpo desnudo de Rose, su piel brillante y sonrosada por el calor del vapor. Se puso detrás de ella, y le lavó el pelo.

Ella se sometió sin decir una palabra, ni una queja, ni una pregunta. Su silencio y comprensión tuvieron la virtud de sanar la herida de su alma mejor que cualquier medicina.

Luego le dio la vuelta, la apoyó contra la pared de cristal de la ducha y la besó en la boca con pasión. Cuando ella le devolvió el beso, él no esperó más. Le levantó las piernas alrededor de su cintura y sin previo aviso, la tomó, hundiéndose en ella, apretándola ardientemente contra el cristal. Los dos cuerpos unidos parecieron luchar o bailar frenéticamente bajo el chorro del agua caliente y el vapor, hasta que él explotó dentro de ella.

Después, la llevó a la cama y le hizo el amor con ternura, llevándola a un estado de placer que le hizo derramar lágrimas de felicidad.

¿Quién era esa mujer?, se preguntó él mientras la acunaba sobre su pecho. ¿Quién era esa mujer que le ofrecía su comprensión, su cuerpo y su corazón, sin pedirle nada a cambio?

Por la noche, cenaron a la luz de las velas. El ama de llaves de la villa les sirvió la cena en una mesa larga y muy bien puesta. Los dos estaban sentados juntos en un extremo, desde el que se veía el golfo de Cortez a la luz de la luna del Pacífico. Cerca de la playa había un viejo barco de pesca con unos faroles colgando de los mástiles, y en el horizonte un gran crucero surcando el mar. Una alegre música de mariachis, tocando en algún sitio de la ciudad, subía por la colina.

Rose bebió un sorbo de su margarita, y se inclinó hacia él sobre la mesa. La luz de las velas iluminaba su cara, proyectando en ella unas sombras que le daban una expresión tan bella y dulce como la de esas madonas de los pintores renacentistas.

–¿Por qué hemos estado viajando tanto? –preguntó ella en voz baja–. ¿Ha llamado Lars a la policía? ¿Nos ha estado persiguiendo?

–Växborg nunca llamaría a la policía. Dejaría al descubierto sus propios delitos. Sigue en Las Vegas, arreglando los papeles de divorcio.

–Supongo entonces que estos viajes son por cuestión de negocios –dijo ella–. Debe resultarte agotador.

Él quiso explicarle que era el deseo de encontrar a Laetitia lo que le hacía viajar por medio mundo. Pero no podía decírselo. Ante su silencio, ella miró el plato que tenía delante y probó otro poco de su enchilada de mariscos.

–Sé que eres rico y poderoso –dijo ella sonriendo–, pero ¿a qué te dedicas exactamente?

Jerjes se sirvió uno poco más de enchilada y un par de tacos de pescado.

–Compro empresas con dificultades económicas. Vendo las divisiones que son rentables y me deshago de las que no lo son.

–¡Oh! –dijo ella con gesto de sorpresa o quizá de decepción.

–¿No te parece bien?

–¡Oh!, yo no soy quién para criticarte. Eres millonario y tienes un jet privado, mientras que yo soy una simple camarera que apenas tiene cincuenta dólares en su cuenta. Sin embargo, he estado trabajando para pagarme la universidad y he estudiado administración de empresas en San Francisco... –vaciló y se mordió un labio, como si esperase que él se burlase de ella, pero él siguió mirándola expectante–. Tu empresa parece rentable, y eso es genial, pero... en las empresas trabajan personas que pueden perder sus puestos de trabajo.

–¿Y?

Llegó entonces con más fuerza la música de los mariachis y ella miró a lo lejos el resplandor de la luna reflejado en la oscuridad del mar.

–Bueno, quizá esté influida por mi abuelo. Tenía una fábrica de caramelos hace mucho tiempo. Todo marchaba muy bien hasta que el precio de los ingredientes empezó a subir. Hace diez años, cuando mi padre se había hecho cargo ya del negocio, una multinacional le ofreció comprar la empresa. Si hubiera aceptado, nos habríamos hecho ricos, pero él sabía que esa multinacional habría cerrado la fábrica y llevado la producción a otro lugar, dejando sin trabajo a la mitad de nuestro pueblo. Así que, por el bien de sus empleados, que eran vecinos y amigos suyos, mi padre se negó a venderla.

–Fue una insensatez.

–No –replicó ella–. Fue un acto noble. Valiente, incluso. Mi padre dijo que sacaría la empresa a flote o se hundiría con ella.

–¿Y qué pasó?

–A pesar de todos sus esfuerzos, la compañía quebró.

–Tu padre nunca debió anteponer sus sentimientos a sus intereses como empresario.

–¡Estaba protegiendo a sus empleados!

–No, no es verdad. No les protegió. Todo lo contrario, les falló a todos. Y lo que es peor, te falló también a ti. Si hubiera vendido la empresa, no estarías a tus veintinueve años trabajando para poderte pagar la universidad.

–Mi padre hizo lo correcto. Fue fiel a sus principios. Pensé que tú, mejor que nadie, lo entenderías.

–Una empresa es un negocio, no una institución benéfica.

–¡Eso suena muy duro!

–Así es como funcionan los negocios –dijo él con naturalidad.

–No tienen por qué ser así –replicó ella–. Algún día, yo me haré cargo de la empresa. He elaborado un plan de negocio. Encontraré la forma de volver a abrir esa fábrica y…

–Olvídalo –dijo él secamente–. Esa empresa es ya historia. Mira hacia el futuro.

Ella desvió la mirada, y tomó otro trago de su margarita. Luego, dejó el vaso en la mesa.

–Es fácil para ti decir eso. Tú te limitas a romper las empresas en pedazos, diseccionándolas y tragándotelas como un buitre.

–Produce beneficios.

–No sabes lo que es llevar verdaderamente una empresa, amarla y poner en ella el corazón y el alma.

–Ni quiero saberlo. Las cosas personales no se deben mezclar con los negocios.

–Nada es personal para ti, ¿verdad?.. ¿Sabes una cosa? Me das pena. De veras.

Si hubiera sido cualquier otra persona, se habría encogido de hombros sin darle ninguna importancia. Pero no podía soportar que Rose se enfadara con él.

–Lo siento –dijo él tomándole la mano–. No quiero discutir contigo.

–Yo tampoco –dijo ella mojándose los labios–. Pero si supieras lo grande y gratificante que puede resultar crear una empresa que de verdad tenga un valor, algo que…

–No, gracias –le cortó él–. Sería una pérdida de dinero y de energías –dijo, levantándose de la mesa–. Y ahora, ¿qué te parece si salimos? Llevas encerrada aquí casi todo el día.

–¿Salir? ¿Afuera? –exclamó ella sorprendida.

–Llevo un buen rato oyendo una música que viene de la ciudad. ¿Quieres ir a bailar conmigo?

–¿Me dejarías salir? ¿Te arriesgarías a que pudiera ir corriendo a llamar a la policía?

–Confiaré en ti, si me das tu palabra de que te portarás bien.

–Te doy mi palabra –dijo ella–. De cualquier modo, quiero ayudar a Laetitia y… ayudarte a ti.

Jerjes observó aquel rostro tan dulce y tan hermoso detenidamente, como si quisiera guardarlo en el recuerdo para toda la eternidad. Él la había secuestrado, la había seducido, y sin embargo, ella quería ayudarle.

Rose era la mujer con el corazón más grande del mundo.

–¿Y cuándo crees que Lars obtendrá legalmente el divorcio? –preguntó ella.

–Tal vez mañana o pasado… –replicó él con tristeza.

–Bueno, aún nos queda esta noche –dijo ella con una sonrisa, echándose por los hombros una rebeca de cachemira–. Aún no me puedo creer la cantidad de sitios que he visto en tan poco tiempo. Grecia, las Maldivas, y ahora México. ¡Después de haberme pasado toda la vida casi sin salir de mi pueblo de California, esto ha sido algo increíble!

–Eso es algo que no consigo entender, cómo puede estar una persona a gusto tanto tiempo en su casa, sin salir a ninguna parte.

–¿Nunca has tenido un hogar?

–No lo he necesitado, ni lo he echado en falta –replicó él–. Creo que lo hemos pasado muy bien juntos, ¿verdad?

Realmente hubiera querido decirle: «Cuando estás a mi lado, cualquier sitio me parece mi hogar».

–Al principio, no me gustabas –dijo ella en broma mientras se dirigían al BMW que él había alquilado–. Cuando me dijiste que no me besarías hasta que yo te lo pidiese...

–Siempre supe que acabarías en mi cama –dijo él mientras le abría la puerta, dispuesto a decirle toda la verdad–. Te seduje intencionadamente, Rose. Sabía que acabaría conquistándote.

–¡Oh! –exclamó ella confundida, entrando en el coche.

Jerjes condujo el vehículo carretera abajo, desde la colina hacia la ciudad.

Ella permaneció en silencio durante unos minutos.

–¿Te arrepientes de lo nuestro? –le preguntó él suavemente.

–No. Es solo que... cuando conozca al hombre que se case conmigo, no sabré qué responderle si me pregunta por qué no tuve paciencia para esperarle.

–¡Rose! –exclamó él.

–Aunque lo cierto es que le esperé –continuó ella–. Le estuve esperando mucho tiempo. Pero no llegó. El único hombre que me pareció remotamente un príncipe resultó ser un sapo.

Jerjes la miró y pensó con envidia, no con odio, en el hombre que algún día se casase con ella.

–Créeme, Rose, él no te hará esas preguntas estúpidas. Se pondrá de rodillas y dará gracias al cielo por tenerte por esposa.

Llegaron al puerto deportivo y aparcaron el coche. Jerjes apagó el motor y le tomó la mano.

–Me pregunto a veces si eres consciente de cómo eres realmente. De cómo eres capaz de hacer que la vida le parezca hermosa a cualquier persona que esté a tu lado. Incluso a mí.

–Pues creo que tiene su mérito, el tuyo es un caso ciertamente difícil.

Él soltó una carcajada. Se inclinó para besarla, pero en ese momento sonó su teléfono móvil.

–Novros –respondió él, aún con la sonrisa en los labios.

–Estamos divorciados –dijo al otro lado la voz de Växborg, llena de furia contenida.

–¿Qué? –exclamó Jerjes en voz baja, girándose para que Rose no le oyera.

–Ya me ha oído. Están hechos todos los trámites legales. Mañana por la mañana, será oficial.

–Entonces llámeme mañana –dijo Jerjes mirando a Rose y pensando que pronto la perdería.

–¡Espere! –dijo Växborg–. Tengo que hablar con Rose. Me acaba de llamar su padre. Su abuela ha sufrido un ataque al corazón y se teme por su vida. Quizá no pase de esta noche. Tiene que dejarme que lleve a Rose a su casa.

–¿Me cree tan tonto como para caer en esa burda trampa? –dijo Jerjes soplando por la nariz.

–Tenga piedad de ella, malnacido. ¡Es su familia!

Jerjes miró a Rose una vez más. Tan dulce, tan confiada. La familia lo era todo para ella.

–Yo no tengo corazón, Växborg –respondió él con frialdad–. Debería saberlo.

–¿Era Lars? –preguntó Rose cuando él colgó.

–El divorcio se hará definitivo mañana.

–¡Oh! –exclamó ella apenada.

Ambos sabían desde el principio que aquello iba a terminar en cualquier momento. Pero de lo que él no se había dado cuenta hasta entonces era del dolor que iba a suponerle estar sin ella.

Pero había hecho un trato con Växborg y él no faltaba nunca a su palabra.

–Así que esta noche será nuestra última noche –dijo ella–. Tendríamos que hacer alguna fiesta de despedida. Mañana, los dos tendremos lo que queríamos. Tú recuperarás a Laetitia, y yo volveré con mi familia.

Jerjes apretó los dientes, se dio la vuelta, marcó un número en el móvil y mantuvo una breve conversación en griego. Luego colgó. Växborg no le había mentido.

—¿Adónde iremos primero? —preguntó Rose fingiendo estar alegre—. ¿A bailar?

—No, al aeropuerto.

—¿Al aeropuerto? —dijo ella conteniendo el aliento a punto de echarse a llorar—. ¿No podemos pasar siquiera la última noche juntos?

—Te voy a llevar a San Francisco —dijo él muy sereno.

—¿A San Francisco? Pensé que íbamos a ir a Las Vegas.

—Vas a tener que ser fuerte, Rose. Tengo una mala noticia que darte. Tu abuela ha tenido un ataque al corazón —Rose se derrumbó sobre al asiento del coche y él la estrechó entre sus brazos—. Me encargaré de que tenga los mejores médicos. Se pondrá bien, te lo prometo.

Ella lo miró con agradecimiento y se abrazó a él, hecha un mar de lágrimas.

—Gracias —dijo ella llorando.

Jerjes le acarició la espalda con la mano, murmurando palabras de consuelo sin sentido. Tenía que hacer todo lo que estuviera en su mano para que su abuela se pusiese bien. Estaba dispuesto a hacer cualquier cosa para hacer feliz a Rose.

—¿Por qué estás haciendo todo esto por nosotros? Ni siquiera la conoces.

—No —dijo él acariciándole las mejillas—. Pero sé que la quieres mucho. Con eso me basta.

# Capítulo 13

ERA casi medianoche cuando Rose se dejó caer agotada en la estrecha cama de su antiguo dormitorio. Llevaba puesta la misma rebeca de punto que había usado en México, solo que ahora no la llevaba por los hombros, sino bien abrochada.

Miró los viejos pósteres de las estrellas de rock que había pegado de adolescente en las paredes empapeladas con motivos florales ya desvaídos por el paso del tiempo. Su querido osito de peluche parecía mirar atentamente las estanterías donde se acumulaba un buen número de los trofeos que había ganado en el instituto.

Oyó las voces de su familia hablando en la planta baja y el crujido de sus pisadas por la tarima. Le llegó incluso el olor de la sopa de almejas que estaba preparando su madre en la cocina.

Estaba en casa. Todo estaba igual que antes. Pero sin embargo, mirando a Jerjes que estaba de pie junto a la ventana, comprendió que no era verdad. Todo había cambiado.

En el avión, se habían puesto ropa más adecuada para el clima frío y lluvioso del norte de California. Jerjes, que llevaba ahora unos pantalones negros, una camisa blanca y un chaquetón negro de lana, miró a las luces que parpadeaban a lo lejos.

–¿Es aquella la vieja fábrica de tu familia?

Rose había pasado muchas horas sentada en esa ventana, leyendo libros y mirando con ensoñación las olas rompiendo en el acantilado. Se conocía de memoria cada una de las vistas de aquella casa victoriana.

–Sí.

Unas luces débiles iluminaban aún lo que quedaba del esqueleto de la vieja fábrica de su abuelo, donde había empleado a más de la mitad de los habitantes de aquel pueblo haciendo caramelos en los años cincuenta y sesenta. Pero Rose no quería hablar de la fábrica. No quería que Jerjes le dijera otra vez que era un caso perdido y que lo mejor era que se marchase de allí.

En lugar de eso, quiso darle las gracias porque su abuela se hubiera salvado y se estuviera recuperando.

Se sentó en la cama y miró a Jerjes.

–Gracias.

–¿Por qué? –dijo él volviéndose hacia ella.

–¿Cómo puedes preguntarme eso, después de todo lo que has hecho por mi abuela?

–Yo no hice nada –replicó él, encogiéndose de hombros–. De hecho, tu abuela no sabía bien si abrazarme o darme una bofetada –añadió con su sonrisa irónica.

Jerjes había hecho ir al hospital local en el que estaba su abuela al cardiólogo más famoso de San Francisco. El médico, después de las pruebas realizadas, había diagnosticado que lo de la abuela de Rose no había sido un infarto, sino una alteración cardiaca sin mayores consecuencias. No tenían de qué preocuparse. Lo único que Dorothy Linden tenía que hacer era controlar su alimentación y hacer un poco de ejercicio.

La buena mujer sostenía, sin embargo, que ella no necesitaba hacer dietas ni ejercicios, que todo había sido por el sofocón que se había llevado al conocer lo del secuestro de su nieta.

No era de extrañar. Al parecer, Lars le había contado a su familia que ella se había fugado después de la boda sin preocuparse por nadie. Esa había sido toda su explicación.

Ella lo maldijo para sí. Lejos de admitir su culpa, la había dejado en la difícil situación de tener que explicar a su abuela por qué ella, una mujer supuestamente casada, había desaparecido del hogar conyugal.

Dio gracias al cielo de que Jerjes hubiera estado allí apoyándola. Cuando había tratado de explicar a su familia lo que había pasado, se había echado a llorar y él, entonces, les había explicado a todos con mucha serenidad que Lars les había mentido, que ya estaba casado y que su boda con Rose había sido solo una farsa. Él la había secuestrado para obligar a Lars a confesar la verdad. Se había enfrentado en silencio y con valor a la indignación de su familia y les había pedido perdón por los errores que había cometido.

Lo único que no les había dicho era que Rose y él habían sido amantes.

Rose miró a Jerjes apoyado en la ventana. El hombre poderoso que había sido tan bueno con su familia. El hombre que había movido cielo y tierra para llevarla a casa en un tiempo récord. El hombre despiadado que ella sabía que tenía un gran corazón, aunque tratase de ocultarlo. El hombre al que ella amaba.

–¿Por qué me has traído a casa? –le preguntó ella poniéndose de pie–. El sheriff local es amigo de la familia. Vive en esta misma calle. ¿Por qué te has arriesgado a traerme aquí?

–Porque tu familia lo es todo para ti –respondió él con una sonrisa, mirando al suelo.

En ese momento, desde abajo llegó hasta ellos un griterío de niños. Los sobrinos de Rose se perseguían unos a otros disputándose un juguete. Al poco se oyó un golpe y luego la voz airada de su padre regañándoles. Jerjes se rio por lo bajo.

–Nunca me imaginé que una familia fuera así realmente.

–¿Y cómo fue entonces tu infancia? ¿Fue muy diferente?

–Tuve una infancia desgraciada. Mi madre era una criada de San Francisco que se quedó embarazada de su jefe.

–¿Eres de San Francisco?

–Sí, viví allí hasta los cinco años, cuando mi madre, harta de cuidarme, fue a ver a su antiguo jefe y le amenazó con contárselo todo a su esposa, una mujer muy rica y de salud delicada. Mi padre le dio una buena suma de dinero para deshacerse de ella y a mí me envió a vivir con mis abuelos a Grecia.

–¡A los cinco años! ¡Cuánto debió sufrir tu madre! –exclamó ella apenada.

–No, ella tomó el dinero y se fue a Miami a darse la gran vida. Nunca quiso volver a saber nada de mí –dijo él pasando la mano suavemente por las viejas cortinas de lino–. Mis abuelos no hablaban inglés y se avergonzaban de su nieto bastardo. Pero mi padre –dijo casi escupiendo la palabra– enviaba periódicamente algún dinero y esa era una fuente de ingresos que ellos no podían rechazar.

Rose lo miró fijamente. Vio el dolor de muchos años acumulado en su corazón. Pensó en el niño de cinco años, abandonado por su madre, rechazado por su padre y enviado a una tierra lejana y desconocida para recibir el desprecio de sus abuelos.

–Yo soñaba con tener una casa como esta y una familia como esta –continuó él recorriendo con la vista el dormitorio–. Cuando mis abuelos se pasaban días enteros sin hablarme, yo soñaba con volver algún día a América y encontrar a mis verdaderos padres.

–Y al final lo conseguiste, ¿verdad?

–Sí, para entonces yo ya tenía una posición sólida en la vida. Encontré a mi padre y me dediqué a hundir su negocio.

–¿Arruinaste a tu propio padre? –preguntó ella.

–Sí y disfruté haciéndolo –replicó él con un brillo especial en los ojos–. Murió de un infarto poco después.

–Oh!, Jerjes…

–Nunca revelé a nadie que yo era su hijo. Siempre le guardé el secreto que tanto le avergonzaba. Luego me fui a buscar a mi madre. La encontré en Florida, con el hígado destrozado por el alcohol y viviendo como una indigente, tras haber sido abandonada por su último amante.

–¿Y qué hiciste?

–Le llevé una botella de vodka con un bonito lazo rojo –respondió él con una amarga sonrisa–. Se puso muy contenta al verla. Pensé abandonarla, como ella había hecho conmigo, pero al final traté de rehabilitarla. Le compré un apartamento nuevo y le pagué todos los gastos hasta que murió.

–Te preocupaste por ella –dijo Rose en voz baja, visiblemente emocionada.

–Fue un momento de debilidad –replicó él, encogiéndose de hombros.

Rose, con un nudo en la garganta por la emoción, se acercó a él por detrás y le abrazó, apoyando la mejilla en su espalda.

–Lo siento.

–Ahora que ya sabes quién soy, comprenderás la locura que harías amándome.

Pero ella ya le amaba. Sí, le amaba.

Y, de hecho, se disponía a decírselo cuando de repente se abrió la puerta del dormitorio y apareció su madre con su delantal estampado. Vera Linden echó un vistazo a la pareja y se llevó las manos a las caderas.

–Bueno, vamos a ver cómo nos las arreglamos… Usted, señor Novros…

–Jerjes, por favor –le corrigió él con una sonrisa.

–Jerjes, tú dormirás esta noche en el cuarto de Tom, al fondo del pasillo. Te lo enseñaré –dijo ella muy solícita, y añadió antes de salir mirándoles a los dos muy seria–: Y no quiero nada de diversiones ni jueguecitos esta noche. ¿Entendido?

–No se preocupe, señora –contestó Jerjes–. Procura dormir, Rose –añadió dirigiéndose a ella–. Saldremos para Las Vegas mañana temprano.

Cuando Jerjes salió de la habitación con Vera, Rose se derrumbó en la cama. A la mañana siguiente acabaría todo. Jerjes cerraría el trato con Lars y nunca más volverían a verse.

Se quedó, como hipnotizada, mirando la puerta por donde él había salido mientras se ponía su viejo pijama de franela para dormir. Era curioso. A pesar de las experiencias tan negativas que había tenido de niño, había encajado en su familia mucho mejor que Lars. Växborg nunca habría aceptado quedarse a dormir en la habitación de su hermano. Habría insistido en pasar la noche en algún hotel de lujo de la playa a más de treinta kilómetros de allí.

–¿Rose? –dijo Vera abriendo la puerta.

–¿Qué pasa, mamá?

–Solo he venido a traerte esto –respondió su madre sentándose en la cama con una taza de té de menta en la mano–. Estoy muy contenta de que hayas vuelto. Estábamos todos tan preocupados…

–Gracias –dijo Rose, tomando un sorbo de la infusión caliente–. ¿Y Jerjes? ¿Se ha acostado ya?

Vera resopló, y luego sacudió la cabeza con ironía.

–¡Y pensar que solo hace unos días estábamos todos en Suecia, viendo cómo te casabas con otro hombre! –exclamó moviendo la cabeza arriba y abajo.

–Sí –dijo Rose sonrojada–. Es curioso, ¿verdad?

–Supongo que ahora puedo decirte sin molestarte que nunca me llegó a gustar ese Lars.

–¿De veras? –exclamó Rose sorprendida–. Nunca me lo dijiste.

–Bueno, yo no era quién para decirte con quién debías casarte o no, pero siempre deseé que trajeras a esta casa a un hombre que fuera una persona normal, como nosotros. Un hombre como el que está durmiendo ahora ahí al lado, en la habitación de Tom.

A Rose casi se le atragantó el té al oír a su madre describiendo a Jerjes Novros, el millonario griego, como un hombre normal.

–Bueno, lo más importante de todo es que, gracias a Dios, la abuela ya está mejor y tú estás otra vez en casa –dijo la madre levantándose de la cama–. Solo quiero recordarte lo que ya os he dicho antes –añadió ya en la puerta con los brazos en jarras–. Nada de jueguecitos en esta casa.

–Está bien, mamá –contestó Rose.

Pero comprendió en seguida por qué su madre se había tomando la molestia de repetirle su advertencia cuando al dirigirse por el pasillo al cuarto de baño para lavarse los dientes pasó de puntillas junto al cuarto donde dormía Jerjes.

Ella lo amaba. ¿Por qué no se lo había dicho cuando había tenido la ocasión? ¿Por qué no tenía el valor de decírselo ahora?

Después de lavarse la cara y cepillarse los dientes, se detuvo de nuevo en su puerta. Estaba cerrada. Tras dudar unos segundos llamó suavemente con los nudillos. Pero no hubo respuesta.

Debía estar ya dormido. Suspiró profundamente, con una mezcla de nervios y decepción.

Mañana, se prometió a sí misma. Mañana, antes de llegar a Las Vegas, le diría que lo amaba. Mañana, antes de que él ultimase su trato con Laetitia. Sería su última oportunidad.

Aún tenía la esperanza. Había habido muchos milagros en su vida. Tener una buena familia, un hogar, una abuela cariñosa, que se estaba restableciendo después del susto que les había dado...

Quizá sería mucho pedir tener además el amor de Jerjes.


Jerjes oyó un suave toque en su puerta.

«Rose», pensó él. No podía ser nadie más. Había ido a verle a pesar de la advertencia de su madre. Se bajó de la cama y se dirigió a la puerta.

Se detuvo antes de abrir. Sabía lo que pasaría si la dejaba entrar. Lo sabía muy bien. Haría el amor con ella. Allí, en aquella casa donde se respiraba tanto amor por todos los rincones. Pero él sabía que esa sensación tan agradable que le embargaba no era solo por la casa y por esa familia tan unida que vivía en ella. Era por Rose.

Ella lo amaba. No se lo había dicho con palabras. Pero él no lo necesitaba. Lo había leído en su cara. En esa cara suya, tan hermosa, en esos ojos tan maravillosos que eran incapaces de mentir y que eran para él como un libro abierto. A pesar de todo lo que le había hecho, ella lo amaba. Parecía imposible creerlo. Era un milagro.

Apretó los puños. Oyó su respiración al otro lado de la puerta. Ella estaba allí a unos centímetros de él, esperando a que la abriera y a que la dejase entrar para abrazarle. Era una verdadera agonía, una angustia que le reconcomía por dentro. Ella estaba allí esperándole, y él se quedó quieto sin hacer nada. Escuchó al fin sus pasos alejándose en dirección a su dormitorio.

Jerjes cerró los ojos y se recostó contra la puerta. La deseaba más que nunca.

Pero era algo más que eso. Lo que sentía por ella era mucho más que deseo. Más que admiración. Más incluso que respeto. Era la mujer más adorable que había conocido nunca. Honesta. Dulce. Cariñosa. Valiente. Era el tipo de mujer que podía hacer de cualquier hombre, incluso de él, una persona decente, solo por el hecho de estar a su lado.

La amaba. Estaba enamorado de ella.

Él, un hombre que no tenía nada en este mundo, salvo dinero y poder, nada de auténtico valor, se había enamorado de una mujer adorable y maravillosa que tenía la virtud de hacer que todo pareciese noble y bueno.

No era digno de ella, pero sentía la necesidad de tenerla en sus brazos, de decirle que la amaba, de hacerla su esposa y de adorarla toda la vida. Con esos sentimientos a flor de piel, agarró el pomo de la puerta.

Pero se detuvo al instante sin llegar a girarlo. La amaba. Pero había hecho un trato. Un trato que salvaría la vida de una joven de diecinueve años. Había hecho una promesa y no tenía elección.

Pero Rose sí.

Se dirigió a la ventana, la abrió y respiró el aire fresco de la noche. Por una vez en su vida, estaba dispuesto a renunciar a un deseo. Se quedó pensativo mirando el mar. Desde el instante en que se habían conocido, ella era quien había tenido de verdad el control de la relación. Él la había secuestrado, ella había sido su prisionera, pero ella era la que había llevado la iniciativa, aunque ninguno de los dos se hubiera dado cuenta de ello. Mañana, sería ella la que decidiría su destino.

Tomó el teléfono móvil e hizo dos llamadas. La primera a su abogado de San Francisco y la segunda a un número odioso que se sabía de memoria.

—Växborg. Estoy listo para el trato.

# Capítulo 14

A LA mañana siguiente, una lluvia gris golpeaba con fuerza el parabrisas del vehículo que se dirigía hacia el norte de San Francisco.

Rose llevaba un vestido y un impermeable negros. Parecía el atuendo apropiado para una mujer que acabase de perder a un familiar. Miró por décima vez a Jerjes sentado a su lado en la parte de atrás del todoterreno. Pero él continuaba ignorándola.

Su familia se había ofrecido a llevarles al aeropuerto, pero él se había negado, y media hora después, había aparecido un todoterreno negro y una furgoneta grande frente a la fachada del viejo caserón de los Linden. Un conductor uniformado había abierto la puerta del todoterreno mientras seis guardaespaldas de traje oscuro habían salido como un relámpago de la furgoneta y se habían alineado en dos filas para proteger la entrada de Jerjes en el vehículo. Los padres de Rose se habían quedado estupefactos. ¡Demasiado despliegue para una persona normal!

Había llegado el día, pensó Rose. El día en que le diría que lo amaba. Pero aún no. El vuelo a Las Vegas duraría unas dos horas. Allí tendría la ocasión de decírselo sin necesidad de que se enterasen el conductor y el guardaespaldas que viajaban en la parte delantera.

Miró por la ventanilla, sorprendida. Se inclinó hacia delante y tocó tímidamente el hombro del conductor.

–Disculpe, pero creo que se ha equivocado. Este no es el camino al aeropuerto.

–No es ningún error –se apresuró a decir Jerjes–. No vamos al aeropuerto.

–¿No?

–¿Recuerdas que te hablé de una clínica que estaba a una hora de camino, al este de San Francisco? Tiene los mejores especialistas en traumatismo craneal de todo el país.

–¿Vamos a esa clínica y no a Las Vegas? –preguntó ella mirándole fijamente y luego añadió al verle asentir con la cabeza–: ¡Entonces has conseguido rescatar a Laetitia!

–Sí –contestó él mirando para otro lado.

Rose sintió una inmensa alegría al darse cuenta de lo que eso suponía.

Jerjes no iba utilizarla como moneda de cambio. Había comprendido que ella valía más que todas sus promesas. Debía haberse vuelto atrás en su idea de no pagar un céntimo a Lars y debía haberle ofrecido una fortuna a cambio de Laetitia. ¡Era la única explicación posible!

Pasaron por una zona de matorrales, poblada de enebros y, tras atravesar una gran reja, llegaron al área de aparcamiento de un pequeño pero moderno hospital. El edificio era un simple bloque uniforme y austero, pero incluso bajo aquella lluvia fría de finales de febrero, a Rose le pareció muy hermoso.

Jerjes la había antepuesto a sus promesas y a su honor. Sintió ganas de abrazarle y ponerse a cantar una canción. Estaba tan feliz, se sentía tan enamorada, que ya no le importaba quién pudiera escucharla.

Cuando el coche se detuvo frente a la puerta de entrada del hospital, ella se volvió hacia Jerjes.

–Te amo.

–Rose... –exclamó él con los ojos muy abiertos y la respiración contenida.

Ella le impidió seguir, tapándole la boca con la mano.

–Si no te lo hubiera dicho ahora, creo que no habría tenido valor luego. Te amo, Jerjes. Te amo y nunca olvidaré lo que has hecho hoy por mí…

Se interrumpió al ver un Ferrari rojo, seguido por una furgoneta, pasando junto a su todoterreno. Los dos vehículos aparcaron unos metros delante de ellos. Un hombre salió del Ferrari. Rose sintió un vuelco en el corazón al verlo.

–¡Lars! –exclamó sorprendida, volviéndose a Jerjes–. ¿Qué está haciendo aquí?

El conductor y el guardaespaldas se bajaron del coche dejándolos solos en el interior.

–Está aquí por lo del trato –dijo Jerjes muy sereno de forma inexpresiva.

Rose se volvió y vio a Lars abriendo la puerta trasera de la furgoneta aparcada delante de ellos. En el interior, había una mujer morena y esbelta, tendida en una camilla. Lars miró a Jerjes, apuntó con el dedo pulgar hacia la mujer que yacía inconsciente, y luego se quedó esperando con una expresión desagradable y las manos en las caderas.

Entonces vio a Rose y esbozó una dulce sonrisa.

Ella volvió la cabeza para no verle y cerró los ojos con un gemido.

–No puedes entregarme a él. No puedes.

–No me queda otra elección.

Sus palabras cayeron en su alma como un jarro de agua fría. Había sido una estúpida pensando que él podía haber cambiado de opinión.

–Debe de haber alguna otra manera.

–No la hay –replicó él–. Lo he intentado todo sin éxito. No me ha quedado otra salida. La he buscado por todas partes y siempre he llegado tarde. Pero lo que suceda a partir de ahora depende de ti.

–Así que todos aquellos viajes no eran de negocios, ¿verdad? –exclamó ella–. La cabaña de las Maldivas, nuestra villa en Cabo, no eran viajes románticos ni por cuestiones de trabajo. ¡Estabas buscando a Laetitia a mis espaldas! –él asintió con la cabeza, desolado–. Eres igual que Lars. Sedujiste a una mujer mientras estabas comprometido con otra.

–¡No, no es verdad!

–¿Qué es Laetitia para ti, Jerjes?

–No te lo puedo decir.

–¿Es por una promesa?

–Sí.

–¿Y mis sentimientos?, ¿no significan nada?

–No, eso no es cierto. Pero tengo que cumplir con mi obligación.

–¿Así que eso es todo lo que soy para ti? ¿Una obligación?

–No, no es verdad, Rose… Significas algo más para mí…

–¡Muchas gracias! –dijo ella con amargura–. Acabo de decirte que estoy enamorada de ti y lo único que se te ocurre decirme es que soy algo más que una obligación.

Él dudó un instante y luego le entregó un sobre.

–Dejo la decisión en tus manos. Es cierto que te secuestré y te seduje, pero ahora eres libre para decidir nuestro futuro.

–¿Libre para qué? –exclamó ella sollozando mientras arrugaba sin darse cuenta el sobre que tenía en las manos–. ¿Para arrojarme en los brazos de otro hombre?

–¡No! –dijo él furioso–. Sé que nunca volverás a amarlo. Pero... debe ser tu propia decisión.

Rose creyó ver de pronto la cruda realidad. Jerjes estaba dejándola por la mujer a la que realmente amaba, sin dignarse a darle siquiera una explicación.

–Veo que las promesas significan mucho para ti. Pues bien, yo también tengo una –exclamó ella llena de indignación con los ojos llenos de lágrimas–. Nunca vuelvas a dirigirme la palabra. No quiero volver a verte nunca más.

–No puedes hablar en serio.

–Claro que sí. Pasaré por la afrenta de este… trato, pero quiero que me des tu palabra de que nunca más volveré a verte.

–¡No! –exclamó él poniendo las manos en sus hombros– ¿No lo entiendes? Hice una promesa y tengo que cumplirla.

–Sí, claro que lo entiendo. Lo entiendo mejor que nadie –replicó ella, apartando sus manos con una mirada fría y dura como el hielo–. Por eso precisamente quiero que me des tu palabra.

–Está bien –dijo él en un tono de voz muy bajo como si le arrancasen del alma las palabras–. Si eso es realmente lo que deseas… Intentaré no volver a verte nunca más.

–¡Promételo!

–Te doy mi palabra –dijo él con el corazón destrozado–. Pero, a cambio, tienes que prometerme que leerás esa carta.

–Está bien –repuso ella, abriendo la puerta del coche antes de que él pudiera decirle nada.

Jerjes había cumplido su promesa. Hasta el último

momento ella había esperado que la rompiera y que le dijera que la amaba solo a ella. Pero se había equivocado.

Bajó del todoterreno y se dirigió a donde Lars la estaba esperando junto a su flamante deportivo.

–Querida –la saludó el barón muy sonriente–. Al fin, estamos juntos de nuevo.


–Voy a ser mejor a partir de ahora. Todo va a ser diferente, cariño. Te lo juro. Haré todo lo que tú quieras, solo deseo hacerte feliz.

Rose suspiró cansada mientras miraba el paisaje por la ventanilla. Estaban adentrándose en la zona este de San Francisco. Lars se había pasado la última hora hablando de amor y perdón. ¡Como si él tuviera alguna idea de lo que significaban esas palabras!

Tal vez ella tampoco lo sabía, se dijo Rose con amargura pensando en la cara de angustia de Jerjes cuando le había dicho: «Intentaré no volver a verte nunca más».

O tal vez sí. Quizá ella había aprendido lo que significaba el amor después de todo. Sufrimiento.

Miró la lluvia deslizándose por los cristales, mientras tomaban la autopista hacia el oeste.

–Reconozco lo egoísta que fui empeñándome en celebrar nuestra boda en Suecia. Debí comprender lo importante que era para ti casarte en tu ciudad natal. Te lo juro, cariño, esta vez será diferente.

–Llévame a casa –dijo ella.

–Como tú quieras, cariño –dijo Lars, dispuesto a no llevarla la contraria–. Iremos derechos a casa de tus padres. Y luego celebraremos lo antes posible la boda que tanto deseabas. ¿Mañana te parece demasiado pronto?

–¿De verdad crees que voy a casarme contigo? –exclamó ella, volviéndose hacia él.

Växborg cambió de carril en su Ferrari, sorteando el intenso tráfico que circulaba por aquella autopista resbaladiza con tanta lluvia como caía en ese momento.

–Me hago cargo de lo que has debido pasar estos días, teniendo que soportar estar secuestrada y en manos de ese bruto depravado.

¿Bruto depravado? Ella recordó la expresión desolada de Jerjes cuando el Ferrari pasó junto a él, con ella sentada al lado de Lars. Sus miradas se habían cruzado solo un instante en medio de la lluvia gris. Luego Lars había pisado el acelerador y lo habían dejado atrás.

Lo había perdido… para siempre.

–Pero ahora tenemos que olvidar las cosas desagradables, Rose –añadió Lars.

Ella se volvió hacia él de nuevo, con cara de indignación.

–¿A qué cosas desagradables te refieres? –exclamó ella con frialdad–. ¿A la farsa de boda que preparaste para poder acostarte conmigo mientras estabas esperando que tu verdadera esposa se muriese para quedarte con su dinero?

Se hizo un gran silencio en el interior del Ferrari.

–Lo hice porque te amaba. Solo quería el dinero para hacerte feliz –respondió Lars con voz acaramelada–. Ahora debemos pensar en nosotros, cariño. Tenemos toda una vida por delante. Cásate conmigo esta noche. Te compensaré por todo.

Le vino entonces a la memoria una noche en una cabaña junto al mar, una copa de frambuesas con champán, un baño con mucha espuma y unos ojos negros llenos de fuego y de ternura. Cuando ella le había preguntado por qué hacía eso, Jerjes le había respondido que para compensarla por la noche de bodas que no había tenido.

Miró al hombre rubio que tenía a su lado. Sin duda, él pensaba que sería cosa fácil ganársela de nuevo con unas cuantas palabras. ¿Cómo podía haber estado tan ciega como para creer que estaba enamorada de un hombre así?

–No nos vamos a casar –le dijo ella muy serena–. Ni esta noche ni nunca.

–Pero, cariño, si todo lo que he hecho ha sido porque te amo. Me he divorciado de Laetitia y he renunciado a su fortuna. Todo lo que tengo ahora es este coche y un castillo que requiere una fortuna para mantenerlo. ¡He renunciado a todo… por ti!

–¿Y tú crees que por eso estoy obligada a casarme contigo? ¿Simplemente porque permitiste a Jerjes llevarla a un centro médico para atenderla debidamente en vez de dejarla morir como tú deseabas?

Lars soltó una mano del volante y trató de tomar la suya.

–Comprendo que ahora estés enfadada. Después de nuestra boda, verás las cosas…

–¿Qué tengo que hacer para que me escuches? –le dijo ella casi gritando–. ¡No voy a casarme contigo! ¡Nunca! Sal de la autopista y para. Tomaré un taxi para volver a casa.

Lars retiró la mano. Tomó la primera salida de la autopista con una expresión sombría en la mirada. Pero en lugar de detenerse, tomó el cambio de sentido y se incorporó de nuevo en la autopista, ahora en dirección contraria. Hacia el este.

–¿Realmente pensabas que te dejaría marchar? –

dijo él en voz baja–. Renuncié a la fortuna de Laetitia, pero me debes la tuya.

–¡Mi fortuna! –exclamó Rose, soltando una carcajada–. Si te refieres a los cincuenta dólares que tengo en mi cuenta, puedes considerarlos tuyos.

–¿Me tomas por tonto? Estoy hablando del dinero que Novros te ha dado. Esos millones de dólares y esa antigua fábrica –dijo Växborg, apretando el acelerador–. Una vez que el edificio sea demolido, el terreno podrá venderse a un buen precio.

–¿De qué estás hablando?

–Novros me llamó anoche. Siempre me había dicho que no me daría un centavo, pero esta vez es para ti. ¿Sabes lo que me dijo? «Lo que pase después es cosa de Rose» –Lars la miró de reojo–. ¡Oh!, ya veo que Novros no te lo ha dicho. Acaba de convertirte en una mujer muy rica.

Rose pensó entonces en el sobre que Jerjes le había dado y que aún seguía cerrado.

Comenzó a abrirlo con manos temblorosas pero Lars se lo quitó y lo arrojó por la ventana.

–¿Por qué has hecho eso?

–Ya no lo necesitas. Olvídate de él, Rose.

–¡Detén el coche!

–Novros es un bastardo malnacido. Un don nadie. Te ha lavado el cerebro, poniéndote en mi contra –dijo él lleno de resentimiento–. Igual que hizo con esa hermana suya.

–¿Laetitia es su hermana?

–Creo que es su hermanastra o algo parecido –respondió él con indiferencia–. Le prometió guardarle el secreto para evitar un escándalo. Su madre estaba muy enferma. Después de la muerte de su padre, Laetitia temió que la noticia pudiera acabar definitivamente

con su salud –dijo él sonriendo con malicia–. Estaba
en lo cierto. Excepto que fue el accidente de Laetitia
lo que ocasionó finalmente la muerte de su madre, dejando toda su fortuna a mi novia.

–¡Eres un monstruo!

–¿Es eso todo lo se te ocurre decirle al hombre que
amas?

–¡Yo no te amo!

–Acabarás amándome, cariño. Ya lo verás –dijo él,
sin dejar de sonreír tratando de acariciarle una mejilla,
y luego añadió resentido al apartar ella la cara–: ¿Ya
no soy bastante para ti? A él no le hacías tantos ascos,
¿verdad?

Ella se dio la vuelta sin dignarse siquiera a responderle. Él se quedó mirándola unos segundos y luego
pisó el acelerador a fondo hasta que el coche adquirió
una velocidad de vértigo. Rose se agarró al cinturón
de seguridad, muerta de miedo.

–Eras una chica muy dulce y obediente –dijo él en
voz baja–. Yo haré que lo vuelvas a ser.

Giró bruscamente en una salida de la autopista
para tomar una carretera secundaria, en dirección a las
montañas que se veían a lo lejos. Era una carretera estrecha, mal asfaltada y llena de baches. Conforme as-
cendían, la lluvia se iba convirtiendo en agua nieve.

Rose miró asustada por la ventanilla como el coche
se deslizaba y derrapaba a gran velocidad por aquella
carretera sinuosa cada vez más cubierta de nieve.

«Jerjes», imploró ella, cerrando los ojos. «Por favor, ven a por mí».

Pero entonces se acordó de la promesa que ella
misma le había obligado a hacer y se echó a llorar desesperada. Con aquella promesa había cavado su propia tumba. Estaba perdida.

–¿Adónde me llevas? –preguntó a Lars.

–A una cabaña privada donde podamos estar solos. Durante días. Semanas, si es necesario –respondió él con una diabólica sonrisa que la hizo estremecerse–. Conseguiré revivir tu amor por mí. Gozaré de tu cuerpo hasta que me canse. Y cuando haya conseguido que olvides a ese griego bastardo malnacido, me darás todo lo que tienes y te casarás conmigo.

# Capítulo 15

AÚN estamos haciéndole pruebas, señor Novros, pero somos optimistas.

Jerjes respiró aliviado apoyándose contra la pared de hormigón blanco de la clínica.

–Gracias a Dios.

–Le mantendremos informado –afirmó el médico–. Pero creo que debería descansar un poco. No nos gustaría tener que ingresarle a usted también.

–Estoy bien.

–No se preocupe –dijo el médico dándole una palmada de ánimo en el hombro–. Es una mujer joven y fuerte. Se recuperará.

Jerjes salió de la clínica, cerró los ojos y sintió la lluvia fresca de la mañana sobre el rostro. Se sintió revitalizado. Su hermana estaba a salvo. Laetitia estaba por fin bien atendida. Por primera vez en un año, no sentía miedo por ella, no temía que pudiera morir abandonada después de haberle prometido que cuidaría siempre de ella.

Debía sentirse feliz y contento. Sin embargo, tenía una pena que le consumía por dentro. Abrió los ojos y vio a una mujer rubia saliendo del aparcamiento en medio de la niebla.

–¡Rose! –exclamó con el corazón en un puño.

¿Habría leído su carta? ¿Habría cambiado de opinión?

Vio entonces a la rubia abrazando a un hombre, un enfermero que acababa de salir de la clínica. La miró más detenidamente y se dio cuenta de que la mujer no se parecía en nada a Rose. Su vista, o quizá su corazón, le había jugado una mala pasada.

Ella le había dicho que lo amaba. Y él la había entregado en manos de Växborg.

Se frotó los ojos. Todo lo que deseaba en aquel momento era tener a Rose en sus brazos para compartir con ella su alegría por el diagnóstico favorable que le acaba de dar el médico.

¡Y para decirle de una vez que Laetitia era su hermana!

Pero le había hecho una promesa, una promesa que nunca debía haber hecho. No podía seguirla. Era cautivo de su propia palabra.

Tal vez fuera lo mejor, se dijo él, resignado. Dios sabía que Rose se merecía un hombre mejor que él. Un marido con un corazón noble, cariñoso, con el que compartirlo todo de igual a igual, no un hombre rencoroso y vengativo como él.

«Pero puedo cambiar», se dijo para sí. «De hecho, ya he cambiado, ella me ha hecho cambiar».

Lo único que quería era que ella fuese feliz. Sin embargo, la última vez que la había visto, cuando había pasado delante de él con el Ferrari al lado de Växborg, le había parecido triste y pálida. El barón, por el contrario, le había mirado con aire orgulloso y satisfecho.

Y quizá algo más.

Jerjes se quedó pensativo. ¿Qué había visto en los ojos de aquel hombre? Había estado demasiado preocupado y distraído para prestarle atención en ese momento, pero ahora sabía que había visto algo especial en su mirada. Había menospreciado a Växborg, considerándole un hombre débil y cobarde. Pero incluso un cobarde puede volverse una fiera cuando se siente acorralado.

Trató de convencerse de que no tenía nada de qué preocuparse, pero aun así tomó su teléfono móvil y marcó el número de los padres de Rose.

Cuando Vera respondió al tercer tono, pareció desconcertada por sus preguntas.

–¿Rose? No, no la hemos visto. No, no ha llamado. ¿Por qué? ¿Pasa algo? ¡Pensábamos que estaría contigo!

–Se lo explicaré más tarde –respondió él.

Cuando Jerjes colgó, sintió un sudor frío por el cuerpo.

Rose no se habría ido voluntariamente con Växborg. Detestaba su falta de moral, su crueldad y su egoísmo. Se habría ido derecha a casa con su familia. No se habría entretenido en charlar con él.

Jerjes se pasó la mano por el pelo. ¿Cómo podía haber sido tan estúpido como para suponer que Växborg no era una amenaza, aceptando sin más la negativa de ella? ¿Cómo pudo haber creído que aquel malnacido podría renunciar a ella y a su actual fortuna así sin más?

Su debilidad, su cobardía, eran precisamente lo que le volvían peligroso. Y ahora él no podía hacer nada para salvarla.

Tomó aliento y dio un puñetazo en la pared de hormigón de la clínica. La sangre comenzó a brotar de sus nudillos mientras se cubría la cara con las manos. Se sentía incapaz de encontrar a la mujer que amaba.

Bajó las manos lentamente.

Durante toda su vida, había considerado que la palabra de un hombre era algo sagrado. Pero entonces se dio cuenta de que había algo aún más sagrado, el amor.

Eso era más importante que cualquier promesa. Un hombre tenía que proteger a su mujer.

Tomó el móvil y habló sucesivamente con el jefe de sus guardaespaldas, con sus investigadores privados, con sus contactos en San Francisco e incluso con el sheriff del pueblo de Rose. No tenían noticia de ningún accidente de tráfico.

Mientras esperaba más noticias, se puso a dar vueltas arriba y abajo por el aparcamiento de la clínica. ¿Dónde podía estar? ¿Adónde podía ir?

Lars no la llevaría a un motel. No la llevaría a ningún sitio donde pudieran verla. Y ya no tenía dinero para fletar un avión.

A menos que se casase con Rose.

Había pensado que sería una buena forma de vengarse de Lars, usando su arrogancia y su codicia en su contra para salvar a Laetitia y al mismo tiempo dejar que Rose decidiera sobre su propia vida. Se pasó de nuevo la mano por el pelo. Qué estúpido había sido.

Sonó el teléfono que tenía en la mano. Respondió inmediatamente al primer tono.

—¿Sí?

—Un Ferrari rojo ha sido visto en la autopista I-50 en dirección este —le dijo uno de sus investigadores—. Se desconoce su matrícula, pero un coche como ese no pasa desapercibido.

Hacia el este. ¿Por qué hacia el este? No había nada en esa dirección, salvo montañas agrestes y el lago Tahoe, que en febrero aún debía estar helado. ¿Quién podría estar tan loco como para conducir un coche de carreras con la suspensión baja en esa dirección? ¿Adónde podría ir?

Entonces Jerjes creyó adivinarlo.

Colgó el móvil y se fue corriendo al todoterreno.

–¡Entra ahí!

Entre maldiciones, Lars la metió en la vieja cabaña y cerró la puerta tras de sí. Rose se echó atrás, mirándole asustada, mientras se frotaba las manos medio congeladas.

Habían estado andando durante tres horas bajo la lluvia y la nieve por un camino de tierra después de que el Ferrari hubiera derrapado en una zona de hielo y se hubiera reventado un neumático. Había intentado escapar, pero Lars se lo había impedido, llevándola hasta allí a rastras, agarrándola por las muñecas.

Con el vestido negro y el impermeable que llevaba, Rose había llegado muerta de frío.

Se acurrucó en el frío rincón de la chimenea.

–¿Qué lugar es este? –preguntó ella.

–Lo construyó el bisabuelo de Laetitia –replicó él con un gesto despectivo en los labios–. Después del accidente, dejé a mi esposa aquí con una enfermera incompetente. Esperaba que se reuniera lo más pronto posible con su madre en la otra vida. Pero no hubo suerte.

Lars tomó uno de los troncos de leña que estaban apilados a un lado de la chimenea.

–Esta cabaña es el símbolo de lo que es realmente esa familia. Unos don nadie. Unos campesinos presuntuosos que trabajaban con sus manos. Igual que Novros. Él vino aquí el año pasado, pisándome los talones. Estuvo a punto de encontrarla. Casi no me dio tiempo a sacarla de la cabaña y ocultarla en el bosque con la enfermera. Después de aquello, comencé a dejar pistas falsas por todo el mundo para confundirle.

Rose pensó entonces en los esfuerzos y angustias de Jerjes tratando de encontrar a su hermana.

–¿Cómo puedes ser tan cruel? –le dijo ella.

–Me era más fácil mantenerle entretenido en persecuciones inútiles que arriesgarme a trasladar a Laetitia a otro lugar. Pensé que el accidente de coche era obra del destino que venía finalmente a recompensarme como me merecía. Nunca pensé que podría vivir casi un año en ese estado.

Rose lo miró fijamente, con los ojos abiertos, cubriéndose horrorizada la boca con las manos.

–Eres un verdadero monstruo. ¡Trataste de matar a tu propia esposa!

–No –replicó él–. Nadie puede decir que traté de matarla. Todo lo que hice fue ayudar al destino. Ella debería haber muerto en el accidente. Me merezco su dinero mucho más que ella. Ella se casó conmigo. Me lo he ganado. Me lo merezco… Como también merezco que tú seas mía.

Rose dio un paso atrás al ver la expresión de deseo reflejada en su mirada.

Lars, muy seguro de sí mismo, se dirigió a la chimenea, abrió el tiro, puso dentro un tronco de leña y encendió una cerilla. Acercó la llama al tronco, pero la leña no prendió y solo consiguió quemarse los dedos al consumirse la cerilla. Insistió cuatro veces sin lograrlo.

Finalmente, con una maldición, apagó la quinta cerilla y la tiró al suelo. Miró a Rose con una sonrisa sensual y amenazante.

–Encenderé el fuego más tarde. Mientras tanto, me calentaré contigo.

Se abalanzó sobre ella. Rose dio un grito y trató de escapar, pero él fue más rápido. La agarró y la llevó hacia la cocina.

Ella forcejeó con él entre gritos de auxilio. Lars le tapó la boca con la mano y ella le mordió.

Entonces, furioso, la tumbó sobre la mesa y se echó sobre ella.

–Esto solo te dolerá al principio –dijo él, jadeando–. Luego comprenderás lo mucho que te amo.

–¡No! –gritó ella, dando patadas y manotazos.

–¡Estate quieta! –exclamó él fuera de sí, agarrándola del pelo y golpeándola contra la mesa de madera, hasta dejarla medio inconsciente–. Ya verás cómo querrás casarte conmigo cuando te quedes embarazada de mi hijo –dijo subiéndole el vestido–. Ya verás…

Su voz pareció apagarse de repente como estrangulada.

Rose se dio la vuelta lentamente sobre la mesa y vio el milagro. Jerjes le tenía agarrado por la garganta con las dos manos.

–Disfrutas haciendo daño a las mujeres a las que dices amar, ¿verdad? –le dijo Jerjes, con ira contenida–. Debería matarte.

–No, por favor –suplicó él–. No.

Jerjes, asqueado de su cobardía, le dio un puñetazo en la cara y le tiró al suelo.

–¡Jerjes! –exclamó Rose llorando.

Él se acercó a ella y la estrechó tiernamente en sus brazos.

–¡Rose! ¡Oh, Rose! –dijo él suspirando–. ¡Vida mía! ¿Te ha hecho daño? ¡Dios mío! ¡Dime que he llegado a tiempo!

–No, no me ha hecho nada. Gracias a ti –dijo ella tocándole la cara con las manos como si aún no diera crédito a sus ojos–. Oh, Jerjes, no sé cómo, pero estás aquí…

–Rose, tengo que decirte algo. Yo…

Lars se levantó del suelo, abrió la puerta y echó a correr por el bosque entre la nieve.

Jerjes intentó perseguirlo, pero Rose le detuvo agarrándole de la mano.

—No, por favor. Quédate conmigo.

—Claro, mi vida. Estás helada —dijo estrechándola contra su pecho—. Tienes que entrar en calor.

Rose lo miró. Ya no sentía frío, sino una alegría inmensa en el corazón.

—Rompiste tu promesa —dijo ella, aturdida—. Y viniste a buscarme.

—Sí, estoy contigo —se apartó suavemente de ella y la miró con sus ojos negros—. Perdóname.

—¿Perdonarte? —ella se echó a reír, mientras las lágrimas corrían por sus mejillas—. ¿Por salvarme la vida? Está bien, por esta vez, te perdonaré.

—Siempre me he sentido orgulloso de haber mantenido mi palabra por encima de todo —respondió él muy serio—. Pero hoy me he dado cuenta de que el honor no significa nada sin amor. Sin ti. Te amo, Rose —le dijo mirándola fijamente—. Dime que no es demasiado tarde. Dime que aún tengo otra oportunidad de volver contigo. Te amo. Te amo tanto...

Rose sintió aquellas palabras clavarse en su corazón. Había deseado oírlas toda su vida.

—Yo nunca dejé de amarte —susurró ella acariciándole la cara—. Y te amaré eternamente.

—Cásate conmigo, Rose —le pidió él con la emoción dibujada en los ojos.

Ella, con un nudo en la garganta, incapaz de articular palabra, asintió con la cabeza mientras un mar de lágrimas resbalaba por sus mejillas.

Él contuvo la respiración. Luego inclinó la cabeza y, antes de besarla, le dijo al oído:

—Tú eres mi familia. Mi esposa. Mi amor. Tú eres... mi promesa.

Dos meses después, en una radiante mañana de primavera, Rose salió de una capilla blanca, del brazo de su marido.

—Ha dejado de llover —dijo Jerjes sorprendido—. ¿Es esto el sol?

—No sabría decirte. Todos los días me parecen soleados cuando estoy contigo.

Él la acarició con la mirada. Luego le tomó la mano izquierda y se la llevó a los labios.

Los familiares y amigos los vitorearon a la salida y les arrojaron pétalos de flores mientras se dirigían al coche que les estaba esperando para llevarlos al aeropuerto.

No tenían tiempo de asistir a la fiesta de celebración de su propia boda.

Rose apoyó la mano en el brazo de Jerjes y suspiró con gesto de tristeza.

—Siento que solo podamos pasar dos días en México y que nos tengamos que perder la fiesta.

—Rose —le dijo él tomándole las manos—. Una boda es solo un día. Tenemos toda la vida por delante para celebrar juntos nuestro amor.

—Te prometo que en cuanto esté en marcha nuestra fábrica Candy Linden —dijo ella—, te llevaré a algún lugar romántico y nos pasaremos allí un mes entero.

—¡Ay! ¡Mi querida esposa! ¡Mi magnate de los negocios! —dijo él bromeando—. Me parece que voy a tener que espabilar si quiero estar a tu altura.

En los dos últimos meses, Rose había reconstruido y reformado la antigua fábrica, instalando una maquinaria mucho más moderna y contratando a la mayor parte de la antigua plantilla de empleados.

–Si me necesitas para algo, me encontrarás en el campo de golf – le había dicho su padre sonriendo–. Me siento orgulloso de ti, Rose. Al final lo has conseguido.

Rose se proponía conseguir la distribución nacional de sus clásicos caramelos masticables, pero también quería crear un nuevo estilo más adaptado a los tiempos. Estaba verdaderamente ilusionada con aquella fábrica.

Junto al viejo Ford de 1930, cubierto de flores, Jerjes la tomó en brazos. Con todo el pueblo mirándoles, el la besó apasionadamente y la abrazó con tanto ardor, que ella se sorprendió de que no saliese ardiendo el vestido de novia que le había dejado su madre para la ocasión.

Hubo risas y bromas por parte de sus hermanos y de algún que otro amigo que la hicieron sonrojar.

Rose se acercó luego a saludar a Laetitia, que estaba mirándoles muy sonriente en una silla de ruedas. Seguía un programa de rehabilitación y mejoraba día a día. Recientemente había logrado ya dar sus primeros pasos. Los médicos tenían fe en su pronta recuperación.

Lars Växborg, sin embargo, no había tenido tanta suerte. Al parecer, se había perdido en el bosque helado y lleno de nieve, cercano al lago Tahoe, y no se le había vuelto a ver hasta que se había encontrado su cuerpo tras el deshielo de primavera. Rose casi lamentó su trágico final.

–¡Lanza el ramo! –le dijo gritando una de sus viejas amigas del instituto–. Tíralo por aquí, Rose.

Se dio la vuelta y arrojó hacia atrás el ramo de novia con todas sus fuerzas. Luego se giró y vio sorprendida que había sido su hermano menor Tom, célebre jugador de fútbol de la ciudad, el que lo había recogido instintivamente y lo estaba miraba ahora horrorizado.

Rose se echó a reír a carcajadas hasta que Jerjes la tomó del brazo para llevarla al coche.

–Ojalá pudiéramos quedarnos a la fiesta.

–A mí lo que me gustaría es que estuviésemos ya en nuestra luna de miel –replicó él–. Estoy deseando verte con aquel bikini.

–No sé de qué bikini me hablas –dijo ella mirándole de reojo–. He engordado casi cuatro kilos desde la última vez que estuvimos en México.

–Sí, pero en los lugares adecuados. Estoy loco por ti –dijo besándola de nuevo–. Olvídate de la playa. Nos pasaremos todo el día en la habitación bebiendo margaritas y…

–No puedo –dijo ella.

–¿Champán, entonces?

–Tampoco puedo –dijo ella sonriendo pícaramente–. Estoy embarazada.

–¿Que estás qué?

–Vas a ser padre –le dijo ella radiante de alegría, y él se quedó boquiabierto, incapaz de hablar –. Ya sé que acordamos esperar a que la fábrica estuviera a pleno rendimiento, pero… Ha sucedido así. ¿Te parece bien? Quiero decir, ¿te importa?

–¿Que si me importa? –exclamó él, lleno de júbilo.

Loco de alegría la levantó en brazos, y se puso a dar vueltas y más vueltas con ella frente a la capilla, hasta que sus zapatos blancos salieron disparados por el aire. Su alegría contagió a los pájaros, que rompieron a cantar, volando a su alrededor.

Y cuando se entregó al abrazo apasionado de su marido, comprendió lo que de verdad sentían.

Eso era el cuento de hadas. Era el amor verdadero. La promesa que nunca podría romperse.

# Bianca

**¿Podía confiar en su nuevo y encantador marido? ¿Y en sus devastadores besos?**

Al enterarse de que su difunta tía le había dejado la mitad de su herencia a Rosie Clifton, una huérfana inglesa que trabajaba como ama de llaves en su casa, el aristócrata español Xavier del Río decidió a reclamar lo que le correspondía. Así que, cuando Rosie lo sorprendió con una propuesta de matrimonio, Xavier vio la manera de conseguir todo lo que deseaba... ¡Incluso a Rosie en su cama!

Rosie estaba dispuesta a hacer cualquier cosa para proteger su hogar de Isla del Rey... ¡Incluso a casarse con Xavier! Ella podía darle un heredero a cambio de que él dejara intacta la belleza de la isla.

## UNA ISLA PARA AMAR

### SUSAN STEPHENS

# Acepte 2 de nuestras mejores novelas de amor GRATIS

## ¡Y reciba un regalo sorpresa!

## Oferta especial de tiempo limitado

**Rellene el cupón y envíelo a**

**Harlequin Reader Service®**
3010 Walden Ave.
P.O. Box 1867
Buffalo, N.Y. 14240-1867

**¡Sí!** Por favor, envíenme 2 novelas de amor de Harlequin (1 Bianca® y 1 Deseo®) gratis, más el regalo sorpresa. Luego remítanme 4 novelas nuevas todos los meses, las cuales recibiré mucho antes de que aparezcan en librerías, y factúrenme al bajo precio de $3,24 cada una, más $0,25 por envío e impuesto de ventas, si corresponde*. Este es el precio total, y es un ahorro de casi el 20% sobre el precio de portada. !Una oferta excelente! Entiendo que el hecho de aceptar estos libros y el regalo no me obliga a en forma alguna a la compra de libros adicionales. Y también que puedo devolver cualquier envío y cancelar en cualquier momento. Aún si decido no comprar ningún otro libro de Harlequin, los 2 libros gratis y el regalo sorpresa son míos para siempre.

416 LBN DU7N

---

Nombre y apellido                    (Por favor, letra de molde)

---

Dirección                            Apartamento No.

---

Ciudad                   Estado                   Zona postal

Esta oferta se limita a un pedido por hogar y no está disponible para los subscriptores actuales de Deseo® y Bianca®.
*Los términos y precios quedan sujetos a cambios sin aviso previo.
Impuestos de ventas aplican en N.Y.

SPN-03                                    ©2003 Harlequin Enterprises Limited

*Deseo*

# Divorcio apasionado
## Kathie DeNosky

Blake Hartwell era un apuesto campeón de rodeos con todo el dinero que pudiera desear y muy buena mano con las damas. Sin embargo, Karly Ewing tan solo deseaba divorciarse de él. El precipitado romance que vivieron en Las Vegas terminó en boda, pero dar el sí quiero fue un error; por ello, Karly fue al rancho de Blake con los papeles del divorcio en la mano, pero una desafortunada huelga la dejó aislada con el único hombre al que no podía resistirse. ¿Conseguiría la tentación que aquel romance terminara felizmente o acaso los secretos de Blake acabarían separándolos para siempre?

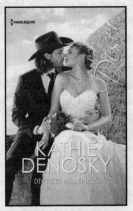

*No iba a ser tan fácil romper
con la pasión que les unía*

# *Bianca*

**Por fin, él podía exigirle la noche de bodas que tanto tiempo llevaba esperando**

El matrimonio de Addie Farrell y el magnate Malachi King había durado exactamente un día, el tiempo que Addie había tardado en descubrir que su amor por ella era un farsa. Cinco años después, cuando los fondos para su centro benéfico infantil estaban a punto de serle retirados, Addie tuvo que volver a enfrentarse a su esposo y a la química, peligrosamente seductora, que había entre ellos.

Humillado y frustrado tras la repentina partida de Addie cinco años antes, Malachi aprovechó la ocasión para tomar las riendas de la situación. El trato sería que le daría a Addie el dinero que tan urgentemente necesitaba si ella volvía a su lado.

# NOCHE DE BODAS RECLAMADA

## LOUISE FULLER

*FOR TARASCON BOOKS/SOFTWARE, VISIT* **WWW.TARASCON.COM**

**Tarascon Pocket Pharmacopoeia®**
- Classic Shirt-Pocket Edition
- Deluxe Labcoat Pocket Edition
- PDA software for Palm® / Pocket PC® / BlackBerry®

**Other Tarascon Pocketbooks**
- Tarascon Pediatric Outpatient Pocketbook
- Tarascon Internal Medicine & Critical Care Pocketbook
- Tarascon Adult Emergency Pocketbook
- Tarascon Pediatric Emergency Pocketbook
- Tarascon Primary Care Pocketbook
- Tarascon Pocket Orthopaedica®
- How to be a Truly Excellent Junior Medical Student

See order form
on last page

*"It's not how much you know, it's how fast you can find the answer."*®

---

**Important Caution – Please Read This!** The information in the *Pocket Pharmacopoeia* is compiled from sources believed to be reliable, and exhaustive efforts have been put forth to make the book as accurate as possible. The *Pocket Pharmacopoeia* is edited by a panel of drug information experts with extensive peer review and input from more than 50 practicing clinicians of multiple specialties. Our goal is to provide health professionals focused, core prescribing information in a convenient, organized, and concise fashion. We include FDA-approved dosing indications and those off-label uses that have a reasonable basis to support their use. *However the accuracy and completeness of this work cannot be guaranteed.* Despite our best efforts this book may contain typographical errors and omissions. The *Pocket Pharmacopoeia* is intended as a quick and convenient reminder of information you have already learned elsewhere. The contents are to be used as a guide only, and health care professionals should use sound clinical judgment and individualize therapy to each specific patient care situation. This book is not meant to be a replacement for training, experience, continuing medical education, studying the latest drug prescribing literature, raw intelligence, good karma, or common sense. This book is sold without warranties of any kind, express or implied, and the publisher and editors disclaim any liability, loss, or damage caused by the contents. *If you do not wish to be bound by the foregoing cautions and conditions, you may return your undamaged and unexpired book to our office for a full refund.* Tarascon Publishing is independent from and has no affiliation with pharmaceutical companies. Although drug companies purchase and distribute our books as promotional items, the Tarascon editorial staff alone determine all book content.

---

# Tarascon Pocket Pharmacopoeia®
## 2008 Classic Shirt-Pocket Edition

"Desire to take medicines ... distinguishes man from animals."  *Sir William Osler*

neric only: Tabs, delayed-release 25, 50, 75 mg. Trade only: Patch, 1.3% diclofenac epolamine.] ▶L ♀B (D in 3rd trimester) ▶- $$$

**etodolac** (***Lodine***, ✚***Ultradol***): Multiple strengths; write specific product on Rx. Immediate release 200-400 mg PO bid-tid. Extended release: 400-1200 mg PO daily. [Generic/Trade: Caps, immediate-release 300 mg. Generic only: Tabs, immediate-release 400 & 500 mg. Caps, immediate-release 200 mg. Tabs, extended-release 400, 500, 600 mg.] ▶L ♀C (D in 3rd trimester) ▶- $$$

**flurbiprofen** (***Ansaid***, ✚***Froben, Froben SR***): 200-300 mg/day PO divided bid-qid. [Generic/Trade: Tabs 50, 100 mg.] ▶L ♀B (D in 3rd trimester) ▶+ $$$

**ibuprofen** (***Motrin, Advil, Nuprin, Rufen, Neoprofen***): 200-800 mg PO tid-qid. Peds >6 mo: 5-10 mg/kg PO q6-8h. [OTC: Cap/Liqui-Gel Cap 200 mg. Tabs 100, 200 mg. Chewable tabs 50, 100 mg. Liquid & suspension 50 mg/1.25ml, 100 mg/5 mL, suspension 100 mg/2.5 mL. Infant drops 50 mg/1.25 mL (calibrated dropper). Rx only: Tabs 300, 400, 600, 800 mg.] ▶L ♀B (D in 3rd trimester) ▶+ $

**indomethacin** (***Indocin, Indocin SR, Indocin IV***, ✚***Indocid-P.D.A.***): Multiple strengths; write specific product on Rx. Immediate release preparations 25-50 mg cap PO tid. Sustained release: 75 mg cap PO daily-bid. [Generic/Trade: Caps, immediate-release 25 & 50 mg. Oral suspension 25 mg/5 mL. Cap, sustained-release 75 mg.] ▶L ♀B (D in 3rd trimester) ▶+ $

**ketoprofen** (***Orudis, Orudis KT, Actron, Oruvail***, ✚***Orudis SR***): Immediate release: 25-75 mg PO tid-qid. Extended release: 100-200 mg cap PO daily. [OTC: Tab, immediate-release, 12.5 mg. Rx: Generic/Trade: Caps, extended-release 200 mg. Generic only: Caps, immediate-release 25, 50 & 75 mg. Caps, extended-release 100,150 mg.] ▶L ♀B (D in 3rd trimester) ▶- $$$

**ketorolac** (***Toradol***): Moderately severe acute pain: 15-30 mg IV/IM q6h or 10 mg PO q4-6h prn. Combined duration IV/IM and PO is not to exceed 5 days. [Generic/Trade: Tab 10 mg.] ▶L ♀C (D in 3rd trimester) ▶- $$$

**mefenamic acid** (***Ponstel***, ✚***Ponstan***): Mild to moderate pain, primary dysmenorrhea: 500 mg PO initially, then 250 mg PO q6h prn for ≤1 week. [Trade only: Cap 250 mg.] ▶L ♀D ▶- $$$

**meloxicam** (***Mobic***, ✚***Mobicox***): RA/OA: 7.5 mg PO daily. JRA, ≥2 yo: 0.125 mg/kg PO daily. [Generic/Trade: Tabs 7.5, 15 mg. Trade only: Suspension 7.5 mg/5 mL (1.5 mg/mL).] ▶L ♀C (D in 3rd trimester) ▶? $$$

**nabumetone** (***Relafen***): RA/OA: Initial: two 500 mg tabs (1000 mg) PO daily. May increase to 1500-2000 mg PO daily or divided bid. [Generic/Trade: Tabs 500 & 750 mg.] ▶L ♀C (D in 3rd trimester) ▶- $$$

**naproxen** (***Naprosyn, Aleve, Anaprox, EC-Naprosyn, Naprelan***): Immediate release: 250-500 mg PO bid. Delayed release: 375-500 mg PO bid (do not crush or chew). Controlled release: 750-1000 mg PO daily. JRA ≤13 kg: 2.5 mL PO bid. 14-25 kg: 5 mL PO bid. 26-38 kg: 7.5 mL PO bid. 500 mg naproxen = 550 mg naproxen sodium. [OTC: Generic/Trade: Tab immediate-release 200 mg. OTC Trade: Capsules & Gelcaps immediate-release 200 mg. Rx: Generic/Trade: Tabs immediate-release 250, 375, 500 mg. Delayed-release 375, 500 mg. Tabs delayed-release enteric coated (EC-Naprosyn) 375, 500 mg. Tabs, controlled-release (Naprelan) 375, 500 mg. Generic/Trade: Suspension 125 mg/5 mL.] ▶L ♀B (D in 3rd trimester) ▶+ $$$

**oxaprozin** (***Daypro***): 1200 mg PO daily. [Generic/Trade: Caplets, tabs 600 mg, trade scored.] ▶L ♀C (D in 3rd trimester) ▶- $$$

**piroxicam** (***Feldene, Fexicam***): 20 mg PO daily. [Generic/Trade: Caps 10 & 20 mg.] ▶L ♀B (D in 3rd trimester) ▶+ $$$

**sulindac** (***Clinoril***): 150-200 mg PO bid. [Generic/Trade: Tabs 150 & 200 mg.] ▶L ♀B (D in 3rd trimester) ▶- $$$

**NSAIDSs** – If one class fails, consider another. *Salicylic acid derivatives:* aspirin, diflunisal, salsalate, Trilisate. *Propionic acids:* flurbiprofen, ibuprofen, ketoprofen, naproxen, oxaprozin. *Acetic acids:* diclofenac, etodolac, indomethacin, ketorolac, nabumetone, sulindac, tolmetin. *Fenamates:* meclofenamate. *Oxicams:* meloxicam, piroxicam. *COX-2 inhibitors:* celecoxib.

tiaprofenic acid (**♥Surgam, Surgam SR**): Canada only. 600 mg PO daily of sustained release, or 300 mg PO bid of regular release. [Generic/Trade: Tab 300 mg. Trade only: Cap, sustained-release 300 mg. Generic only: Tab 200 mg.] ▶K ♀C (D in 3rd trimester) ▶- $$

tolmetin (**Tolectin**): 200-600 mg PO tid. [Generic/Trade: Tabs 200 (trade scored) & 600 mg. Cap 400 mg.] ▶L ♀C (D in 3rd trimester) ▶+ $$$

### Opioid Agonist-Antagonists

buprenorphine (**Buprenex, Subutex**): Analgesia: 0.3-0.6 mg IV/IM q6h prn. Treatment of opioid dependence: Induction 8 mg SL on day 1, 16 mg SL on day 2. Maintenance: 16 mg SL daily. Can individualize to range of 4-24 mg SL daily. [Trade only (Subutex): SL tabs 2, 8 mg] ▶L ♀C ▶- ©III $ IV, $$$$$ SL

butorphanol (**Stadol, Stadol NS**): 0.5-2 mg IV or 1-4 mg IM q3-4h prn. Nasal spray (Stadol NS): 1 spray (1 mg) in 1 nostril q3-4h. Abuse potential. [Generic only: Nasal spray 1 mg/spray, 2.5 mL bottle (14-15 doses/bottle).] ▶LK ♀C ▶+ ©IV $$$

nalbuphine (**Nubain**): 10-20 mg IV/IM/SC q3-6h prn. ▶LK ♀? ▶? $

pentazocine (**Talwin NX**): 30 mg IV/IM q3-4h prn (Talwin). 1 tab PO q3-4h. (Talwin NX = 50 mg pentazocine/0.5 mg naloxone). [Generic/Trade: Tab 50 mg with 0.5 mg naloxone, trade scored.] ▶LK ♀C ▶? ©IV $$$

### Opioid Agonists

codeine: 0.5-1 mg/kg up to 15-60 mg PO/IM/IV/SC q4-6h. Do not use IV in children. [Generic only: Tabs 15, 30, & 60 mg. Oral soln: 15 mg/5 mL.] ▶LK ♀C ▶- ©II $$

fentanyl (**Duragesic, Actiq, Fentora, Sublimaze, IONSYS**): Transdermal (Duragesic): 1 patch q72 hrs (some with chronic pain may require q48h dosing). May wear more than one patch to achieve the correct analgesic effect. Transmucosal lozenge (Actiq) for breakthrough cancer pain: 200-1600 mcg, goal is 4 lozenges on a stick/day in conjunction with long-acting opioid. Buccal tablet (Fentora) for breakthrough cancer pain: 100-800 mcg, 1 tab for pain relief. Adult analgesia/procedural sedation: 50-100 mcg slow IV over 1-2 minutes; carefully titrate to effect. Analgesia: 50-100 mcg IM q1-2h prn. [Generic/Trade: Transdermal patches 12.5, 25, 50, 75, 100 mcg/hr. Actiq lozenges on a stick, berry flavored 200, 400, 600, 800, 1,200, 1,600 mcg. Trade only: IONSYS: Iontophoretic transdermal system: 40 mcg fentanyl per activation; max 6 doses per hour. Max per system is eighty 40 mcg doses over 24 hours. Trade only: (Fentora) buccal tablet 100, 200, 300, 400, 600, 800 mcg.] ▶L ♀C ▶+ ©II $$$$$

### FENTANYL TRANSDERMAL DOSE (based on ongoing morphine requirement)*

| morphine (IV/IM) | morphine (PO) | Transdermal fentanyl |
|---|---|---|
| 8-22 mg/day | 45-134 mg/day | 25 mcg/hr |
| 23-37 mg/day | 135-224 mg/day | 50 mcg/hr |
| 38-52 mg/day | 225-314 mg/day | 75 mcg/hr |
| 53-67 mg/day | 315-404 mg/day | 100 mcg/hr |

* For higher morphine doses see product insert for transdermal fentanyl equivalencies.

hydromorphone (**Dilaudid, Dilaudid-5, ✦Hydromorph Contin**): Adults: 2-4 mg PO q4-6h. Titrate dose as high as necessary to relieve cancer pain or other types of non-malignant pain where chronic opioids are necessary. 0.5-2 mg IM/SC or slow IV q4-6h. 3 mg PR q6-8h. Peds ≤12 yo: 0.03-0.08 mg/kg PO q4-6h prn. 0.015 mg/kg/dose IV q4-6h prn. [Generic only: Tabs 2, 4. Generic/Trade: Tabs 8 mg (8mg trade scored). Liquid 5 mg/5 mL.] ▸L ♀C ▸? ◎II $$

levorphanol (**Levo-Dromoran**): 2 mg PO q6-8h prn. [Generic only: Tabs 2 mg, scored.] ▸L ♀C ▸? ◎II $$$

meperidine (**Demerol, pethidine**): 1-1.8 mg/kg up to 150 mg IM/SC/PO or slow IV q3-4h. 75 mg meperidine IV,IM,SC = 300 mg meperidine PO. [Generic/Trade: Tabs 50 (trade scored) & 100 mg. Syrup 50 mg/5 mL (trade banana flavored).] ▸LK ♀C but + ▸+ ◎II $$$

methadone (**Diskets, Dolophine, Methadose, ✦Metadol**): Severe pain in opioid-tolerant patients: 2.5-10 mg IM/SC/PO q3-4h prn. Titrate dose as high as necessary to relieve cancer pain or other types of non-malignant pain where chronic opioids are necessary. Opioid dependence: 20-100 mg PO daily. Treatment >3 wks is maintenance and only permitted in approved treatment programs. [Generic/Trade: Tabs 5, 10 mg. Dispersible tabs 40 mg. Oral concentrate: 10 mg/mL. Generic only: Oral soln 5 & 10 mg/5 mL.] ▸L ♀C ▸? ◎II $

morphine (**MS Contin, Kadian, Avinza, Roxanol, Oramorph SR, MSIR, DepoDur, ✦Statex, M.O.S., Doloral**): Controlled-release tabs (MS Contin, Oramorph SR): Start at 30 mg PO q8-12h. Controlled-release caps (Kadian): 20 mg PO q12-24h. Extended-release caps (Avinza): Start at 30 mg PO daily. Do not break, chew, or crush MS Contin or Oramorph SR. Kadian & Avinza caps may be opened & sprinkled in applesauce for easier administration; the pellets should not be crushed or chewed. 0.1-0.2 mg/kg up to 15 mg IM/SC or slow IV q4h. Titrate dose as high as necessary to relieve cancer pain or other types of non-malignant pain where chronic opioids are necessary. [Generic/Trade: Tabs, immediate-release: 15 & 30 mg. Trade only: Caps 15 & 30 mg. Generic/Trade: Oral soln: 10 mg/5 mL, 10 mg/2.5 mL, 20 mg/5 mL, 20 mg/mL (concentrate) & 100 mg/5 mL (concentrate). Rectal suppositories 5, 10, 20 & 30 mg. Controlled-release tabs (MS Contin, Oramorph SR) 15, 30, 60, 100; 200 mg MS Contin only. Controlled-release caps (Kadian) 20, 30, 50, 60, 80, 100, 200 mg. Extended release caps (Avinza) 30, 60, 90 & 120 mg.] ▸LK ♀C ▸+ ◎II $$$$

## OPIOID EQUIVALENCY*

| Opioid | PO | IV/SC/IM | Opioid | PO | IV/SC/IM |
|--------|------|----------|--------|--------|----------|
| buprenorphine | n/a | 0.3-0.4 mg | meperidine | 300 mg | 75 mg |
| butorphanol | n/a | 2 mg | methadone | 5-15 mg | 2.5-10 mg |
| codeine | 130 mg | 75 mg | morphine | 30 mg | 10 mg |
| fentanyl | ? | 0.1 mg | nalbuphine | n/a | 10 mg |
| hydrocodone | 20 mg | n/a | oxycodone | 20 mg | n/a |
| hydromorphone | 7.5 mg | 1.5 mg | oxymorphone | 10 mg | 1 mg |
| levorphanol | 4 mg | 2 mg | pentazocine | 50 mg | 30 mg |

*Approximate equianalgesic doses as adapted from the 2003 American Pain Society (www.ampainsoc.org) guidelines and the 1992 AHCPR guidelines. Not available = "n/a". See drug entries themselves for starting doses. Many recommend initially using lower than equivalent doses when switching between different opioids. IV doses should be titrated slowly with appropriate monitoring. All PO dosing is with immediate-release preparations. Individualize all dosing, especially in the elderly, children, and in those with chronic pain, opioid naïve, or hepatic/renal insufficiency.

oxycodone (*Roxicodone, OxyContin, Percolone, OxyIR, OxyFAST, ✚Endocodone, Supeudol*): Immediate-release preparations: 5 mg PO q4-6h prn. Controlled-release preparations (OxyContin): 10-40 mg PO q12h (No supporting data for shorter dosing intervals for controlled-release tabs.) Titrate dose as high as necessary to relieve cancer pain or other types of non-malignant pain where chronic opioids are necessary. Do not break, chew, or crush controlled release preparations. [Generic/Trade: Immediate-release: Tabs (scored) & caps 5 mg. Tabs 15, 30 mg. Oral soln 5 mg/5 mL. Oral concentrate 20 mg/mL. Generic: Immediate release tabs 10, 20 mg. Trade: Controlled-release tabs 10, 20, 40, 80 mg.] ▶L ♀C ▶– ⊙II $$$$
oxymorphone (*Opana*): 10-20 mg PO q4-6h (immediate release) or 5 mg q12h (extended release) in opioid-naive patients, 1 hour pre- or 2 hours post meals. 5 mg PR q4-6h, prn. 1-1.5 mg IM/SC q4-6h, prn. 0.5 mg IV q4-6h, increase dose until pain adequately controlled. [Trade only: Extended release tabs (Opana ER) 5, 10, 20, 40 mg. Immediate release tabs (Opana IR) 5, 10 mg.] ▶L ♀C ▶? ⊙II $$$$
propoxyphene (*Darvon-N, Darvon Pulvules*): 65-100 mg PO q4h prn. [Generic/Trade: Caps 65 mg. Trade only: Tabs 100 mg (Darvon-N).] ▶L ♀C ▶+ ⊙IV $

### Opioid Analgesic Combinations

**NOTE:** Refer to individual components for further information. May cause drowsiness and/or sedation, which may be enhanced by alcohol & other CNS depressants. Opioids, carisoprodol, and butalbital may be habit-forming. Avoid exceeding 4 g/day of acetaminophen in combination products. Caution people who drink ≥3 alcoholic drinks/day to limit acetaminophen use to 2.5 g/day due to additive liver toxicity. Opioids commonly cause constipation -- concurrent laxatives are recommended. All opioids are pregnancy class D if used for prolonged periods or in high doses at term.

*Anexsia* (hydrocodone + acetaminophen): Multiple strengths; write specific product on Rx. 1 tab PO q4-6h prn. [Generic/Trade: Tabs 5/325, 5/500, 7.5/325, 7.5/650 mg hydrocodone/mg acetaminophen, scored.] ▶LK ♀C ▶– ⊙III $
*Capital with Codeine suspension* (acetaminophen + codeine): 15 mL PO q4h prn. >12 yo use adult dose. 7-12 yo 10 mL/dose q4-6h prn. 3-6 yo 5 mL/dose q4-6h prn. [Generic = oral soln. Trade = suspension. Both codeine 12 mg and acetaminophen 120 mg per 5 mL (trade, fruit punch flavor).] ▶LK ♀C ▶? ⊙V $
*Combunox* (oxycodone + ibuprofen): 1 tab PO q6h prn for ≤7 days. Max 4 tabs/24h. [Trade only: Tab 5 mg oxycodone/400 mg ibuprofen.] ▶? ⊙II $$$
*Darvocet* (propoxyphene + acetaminophen): Multiple strengths; write specific product on Rx. 50/325, 2 tabs PO q4h prn. 100/500 or 100/650, 1 tab PO q4h prn. [Generic/Trade: Tabs 50/325 (Darvocet N-50), 100/650 (Darvocet N-100), & 100/500 (Darvocet A500), mg propoxyphene/acetaminophen.] ▶L ♀C ▶+ ⊙IV $
*Darvon Compound Pulvules* (propoxyphene + aspirin + caffeine, ✚*692 tablet*): 1 cap PO q4h prn. [Generic/Trade: Cap 65 mg propoxyphene/389 mg ASA/32.4 mg caffeine.] ▶LK ♀D ▶– ⊙IV $
*Empirin with Codeine* (aspirin + codeine, ✚*292 tablet*): Multiple strengths; write specific product on Rx.1-2 tabs PO q4h prn. [Generic only: Tab 325/30 & 325/60 mg ASA/mg codeine. Empirin brand no longer made.] ▶LK ♀D ▶– ⊙III $
*Fioricet with Codeine* (acetaminophen + butalbital + caffeine + codeine): 1-2 caps PO q4h prn. [Generic/Trade: Cap 325 mg acetaminophen/50 mg butalbital/40 mg caffeine/30 mg codeine.] ▶LK ♀C ▶– ⊙III $$$
*Fiorinal with Codeine* (aspirin + butalbital + caffeine + codeine, ✚*Fiorinal C-1/4, Fiorinal C-1/2, Tecnal C-1/4, Tecnal C-1/2*): 1-2 caps PO q4h prn. [Generic/Trade: Cap 325 mg ASA/50 mg butalbital /40 mg caffeine/30 mg codeine.] ▶LK ♀D ▶– ⊙III $$$

**Lorcet** (hydrocodone + acetaminophen): Multiple strengths; write specific product on Rx. 5/500: 1-2 caps PO q4-6h prn. 7.5/650 & 10/650: 1 tab PO q4-6h prn. [Generic/Trade: Caps 5/500 mg, tabs 7.5/650, 10/650 mg hydrocodone/acetaminophen.] ▶LK ♀C ▶– ©III $

**Lortab** (hydrocodone + acetaminophen): Multiple strengths; write specific product on Rx. 1-2 caps PO q4-6h prn (2.5/500 & 5/500). 1 tab PO q4-6h prn (7.5/500 & 10/500). Elixir: 15 mL PO q4-6h prn. [Generic/Trade: Lortab 5/500 (scored), Lortab 7.5/500 (trade scored) & Lortab 10/500 mg hydrocodone/mg acetaminophen. Elixir: 7.5/500 mg hydrocodone/mg acetaminophen/15 mL. Trade only: Tabs Lortab 2.5/500.] ▶LK ♀C ▶– ©III $

**Maxidone** (hydrocodone + acetaminophen): 1 tab PO q4-6h prn, max dose 5 tabs/day. [Trade: Tab 10/750 mg hydrocodone/acetaminophen.] ▶LK ♀C ▶– ©III $$$

**Mersyndol with Codeine** (acetaminophen + codeine + doxylamine): Canada only. 1-2 tabs PO q4-6h prn. Max 12 tabs/24 hours. [Trade only: OTC tab acetaminophen 325 mg + codeine phosphate 8 mg + doxylamine 5 mg.] ▶LK ♀C ▶? $

**Norco** (hydrocodone + acetaminophen): 1 tab PO q4-6h prn. [Trade only: Tabs 5/325, 7.5/325, 10/325 mg hydrocodone/acetamin., scored.] ▶LK ♀C ▶? ©III $$

**Percocet** (oxycodone + acetaminophen, ♣*Percocet-demi, Oxycocet, Endocet*): Multiple strengths; write specific product on Rx. 1-2 tabs PO q4-6h prn (2.5/325 & 5/325). 1 tab PO q4-6 prn (7.5/500 & 10/650). [Trade only: Tabs 2.5/325 oxycodone/acetaminophen. Generic/Trade: Tabs 5/325, 7.5/325, 7.5/500, 10/325, 10/650 mg. Generic only: 2.5/300, 5/300, 7.5/300, 10/300, 2.5/400, 5/400, 7.5/400, 10/400, 10/500 mg.] ▶L ♀C ▶– ©II $

**Percodan** (oxycodone + aspirin, ♣*Oxycodan, Endodan*): Percodan: 1 tab PO q6h prn. Percodan Demi: 1-2 tabs PO q6h prn. [Generic/Trade: Tab Percodan 4.88/325 mg oxycodone/ASA (trade scored). Trade only: Percodan Demi 2.44/325 mg scored.] ▶LK ♀D ▶– ©II $$

**Roxicet** (oxycodone + acetaminophen): Multiple strengths; write specific product on Rx. 1 tab PO q6h prn. Soln: 5 mL PO q6h prn. [Generic/Trade: Tab 5/325 mg, scored. Cap/Caplet 5/500 mg. Trade only: Soln 5/325 per 5 mL, mg oxycodone/acetaminophen.] ▶L ♀C ▶– ©II $

**Soma Compound with Codeine** (carisoprodol + aspirin + codeine): Moderate to severe musculoskeletal pain:1-2 tabs PO qid prn. [Generic/Trade: Tab 200 mg carisoprodol/325 mg ASA/16 mg codeine.] ▶L ♀D ▶– ©III $$$

**Synalgos-DC** (dihydrocodeine + aspirin + caffeine): 2 caps PO q4h prn. [Trade only: Cap 16 mg dihydrocodeine/356.4 mg ASA/30 mg caffeine. "Painpack"=12 caps.] ▶L ♀C ▶– ©III $

**Talacen** (pentazocine + acetaminophen): 1 tab PO q4h prn. [Generic/Trade: Tab 25 mg pentazocine/650 mg acetaminophen, trade scored.] ▶L ♀C ▶? ©IV $$$

**Tylenol with Codeine** (codeine + acetaminophen, ♣*Lenoltec, Emtec, Triatec*): Multiple strengths; write specific product on Rx. 1-2 tabs PO q4h prn. Elixir 3-6 yo 5 mL/dose. 7-12 yo 10 mL/dose. [Generic only: Tabs Tylenol #2 (15/300), Tylenol #4 (60/300). Tylenol with Codeine Elixir 12/120 per 5 mL, mg codeine/mg acetaminophen. Generic/Trade: Tabs Tylenol #3 (30/300). Canadian forms come with (Lenoltec, Tylenol) or without (Empracet, Emtec) caffeine.] ▶LK ♀C ▶? ©III (Tabs), V(elixir) $

**Tylox** (oxycodone + acetaminophen): 1 cap PO q6h prn. [Generic/Trade: Cap 5 mg oxycodone/500 mg acetaminophen.] ▶L ♀C ▶– ©II $

**Vicodin** (hydrocodone + acetaminophen): Multiple strengths; write specific product on Rx. 5/500 & 7.5/750: 1-2 tabs PO q4-6h prn. 10/660: 1 tab PO q4-6h prn. [Generic/Trade: Tabs Vicodin (5/500), Vicodin ES (7.5/750), Vicodin HP (10/660), scored, mg hydrocodone/mg acetaminophen.] ▶LK ♀C ▶? ©III $

***Vicoprofen*** (hydrocodone + ibuprofen): 1 tab PO q4-6h prn. [Generic/Trade: Tab 7.5/200 mg hydrocodone/ibuprofen. Generic: Tab 5/200 mg.] ▶LK ♀- ▶? ©III $$$

***Wygesic*** (propoxyphene + acetaminophen): 1 tab PO q4h prn. [Generic/Trade: Tab 65 mg propoxyphene/650 mg acetaminophen.] ▶L ♀C ▶? ©IV $

***Xodol*** (hydrocodone + acetaminophen): 1 tab PO q4-6 prn, max 6 doses/day. [Trade: Tabs 5/300, 7.5/300, 10/300 mg hydrocodone/acet.] ▶LK ♀C ▶- ©III $$$

***Zydone*** (hydrocodone + acetaminophen): Multiple strengths; write specific product on Rx: 1-2 tabs PO q4-6h prn (5/400). 1 tab q4-6h prn (7.5/400,10/400). [Trade: Tabs 5/400, 7.5/400, 10/400 mg hydrocodone/acetamin.] ▶LK ♀C ▶? ©III $$

### Opioid Antagonists

nalmefene (***Revex***): Opioid overdose: 0.5 mg/70 kg IV. If needed, this may be followed by a second dose of 1 mg/70 kg, 2-5 minutes later. Max cumulative dose 1.5 mg/70 kg. If suspicion of opioid dependency, initially administer a challenge dose of 0.1 mg/70 kg. Post-operative opioid reversal: 0.25 mcg/kg IV followed by 0.25 mcg/kg incremental doses at 2-5 minute intervals, stopping as soon as the desired degree of opioid reversal is obtained. Max cumulative dose 1 mcg/kg. [Trade only: Injection 100 mcg/mL nalmefene for postoperative reversal (blue label). 1 mg/mL nalmefene for opioid overdose (green label).] ▶L ♀B ▶? $$$

naloxone (***Narcan***): Adult opioid overdose: 0.4-2 mg q2-3 min prn. Adult post-op reversal 0.1-0.2 mg q2-3 min prn. Peds opioid overdose 0.01 mg/kg IV; may give 0.1 mg/kg if inadequate response. Peds post-op reversal: 0.005-0.01 q2-3 min prn. May use IM/SC/ET if IV not available. ▶LK ♀B ▶? $

### Other Analgesics

acetaminophen (***Tylenol, Panadol, Tempra, paracetamol, ✚Abenol, Atasol, Pediatrix***): 325-650 mg PO/PR q4-6h prn. Max dose 4 g/day. OA: 2 extended release caplets (ie, 1300 mg) PO q8h around the clock. Peds: 10-15 mg/kg/dose PO/PR q4-6h prn. [OTC: Tabs 160, 325, 500, 650 mg. Chewable Tabs 80 mg. Gelcaps 500 mg. Caps 325 & 500 mg. Sprinkle Caps 80 & 160 mg. Extended-release caplets 650 mg. Liquid 160 mg/5 mL & 500 mg/15 mL. Drops 80 mg/0.8 mL. Suppositories 80, 120, 125, 300, 325, & 650 mg.] ▶LK ♀B ▶+ $

tramadol (***Ultram, Ultram ER***): Moderate to moderately severe pain: 50-100 mg PO q4-6h prn, max 400 mg/day. Chronic pain, extended release: 100-300 mg PO daily. Adjust dose in elderly, renal & hepatic dysfunction. Avoid in opioid-dependent patients. Seizures may occur with concurrent antidepressants or seizure disorder. [Generic/Trade: Tab, immediate-release 50 mg. Trade only: Extended release tabs 100, 200, 300 mg.] ▶KL ♀C ▶- $$$

***Women's Tylenol Menstrual Relief*** (acetaminophen + pamabrom): 2 caplets PO q4-6h. [OTC: Caplet 500 mg acet./25 mg pamabrom (diuretic).] ▶LK ♀B ▶+ $

## ANESTHESIA

### Anesthetics & Sedatives

dexmedetomidine (***Precedex***): ICU sedation <24h: Load 1 mcg/kg over 10 min followed by infusion 0.2-0.7 mcg/kg/h titrated to desired sedation endpoint. Beware of bradycardia and hypotension. ▶LK ♀C ▶? $$$$

etomidate (***Amidate***): Induction 0.3 mg/kg IV. ▶L ♀C ▶? $

ketamine (***Ketalar***): 1-2 mcg/kg IV over 1-2 min or 4 mg/kg IM induces 10-20 min dissociative state. Concurrent atropine minimizes hypersalivation. ▶L ♀? ▶? ©III $

methohexital (***Brevital***): Induction 1-1.5 mg/kg IV, duration 5 min. ▶L ♀B ▶? ©IV $

midazolam (**Versed**): Adult sedation/anxiolysis: 5 mg or 0.07 mg/kg IM; or 1 mg IV slowly q2-3 min up to 5 mg. Peds: 0.25-1.0 mg/kg to max of 20 mg PO, or 0.1-0.15 mg/kg IM. IV route (6 mo to 5 yo): Initial dose 0.05-0.1 mg/kg IV, then titrated to max 0.6 mg/kg. IV route (6-12 yo): Initial dose 0.025-0.05 mg/kg IV, then titrated to max 0.4 mg/kg. Monitor for resp depression. [Oral liquid 2 mg/mL] ▶LK ♀D ▶-©IV $

pentobarbital (**Nembutal**): Pediatric sedation: 1-6 mg/kg IV, adjusted in increments of 1-2 mg/kg to desired effect, or 2-6 mg/kg IM, max 100 mg. ▶LK ♀D ▶? ©II $$

propofol (**Diprivan**): ICU ventilator sedation: infusion 5-50 mcg/kg/min. ▶L ♀B ▶- $$$

thiopental (**Pentothal**): Induction 3-5 mg/kg IV, duration 5 min. ▶L ♀C ▶? ©III $

### Local Anesthetics

articaine (**Septocaine, Zorcaine**): 4% injection (includes epinephrine). [4% (includes epinephrine 1:100,000)] ▶LK ♀C ▶? $

bupivacaine (**Marcaine, Sensorcaine**): Local and regional anesthesia. [0.25%, 0.5%, 0.75%, all with or without epinephrine.] ▶LK ♀C ▶? $

*Duocaine* (bupivacaine + lidocaine): Local anesthesia, nerve block for eye surgery. [Vials contain bupivacaine 0.375% + lidocaine 1%.] ▶LK ♀C ▶? $

lidocaine - local anesthetic (**Xylocaine**): 0.5-1% injection with and without epinephrine. [0.5,1,1.5,2%. With epi: 0.5,1,1.5,2%.] ▶LK ♀B ▶? $

mepivacaine (**Carbocaine, Polocaine**): 1-2% injection. [1,1.5,2,3%.] ▶LK ♀C ▶? $

### Neuromuscular Blockers

rocuronium (**Zemuron**): 0.6 mg/kg IV. Duration 30 min. ▶L ♀B ▶? $$

succinylcholine (**Anectine, Quelicin**): 0.6-1.1 mg/kg IV. Peds: 2 mg/kg IV. ▶Plasma ♀C ▶? $

vecuronium (**Norcuron**): 0.08-0.1 mg/kg IV. Duration 15-30 min. ▶LK ♀C ▶? $

## ANTIMICROBIALS

### Aminoglycosides (See also dermatology and ophthalmology)

amikacin (**Amikin**): 15 mg/kg up to 1500 mg/day IM/IV divided q8-12h. Peak 20-35 mcg/mL, trough <5 mcg/mL. Alternative 15 mg/kg IV q24h. ▶K ♀D ▶? $$$

gentamicin (**Garamycin**): Adults: 3-5 mg/kg/day IM/IV divided q8h. Peak 5-10 mcg/mL, trough <2 mcg/mL. Alternative 5-7 mg/kg IV q24h. Peds: 2-2.5 mg/kg q8h. ▶K ♀D ▶+ $$

streptomycin: Combo therapy for TB: 15 mg/kg up to 1 g IM daily. 10 mg/kg up to 750 mg if >59 yo. Peds: 20-40 mg/kg up to 1 g IM daily. Nephrotoxicity, ototoxicity. ▶K ♀D ▶+ $$$$$

tobramycin (**Nebcin, TOBI**): Adults: 3-5 mg/kg/day IM/IV divided q8h. Peak 5-10 mcg/mL, trough <2 mcg/mL. Alternative 5-7 mg/kg IV q24h. Peds: 2-2.5 mg/kg q8h. Cystic fibrosis (TOBI): 300 mg neb bid 28 days on, then 28 days off. [Trade only: TOBI 300 mg ampules for nebulizer.] ▶K ♀D ▶? $$$$

### Antifungal Agents

amphotericin B deoxycholate (**Fungizone**): Test dose 0.1 mg/kg up to 1 mg slow IV. Wait 2-4 h, and if tolerated then begin 0.25 mg/kg IV daily and advance to 0.5-1.5 mg/kg/day depending on fungal type. Maximum dose 1.5 mg/kg/day. ▶Tissues ♀B ▶? $$$$

amphotericin B lipid formulations (*Amphotec, Abelcet, AmBisome*): Abelcet: 5 mg/kg/day IV at 2.5 mg/kg/hr. AmBisome: 3-5 mg/kg/day IV over 2 h. Amphotec: Test dose of 10 mL over 15-30 minutes, observe for 30 minutes, then 3-4 mg/kg/day IV at 1 mg/kg/h. ▶? ♀B ▶? $$$$$

anidulafungin (*Eraxis*): Candidemia: 200 mg IV load on day 1, then 100 mg IV once daily. Esophageal candidiasis: 100 mg IV load on day 1, then 50 mg IV once daily. Max infusion rate of 1.1 mg/min to prevent histamine reactions. ▶Degraded chemically ♀C ▶? $$$$$

caspofungin (*Cancidas*): 70 mg IV loading dose on day 1, then 50 mg IV daily. Infuse over 1 h. ▶KL ♀C ▶? $$$$$

clotrimazole (*Mycelex, ✚Canesten, Clotrimaderm*): Oral troches 5 x/day x 14 days. [Generic/Trade: Oral troches 10 mg.] ▶L ♀C ▶? $$$$

fluconazole (*Diflucan*): Vaginal candidiasis: 150 mg PO single dose ($). All other dosing regimens IV/PO. Oropharyngeal/ esophageal candidiasis: 200 mg first day, then 100 mg daily. Systemic candidiasis, cryptococcal meningitis: 400 mg daily. Peds: Oropharyngeal/esophageal candidiasis: 6 mg/kg first day, then 3 mg/kg daily. Systemic candidiasis: 6-12 mg/kg daily. Cryptococcal meningitis: 12 mg/kg on first day, then 6 mg/kg daily. [Generic/Trade: Tabs 50, 100, 200 mg. 150 mg tab in single-dose blister pack. Susp 10 & 40 mg/mL (35 mL).] ▶K ♀C ▶+ $$$

flucytosine (*Ancobon*): 50-150 mg/kg/day PO divided qid. Myelosuppression. [Trade only: Caps 250, 500 mg.] ▶K ♀C ▶- $$$$$

griseofulvin (*Grisactin 500, Grifulvin V, ✚Fulvicin*): Tinea capitis: 500 mg PO daily in adults; 15-20 mg/kg up to 1 g PO daily in peds. Treat x 4-6 weeks, continuing for 2 weeks past symptom resolution. [Generic/Trade: Susp 125 mg/5 mL (120 mL), Trade only: Tabs 500 mg.] ▶Skin ♀C ▶? $$$

itraconazole (*Sporanox*): Oral caps for onychomycosis "pulse dosing": 200 mg PO bid for 1st wk of month x 2 months (fingernails) or 3-4 months (toenails). Oral soln for oropharyngeal or esophageal candidiasis: 100-200 mg PO daily or 100 mg PO swish & swallow in 10 ml increments on empty stomach. For life-threatening infections, load with 200 mg IV bid x 4 doses or 200 mg PO tid x 3 days. Empiric therapy of suspected fungal infection in febrile neutropenia: 200 mg IV bid x 4 doses, then 200 mg IV daily for ≤14 days. Continue with oral soln 200 mg (20 ml) PO bid until significant neutropenia resolved. Contraindicated with cisapride, dofetilide, ergot alkaloids, lovastatin, PO midazolam, pimozide, quinidine, simvastatin, triazolam. Negative inotrope; do not use for onychomycosis if ventricular dysfunction. [Generic/Trade: Cap 100 mg. Trade only: Oral soln 10 mg/mL (150 mL).] ▶L ♀C ▶- $$$$$

ketoconazole (*Nizoral*): 200-400 mg PO daily. Hepatotoxicity. Contraindicated with cisapride, midazolam, pimozide, triazolam. H2 blockers, proton pump inhibitors, antacids impair absorption. [Generic/Trade: Tabs 200 mg.] ▶L ♀C ▶+ $$$

micafungin (*Mycamine*): Infuse IV over 1 h. Esophageal candidiasis: 150 mg once daily. Prevention of candidal infections in bone marrow transplant patients: 50 mg once daily. ▶L, feces ♀C ▶? $$$

nystatin (*Mycostatin, ✚Nilstat, Nyaderm, Candistatin*): Thrush: 4-6 mL PO swish & swallow qid. Infants: 2 mL/dose with 1 mL in each cheek qid. [Generic/Trade: Susp 100,000 units/mL (60,480 mL). Trade only: Troches 200,000 units.] ▶Not absorbed ♀B ▶? $$$

posaconazole (*Noxafil*): Prevention of invasive Aspergillus or Candida infection, ≥13 yo: 200 mg (5 mL) PO tid. Take with full meal or liquid nutritional supplement. CYP 3A4 inhibitor. [Trade only: Oral susp 40 mg/mL, 105 mL bottle.] ▶Glucuronidation ♀C ▶- $$$$$

terbinafine (**Lamisil**): Onychomycosis: 250 mg PO daily x 6 weeks for fingernails, x 12 weeks for toenails. "Pulse dosing": 500 mg PO daily for first week of month x 2 months (fingernails) or 4 months (toenails). [Generic/Trade: Tabs 250 mg.] ▶LK ♀B ▶- $$$$$

voriconazole (**Vfend**): IV: 6 mg/kg q12h x 2, then 3-4 mg/kg IV q12h (use 4 mg/kg for non-candidal infections). Infuse over 2 h. PO: 200 mg q12h if >40 kg, 100 mg PO q12h if <40 kg. Take 1 h before/after meals. With efavirenz: Use voriconazole 400 mg PO bid & efavirenz 300 mg PO once daily. Treat esophageal candidiasis with oral regimen for ≥2 weeks & continuing for 1 week past symptom resolution. Treat systemic candidal infections for ≥2 weeks past symptom resolution or last positive culture, whichever is longer. Many drug interactions. [Trade only: Tabs 50,200 mg (contains lactose), susp 40 mg/mL (75mL).] ▶L ♀D ▶? $$$$$

### Antimalarials

NOTE: For help treating malaria or getting antimalarials, see www.cdc.gov/malaria or call the CDC "malaria hotline" (770) 488-7788 Monday-Friday 8 am to 4:30 pm EST; after hours / weekend (770) 488-7100. Pediatric doses of antimalarials should never exceed adult doses.

chloroquine (**Aralen**): Malaria prophylaxis, chloroquine-sensitive areas: 8 mg/kg up to 500 mg PO q wk from 1-2 weeks before exposure to 4 weeks after. Chloroquine resistance widespread. [Generic only: Tabs 250 mg. Generic/Trade: Tabs 500 mg (500 mg phosphate equivalent to 300 mg base).] ▶KL ♀C but + ▶+ $$

**Malarone** (atovaquone + proguanil): Prevention of malaria: 1 adult tab PO daily from 1-2 days before exposure until 7 days after. Treatment of malaria: 4 adult tabs PO daily x 3 days. Take with food or milky drink. [Trade only: Adult tabs atovaquone 250 mg + proguanil 100 mg; pediatric tabs 62.5 mg + 25 mg.] ▶Fecal excretion; LK ♀C ▶? $$$$

mefloquine (**Lariam**): Malaria prophylaxis for chloroquine-resistant areas: 250 mg PO q week from 1 week before exposure to 4 weeks after. Treatment: 1250 mg PO single dose. Peds. Malaria prophylaxis: Give PO once weekly starting 1 week before exposure to 4 weeks after: <15 kg, 5 mg/kg (prepared by pharmacist); 15-19 kg, ¼ tab; 20-30 kg, ½ tab; 31-45 kg, ¾ tab; >45 kg, 1 tab. Treatment: 20-25 mg/kg PO; can divide into 2 doses given 6-8 h apart. Take on full stomach. [Generic/Trade: Tabs 250 mg.] ▶L ♀C ▶? $$

primaquine (**Qualaquin**): Prevention of relapse, P vivax/ovale malaria: 0.5 mg/kg up to 30 mg base PO daily x 14 days. Do not use unless normal G6PD level. [Generic only: Tabs 26.3 mg (equiv to 15 mg base).] ▶L ♀- ▶- $

quinine (**Qualaquin**): Malaria: 648 mg PO tid. Peds: 25-30 mg/kg/day up to 2 g/day PO divided q8h. Treat for 3 days (Africa/South America) or 7 days (Southeast Asia). Also give 7-day course of doxycycline, tetracycline or clindamycin. Commonly prescribed for nocturnal leg cramps, but not FDA approved for this indication: 260-325 mg PO qhs. FDA believes risks outweigh benefits for this indication. Can cause life-threatening adverse effects: Cinchonism with overdose; hemolysis with G6PD deficiency; hypersensitivity; thrombocytopenia; QT interval prolongation possible; many drug interactions. [Trade only: Caps 324 mg.] ▶L ♀C ▶+? $

### Antimycobacterial Agents

NOTE: Two or more drugs are needed for the treatment of active mycobacterial infections. See guidelines at http://www.thoracic.org/sections/publications/statements/.

dapsone: Pneumocystis prophylaxis, leprosy: 100 mg PO daily. Pneumocystis treatment: 100 mg PO daily with trimethoprim 5 mg/kg PO tid x 21 days. [Generic only: Tabs 25,100 mg.] ▶LK ♀C ▶+? $

ethambutol (**Myambutol**, ✚**Etibi**): 15-20 mg/kg PO daily. Dose with whole tabs: Give PO daily 800 mg if 40-55 kg, 1200 mg if 56-75 kg, 1600 mg if 76-90 kg. Base dose on estimated lean body weight. Peds: 15-20 mg/kg up to 1 g PO daily. [Generic/Trade: Tabs 100,400 mg.] ▶L ♀C but + ▶+ $$$$

isoniazid (**INH**, ✚**Isotamine**): Adults: 5 mg/kg up to 300 mg PO daily. Peds: 10-15 mg/kg up to 300 mg PO daily. Hepatotoxicity. Consider supplemental pyridoxine 10-50 mg PO daily. [Generic only: Tabs 100,300 mg, syrup 50 mg/5 mL.] ▶LK ♀C but + ▶+ $

pyrazinamide (**PZA**, ✚**Tebrazid**): 20-25 mg/kg up to 2000 mg PO daily. Dose with whole tabs: Give PO daily 1000 mg if 40-55 kg, 1500 mg if 56-75 kg, 2000 mg if 76-90 kg. Base dose on estimated lean body weight. Peds: 15-30 mg/kg up to 2000 mg PO daily. Hepatotoxicity. [Generic only: Tabs 500 mg.] ▶LK ♀C ▶? $$$

rifabutin (**Mycobutin**): 300 mg PO daily or 150 mg PO bid. [Trade only: Caps 150 mg.] ▶L ♀B ▶? $$$$$

**Rifamate** (isoniazid + rifampin): 2 caps PO daily on empty stomach. [Trade only: Caps isoniazid 150 mg + rifampin 300 mg.] ▶LK ♀C but + ▶+ $$$$

rifampin (**Rimactane, Rifadin**, ✚**Rofact**): TB: 10 mg/kg up to 600 mg PO/IV daily. Peds: 10-20 mg/kg up to 600 mg PO/IV daily. IV and PO doses are the same. Take oral doses on empty stomach. Neisseria meningitidis carriers: 600 mg PO bid x 2 days. Peds: age ≥1 mo, 10 mg/kg up to 600 mg PO bid x 2 days. Age <1 mo, 5 mg/kg PO bid x 2 days. IV & PO doses are the same. [Generic/Trade: Caps 150,300 mg. Pharmacists can make oral suspension.] ▶L ♀C but + ▶+ $$

rifapentine (**Priftin**): 600 mg PO twice weekly x 2 months, then once weekly x 4 months. Use for continuation therapy only in selected HIV-negative patients. [Trade only: Tabs 150 mg.] ▶Esterases, fecal ♀C ▶? $$$$

**Rifater** (isoniazid + rifampin + pyrazinamide): 6 tabs PO daily if ≤55 kg, 5 daily if 45-54 kg, 4 daily if ≤44 kg. [Trade only: Tab Isoniazid 50 mg + rifampin 120 mg + pyrazinamide 300 mg.] ▶LK ♀C ▶? $$$$$

### Antiparasitics

albendazole (**Albenza**): Hydatid disease, neurocysticercosis: 400 mg PO bid. 15 mg/kg/day up to 800 mg/day if <60 kg. [Trade only: Tabs 200 mg.] ▶L ♀C ▶? $$$

atovaquone (**Mepron**): Pneumocystis treatment: 750 mg PO bid x 21 days. Pneumocystis prevention: 1500 mg PO daily. Take with meals. [Trade only: Susp 750 mg/5 mL, foil pouch 750 mg/5 mL.] ▶Fecal ♀C ▶? $$$$$

ivermectin (**Stromectol**): Single PO dose of 200 mcg/kg for strongyloidiasis, scabies (not for children <15 kg), 150 mcg/kg for onchocerciasis. Take on empty stomach with water. [Tab 3, 6 mg.] ▶L ♀C ▶+ $

mebendazole (**Vermox**): Pinworm: 100 mg PO x 1; repeat in 2 wks. Roundworm, whipworm, hookworm: 100 mg PO bid x 3d. [Generic/Trade: Chew tab 100 mg.] ▶L ♀C ▶? $$

nitazoxanide (**Alinia**): Cryptosporidial or Giardial diarrhea: 100 mg bid for 1-3 yo, 200 mg bid for 4-11 yo, 500 mg bid for adults and children ≥12 yo. Take with food x 3 days. Use susp for <12 yo. [Trade only: Oral susp 100 mg/5 mL 60 mL bottle, tab 500 mg.] ▶L ♀B ▶? $$$

paromomycin (**Humatin**): 25-35 mg/kg/day PO divided tid with or after meals. [Generic/Trade: Caps 250 mg.] ▶Not absorbed ♀C ▶- $$$

pentamidine (**Pentam, NebuPent**, ✚**Pentacarinat**): Pneumocystis treatment: 4 mg/kg IM/IV daily x 21 days. Pneumocystis prevention: 300 mg nebulized q 4 weeks. [Trade only: Aerosol 300 mg.] ▶K ♀C ▶- $$$

praziquantel (*Biltricide*): Schistosomiasis: 20 mg/kg PO q4-6h x 3 doses. Neurocysticercosis: 50 mg/kg/day PO divided tid x 15 days (up to 100 mg/kg/day for peds). [Trade only: Tabs 600 mg.] ▶LK ♀B ▶- $$$

pyrantel (*Antiminth, Pin-X, Pinworm, ✚Combantrin*): Pinworm and roundworm: 11 mg/kg up to 1 g PO single dose. [OTC: Caps 62.5 mg, liquid 50 mg/mL.] ▶Not absorbed ♀- ▶? $

pyrimethamine (*Daraprim*): CNS toxoplasmosis in AIDS. Acute therapy: 200 mg PO x 1, then 50 mg (<60 kg) to 75 mg (≥60 kg) PO once daily + sulfadiazine + leucovorin 10-20 mg PO once daily (can increase to ≥50 mg/day) for ≥6 weeks. Secondary prevention: Pyrimethamine 25-50 mg PO once daily + sulfadiazine + leucovorin 10-25 mg PO once daily. [Trade only: Tabs 25 mg.] ▶L ♀C ▶+ $$

thiabendazole (*Mintezol*): Helminths: 22 mg/kg/dose up to 1500 mg PO bid after meals. Treat x 2 days for strongyloidiasis, cutaneous larva migrans. [Trade only: Chew tab 500 mg, susp 500 mg/5 mL (120 mL).] ▶LK ♀C ▶? $

tinidazole (*Tindamax*): Adults: 2 g PO daily x 1 day for trichomoniasis or giardiasis, x 3 days for amebiasis. Bacterial vaginosis: 2 g PO once daily x 2 days or 1 g PO once daily x 5 days. Peds, >3 yo: 50 mg/kg (up to 2 g) PO daily x 1 day for giardiasis, x 3 days for amebiasis. Take with food. [Trade only: Tabs 250,500 mg. Pharmacists can compound oral suspension.] ▶KL ♀C ▶?- $

## Antiviral Agents - Anti-CMV

cidofovir (*Vistide*): CMV retinitis in AIDS: 5 mg/kg IV q wk x 2, then 5 mg/kg q2 wks. Severe nephrotoxicity. ▶K ♀C ▶- $$$$$

foscarnet (*Foscavir*): CMV retinitis: 60 mg/kg IV (over 1 h) q8h or 90 mg/kg IV (over 1.5-2 h) q12h x 2-3 weeks, then 90-120 mg/kg/day IV over 2h. HSV infection: 40 mg/kg (over 1 h) q8-12h. Nephrotoxicity, seizures. ▶K ♀C ▶? $$$$$

ganciclovir (*DHPG*): CMV retinitis: Induction 5 mg/kg IV q12h for 14-21 days. Maintenance 6 mg/kg IV daily for 5 days/wk. Myelosuppression, potential carcinogen, teratogen; may impair fertility. [Generic: Caps 250, 500 mg.] ▶K ♀C ▶- $$$$$

valganciclovir (*Valcyte*): CMV retinitis: 900 mg PO bid x 21 days, then 900 mg PO daily. Prevention of CMV disease in high-risk kidney, kidney-pancreas, heart transplant patients: 900 mg PO daily from within 10 days after transplant until 100 days post-transplant. Greater bioavailability than oral ganciclovir. Give with food. Impaired fertility, myelosuppression, potential carcinogen & teratogen. [Trade only: Tabs 450 mg.] ▶K ♀C ▶- $$$$$

## Antiviral Agents - Anti-Herpetic

acyclovir (*Zovirax*): Genital herpes: 400 mg PO tid x 7-10 days for first episode, x 5 days for recurrent episodes. Chronic suppression of genital herpes: 400 mg PO bid, 400-800 mg PO bid-tid in HIV infection. Zoster: 800 mg PO 5 times/day x 7-10 days. Chickenpox: 20 mg/kg up to 800 mg PO qid x 5 days. Adult IV: 5-10 mg/kg IV q8h, each dose over 1h. Peds, herpes encephalitis: 20 mg/kg IV q8h x 10d for 3 mo-12 yo, adult dose for ≥12 yo. Neonatal herpes: 20 mg/kg IV q8h x 21 days for disseminated/CNS infection, x 14 days for skin/mucous membranes. [Generic/Trade: Caps 200 mg, tabs 400,800 mg. Susp 200 mg/5 mL.] ▶K ♀B ▶+ $

famciclovir (*Famvir*): First-episode genital herpes: 250 mg PO tid x 7-10 days. Recurrent genital herpes: 1000 mg PO bid x 2 doses; 500 bid x 7 days if HIV-infected. Chronic suppression of genital herpes: 250 mg PO bid; 500 mg PO bid if HIV infected. Recurrent herpes labialis: 1500 mg PO single dose; 500 bid x 7 days if HIV-infected. Zoster: 500 mg PO tid for 7 days. [Trade only: Tabs 125, 250, 500 mg. All tabs contain lactose.] ▶K ♀B ▶? $$

valacyclovir (**Valtrex**): First-episode genital herpes: 1 g PO bid x 10 days. Recurrent genital herpes: 500 mg PO bid x 3 days; 1 g PO bid x 5-10 days in HIV infection. Chronic suppression of genital herpes: 500-1000 mg PO daily; 500 mg PO bid if HIV infection. Reduction of genital herpes transmission in immunocompetent patients with ≤9 recurrences/year: 500 mg PO daily by source partner, in conjunction with safer sex practices. Herpes labialis: 2 g PO q12h x 2 doses. Zoster: 1000 mg PO tid x 7 days. [Generic/Trade: Tabs 500,1000 mg.] ▶K ♀B ▶+ $$$$$

> **NOTE FOR ALL ANTI-HIV DRUGS:** Many serious drug interactions; always check before prescribing. AIDS treatment guidelines available online at www.aidsinfo.nih.gov.

### Antiviral Agents - Anti-HIV - CCR5 Antagonists

maraviroc (**Selzentry**): 150 mg PO bid with strong CYP 3A4 inhibitors (delavirdine, most protease inhibitors, ketoconazole, itraconazole, clarithromycin); 300 mg PO bid with drugs that are not strong CYP 3A4 inducers/inhibitors (NRTIs, tipranavir-ritonavir, nevirapine, enfuvirtide); 600 mg PO bid with strong CYP 3A4 inducers (efavirenz, rifampin, carbamazepine, phenobarbital, phenytoin). Tropism test before treatment; not for dual/mixed or CXCR4-tropic HIV infection. Hepatotoxicity with allergic features. [Trade only: Tabs 150,300 mg.] ▶LK ♀B ▶- $$$$$

### Antiviral Agents - Anti-HIV - Combinations

*Atripla* (efavirenz + emtricitabine + tenofovir): 1 tab PO once daily on empty stomach, preferably at bedtime. [Trade only: Tabs efavirenz 600 mg + emtricitabine 200 mg + tenofovir 300 mg.] ▶KL ♀D ▶- $$$$$

*Epzicom* (abacavir + lamivudine): 1 tab PO daily. [Trade only: Tabs abacavir 600 mg + lamivudine 300 mg.] ▶LK ♀C ▶- $$$$$

*Trizivir* (abacavir + lamivudine + zidovudine): 1 tab PO bid. [Trade only: Tabs abacavir 300 mg + lamivudine 150 mg + zidovudine 300 mg.] ▶LK ♀C ▶- $$$$$

*Truvada* (emtricitabine + tenofovir): 1 tab PO daily. [Trade only: Tabs emtricitabine 200 mg + tenofovir 300 mg.] ▶K ♀B ▶- $$$$$

### Antiviral Agents - Anti-HIV - Fusion Inhibitors

enfuvirtide (**Fuzeon, T-20**): 90 mg SC bid. Peds, ≥6 yo: 2 mg/kg up to 90 mg SC bid. [30-day kit with vials, diluent, syringes, alcohol wipes. Single-dose vials contain 108 mg to provide 90 mg enfuvirtide.] ▶Serum ♀B ▶- $$$$$

### Antiviral Agents - Anti-HIV - Non-Nucleoside Reverse Transcriptase Inhib.

efavirenz (**Sustiva, EFV**): Adults & children >40 kg: 600 mg PO qhs. With voriconazole: Use voriconazole 400 mg bid & efavirenz 300 mg PO once daily. Peds, ≥3 yo: Give PO qhs 200 mg for 10-15 kg; 250 mg for 15-20 kg; 300 mg for 20 to <25 kg; 350 mg for 25 to <32.5 kg; 400 mg for 32.5 to <40 kg. Do not give with high-fat meal. [Trade only: Caps 50,100,200 mg, tabs 600 mg.] ▶L ♀D ▶- $$$$$

nevirapine (**Viramune, NVP**): 200 mg PO daily x 14 days initially. If tolerated, increase to 200 mg PO bid. Peds <8 yo: 4 mg/kg PO daily x 14 days, then 7 mg/kg PO bid. ≥8 yo: 4 mg/kg PO daily x 14 days, then 4 mg/kg PO bid. Severe skin reactions & hepatotoxicity. [Trade only: Tabs 200 mg, susp 50 mg/5 mL (240 mL).] ▶LK ♀C ▶- $$$$$

### Antiviral Agents - Anti-HIV - Nucleoside/Nucleotide Reverse Transcrip Inhib

abacavir (**Ziagen, ABC**): Adult: 300 mg PO bid or 600 mg PO daily. Children >3 mo: 8 mg/kg up to 300 mg PO bid. Potentially fatal hypersensitivity; never rechallenge if this occurs. Severe hypersensitivity may be more common with once-daily dose. [Trade only: Tabs 300 mg, oral soln 20 mg/mL (240 mL).] ▶L ♀C ▶- $$$$$

***Combivir*** (lamivudine + zidovudine): 1 tab PO bid. [Trade only: Tabs lamivudine 150 mg + zidovudine 300 mg.] ▶LK ♀C ▶- $$$$$

didanosine (***Videx, Videx EC, ddI***): Videx EC, adults: 400 mg PO daily if ≥60 kg, 250 mg PO daily if <60 kg. Dosage reduction of Videx EC with tenofovir: 250 mg if ≥60 kg, 200 mg if <60 kg. Dosage reduction unclear with tenofovir if CrCl <60 mL/min. Buffered powder, peds: 100 mg/m² PO bid for age 2 wks-8 mo. 120 mg/m² PO bid for >8 mo. All formulations usually taken on empty stomach. [Generic/Trade: Pediatric powder for oral solution 10 mg/mL (buffered with antacid), delayed-release caps 200, 250, 400 mg. Trade only: (Videx EC) delayed-release caps 125 mg, chewable tabs 25, 50, 100, 150, 200 mg.] ▶LK ♀B ▶- $$$$$

emtricitabine (***Emtriva, FTC***): 200 mg cap or 240 mg oral soln PO once daily. Peds, oral soln: 3 mg/kg PO once daily for ≤3 mo, 6 mg/kg up to 240 mg for 3 mo-17 yo. Can give 200 mg cap PO once daily if >33 kg. [Trade only: Caps 200 mg, oral soln 10 mg/mL (170 mL).] ▶K ♀B ▶- $$$$$

lamivudine (***Epivir, Epivir-HBV, 3TC, ✤Heptovir***): Epivir for HIV infection. Adults: 150 mg PO bid or 300 mg PO daily. Peds: 4 mg/kg up to 150 mg PO bid. Epivir-HBV for hepatitis B. Adults: 100 mg PO daily. Peds: 3 mg/kg up to 100 mg PO daily. [Trade only: Epivir, 3TC: Tabs 150, 300 mg, oral soln 10 mg/mL. Epivir-HBV, Heptovir: Tabs 100 mg, oral soln 5 mg/mL.] ▶K ♀C ▶- $$$$$

stavudine (***Zerit, d4T***): 40 mg PO q12h; 30 mg q12h if <60 kg. Peds (<30 kg): 1 mg/kg PO bid. [Trade only: Caps 15,20,30,40 mg; oral soln 1 mg/mL (200 mL).] ▶LK ♀C ▶- $$$$$

tenofovir (***Viread, TDF***): 300 mg PO daily with a meal. [Trade only: Tab 300 mg.] ▶K ♀B ▶- $$$$$

zidovudine (***Retrovir, AZT, ZDV***): 200 mg PO tid or 300 bid. Peds: 160 mg/m² up to 200 mg PO q8h. [Generic/Trade: Tab 300 mg, syrup 50 mg/5 mL (240 mL). Trade only: Cap 100 mg.] ▶LK ♀C ▶- $$$$$

### Antiviral Agents - Anti-HIV - Protease Inhibitors

atazanavir (***Reyataz, ATV***): Therapy-naive patients: 400 mg PO daily. Efavirenz regimen, therapy-naive patients: atazanavir 300 mg + ritonavir 100 mg + efavirenz 600 mg all PO daily. Therapy-experienced patients: atazanavir 300 mg PO daily + ritonavir 100 mg PO daily. Tenofovir regimen (must include ritonavir): atazanavir 300 mg + ritonavir 100 mg + tenofovir 300 mg all PO daily with food. Give atazanavir with food; give 2 h before or 1 h after buffered didanosine. [Trade only: Caps 100, 150, 200, 300 mg.] ▶L ♀B ▶- $$$$$

darunavir (***Prezista***): Therapy-experienced patients: 600 mg boosted by ritonavir 100 mg PO bid with food. Do not use without ritonavir. [Trade only: Tab 300 mg.] ▶LK ♀B ▶- $$$$$

fosamprenavir (***Lexiva, 908, ✤Telzir***): Therapy-naive patients: 1400 mg PO bid (without ritonavir). OR fosamprenavir 1400 mg + ritonavir 200 mg both PO daily. OR 700 mg fosamprenavir + 100 mg ritonavir both PO bid. Protease inhibitor-experienced patients: 700 mg fosamprenavir + 100 mg ritonavir both PO bid. Do not use once-daily regimen. If once-daily ritonavir-boosted regimen given with efavirenz, increase ritonavir to 300 mg/day; no increase of ritonavir dose needed for bid regimen with efavirenz. No meal restrictions. [Trade only: Tabs 700 mg (equivalent to amprenavir 600 mg), Susp 50 mg/mL (equivalent to amprenavir 43 mg/mL).] ▶L ♀C ▶- $$$$$

indinavir (***Crixivan, IDV***): 800 mg PO q8h between meals with water (at least 48 ounces/day to prevent kidney stones). [Trade only: Caps 100, 200, 333, 400 mg.] ▶LK ♀C ▶- $$$$$

**lopinavir-ritonavir (*Kaletra, LPV/r*):** Adults: Give tabs without regard to meals; give oral soln with food. Therapy-naive patients: 2 tabs PO bid or 4 tabs once daily. 5 mL PO bid or 10 mL once daily of oral soln. Increase oral soln to 6.5 mL PO bid (not once daily) with efavirenz, nevirapine, amprenavir, or nelfinavir (dosage increase not needed with tabs). Therapy-experienced patients: No once-daily regimen. 2 tabs or 5 mL oral soln bid. Increase oral soln to 6.5 ml PO bid with efavirenz, nevirapine, amprenavir, or nelfinavir. Consider 3 tabs bid with efavirenz, nevirapine, fosamprenavir without ritonavir, or nelfinavir if reduced lopinavir susceptibility suspected. Peds: Oral soln: 6 mo-12 yo: lopinavir 12 mg/kg PO bid for 7 to <15 kg, 10 mg/kg PO bid for 15-40 kg, adult dose for >40 kg. With efavirenz, nevirapine, or amprenavir increase to 13 mg/kg PO bid for 7 to <15 kg, 11 mg/kg PO bid for 15-45 kg, adult dose for >45 kg. [Trade only: Tabs 200/50 mg lopinavir-ritonavir. Oral soln 80/20 mg/ml (160 mL).] ▶L ♀C ▶- $$$$$

**nelfinavir (*Viracept, NFV*):** 750 mg PO tid or 1250 mg PO bid. Peds: 20-45 mg/kg PO tid. Take with meals. [Trade only: Tab 250, 625 mg, powder 50 mg/g (114 g).] ▶L ♀B ▶- $$$$$

**ritonavir (*Norvir, RTV*):** Full-dose regimen (600 mg PO bid) poorly tolerated. Adult doses of 100 mg PO daily to 400 mg PO bid used to boost levels of other protease inhibitors. Peds >1 month old: Start with 250 mg/m² and increase q2-3 days by 50 mg/m² twice daily. Usual dose is 350-450 mg/m² to max of 600 mg PO bid. If 400 mg/m² twice daily not tolerated, consider other alternatives. [Trade only: Cap 100 mg, oral soln 80 mg/mL (240 mL).] ▶L ♀B ▶- $$$$$

**saquinavir (*Invirase, SQV*):** Take with/after meals. Regimens must contain ritonavir. Invirase 1000 mg + ritonavir 100 mg both PO bid within 2 h after meals. Invirase 1000 mg PO + Kaletra 400/100 mg both PO bid. [Trade only: Invirase (hard gel) caps 200 mg, tabs 500 mg.] ▶L ♀B ▶? $$$$$

**tipranavir (*Aptivus*):** 500 mg boosted by ritonavir 200 mg PO bid with food. Hepatotoxicity. [Trade only: Caps 250 mg.] ▶Feces ♀C ▶- $$$$$

## Antiviral Agents - Anti-Influenza

**amantadine (*Symmetrel, ◆Endantadine*):** CDC no longer recommends for influenza A. Parkinsonism: 100 mg PO bid. Max 300-400 mg/d divided tid-qid. [Generic only: Cap 100 mg. Generic/Trade: Tab 100 mg, syrup 50 mg/5 mL (120 mL)] ▶K ♀C ▶? $

**oseltamivir (*Tamiflu*):** 75 mg PO bid x 5 days starting within 2 days of symptom onset. 75 mg PO daily for prophylaxis. Peds ≥1 yo: Each dose is 30 mg if ≤15 kg, 45 mg if 16-23 kg, 60 mg if 24-40 kg, 75 mg if >40 kg or ≥13 yo. For treatment, give twice daily x 5 days starting within 2 days of sx onset. For prophylaxis, give once daily x 10 days starting within 2 days of exposure. Take with food. [Trade only: Caps 30, 45, 75 mg, susp 12 mg/mL (25 mL).] ▶LK ♀C ▶? $$$

## Antiviral Agents - Other

**adefovir (*Hepsera*):** Chronic hepatitis B: 10 mg PO daily. Nephrotoxic; lactic acidosis and hepatic steatosis; discontinuation may exacerbate hepatitis B; HIV resistance in untreated HIV infection. [Trade only: Tabs 10 mg.] ▶K ♀C ▶- $$$$$

**entecavir (*Baraclude*):** Chronic hepatitis B: 0.5 mg PO once daily if treatment naive; 1 mg if lamivudine-resistant or history of viremia despite lamivudine treatment. Give 2h after last meal and 2h before next meal. [Trade only: 0.5, 1 mg tabs, solution 0.05 mg/mL (210 mL).] ▶K ♀C ▶- $$$$$

**interferon alfa-2b (*Intron A*):** Chronic hepatitis B: 5 million units/day or 10 million units 3 times/week SC/IM x 16 weeks if HBeAg +, x 48 weeks if HBeAg-. Chronic hepatitis C: 3 million units SC/IM 3 times/week x 4 mo. Continue for 18-24 mo if ALT normalized. [Trade only: Powder/soln for injection 3,5,10 million units/vial. Soln for injection 18,25 million units/multidose vial. Multidose injection pens 3,5,10 million units/dose (6 doses/pen).] ▶K ♀C ▷?+ $$$$$

interferon alfacon-1 (**Infergen**): Chronic hepatitis C: 9 mcg SC 3 times/week x 24 weeks. If relapse/no response, increase to 15 mcg SC 3 times/week. If intolerable adverse effects, reduce to 7.5 mcg SC 3 times/week. [Trade only: Vials injectable soln 9,15 mcg.] ▶Plasma ♀C ▷? $$$$$

palivizumab (**Synagis**): Prevention of respiratory syncytial virus pulmonary disease in high-risk children: 15 mg/kg IM q month during RSV season. ▶L ♀C ▷? $$$$$

peginterferon alfa-2a (**Pegasys**): Chronic hepatitis C: 180 mcg SC in abdomen or thigh once weekly for 48 weeks with ribavirin. Hepatitis B: 180 mcg SC in abdomen or thigh once weekly for 48 weeks. May cause or worsen severe autoimmune, neuropsychiatric, ischemic, & infectious diseases. Frequent clinical & lab monitoring. [Trade only: 180 mcg/1 mL solution in single-use vial, 180 mcg/0.5 mL prefilled syringe.] ▶LK ♀C ▷- $$$$$

peginterferon alfa-2b (**PEG-Intron**): Chronic hepatitis C: Give SC once weekly for 1 year. Monotherapy 1 mcg/kg/week. In combo oral ribavirin: 1.5 mcg/kg/week. May cause or worsen severe autoimmune, neuropsychiatric, ischemic, & infectious diseases. Frequent clinical & lab monitoring. [Trade only: 50,80,120,150 mcg/0.5 mL single-use vials with diluent, 2 syringes, and alcohol swabs. Disposable single-dose Redipen 50,80,120,150 mcg.] ▶K? ♀C ▷- $$$$$

ribavirin - inhaled (**Virazole**): Severe respiratory syncytial virus infection in children: Aerosol 12-18 h/day x 3-7 days. Beware of sudden pulmonary deterioration; ventilator dysfunction due to drug precipitation. ▶Lung ♀X ▷- $$$$$

ribavirin - oral (**Rebetol, Copegus, Ribasphere**): Hepatitis C. Rebetol: In combo with interferon alfa 2b (Intron A): 600 mg PO bid if >75 kg; 400 mg q am and 600 q pm if ≤75 kg. In combo with peginterferon alfa 2b (PEG-Intron): 400 mg PO bid. Copegus: In combo with peginterferon alfa 2a (Pegasys): For genotype 1/4, 1200 mg/day if ≥75 kg; 1000 mg/day if <75 kg. For genotype 2/3, 800 mg/day PO. For patients coinfected with HIV, Copegus dose is 800 mg/day regardless of genotype. Give bid with food. Decrease ribavirin dose if Hb decreases. [Generic/Trade: Caps 200 mg, tabs 200,400 mg. Generic only: tabs 600mg. Trade only (Rebetol): oral soln 40mg/mL (100ml).] ▶Cellular, K ♀X ▷- $$$$$

telbivudine (**Tyzeka**): Chronic hepatitis B: 600 mg PO once daily. [Trade only: 600 mg tabs.] ▶K ♀B ▷- $$$$$

## Carbapenems

ertapenem (**Invanz**): 1 g IV/IM q24h. Prophylaxis, colorectal surgery: 1 g IV 1 h before incision. Peds: 15 mg/kg IV/IM q12h (max 1 g/day). Infuse IV over 30 minutes. ▶K ♀B ▷? $$$$$

imipenem-cilastatin (**Primaxin**): 250-1000 mg IV q6-8h. Peds >3 mo: 15-25 mg/kg IV q6h. ▶K ♀C ▷? $$$$$

meropenem (**Merrem IV**): Complicated skin infections 10 mg/kg up to 500 mg IV q8h. Intra-abdominal infections: 20 mg/kg up to 1 g IV q8h. Peds meningitis: 40 mg/kg IV q8h for age ≥3 mo; 2 g IV q8h if >50 kg. ▶K ♀B ▷? $$$$$

## Cephalosporins - 1st Generation

cefadroxil (**Duricef**): 1-2 g/day PO divided once daily-bid. Peds: 30 mg/kg/day divided bid. [Generic/Trade: Tabs 1 g, caps 500 mg, susp 125, 250, & 500 mg/5 mL.] ▶K ♀B ▷+ $$$

## OVERVIEW OF BACTERIAL PATHOGENS (selected)

Gram Positive Aerobic Cocci: *Staph epidermidis* (coagulase negative), *Staph aureus* (coagulase positive), Streptococci: *S pneumoniae* (pneumococcus), *S pyogenes* (Group A), *S agalactiae* (Group B), enterococcus

Gram Positive Aerobic / Facultatively Anaerobic Bacilli: *Bacillus, Corynebacterium diphtheriae, Erysipelothrix rhusiopathiae, Listeria monocytogenes, Nocardia*

Gram Negative Aerobic Diplococci: *Moraxella catarrhalis, Neisseria gonorrhoeae, Neisseria meningitidis*

Gram Negative Aerobic Coccobacilli: *Haemophilus ducreyi, Haemoph. influenzae*

Gram Negative Aerobic Bacilli: *Acinetobacter, Bartonella* species, *Bordetella pertussis, Brucella, Burkholderia cepacia, Campylobacter, Francisella tularensis, Helicobacter pylori, Legionella pneumophila, Pseudomonas aeruginosa, Stenotrophomonas maltophilia, Vibrio cholerae, Yersinia*

Gram Neg Facultatively Anaerobic Bacilli: *Aeromonas hydrophila, Eikenella corrodens, Pasteurella multocida, Enterobacteriaceae: E coli, Citrobacter, Shigella, Salmonella, Klebsiella, Enterobacter, Hafnia, Serratia, Proteus, Providencia*

Anaerobes: *Actinomyces, Bacteroides fragilis, Clostridium botulinum, Clostridium difficile, Clostridium perfringens, Clostridium tetani, Fusobacterium, Lactobacillus, Peptostreptococcus*

Defective Cell Wall Bacteria: *Chlamydia pneumoniae, Chlamydia psittaci, Chlamydia trachomatis, Coxiella burnetii, Mycoplasma pneumoniae, Rickettsia prowazekii, Rickettsia rickettsii, Rickettsia typhi, Ureaplasma urealyticum*

Spirochetes: *Borrelia burgdorferi, Leptospira, Treponema pallidum*

Mycobacteria: *M avium complex, M kansasii, M leprae, M tuberculosis*

**cefazolin (Ancef):** 0.5-1.5 g IM/IV q6-8h. Peds: 25-50 mg/kg/day divided q6-8h, severe infections 100 mg/kg/day. ▶K ♀B ▶+ $$$

**cephalexin (Keflex, Panixine DisperDose):** 250-500 mg PO qid. Peds 25-50 mg/kg/day. Not for otitis media, sinusitis. [Generic/Trade: Caps 250, 500 mg. Generic only: Tabs 250, 500 mg, susp 100,125 & 250 mg/5 mL. Panixine DisperDose 125, 250 mg scored tabs for oral susp. Trade only: Caps 333, 750 mg.] ▶K ♀B ▶? $$$

### Cephalosporins - 2nd Generation

**cefaclor (Ceclor, Raniclor):** 250-500 mg PO tid. Peds: 20-40 mg/kg/day PO divided tid. Otitis media: 40 mg/kg/day PO divided bid. Group A streptococcal pharyngitis: 20 mg/kg/day PO divided bid. Extended release: 375-500 mg PO bid. Serum sickness-like reactions with repeated use. [Generic/Trade: Caps 250,500 mg, susp 125,187,250,375 mg/5 mL. Generic only: Chew tabs 125,187,250,375 mg. Extended release tabs 375, 500 mg.] ▶K ♀B ▶? $$$

**cefoxitin (Mefoxin):** 1-2 g IM/IV q6-8h. Peds: 80-160 mg/kg/day IV divided q4-8h. ▶K ♀B ▶+ $$$$$

## CEPHALOSPORINS – GENERAL ANTIMICROBIAL SPECTRUM

1st generation: gram positive (including Staph aureus); basic gram neg. coverage

2nd generation: diminished Staph aureus, improved gram negative coverage compared to 1st generation; some with anaerobic coverage

3rd generation: further diminished Staph aureus, further improved gram negative coverage compared to 1st & 2nd generation; some with Pseudomonal coverage & diminished gram positive coverage

4th generation: same as 3rd generation plus coverage against Pseudomonas

cefprozil (*Cefzil*): 250-500 mg PO bid. Peds otitis media: 15 mg/kg/dose PO bid. Peds group A streptococcal pharyngitis (second-line to penicillin): 7.5 mg/kg/dose PO bid x 10d. [Generic/Trade: Tabs 250,500 mg. Susp 125 & 250 mg/5 mL.] ▶K ♀B ▶? $$$$

cefuroxime (*Zinacef, Ceftin, Kefurox*): 750-1500 mg IM/IV q8h. Peds: 50-100 mg/kg/day IV divided q6-8h, not for meningitis. 250-500 mg PO bid. Peds: 20-30 mg/kg/day susp PO divided bid. [Generic/Trade: Tabs 250,500 mg. Generic only: 125 mg tab. Trade only: Susp 125 & 250 mg/5 mL.] ▶K ♀B ▶? $$$

### Cephalosporins - 3rd Generation

cefdinir (*Omnicef*): 14 mg/kg/day up to 600 mg/day PO divided once daily or bid. [Generic/Trade: Cap 300 mg. Susp 125 & 250 mg/5 mL.] ▶K ♀B ▶? $$$

cefditoren (*Spectracef*): 200-400 mg PO bid with food. [Trade only: Tabs 200 mg.] ▶K ♀B ▶? $$$

cefixime (*Suprax*): 400 mg PO once daily. Gonorrhea: 400 mg PO single-dose. Peds: 8 mg/kg/day divided once daily-bid. [Trade only: Susp 100 & 200 mg/5 mL, tab 400 mg (Canada only).] ▶K ♀B/$ile

cefoperazone (*Cefobid*): Usual dose 2-4 g/day IM/IV divided q12h. Max dose: 6-12 g/day IV divided q6-12 h. Possible clotting impairment. ▶Bile/K ♀B ▶? $$$$$

cefotaxime (*Claforan*): Usual dose: 1-2 g IM/IV q6-8h. Peds: 50-180 mg/kg/day IM/IV divided q4-6h. AAP dose for pneumococcal meningitis: 225-300 mg/kg/day IV divided q6-8h. ▶KL ♀B ▶+ $$$$$

cefpodoxime (*Vantin*): 100-400 mg PO bid. Peds: 10 mg/kg/day divided bid. [Generic/Trade: Tabs 100, 200 mg. Susp 50 & 100 mg/5 mL.] ▶K ♀B ▶? $$$$

ceftazidime (*Ceptaz, Fortaz, Tazicef*): 1 g IM/IV or 2 g IV q8-12h. Peds: 30-50 mg/kg IV q8h. ▶K ♀B ▶+ $$$$$

ceftibuten (*Cedax*): 400 mg PO once daily. Peds: 9 mg/kg up to 400 mg PO once daily. [Trade only: Cap 400 mg, susp 90 mg/5 mL.] ▶K ♀B ▶? $$$$

ceftizoxime (*Cefizox*): 1-2 g IV q8-12h. Peds: 50 mg/kg dose IV q6-8h. ▶K ♀B ▶? $$$$$

ceftriaxone (*Rocephin*): 1-2 g IM/IV q24h. Meningitis: 2 g IV q12h. Gonorrhea: single dose 125 mg IM (250 mg if PID). Peds: 50-75 mg/kg/day up to 2 g divided q12-24h. Meningitis: 100 mg/kg/day up to 4 g/day. Otitis media: 50 mg/kg up to 1 g IM single dose. Dilute in 1% lidocaine for IM. ▶K/Bile ♀B ▶+ $$$$$

### Cephalosporins - 4th Generation

cefepime (*Maxipime*): 0.5-2 g IM/IV q12h. Peds: 50 mg/kg IV q8-12h. ▶K ♀B ▶? $$$$$

### Macrolides

azithromycin (*Zithromax, Zmax*): 500 mg IV daily. PO: 10 mg/kg up to 500 mg on 1st day, then 5 mg/kg up to 250 mg daily to complete 5 days. Strep pharyngitis (2nd line to penicillin): 12 mg/kg up to 500 mg PO daily x 5d. Short regimens for peds otitis media (30 mg/kg PO single dose or 10 mg/kg PO daily x 3 days) and sinusitis (10 mg/kg PO daily x 3 days). Short regimen for adult acute sinusitis or exacerbation of chronic bronchitis: 500 mg PO daily x 3 days. Chlamydia (including pregnancy), chancroid: 1 g PO single dose. Prevention of disseminated Mycobacterium avium complex disease: 1200 mg PO q week. Acute sinusitis in children: 10 mg/kg PO daily x 3 days. [Generic/Trade: Tab 250, 500, 600 mg, Susp 100 & 200/5 mL. Trade: Packet 1000 mg. Z-Pak: #6, 250 mg tab. Tri-Pak: #3, 500 mg tab. Zmax extended release oral susp: 2 g in 60 mL bottle.] ▶L ♀B ▶? $$

## SEXUALLY TRANSMITTED DISEASES & VAGINITIS*

*Bacterial vaginosis*: 1) metronidazole 5 g of 0.75% gel intravaginally daily x 5 days OR 500 mg PO bid x 7 days. 2) clindamycin 5 g of 2% cream intravaginally qhs x 7 days. In pregnancy: 1) metronidazole 500 mg PO bid x 7 days OR 250 mg PO tid x 7 days. 2) clindamycin 300 mg PO bid x 7 days.

*Candidal vaginitis*: 1) intravaginal clotrimazole, miconazole, terconazole, nystatin, tioconazole, or butoconazole. 2) fluconazole 150 mg PO single dose.

*Chlamydia*: First line either azithromycin 1 g PO single dose or doxycycline 100 mg PO bid x 7 days. Second line fluoroquinolones or erythromycin. In pregnancy: 1) azithromycin 1 g PO single dose. 2) amoxicillin 500 mg PO tid x 7 days. Repeat NAAT‡ 3 weeks after treatment.

*Epididymitis*: 1) ceftriaxone 250 mg IM single dose + doxycycline 100 mg PO bid x 10 days. 2) ofloxacin 300 mg PO bid or levofloxacin 500 mg PO daily x 10 days if enteric organisms suspected, or negative gonococcal culture or NAAT.†.

*Gonorrhea*: Single dose of 1) ceftriaxone 125 mg IM or 2) cefixime 400 mg PO (not for pharynx).† Treat chlamydia empirically. Cephalosporin desensitization advised for cephalosporin-allergic patients (e.g. pregnant women). Consider azithromycin 2 g PO single dose for uncomplicated gonorrhea, but no efficacy/safety data for this regimen in pregnant women.

*Herpes simplex* (genital, first episode): 1) acyclovir 400 mg PO tid x 7-10 days. 2) famciclovir 250 mg PO tid x 7-10 days. 3) valacyclovir 1 g PO bid x 7-10 days.

*Herpes simplex* (genital, recurrent): 1) acyclovir 400 mg PO tid x 5 days. 2) acyclovir 800 mg PO tid x 2 days or bid x 5 days. 3) famciclovir 125 mg PO bid x 5 days. 4) famciclovir 1 g PO bid x 1 day. 5) valacyclovir 500 mg PO bid x 3 days. 6) valacyclovir 1 g PO daily x 5 days.

*Herpes simplex* (suppressive therapy): 1) acyclovir 400mg PO bid. 2) famciclovir 250 mg PO bid. 3) valacyclovir 500-1000 mg PO daily.

*Herpes simplex* (genital, recurrent in HIV infection): 1) Acyclovir 400 mg PO tid x 5-10 days. 2) famciclovir 500 mg PO bid x 5-10 days. 3) Valacyclovir 1 g PO bid x 5-10 days.

*Herpes simplex* (suppressive therapy in HIV infection): 1) Acyclovir 400-800 mg PO bid-tid. 2) Famciclovir 500 mg PO bid. 3) Valacyclovir 500 mg PO bid.

*Herpes simplex* (prevention of transmission in immunocompetent patients with ≤9 recurrences/year): Valacyclovir 500 mg PO daily by source partner, in conjunction with safer sex practices.

*Pelvic inflammatory disease (PID), outpatient treatment*: 1) ceftriaxone 250 mg IM single dose + doxycycline 100 mg PO bid +/- metronidazole 500 mg bid x 14d.

*Sexual assault prophylaxis*: ceftriaxone 125 mg IM single dose + metronidazole 2 g PO single dose + azithromycin 1 g PO single dose/doxycycline 100 mg PO bid x 7 days. Consider giving antiemetic.

*Syphilis* (primary and secondary): 1) benzathine penicillin 2.4 million units IM single dose. 2) doxycycline 100 mg PO bid x 2 weeks if penicillin allergic.

*Trichomoniasis*: metronidazole (can use in pregnancy) or tinidazole, each 2 g PO single dose.

*Urethritis, Cervicitis*: Test for Chlamydia and gonorrhea with NAAT‡. Treat based on test results or treat presumptively if high-risk of infection (Chlamydia: age ≤25 y, new/ multiple sex partners, or unprotected sex; gonorrhea: population prevalence >5%), esp. if NAAT‡ unavailable or patient unlikely to return for follow-up.

*Urethritis* (persistent/recurrent): 1) metronidazole/ tinidazole 2 g PO single dose + azithromycin 2 g PO single dose (if not used in first episode).

clarithromycin (*Biaxin, Biaxin XL*): 250-500 mg PO bid. Peds: 7.5 mg/kg PO bid. H pylori: See table in GI section. See table for prophylaxis of bacterial endocarditis. Mycobacterium avium complex disease prevention: 7.5 mg/kg up to 500 mg PO bid. Biaxin XL: 1000 mg PO daily with food. [Generic/Trade: Tab 250, 500 mg. Extended release 500 mg. Trade only: susp 125 & 250 mg/5 mL. Biaxin XL-Pak: #14, 500 mg tabs. Generic only: Extended release 1000 mg.] ▶KL ♀C ▶? $$$

erythromycin base (*Eryc, E-mycin, Ery-Tab*, ♥*Erybid, Erythromid, P.C.E.*): 250-500 mg PO qid, 333 mg PO tid, or 500 mg PO bid. [Generic/Trade: Tab 250, 333, 500 mg, delayed-release cap 250.] ▶L ♀B ▶+ $

erythromycin ethyl succinate (*EES, Eryped*): 400 mg PO qid. Peds: 30-50 mg/kg/day divided qid. [Generic/Trade: Tab 400 tab, susp 200 & 400 mg/5 mL. Trade only (EryPed): Susp 100 mg/2.5mL.] ▶L ♀B ▶+ $

erythromycin lactobionate (♥*Erythrocin IV*): 15-20 mg/kg/day (max 4g) IV divided q6h. Peds: 15-50 mg/kg/day IV divided q6h. ▶L ♀B ▶+ $$$$

*Pediazole* (erythromycin ethyl succinate + sulfisoxazole): 50 mg/kg/day (based on EES dose) PO divided tid-qid. [Generic/Trade: Susp, erythromycin ethyl succinate 200 mg + sulfisoxazole 600 mg/5 mL.] ▶KL ♀C ▶- $$

---

### Penicillins - 1st generation - Natural

benzathine penicillin (*Bicillin L-A*, ♥*Megacillin*): 1.2 million units IM. Peds <27 kg 0.3-0.6 MU IM, ≥27 kg 0.9 MU IM. Doses last 2-4 wks. [Trade only: for IM use, 600,000 units/mL; 1, 2, and 4 mL syringes.] ▶K ♀B ▶? $$

*Bicillin C-R* (procaine penicillin + benzathine penicillin): For IM use. Not for treatment of syphilis. [Trade only: for IM use 300/300 thousand units procaine/benzathine penicillin; 1, 2, and 4 mL syringes.] ▶K ♀B ▶? $$$

penicillin G: Pneumococcal pneumonia & severe infections: 250,000-400,000 units/kg/day (8-12 million units in adult) IV divided q4-6h. Pneumococcal meningitis: 250,000 units/kg/day (24 million units in adult) IV divided q2-4h. ▶K ♀B ▶? $$$

penicillin V (*Veetids*, ♥*PVF-K, Nadopen-V*): Adults: 250-500 mg PO qid. Peds: 25-50 mg/kg/day divided bid-qid. AHA doses for pharyngitis: 250 mg (peds) or 500 mg (adults) PO bid-tid x 10 days. [Generic/Trade: Tabs 250,500 mg, oral soln 125 & 250 mg/5 mL.] ▶K ♀B ▶? $

procaine penicillin (*Wycillin*): 0.6-1.0 million units IM daily (peak 4h, lasts 24h). ▶K ♀B ▶? $$$$

---

### Penicillins - 2nd generation - Penicillinase-Resistant

dicloxacillin (*Dynapen*): 250-500 mg PO qid. Peds: 12.5-25 mg/kg/day divided qid. [Generic only: Caps 250,500 mg. Trade only: Susp 62.5 mg/5 mL.] ▶KL ♀B ▶? $$

nafcillin: 1-2 g IM/IV q4h. Peds: 50-200 mg/kg/day divided q4-6h. ▶L ♀B ▶? $$$$$

oxacillin (*Bactocill*): 1-2 g IM/IV q4-6h. Peds 150-200 mg/kg/day divided q4-6h. ▶KL ♀B ▶? $$$$$

---

### Footnotes - Sexually Transmitted Diseases & Vaginitis

* MMWR 2006;55:RR-11 or http://www.cdc.gov/STD/treatment/. Treat sexual partners for all except herpes, candida, and bacterial vaginosis. † As of April 2007, the CDC no longer recommends fluoroquinolones for gonorrhea because of high resistance rates. Do not consider fluoroquinolone unless antimicrobial susceptibility can be documented by culture. If parenteral cephalosporin not feasible for PID (and NAAT is negative or culture documents fluoroquinolone susceptibility), can consider levofloxacin 500 mg PO once daily or ofloxacin 400 mg PO bid +/- metronidazole 500 mg PO bid x 14 days. ‡ NAAT = nucleic acid amplification test.

*Penicillins - 3rd generation - Aminopenicillins*

amoxicillin (***Amoxil, DisperMox, Polymox, Trimox, ♣Novamoxin***): 250-500 mg PO tid, or 500-875 mg PO bid. Acute sinusitis with antibiotic use in past month &/or drug-resistant S pneumoniae rate >30%: 3-3.5 g/day PO. High-dose for community-acquired pneumonia: 1 g PO tid. Lyme disease: 500 mg PO tid x 14 days for early disease, x 28 days for Lyme arthritis. Chlamydia in pregnancy: 500 mg PO tid x 7 days. Peds AAP otitis media: 80-90 mg/day divided bid-tid. AAP recommends 5-7 days of therapy for older (≥6 yo) children with non-severe otitis media, and 10 days for younger children and those with severe disease. Peds non-otitis: 40 mg/kg/day PO divided tid or 45 mg/kg/day divided bid. [Generic/Trade: Caps 250,500 mg, tabs 500,875 mg, chews 125, 200,250,400mg, susp 125, 250 mg/5 mL, susp 200 & 400 mg/5 mL. Trade only: Infant drops 50 mg/mL (Amoxil). DisperMox 200,400,600 mg tabs for oral susp.] ▸K ♀B ▸+ $

amoxicillin-clavulanate (***Augmentin, Augmentin ES-600, Augmentin XR, ♣Clavulin***): 500-875 mg PO bid or 250-500 mg tid. Augmentin XR: 2 tabs PO q12h with meals. Peds AAP otitis media: Augmentin ES 90 mg/kg/day divided bid. AAP recommends 5-7 days of therapy for older (≥6 yo) children with non-severe otitis media, and 10 days for younger children and those with severe disease. Peds: 45 mg/kg/day PO divided bid or 40 mg/kg/day divided tid for otitis, sinusitis, pneumonia; 25 mg/kg/day divided bid or 20 mg/kg/day divided tid for less severe infections. [Generic/Trade: (amoxicillin + clavulanate) Tabs 250+125, 500+125, 875+125 mg, chewables and susp 200+28.5, 400+57 mg per tab or 5 mL, (ES) susp 600+42.9 mg/5mL Trade: Chewables and susp 125+31.25, 250+62.5 mg per tab or 5 mL. Extended-release tabs (Augmentin XR) 1000+62.5 mg.] ▸K ♀B ▸? $$$

ampicillin (***Principen, ♣Penbritin***): Usual dose: 1-2 g IV q4-6h. Sepsis, meningitis: 150-200 mg/kg/day IV divided q3-4h. Peds: 50-400 mg/kg/day IM/IV divided q4-6h. [Generic/Trade: Caps 250,500 mg, susp 125 & 250 mg/5 mL.] ▸K ♀B ▸? $ PO $$$$$ IV

ampicillin-sulbactam (***Unasyn***): 1.5-3 g IM/IV q6h. Peds: 100-400 mg/kg/day of ampicillin divided q6h. ▸K ♀B ▸? $$$$$

## PROPHYLAXIS FOR BACTERIAL ENDOCARDITIS*

| | |
|---|---|
| Limited to dental or respiratory tract procedures in patients at highest risk: prosthetic heart valve, prior infective endocarditis, valvulopathy after cardiac transplantation, or some types of congenital heart disease (unrepaired congenital cyanotic disease, repairs for the first 6 months, repairs with residual defect). All regimens are single doses administered 30-60 minutes prior to procedure. | |
| Standard regimen | amoxicillin[1] 2 g PO |
| Unable to take oral meds | ampicillin[1] 2 g IV/IM; or cefazolin[1] or ceftriaxone[1] 1 g IM/IV |
| Allergic to penicillin | clindamycin[2] 600 mg PO; or cephalexin[1†] 2 g PO; or azithromycin[3] or clarithromycin[3] 500 mg PO |
| Allergic to penicillin and unable to take oral meds | clindamycin[2] 600 mg IV/IM; or cefazolin[1†] or ceftriaxone[1†] 1 g IV/IM |

* Footnotes for pediatric doses: 1 = 50 mg/kg; 2 = 20 mg/kg; 3 = 15 mg/kg. Total pediatric dose should not exceed adult dose. For additional details of the 2007 AHA guidelines, see http://www.americanheart.org. Prophylaxis is no longer recommended for GU or GI tract procedures, and skin procedure prophylaxis is only recommended if the skin structure or musculoskeletal tissue is infected (use anti-staphylococcal penicillin or cephalosporin, or clindamycin or vancomycin if patient cannot tolerate beta-lactam or MRSA suspected).
†Avoid cephalosporins if prior penicillin-associated anaphylaxis, angioedema, or urticaria.

## PENICILLINS - GENERAL ANTIMICROBIAL SPECTRUM

| |
|---|
| 1st generation: Most streptococci; oral anaerobic coverage |
| 2nd generation: Most streptococci; Staph aureus |
| 3rd generation: Most streptococci; basic gram negative coverage |
| 4th generation: Pseudomonas |

pivampicillin (*Pondocillin*): Canada only. Adults: 500-1000 mg PO bid. Infants, 3-12 mo: 40-60 mg/kg/day PO divided bid. Peds, 1-10 yo: 25-35 mg/kg/day PO divided bid up to 525 mg PO bid. [Trade only: Tabs 500 mg (377 mg ampicillin), # 20, oral susp 35 mg/mL (26 mg ampicillin), 100,150,200 mL bottles.] ▶K ♀? ▶? $

### Penicillins - 4th generation - Extended Spectrum

carbenicillin (*Geocillin*): UTI: 382-764 mg PO qid. Prostatitis: 764 mg PO qid. [Trade only: Tab 382 mg.] ▶K ♀B ▶? $$$$$

piperacillin (*Pipracil*): 3-4 g IM/IV q4-6h. ▶K/Bile ♀B ▶? $$$$$

piperacillin-tazobactam (*Zosyn*, ♥*Tazocin*): 3.375-4.5 g IV q6h. Peds: 300-400 mg /kg/day piperacillin IV divided q6-8h for >6 mo; 150-300 mg/kg/day IV divided q6-8h for <6 mo. Peds appendicitis/peritonitis: 100 mg/kg piperacillin IV q8h for ≥9 mo; 80 mg/kg IV q8h for 2-9 mo; use adult dose if >40 kg. ▶K ♀B ▶? $$$$$

ticarcillin (*Ticar*): 3-4 g IM/IV q4-6h. Peds: 200-300 mg/kg/d divided q4-6h. ▶K ♀B ▶+ $$$$$

ticarcillin-clavulanate (*Timentin*): 3.1 g IV q4-6h. Peds: 50 mg/kg up to 3.1 g IV q4-6h. ▶K ♀B ▶? $$$$$

### Quinolones - 1st Generation

nalidixic acid (*NegGram*): 1 g PO qid. [Trade: Tabs 0.25, 0.5, 1 g.] ▶KL ♀C ▶? $$$$

### Quinolones - 2nd Generation

ciprofloxacin (*Cipro, Cipro XR, ProQuin XR*): 200-400 mg IV q8-12h. 250-750 mg PO bid. Simple UTI: 250 mg bid x 3d or Cipro XR/Proquin XR 500 mg PO daily x 3d. Give Proquin XR with main meal of day. Cipro XR for pyelonephritis or complicated UTI: 1000 mg PO daily x 7-14 days. [Generic/Trade: Susp 250 & 500 mg/5 mL. Tabs 100, 250, 500, 750 mg. Extended release tabs 500 mg (Cipro XR & ProQuin XR), 1000 mg (Cipro XR only). Trade only: ProQuin XR blister pack 500 mg #3.] ▶LK ♀C but teratogenicity unlikely ▶?+ $$$$

lomefloxacin (*Maxaquin*): 400 mg PO daily. Take at night. Photosensitivity. [Trade only: Tabs 400 mg.] ▶LK ♀C ▶? $$$

norfloxacin (*Noroxin*): Simple UTI: 400 mg PO bid x 3 days. [Trade only: Tabs 400 mg.] ▶LK ♀C ▶? $$$

ofloxacin (*Floxin*): 200-400 mg PO bid. [Generic/Trade: Tabs 200, 300, 400 mg.] ▶LK ♀C ▶?+ $$$

## QUINOLONES- GENERAL ANTIMICROBIAL SPECTRUM

| |
|---|
| 1st generation: gram negative (excluding Pseudomonas), urinary tract only, no atypicals |
| 2nd generation: gram negative (including Pseudomonas); Staph aureus but not pneumococcus; some atypicals |
| 3rd generation: gram negative (including Pseudomonas); gram positive (including Staph aureus and pneumococcus); expanded atypical coverage |
| 4th generation: same as 3rd generation plus enhanced coverage of pneumococcus, decreased activity vs. Pseudomonas. |

### Quinolones - 3rd Generation

levofloxacin (**Levaquin**): 250-750 mg PO/IV daily. [Trade only: Tabs 250,500,750 mg. Trade: oral soln 25 mg/mL. Leva-Pak: #5, 750 mg tabs.] ▶KL ♀C ▶? $$$$

### Quinolones - 4th Generation

gatifloxacin: 400 mg IV/PO daily. Simple UTI: 400 mg PO single dose or 200 mg PO daily x 3 d. [Generic only: Tabs 200, 400 mg.] ▶K ♀C ▶- $$$

gemifloxacin (**Factive**): 320 mg PO daily x 5-7 days. [Trade only: Tabs 320 mg.] ▶Feces, K ♀C ▶- $$$

moxifloxacin (**Avelox**): 400 mg PO/IV daily x 5 days (chronic bronchitis exacerbation), 5-14 days (complicated intra-abdominal infection; usually given IV initially), 7 days (uncomplicated skin infections), 10 days (acute sinusitis), 7-14 days (community acquired pneumonia), 7-21 days (complicated skin infections). [Trade only: Tabs 400 mg.] ▶LK ♀C ▶- $$$

### Sulfonamides

sulfadiazine: CNS toxoplasmosis in AIDS. 1000 mg (<60 kg) to 1500 mg (≥60 kg) PO qid for acute tx; 500-1000 mg PO qid for secondary prevention. Give with pyrimethamine + leucovorin. [Generic only: Tab 500 mg.] ▶K ♀C ▶+ $$$$

trimethoprim-sulfamethoxazole (**Bactrim, Septra, Sulfatrim,** cotrimoxazole): One tab PO bid, double strength (DS, 160 mg/800 mg) or single strength (SS, 80 mg/400 mg). Pneumocystis treatment: 15-20 mg/kg/day (based on TMP) IV divided q6-8h or PO divided tid x 21 days total. Pneumocystis prophylaxis: 1 DS tab PO daily. Peds: 5 mL susp/10 kg (up to 20 mL)/dose PO bid. [Generic/Trade: Tabs 80 mg TMP/400 mg SMX (single strength), 160 mg TMP/800 mg SMX (double strength; DS), susp 40 mg TMP/200 mg SMX per 5 mL. 20 mL susp = 2 SS tabs = 1 DS tab.] ▶K ♀C ▶+ $

### Tetracyclines

demeclocycline (**Declomycin**): Usual dose: 150 mg PO qid or 300 mg PO bid on empty stomach. SIADH: 600-1200 mg/day PO given in 3-4 divided doses. [Generic/Trade : Tabs 150,300 mg.] ▶K, feces ♀D ▶?+ $$$$$

doxycycline (**Adoxa, Doryx, Monodox, Oracea, Periostat, Vibramycin, Vibra-Tabs,** ✚**Doxycin**): 100 mg PO bid on first day, then 50 mg bid or 100 mg daily. 100 mg PO/IV bid for severe infections. Lyme disease: 100 mg PO bid x 14 days for early disease, x 28 days for Lyme arthritis. Periostat for periodontitis: 20 mg PO bid. Oracea for inflammatory rosacea: 40 mg PO once every morning on empty stomach. Malaria prophylaxis: 2 mg/kg/day up to 100 mg PO daily starting 1-2 days before exposure until 4 weeks after. Avoid in children <8 yo due to teeth staining. [Generic/Trade: Tabs 75,100 mg, caps 20, 50,100 mg. Trade only: (Vibramycin) Susp 25 mg/5 mL (60 mL), Syrup 50 mg/5 mL (480 mL). Delayed Release (Doryx): Tabs 75,100 mg, Caps 40 mg (Oracea). Generic only: Caps 75,150 mg tabs 50,150 mg.] ▶LK ♀D ▶?+ $

minocycline (**Minocin, Dynacin, Solodyn,** ✚**Enca**): 200 mg IV/PO initially, then 100 mg q12h. Solodyn for inflammatory acne, ≥12 yo: Give PO once daily at dose of 45 mg for 45-<60 kg, 90 mg for 60-90 kg, 135 mg for 91-136 kg. [Generic/Trade: Caps, tabs 50,75,100 mg. Trade only (Solodyn): Extended release tabs 45, 90, 145 mg.] ▶LK ♀D ▶?+ $$$

tetracycline (**Sumycin**): 250-500 mg PO qid. [Generic/Trade: Caps 250,500 mg. Trade only: Tabs 250, 500 mg, susp 125 mg/5 mL.] ▶LK ♀D ▶?+ $

**Other Antimicrobials**

**aztreonam (*Azactam*):** 0.5-2 g IM/IV q6-12h. Peds: 30 mg/kg q6-8h. ▶K ♀B ▶+ $$$$$

**chloramphenicol (*Chloromycetin*):** 50-100 mg/kg/day IV divided q6h. Aplastic anemia. ▶LK ♀C ▶- $$$$$

**clindamycin (*Cleocin*, ✤*Dalacin C*):** 600-900 mg IV q8h. Each IM injection should be ≤600 mg. 150-450 mg PO qid. Peds: 20-40 mg/kg/day IV divided q6-8h or 8-25 mg/kg/day susp PO divided tid-qid. [Generic/Trade: Cap 75,150,300 mg. Trade only: Oral soln 75 mg/5 mL.] ▶L ♀B ▶?+ $$$

**daptomycin (*Cubicin, Cidecin*):** Complicated skin infections: 4 mg/kg IV daily x 7-14 days. S aureus bacteremia: 6 mg/kg IV daily x ≥2-6 weeks. Infuse over 30 min. ▶K ♀B ▶? $$$$$

**drotrecogin (*Xigris*):** To reduce mortality in sepsis: 24 mcg/kg/h IV x 96 h. ▶Plasma ♀C ▶? $$$$$

**fosfomycin (*Monurol*):** Simple UTI: One 3 g packet PO single-dose. [Trade only: 3 g packet of granules.] ▶K ♀B ▶? $$

**linezolid (*Zyvox*, ✤*Zyvoxam*):** 400-600 mg IV/PO q12 h. Infuse over 30-120 minutes. Peds ≤11 yo: 10 mg/kg IV/PO q8h. Uncomplicated skin infections: 10 mg/kg PO q8h if <5 yo, q12h if 5-11 yo. Myelosuppression. MAO inhibitor. [Trade only: Tabs 600 mg, susp 100 mg/5 mL.] ▶Oxidation/K ♀C ▶? $$$$$

**metronidazole (*Flagyl*, ✤*Florazole ER, Trikacide, Nidazol*):** Bacterial vaginosis: 500 mg PO bid or Flagyl ER 750 mg PO daily x 7 days. H pylori: See table in GI section. Anaerobic bacterial infections: Load 1 g or 15 mg/kg IV, then 500 mg or 7.5 mg/kg IV/PO q6-8h, each IV dose over 1 h (not to exceed 4 g/day). Peds: 7.5 mg/kg IV q6h. C difficile diarrhea: 500 mg (10-15 mg/kg/dose for peds) PO tid. Trichomoniasis: 2g PO single dose for patient & sex partners (may be used in pregnancy per CDC). Giardia: 250 mg (5 mg/kg/dose for peds) PO tid x 5-7 days. Giardia: 250 mg PO tid x 5-7 days. [Generic/Trade: Tabs 250,500 mg, ER tabs 750 mg, Caps 375 mg.] ▶KL ♀B ▶?- $

**nitrofurantoin (*Furadantin, Macrodantin, Macrobid*):** 50-100 mg PO daily. Peds: 5-7 mg/kg/day divided qid. Sustained release: 100 mg PO bid. [Macrodantin: Caps 25,50,100 mg. Generic only: Caps 50,100 mg. Furadantin: Susp 25 mg/5 mL. Macrobid: Caps 100 mg.] ▶KL ♀B ▶+? $$

**rifaximin (*Xifaxan*):** Travelers diarrhea: 200 mg PO tid x 3 days. [Trade only: Tab 200 mg.] ▶Feces, no GI absorption ♀C ▶? $$

**Synercid (quinupristin + dalfopristin):** 7.5 mg/kg IV q8-12 h, each dose over 1 h. Not active against E. faecalis. ▶Bile ♀B ▶? $$$$$

**telithromycin (*Ketek*):** 800 mg PO daily x 7-10 days for community-acquired pneumonia. No longer indicated for acute sinusitis or acute exacerbation of chronic bronchitis (risks exceed potential benefit). Contraindicated in myasthenia gravis. [Trade only: 300,400 mg tabs. Ketek Pak: #10, 400 mg tabs.] ▶LK ♀C ▶? $$$

**tigecycline (*Tygacil*):** Complicated skin or intra-abdominal infections: 100 mg IV first dose, then 50 mg IV q12 h. Infuse over 30-60 minutes. ▶Bile, K ♀D ▶?+ $$$$$

**trimethoprim (*Primsol*, ✤*Proloprim*):** 100 mg PO bid or 200 mg PO daily. [Generic only: Tabs 100,200 mg. Primsol: Oral soln 50 mg/5 mL.] ▶K ♀C ▶- $

**vancomycin (*Vancocin*):** 1g IV q12h, each dose over 1h. Peds: 10-15 mg/kg IV q6h. Clostridium difficile diarrhea: 40-50 mg/kg/day up to 500 mg PO divided qid x 7-10 days. IV administration ineffective for this indication. [Trade only: Caps 125,250 mg] ▶K ♀C ▶? $$$$$

## CARDIOVASCULAR

### *ACE Inhibitors*

> **NOTE:** See also antihypertensive combinations. Hyperkalemia possible, especially if used concomitantly with other drugs that increase K+ (including K+ containing salt substitutes) and in patients with heart failure, diabetes mellitus, or renal impairment. Monitor closely for hypoglycemia during first month of treatment when combined with insulin or oral antidiabetic agents. ACE inhibitors are contraindicated during pregnancy. Contraindicated with a history of angioedema. Renoprotection and decreased cardiovascular morbidity/mortality seen with some ACE inhibitors are most likely a class effect.

benazepril (**Lotensin**): HTN: Start 10 mg PO daily, usual maintenance dose 20-40 mg PO daily or divided bid, max 80 mg/day. [Generic/Trade: Tabs, non-scored 5,10,20,40 mg.] ▶LK ♀- ▶? $$

captopril (**Capoten**): HTN: Start 25 mg PO bid-tid, usual maintenance dose 25-150 mg bid-tid, max 450 mg/day. Heart failure: Start 6.25-12.5 mg PO tid, usual dose 50-100 mg PO tid, max 450 mg/day. Diabetic nephropathy: 25 mg PO tid. [Generic/Trade: Tabs, scored 12.5,25,50,100 mg.] ▶LK ♀- ▶+ $

cilazapril (✿**Inhibace**): Canada only. HTN: 1.25-10 mg PO daily. [Generic/Trade: Scored tabs 1, 2.5, 5 mg.] ▶LK ♀- ▶? $

enalapril (**enalaprilat, Vasotec**): HTN: Start 5 mg PO daily, usual maintenance 10-40 mg PO daily or divided bid, max 40 mg/day. If oral therapy not possible, can use enalaprilat 1.25 mg IV q6h over 5 minutes, and increase up to 5 mg IV q6h if needed. Renal impairment or concomitant diuretic therapy: Start 2.5 mg PO daily. Heart failure: Start 2.5 mg PO bid, usual 10-20 mg PO bid, max 40 mg/day. [Generic/Trade: Tabs, scored 2.5,5 mg, non-scored 10, 20 mg.] ▶LK ♀- ▶+ $$

fosinopril (**Monopril**): HTN: Start 10 mg PO daily, usual maintenance dose 20-40 mg PO daily or divided bid, max 80 mg/day. Heart failure: Start 10 mg PO daily, usual dose 20-40 mg PO daily, max 40 mg/day. [Generic/Trade: Tabs, scored 10, non-scored 20,40 mg.] ▶LK ♀- ▶? $$

lisinopril (**Prinivil, Zestril**): HTN: Start 10 mg PO daily, usual maintenance dose 20-40 mg PO daily, max 80 mg/day. Heart failure, acute MI: Start 2.5-5 mg PO daily, usual dose 5-20 mg PO daily, max dose 40 mg. [Generic/Trade: Tabs, non-scored 2.5, 10, 20, 30, 40, scored 5 mg.] ▶K ♀- ▶? $

moexipril (**Univasc**): HTN: Start 7.5 mg PO daily, usual maintenance dose 7.5-30 mg PO daily or divided bid, max 30 mg/day. [Generic/Trade: Tabs, scored 7.5, 15 mg.] ▶LK ♀- ▶? $$

perindopril (**Aceon**, ✿**Coversyl**): HTN: Start 4 mg PO daily, usual maintenance dose 4-8 mg PO daily or divided bid, max 16 mg/day. Reduction of cardiovascular events in stable coronary artery disease: Start 4 mg PO daily x 2 weeks, max 8 mg/day. Elderly (>70 years): 2 mg PO daily x 1 week, 4 mg PO daily x 1 week, max 8 mg/day. [Trade only: Tabs, scored 2,4,8 mg.] ▶K ♀- ▶? $$

quinapril (**Accupril**): HTN: Start 10-20 mg PO daily (start 10 mg/day if elderly), usual maintenance dose 20-80 mg PO daily or divided bid, max 80 mg/day. Heart failure: Start 5 mg PO bid, usual maintenance dose 10-20 mg bid. [Generic/Trade: Tabs, scored 5, non-scored 10, 20, 40 mg.] ▶LK ♀- ▶? $$

ramipril (**Altace**): HTN: 2.5 mg PO daily, usual maintenance dose 2.5-20 mg PO daily or divided bid, max 20 mg/day. Heart failure post-MI: Start 2.5 mg PO bid, usual maintenance dose 5 mg PO bid. Reduce risk of MI, stroke, death from cardiovascular causes: 2.5 mg PO daily x 1 week, then 5 mg daily x 3 weeks, increase as tolerated to max 10 mg/day. [Generic/Trade: Caps 1.25, 2.5, 5, 10 mg.] ▶LK ♀- ▶? $$

trandolapril (*Mavik*): HTN: Start 1 mg PO daily, usual maintenance dose 2-4 mg PO daily or divided bid, max 8 mg/day. Heart failure/post-MI: Start 0.5-1 mg PO daily, usual maintenance 4 mg PO daily. [Generic/Trade: Tabs 1,2,4 mg.] ▶LK ♀- ▶? $$

| ACE INHIBITOR DOSING | Hypertension | | Heart Failure | | |
|---|---|---|---|---|---|
| | Initial | Max/day | Initial | Target | Max |
| benazepril (*Lotensin*) | 10 mg qd* | 80 mg | - | - | - |
| captopril (*Capoten*) | 25 mg bid/tid | 450 mg | 6.25-12.5 mg tid | 50 mg tid | 150 mg tid |
| enalapril (*Vasotec*) | 5 mg qd* | 40 mg | 2.5 mg bid | 10 mg bid | 20 mg bid |
| fosinopril (*Monopril*) | 10 mg qd* | 80 mg | 10 mg qd | 20 mg qd | 40 mg qd |
| lisinopril (*Zestril/Prinivil*) | 10 mg qd | 80 mg | 5 mg qd | 20 mg qd | 40 mg qd |
| moexipril (*Univasc*) | 7.5 mg qd* | 30 mg | - | - | - |
| perindopril (*Aceon*) | 4 mg qd* | 16 mg | - | - | - |
| quinapril (*Accupril*) | 10-20 mg qd* | 80 mg | 5 mg bid | 10 mg bid | 20 mg bid |
| ramipril (*Altace*) | 2.5 mg qd* | 20 mg | 2.5 mg bid | 5 mg bid | 10 mg bid |
| trandolapril (*Mavik*) | 1-2 mg qd* | 8 mg | 1 mg qd | 4 mg qd | 4 mg qd |

Data taken from prescribing information.     *May require bid dosing for 24-hour BP control.

### Aldosterone Antagonists

eplerenone (*Inspra*): HTN: Start 50 mg PO daily; max 50 mg bid. Improve survival of stable patients with left ventricular systolic dysfunction (EF ≤40%) and heart failure post-MI: Start 25 mg PO daily; titrate to target dose 50 mg daily within 4 weeks, if tolerated. [Trade only: Tabs non-scored 25, 50 mg] ▶L ♀B ▶? $$$$

spironolactone (*Aldactone*): HTN: 50-100 mg PO daily or divided bid. Edema: 25-200 mg/day. Hypokalemia: 50-100 mg PO daily. Primary hyperaldosteronism, maintenance: 100-400 mg/day PO. Cirrhotic ascites: Start 100 mg once daily or in divided doses. Maintenance 25-200 mg/day. [Generic/Trade: Tabs, non-scored 25; scored 50,100 mg.] ▶LK ♀D ▶+ $

## HYPERTENSION THERAPY[1]

| Area of concern | BP target | Preferred Therapy[2] | Comments |
|---|---|---|---|
| General coronary artery disease prevention | <140/90 mm Hg | ACEI, ARB, CCB, thiazide, or combination | Start 2 drugs if systolic BP ≥160 or diastolic BP ≥100 |
| High coronary artery disease risk[3] | <130/80 mm Hg | | |
| Stable angina, unstable angina, MI | <130/80 mm Hg | β-blocker[4] + (ACEI or ARB)[5] | May substitute dihydropyridine CCB or thiazide |
| Left heart failure[6, 7] | <120/80 mm Hg | β-blocker + (ACEI or ARB) + diuretic[8] + aldosterone antagonist[9] | |

1. ACEI = angiotensin converting enzyme inhibitor; ARB = angiotensin-receptor blocker; CCB = calcium-channel blocker; MI = myocardial infarction. Adapted from Circulation 2007;115:2761-2788. 2. All patients should attempt lifestyle modifications: optimize weight, healthy diet, sodium restriction, exercise, smoking cessation, alcohol moderation. 3. Diabetes mellitus, chronic kidney disease, known coronary artery disease or risk equivalent (eg, peripheral artery disease, abdominal aortic aneurysm), 10-year Framingham risk score ≥10%. 4. Use only if hemodynamically stable. If β-blocker contraindications or intolerable side effects and anti bradycardia or heart failure), may substitute verapamil or diltiazem. 5. Preferred if anterior wall MI, persistent HTN, heart failure, or diabetes mellitus. 6. Avoid verapamil, diltiazem, clonidine, α-blockers. 7. For Blacks with New York Heart Association class III or IV HF, consider adding hydralazine/isosorbide dinitrate. 8. Loop or thiazide. 9. Use if New York Heart Association class III or IV, or if clinical heart failure + LV ejection fraction < 40%.

### Angiotensin Receptor Blockers (ARBs) See also antihypertensive combinations.

candesartan (*Atacand*): HTN: Start 16 mg PO daily, maximum 32 mg/day. Reduce cardiovascular death and hospitalizations from heart failure (NYHA II-IV and ejection fraction ≤40%): Start 4 mg PO daily, maximum 32 mg/day; has added effect when used with ACE inhibitor. [Trade only: Tabs, non-scored 4,8,16,32 mg.] ▶K ♀- ▶? $$$

eprosartan (*Teveten*): HTN: Start 600 mg PO daily, maximum 800 mg/day given daily or divided bid. [Trade only: Tabs non-scored 400, 600 mg.] ▶Fecal excretion ♀- ▶? $$

irbesartan (*Avapro*): HTN: Start 150 mg PO daily, maximum 300 mg/day. Type 2 diabetic nephropathy: Start 150 mg PO daily, target dose 300 mg daily. [Trade: Tabs, non-scored 75, 150, 300 mg.] ▶L ♀- ▶? $$$

losartan (*Cozaar*): HTN: Start 50 mg PO daily, max 100 mg/day given daily or divided bid. Volume-depleted patients or history of hepatic impairment: Start 25 mg PO daily. Stroke risk reduction in patients with HTN & left ventricular hypertrophy (does not appear to apply to Blacks): Start 50 mg PO daily. If need more BP reduction add HCTZ 12.5 mg PO daily; then increase losartan to 100 mg/day, then increase HCTZ to 25mg/day. Type 2 diabetic nephropathy: Start 50 mg PO daily, target dose 100 mg daily. [Trade only: Tabs, non-scored 25,50,100 mg.] ▶L ♀- ▶? $$$

olmesartan (*Benicar*): HTN: Start 20 mg PO daily, max 40 mg/day. [Trade only: Tabs, non-scored 5,20,40 mg.] ▶K ♀- ▶? $$$

telmisartan (*Micardis*): HTN: Start 40 mg PO daily, max 80 mg/day. [Trade only: Tabs, non-scored 20,40,80 mg.] ▶L ♀- ▶? $$$

valsartan (*Diovan*): HTN: Start 80-160 mg PO daily, max 320 mg/day. Heart failure: Start 40 mg PO bid, target dose 160 mg bid; provides no added effect when used with adequate dose of ACE inhibitor. Reduce mortality/morbidity post-MI with left ventricular systolic dysfunction/failure: Start 20 mg PO bid, target dose 160 mg bid. [Trade only: Tabs, scored 40, nonscored 80, 160, 320 mg.] ▶L ♀- ▶? $$$

### Antiadrenergic Agents

clonidine (*Catapres, Catapres-TTS*, ✚*Dixarit*): HTN: Start 0.1 mg PO bid, usual maintenance dose 0.2 to 1.2 mg/day divided bid-tid, max 2.4 mg/day. Rebound HTN with abrupt discontinuation, especially at doses ≥0.8 mg/d. Transdermal (Catapres-TTS): Start 0.1 mg/24 hour patch q week, titrate to desired effect, max effective dose 0.6 mg/24 hour (two, 0.3 mg/24 hour patches). Transdermal Therapeutic System (TTS) is designed for seven day use so that a TTS-1 delivers 0.1 mg/day x 7 days. May supplement first dose of TTS with oral x 2-3 days while therapeutic level is achieved. ADHD (unapproved peds): Start 0.05 mg PO qhs, titrate based on response over 8 weeks to max 0.2 mg/day (<45 kg) or 0.4 mg/day (> 45 kg) in 2-4 divided doses. Tourette's syndrome (unapproved peds and adult): 3-5 mcg/kg/d PO divided bid-tid. Opioid withdrawal, adjunct: 0.1-0.3 mg PO tid-qid or 0.1-0.2 mg PO q4h tapering off over days 4-10. Alcohol withdrawal, adjunct: 0.1-0.2 mg PO q4h prn. Smoking cessation: Start 0.1 mg PO bid, increase 0.1 mg/d at weekly intervals to 0.75 mg/d as tolerated; transdermal (Catapres TTS): 0.1-0.2 mg/24 h patch q week for 2-3 weeks after cessation. Menopausal flushing: 0.1-0.4 mg/day PO divided bid-tid. Transdermal system applied weekly: 0.1 mg/day. [Generic/Trade: Tabs, non-scored 0.1, 0.2, 0.3 mg. Trade only: transdermal weekly patch 0.1 mg/day (TTS-1), 0.2 mg/day (TTS-2), 0.3 mg/day (TTS-3).] ▶LK ♀C ▶? $$

doxazosin (**Cardura, Cardura XL**): BPH: Immediate release: Start 1 mg PO qhs, max 8 mg/day. Extended release (not approved for HTN): 4 mg PO qam at breakfast, max 8 mg/day. HTN: Start 1 mg PO qhs, max 16 mg/day. Take first dose at bedtime to minimize orthostatic hypotension. [Generic/Trade: Tabs, scored 1,2,4,8 mg. Trade only: XL tabs 4,8 mg.] ▶L ♀C ▶? $$

guanfacine (**Tenex**): Start 1 mg PO qhs, increase to 2-3 mg qhs if needed after 3-4 weeks, max 3 mg/day. ADHD in children: Start 0.5 mg PO daily, titrate by 0.5 mg q3-4 days as tolerated to 0.5 mg PO tid. [Generic/Trade: Tabs, non-scored 1, 2 mg.] ▶L ♀B ▶? $

methyldopa (**Aldomet**): HTN: Start 250 mg PO bid-tid, maximum 3000 mg/day. May cause hemolytic anemia. [Generic/Trade: Tabs, non-scored 500 mg. Generic: Tabs, non-scored 125, 250 mg.] ▶LK ♀B ▶+ $

prazosin (**Minipress**): HTN: Start 1 mg PO bid-tid, max 40 mg/day. Take first dose at bedtime to minimize orthostatic hypotension. [Generic/Trade: Caps 1,2,5 mg.] ▶L ♀C ▶? $

terazosin (**Hytrin**): HTN: Start 1 mg PO qhs, usual effective dose 1-5 mg PO daily or divided bid, max 20 mg/day. Take first dose at bedtime to minimize orthostatic hypotension. BPH: Start 1 mg PO qhs, usual effective dose 10 mg/day, max 20 mg/day. [Generic (Caps, Tabs)/Trade (Caps): 1, 2, 5, 10 mg.] ▶LK ♀C ▶? $$

### Anti-Dysrhythmics / Cardiac Arrest

adenosine (**Adenocard**): PSVT conversion (not A-fib): Adult and peds ≥50 kg: 6 mg rapid IV & flush, preferably through a central line. If no response after 1-2 mins then 12 mg. A third dose of 12 mg may be given prn. Peds <50 kg: initial dose 50-100 mcg/kg, subsequent doses 100-200 mcg/kg q1-2 min prn up to a max single dose of 300 mcg/kg or 12 mg whichever is less. Half-life is <10 seconds. Give doses by rapid IV push followed by normal saline flush. Need higher dose if on theophylline or caffeine, lower dose if on dipyridamole or carbamazepine. ▶Plasma ♀C ▶? $$$

amiodarone (**Cordarone, Pacerone**): Life-threatening ventricular arrhythmia without cardiac arrest: Load 150 mg IV over 10 min, then 1 mg/min x 6h, then 0.5 mg/min x 18h. Mix in D5W. Oral loading dose 800-1600 mg PO daily for 1-3 weeks, reduce to 400-800 mg PO daily for 1 month when arrhythmia is controlled, reduce to lowest effective dose thereafter, usually 200-400 mg PO daily. Photosensitivity with oral therapy. Pulmonary & hepatic toxicity. Hypo or hyperthyroidism possible. Co-administration of fluoroquinolones, macrolides, or azoles may prolong QTc. May increase digoxin levels; discontinue digoxin or decrease dose by 50%. May increase INR with warfarin by up to 100%; decrease warfarin dose by 33-50%. Do not use with grapefruit juice. Caution with simvastatin >20 mg/day or lovastatin >40 mg/day; may cause myopathy and rhabdomyolysis. Caution with beta blockers and calcium channel blockers. IV therapy may cause hypotension. Contraindicated with marked sinus bradycardia and second or third degree heart block in the absence of a functioning pacemaker. [Trade only: Tabs, 100 mg (Pacerone). Generic/Trade: Tabs, 200, 400 mg.] ▶L ♀D ▶- $$$$

atropine (**AtroPen**): Bradyarrhythmia/CPR: 0.5-1.0 mg IV q3-5 min to max 0.04 mg/kg (3 mg). Peds: 0.02 mg/kg/dose; minimum single dose, 0.1 mg; max cumulative dose, 1 mg. AtroPen: Injector pens for insecticide or nerve agent poisoning. [Trade only: Prefilled auto-injector pen: 0.25 mg (yellow), 0.5 mg (blue), 1 mg (dark red), 2 mg (green).] ▶K ♀C ▶? $

bicarbonate: Severe acidosis: 1 mEq/kg IV up to 50-100 mEq/dose. ▶K ♀C ▶? $

digoxin (**Lanoxin, Lanoxicaps, Digitek**): Systolic heart failure/rate control of chronic A-fib: 0.125-0.25 mg PO daily; impaired renal function: 0.0625-0.125 mg PO daily. Rapid A-fib: Load 0.5 mg IV, then 0.25 mg IV q6h x 2 doses, maintenance 0.125-0.375 mg IV/PO daily. [Generic/Trade: Tabs, scored (Lanoxin, Digitek) 0.125,0.25 mg; elixir 0.05 mg/mL. Trade only: Caps (Lanoxicaps), 0.05, 0.1, 0.2 mg.] ▶LK ♀C ▶+ $

digoxin immune Fab (**Digibind, Digifab**): Digoxin toxicity: 2-20 vials IV, one formula is: Number vials = (serum dig level in ng/mL) x (kg) / 100. ▶K ♀C ▶? $$$$$

disopyramide (**Norpace, Norpace CR, ✦Rythmodan, Rythmodan-LA**): Rarely indicated, consult cardiologist. Ventricular arrhythmia: 400-800 mg PO daily in divided doses (immediate-release, q6h or extended-release, q12h). Proarrhythmic. [Generic/Trade: Caps, immediate-release, 100,150 mg; extended-release 150 mg. Trade only: extended-release 100 mg.] ▶KL ♀C ▶+ $$$$

flecainide (**Tambocor**): Proarrhythmic. Prevention of paroxysmal atrial fib/flutter or PSVT, with symptoms & no structural heart disease: Start 50 mg PO q12h, may increase by 50 mg bid q4 days, max 300 mg/day. Use with AV nodal slowing agent (beta blocker, verapamil, diltiazem) to minimize risk of 1:1 atrial flutter. Life-threatening ventricular arrhythmias without structural heart disease: Start 100 mg PO q12h, may increase by 50 mg bid q 4 days, max 400 mg/day. With severe renal impairment (CrCl<35 mL/min): Start 50 mg PO bid. [Generic/Trade: Tabs, non-scored 50, scored 100,150 mg.] ▶K ♀C ▶- $$$$

ibutilide (**Corvert**): Recent onset A-fib/flutter: 0.01 mg/kg up to 1 mg IV over 10 mins, may repeat once if no response after 10 additional minutes. Keep on cardiac monitor ≥4 hours. ▶K ♀C ▶? $$$$$

isoproterenol (**Isuprel**): Refractory bradycardia or third degree AV block: 0.02-0.06 mg IV bolus or infusion 2 mg in 250 mL D5W (8 mcg/mL) at 5 mcg/min. 5 mcg/min = 37 mL/h. Peds: 0.05-2 mcg/kg/min. 10 kg: 0.1 mcg/kg/min = 8 mL/h. ▶LK ♀C ▶? $$

## SELECTED DRUGS THAT MAY PROLONG THE QT INTERVAL

| | | | | |
|---|---|---|---|---|
| alfuzosin | dofetilide* | indapamide* | pimozide*† | tamoxifen |
| amiodarone*† | dolasetron | isradipine | polyethylene glycol | telithromycin* |
| apomorphine | droperidol* | levofloxacin* | (PEG-salt solution)§ | thioridazine‡ |
| arsenic trioxide* | epirubicin | lithium | procainamide* | tizanidine |
| azithromycin* | erythromycin*† | mefloquine | quetiapine† | tolterodine |
| chloroquine* | felbamate | methadone*† | quinidine*† | vardenafil |
| chlorpromazine* | flecainide* | moexipril/HCTZ | quinine | venlafaxine |
| cisapride*† | foscarnet | moxifloxacin* | ranolazine | Visicol§ |
| clarithromycin* | fosphenytoin | nicardipine | risperidone‡ | voriconazole* |
| clozapine | gemifloxacin | octreotide | salmeterol | vorinostat |
| cocaine* | granisetron | ofloxacin | sotalol*† | ziprasidone‡ |
| dasatinib | haloperidol*‡ | ondansetron | sunitinib | |
| disopyramide*† | ibutilide*† | pentamidine*† | tacrolimus | |

See www.qtdrugs.org. This table may not include all drugs that prolong the QT interval or cause torsades. Risk of drug-induced QT prolongation may be increased in women, elderly, ↓K, ↓Mg, bradycardia, starvation, CHF, & CNS injuries. Hepatorenal dysfunction & drug interactions can ↑ the concentration of QT interval-prolonging drugs. Coadministration of QT interval-prolonging drugs can have additive effects. Avoid these (and other) drugs in congenital prolonged QT syndrome. *Torsades reported in product labeling/case reports. †↑Risk in women. ‡QT prolongation with PO administration: thioridazine > ziprasidone > haloperidol, quetiapine, risperidone; with IM administration: haloperidol > ziprasidone. §May be due to electrolyte imbalance.

**lidocaine** (*Xylocaine, Xylocard*): Ventricular arrhythmia: Load 1 mg/kg IV, then 0.5 mg/kg q8-10min as needed to max 3 mg/kg. IV infusion: 4 gm in 500 mL D5W (8 mg/mL) at 1-4 mg/min. Peds: 20-50 mcg/kg/min. ▸LK ♀B ▸? $

**mexiletine** (*Mexitil*): Proarrhythmic. Rarely indicated, consult cardiologist. Ventricular arrhythmia: Start 200 mg PO q8h with food or antacid, max dose 1,200 mg/day. [Generic/Trade: Caps, 150,200,250 mg.] ▸L ♀C ▸- $$$

**procainamide** (*Procanbid, Pronestyl*): Ventricular arrhythmia: 500-1250 mg PO q6h or 50 mg/kg/day. Extended-release: 500-1000 mg PO q12h. Load 100 mg IV q10min or 20 mg/min (150 mL/h) until: 1) QRS widens >50%, 2) dysrhythmia suppressed, 3) hypotension, or 4) total of 17 mg/kg or 1000 mg. Infusion 2g in 250 mL D5W (8 mg/mL) at 2-6 mg/min (15-45 mL/h). Proarrhythmic. [Generic/Trade: Caps, immediate-release 250 mg; tabs, sustained-release, non-scored (Pronestyl SR). Generic only: tabs, sustained-release, non-scored (generic procainamide SR, q6h dosing) 750,1000 mg; caps, immediate-release 500 mg. Trade only: Tabs, immediate-release, non-scored (Pronestyl) 250,375,500 mg, extended-release, non-scored (Procanbid, q12h dosing) 500,1000 mg.] ▸LK ♀C ▸? $

**propafenone** (*Rythmol, Rythmol SR*): Proarrhythmic. Prevention of paroxysmal atrial fib/flutter or PSVT, with symptoms & no structural heart disease; or life-threatening ventricular arrhythmias: Start (immediate release) 150 mg PO q8h; may increase after 3-4 days to 225 mg PO q8h; max 900 mg/day. Prolong time to recurrence of symptomatic atrial fib without structural heart disease: 225 mg SR PO q12h, may increase ≥5 days to 325 mg PO q12h, max 425 mg q12h. Consider using with AV nodal slowing agent (beta blocker, verapamil, diltiazem) to minimize risk of 1:1 atrial flutter. [Generic/Trade: Tabs (immediate release), scored 150, 225, 300 mg; Trade only: SR, capsules 225, 325, 425 mg.] ▸L ♀C ▸? $$$$

**quinidine** (✿*Biquin durules*): Arrhythmia: gluconate, extended-release: 324-648 mg PO q8-12h; sulfate, immediate-release: 200-400 mg PO q6-8h; sulfate, extended-release: 300-600 mg PO q8-12h. Proarrhythmic. [Generic: gluconate: Tabs, extended-release non-scored 324 mg; Generic sulfate: Tabs, scored immediate-release 200,300 mg. Generic sulfate: Tabs, extended-release 300 mg.] ▸LK ♀C ▸+ $$-gluconate, $-sulfate

**sotalol** (*Betapace, Betapace AF*, ✿*Rylosol*): Ventricular arrhythmia (Betapace), A-fib/A-flutter (Betapace AF): Start 80 mg PO bid, max 640 mg/d. Proarrhythmic. [Generic/Trade: Tabs, scored 80,120,160,240 mg. Trade only: 80,120,160 mg (Betapace AF).] ▸K ♀B ▸- $$$$$

### Anti-Hyperlipidemic Agents - Bile Acid Sequestrants

**cholestyramine** (*Questran, Questran Light, Prevalite, LoCHOLEST, LoCHOLEST Light*): Elevated LDL cholesterol: Powder: Start 4 g PO daily-bid before meals, increase up to max 24 g/day. [Generic/Trade: Powder for oral suspension, 4 g cholestyramine resin / 9 g powder (Questran, LoCHOLEST), 4 g cholestyramine resin / 5 g powder (Questran Light), 4 g cholestyramine resin / 5.5 g powder (Prevalite, LoCHOLEST Light).] ▸Not absorbed ♀C ▸+ $

**colesevelam** (*Welchol*): Elevated LDL cholesterol: 3 tabs PO bid with meals or 6 tabs once daily with a meal, max dose 7 tabs/day. [Trade only: Tabs, non-scored, 625 mg.] ▸Not absorbed ♀B ▸+ $$$$

**colestipol** (*Colestid, Colestid Flavored*): Elevated LDL cholesterol: Tabs: Start 2 g PO daily-bid, max 16 g/day. Granules: Start 5 g PO daily-bid, max 30 g/day. [Generic/Trade: Tab 1 g. Granules for oral suspension, 5 g / 7.5 g powder.] ▸Not absorbed ♀B ▸+ $$$

### Anti-Hyperlipidemic Agents - HMG-CoA Reductase Inhibitors ("Statins") & combinations

NOTE: Hepatotoxicity - monitor LFTs initially, approximately 12 weeks after starting / titrating therapy, then annually or more frequently if indicated. Evaluate muscle symptoms & creatine kinase before starting therapy. Evaluate muscle symptoms 6-12 weeks after starting/increasing therapy & at each follow-up visit. Obtain creatine kinase when patient complains of muscle soreness, tenderness, weakness, or pain. These factors increase risk of myopathy: advanced age (especially >80, women >men); multisystem disease (eg, chronic renal insufficiency, especially due to diabetes); multiple medications; perioperative periods; alcohol abuse; grapefruit juice (>1 quart/day); specific concomitant medications: fibrates (especially gemfibrozil), nicotinic acid (rare), cyclosporine, erythromycin, clarithromycin, itraconazole, ketoconazole, protease inhibitors, nefazodone, verapamil, amiodarone. Weigh potential risk of combination therapy against potential benefit.

*Advicor* (lovastatin + niacin): Hyperlipidemia: 1 tab PO qhs with a low-fat snack. Establish dose using extended-release niacin first, or if already on lovastatin substitute combo product with lowest niacin dose. Aspirin or ibuprofen 30 min prior may decrease niacin flushing reaction. [Trade only: Tabs, non-scored extended release lovastatin/niacin 20/500, 20/750, 20/1000, 40/1000 mg.] ▶LK ♀X ▶- $$$

atorvastatin (*Lipitor*): Hyperlipidemia/prevention of cardiovascular events, including type 2 DM: Start 10-40 mg PO daily, max 80 mg/day. [Trade only: Tabs, non-scored 10,20,40,80 mg.] ▶L ♀X ▶- $$$

*Caduet* (amlodipine + atorvastatin): Simultaneous treatment of HTN and hypercholesterolemia: Establish dose using component drugs first. Dosing interval: daily [Trade only: Tabs, 2.5/10, 2.5/20, 2.5/40, 5/10, 5/20, 5/40, 5/80, 10/10, 10/20, 10/40, 10/80 mg.] ▶L ♀X ▶- $$$

fluvastatin (*Lescol, Lescol XL*): Hyperlipidemia: Start 20-80 mg PO qhs, max 80 mg daily (XL) or divided bid. Post percutaneous coronary intervention: 80 mg of extended release PO daily, max 80 mg daily. [Trade only: Caps, 20, 40 mg; tab, extended-release, non-scored 80 mg.] ▶L ♀X ▶- $$$

lovastatin (*Mevacor, Altoprev*): Hyperlipidemia/prevention of cardiovascular events: Start 20 mg PO q pm, max 80 mg/day daily or divided bid. [Generic/Trade: Tabs, non-scored 20,40. Trade only: Tabs, extended-release (Altoprev) 20,40,60 mg.] ▶L ♀X ▶- $$$

### LIPID REDUCTION BY CLASS / AGENT[1]

| Drug class/agent | LDL | HDL | TG |
|---|---|---|---|
| Bile acid sequestrants[2] | ↓ 15-30% | ↑ 3-5% | No change or ↑ |
| Cholesterol absorption inhibitor[3] | ↓ 18% | ↑ 1% | ↓ 8% |
| Fibrates[4] | ↓ 5-20% | ↑ 10-20% | ↓ 20-50% |
| Lovastatin+ext'd release niacin[5] | ↓ 30-42% | ↑ 20-30% | ↓ 32-44% |
| Niacin[6] | ↓ 5-25% | ↑ 15-35% | ↓ 20-50% |
| Omega 3 fatty acids[7] | No change or ↑ | ↑ 9% | ↓ 45% |
| Statins[8] | ↓ 18-63% | ↑ 5-15% | ↓ 7-35% |
| Simvastatin+ezetimibe[9] | ↓ 45-60% | ↑ 6-10% | ↓ 23-31% |

1. LDL=low density lipoprotein. HDL=high density lipoprotein. TG=triglycerides. Adapted from NCEP: *JAMA* 2001; 285:2486 and prescribing information. 2. Cholestyramine (4-16 g), colestipol (5-20 g), colesevelam (2.6-3.8 g). 3. Ezetimibe (10 mg). When added to statin therapy, will ↓ LDL 25%, ↑ HDL 3%, ↓ TG 14% in addition to statin effects. 4. Fenofibrate (145-200 mg), gemfibrozil (600 mg BID). 5. Advicor® (20/1000-40/2000 mg). 6. Extended release nicotinic acid (Niaspan 1-2 g), immediate release (crystalline) nicotinic acid (1.5-3 g), sustained release nicotinic acid (Slo-Niacin® 1-2 g). 7. Lovasa or Omacor® (4 g) 8. Atorvastatin (10-80 mg), fluvastatin (20-80 mg), lovastatin (20-80 mg), pravastatin (20-80 mg), rosuvastatin (5-40 mg), simvastatin (20-80 mg). 9. Vytorin® (10/10-10/80 mg). *Lowers lipoprotein a.

pravastatin (**Pravachol**): Hyperlipidemia/prevention of cardiovascular events: Start 40 mg PO daily, max 80 mg/day. [Generic/Trade: Tabs, non-scored 10, 20, 40, 80 mg. Generic only: Tabs 30 mg.] ▶L ♀X ▶- $$$

rosuvastatin (**Crestor**): Hyperlipidemia: Start 10 mg PO daily, max 40 mg/d. [Trade only: Tabs non-scored 5, 10, 20, 40 mg.] ▶L ♀X ▶- $$$

simvastatin (**Zocor**): Hyperlipidemia: Start 20-40 mg PO q pm, max 80 mg/day. Reduce cardiovascular mortality/events in high risk for coronary heart disease event: Start 40 mg PO q pm, max 80 mg/day. [Generic/Trade: Tabs, non-scored 5, 10, 20, 40, 80 mg.] ▶L ♀X ▶- $$$$

## STATINS*

| Minimum Dose for 30-40% LDL Reduction | LDL | LFT Monitoring** |
|---|---|---|
| atorvastatin 10 mg | -39% | B, 12 wk, semiannually |
| fluvastatin 40 mg bid | -36% | B, 12 wk |
| fluvastatin XL 80 mg | -35% | B, 12 wk |
| lovastatin 40 mg | -31% | B |
| pravastatin 40mg | -34% | B |
| rosuvastatin 5 mg | -45% | B, 12 wk, semiannually |
| simvastatin 20 mg | -38% | B, *** |

*Adapted from *Circulation* 2004;110:227-239. Data taken from prescribing information for primary hypercholesterolemia. B=baseline, LDL=low-density lipoprotein, LFT=liver function tests. Will get ~6% decrease in LDL with every doubling of dose. **From prescribing info; also, when clinically indicated. National Lipid Association schedule for LFT monitoring: baseline, ~12 weeks after starting/titrating therapy, periodically, when clinically indicated. ***Get LFTs prior to & 3 months after dose increase to 80 mg, then semiannually for first year.

## LDL CHOLESTEROL GOALS[1]

| Risk Category | LDL Goal | Lifestyle Changes[2] | Also Consider Meds at LDL (mg/dL)[3] |
|---|---|---|---|
| High risk: CHD or equivalent risk,[4,5,6] 10-year risk >20% | <100 (optional < 70)[7] | LDL ≥100[8] | ≥100 (<100: consider Rx options)[9] |
| Moderately-high risk: 2+ risk factors,[10] 10-year risk 10-20% | <130 (optional < 100) | LDL ≥130[8] | ≥130 (100-129: consider Rx options)[11] |
| Moderate risk: 2+ risk factors,[10] 10-year risk <10% | <130 mg/dL | LDL ≥130 | ≥160 |
| Lower risk: 0 to 1 risk factor[5] | <160 mg/dL | LDL ≥160 | ≥190 (160-189: Rx optional) |

1.CHD=coronary heart disease. LDL=low density lipoprotein. Adapted from NCEP: *JAMA* 2001; 285:2486; NCEP Report: Circulation 2004;110:227-239. All 10-year risks based upon Framingham stratification; calculator available at: http://hin.nhlbi.nih.gov/atpiii/calculator.asp?usertype=prof. 2. Dietary modification, weight reduction, exercise. 3. When using LDL lowering therapy, achieve at least 30-40% LDL reduction. 4. Equivalent risk defined as diabetes, other atherosclerotic disease (peripheral artery disease, abdominal aortic aneurysm, symptomatic carotid artery disease), or ≥2 risk factors such that 10 year risk >20%. 5.History of ischemic stroke or transient ischemic attack=CHD risk equivalents (Stroke 2006;37:577-617). 6. Chronic kidney disease=CHD risk equivalent [Am J Kidney Dis 2003 Apr;41 (4 suppl 3):I-IV,S1-91]. 7. For any patient with atherosclerotic disease, may treat to LDL <70 mg/dL (Circulation 2006;113:2363-72). 8. Regardless of LDL, lifestyle changes are indicated when lifestyle-related risk factors (obesity, physical inactivity, ↑TG, ↓ HDL, or metabolic syndrome) are present. 9. If baseline LDL <100, starting LDL lowering therapy is an option based on clinical trials. With ↑TG or ↓HDL, consider combining fibrate or nicotinic acid with LDL lowering drug. 10. Risk factors: Cigarette smoking, HTN (BP ≥140/90 mmHg or on antihypertensive meds), low HDL (<40 mg/dL), family hx of CHD (1° relative: ♂ <55 yo, ♀ <65 yo), age (♂ ≥45 yo, ♀ ≥55 yo). 11. At baseline or after lifestyle changes - initiating therapy to achieve LDL <100 is an option based on clinical trials.

*Vytorin* (ezetimibe + simvastatin): Hyperlipidemia: Start 10/20 mg PO q pm, max 10/80 mg/day. Start 10/40 if need >55% LDL reduction. [Trade only: Tabs, non-scored ezetimibe/simvastatin 10/10, 10/20, 10/40, 10/80 mg.] ▶L ♀X ▶- $$$

### Anti-Hyperlipidemic Agents - Other

bezafibrate (♣*Bezalip*): Canada only. Hyperlipidemia/hypertriglyceridemia: 200 mg immediate release PO bid-tid, or 400 mg of sustained release PO daily. [Trade: Immediate release tab: 200 mg. Sustained release tab: 400 mg.] ▶K ♀D ▶- $$$

ezetimibe (*Zetia*, ♣*Ezetrol*): Hyperlipidemia: 10 mg PO daily. [Trade only: Tabs non-scored 10 mg] ▶L ♀C ▶? $$$

fenofibrate (*Tricor, Lipofen, Lofibra, Antara, Triglide*, ♣*Lipidil Micro, Lipidil Supra, Lipidil EZ*): Hypertriglyceridemia: Tricor tablets: 48-145 mg PO daily, max 145 mg daily. Triglide: 50-160 mg PO daily, max 160 mg daily. Lipofen: 50-150 mg PO daily, max 150 mg daily. Lofibra or generic tablets: 54-160 mg, max 160 mg daily. Lofibra or generic micronized capsules: 67-200 mg PO daily; max 200 mg daily. Antara micronized capsules: 43-130 mg PO daily; max 130 mg daily. Hypercholesterolemia/mixed dyslipidemia: Tricor tablets: 145 mg PO daily. Triglide: 160 mg daily. Lipofen: 150 mg daily. Generic tablets: 160 mg daily. Lofibra or generic micronized capsules 200 mg PO daily. Antara, micronized capsules: 130 mg PO daily. Micronized capsules should be taken with food. [Generic only: Tabs, non-scored 54, 160 mg. Generic/Trade (Lofibra) micronized caps, 67, 134, 200 mg. Trade only: Tricor tabs, non-scored 48,145 mg. Triglide tabs, non-scored 50, 160 mg. Antara micronized caps 43, 130 mg. Lipofen non-scored tabs 50,100,150 mg.] ▶LK ♀C ▶- $$$

gemfibrozil (*Lopid*): Hypertriglyceridemia / primary prevention of coronary artery disease: 600 mg PO bid 30 minutes before meals. [Generic/Trade: Tabs, scored 600 mg.] ▶LK ♀C ▶? $$

### Antihypertensive Combinations (See component drugs for ▶ ♀ ▶)

NOTE: Dosage should first be adjusted by using each drug separately.

BY TYPE: ACE Inhibitor/Diuretic: *Accuretic, Capozide, Inhibace Plus, Lotensin HCT, Monopril HCT, Prinzide, Uniretic, Vaseretic, Zestoretic*. ACE Inhibitor/Calcium Channel Blocker: *Lexxel, Lotrel, Tarka*. Angiotensin Receptor Blocker/Diuretic: *Atacand HCT, Avalide, Benicar HCT, Diovan HCT, Hyzaar, Micardis HCT, Teveten HCT*. Angiotensin Receptor Blocker/Calcium Channel Blocker: *Exforge*. Beta-blocker/Diuretic: *Corzide, Dutoprol, Inderide, Lopressor HCT, Tenoretic, Timolide, Ziac*. Diuretic combinations: *Aldactazide, Dyazide, Maxzide, Moduretic, Triazide*. Diuretic/miscellaneous antihypertensive: *Aldoril, Apresazide, Clorpres, Minizide*.

BY NAME: *Accuretic* (quinapril + hydrochlorothiazide): Generic/Trade: Tabs, 10/12.5, 20/12.5, 20/25. *Aldactazide* (spironolactone + hydrochlorothiazide): Generic/Trade: Tabs, non-scored 25/25, scored 50/50 mg. *Aldoril* (methyldopa + hydrochlorothiazide): Generic/Trade: Tabs, non-scored, 250/15 (Aldoril-15), 250/25 mg (Aldoril-25). Trade only: Tabs, non-scored, 500/30 (Aldoril D30), 500/50 mg (Aldoril D50). *Apresazide* (hydralazine + hydrochlorothiazide): Generic only: Caps 25/25, 50/50 mg. *Atacand HCT* (candesartan + hydrochlorothiazide, ♣*Atacand Plus*): Trade only: Tab, non-scored 16/12.5, 32/12.5 mg. *Avalide* (irbesartan + hydrochlorothiazide): Trade only: Tabs, non-scored 150/12.5, 300/12.5, 300/25 mg. *Benicar HCT* (olmesartan + hydrochlorothiazide): Trade only: Tabs, non-scored 20/ 12.5, 40/12.5, 40/25 mg *Capozide* (captopril + hydrochlorothiazide): Generic/Trade: Tabs, scored 25/15, 25/25, 50/15, 50/25 mg. *Clorpres* (clonidine + chlorthalidone):

Trade only: Tabs, scored 0.1/15, 0.2/15, 0.3/15 mg. *Corzide* (nadolol + bendroflumethiazide): Generic/Trade: Tabs 40/5, 80/5 mg. *Diovan HCT* (valsartan + hydrochlorothiazide): Trade only: Tabs, non-scored 80/12.5, 160/12.5, 160/25, 320/12.5, 320/25 mg. *Dutoprol* (metoprolol + hydrochlorothiazide): Trade only: Tabs, non-scored 25/12.5, 50/12.5 mg, scored 100/12.5 mg *Dyazide* (triamterene + hydrochlorothiazide): Generic/Trade: Caps, (Dyazide) 37.5/25, (generic only) 50/25 mg. *Exforge* (amlodipine + valsartan): Trade only: Tabs, non-scored 5/160, 5/320, 10/160, 10/320 mg. *Hyzaar* (losartan + hydrochlorothiazide): Trade only: Tabs, non-scored 50/12.5, 100/12.5, 100/25 mg. *Inderide* (propranolol + hydrochlorothiazide): Generic/Trade: Tabs, scored 40/25, 80/25. *Inhibace Plus* (cilazapril + hydrochlorothiazide): Trade only: Scored tabs 5 mg cilazapril + 12.5 mg HCTZ. *Lexxel* (enalapril + felodipine): Trade only: Tabs, non-scored 5/2.5, 5/5 mg. *Lopressor HCT* (metoprolol + hydrochlorothiazide): Generic/Trade: Tabs, scored 50/25, 100/25, 100/50 mg. *Lotensin HCT* (benazepril + hydrochlorothiazide): Generic/Trade: Tabs, scored 5/6.25, 10/12.5, 20/12.5, 20/25 mg. *Lotrel* (amlodipine + benazepril): Generic/Trade: Cap, 2.5/10, 5/10, 5/20, 10/20 mg. Trade only: Cap, 5/40, 10/40 mg. *Maxzide* (triamterene + hydrochlorothiazide, ♥*Triazide*): Generic/Trade: Tabs, scored (Maxzide-25) 37.5/25 (Maxzide) 75/50 mg. *Maxzide-25* (triamterene + hydrochlorothiazide): Generic/Trade: Tabs, scored (Maxzide-25) 37.5/25 (Maxzide) 75/50 mg. *Micardis HCT* (telmisartan + hydrochlorothiazide, ♥*Micardis Plus*): Trade only: Tabs, non-scored 40/12.5, 80/12.5, 80/25 mg. *Minizide* (prazosin + polythiazide): Trade only: cap, 1/0.5, 2/0.5, 5/0.5 mg. *Moduretic* (amiloride + hydrochlorothiazide, ♥*Moduret*): Generic/Trade: Tabs, scored 5/50 mg. *Monopril HCT* (fosinopril + hydrochlorothiazide): Generic/Trade: Tabs, non-scored 10/12.5, scored 20/12.5 mg. *Prinzide* (lisinopril + hydrochlorothiazide): Generic/Trade: Tabs, non-scored 10/12.5, 20/12.5, 20/25 mg. *Tarka* (trandolapril + verapamil): Trade only: Tabs, non-scored 2/180, 1/240, 2/240, 4/240 mg. *Tenoretic* (atenolol + chlorthalidone): Generic/Trade: Tabs, scored 50/25, non-scored 100/25 mg. *Teveten HCT* (eprosartan + hydrochlorothiazide): Trade only: Tabs, non-scored 600/12.5, 600/25 mg. *Timolide* (timolol + hydrochlorothiazide): Trade only: Tabs, non-scored 10/25 mg. *Uniretic* (moexipril + hydrochlorothiazide): Generic/Trade: Tabs, scored 7.5/12.5, 15/12.5, 15/25 mg. *Vaseretic* (enalapril + hydrochlorothiazide): Generic/Trade: Tabs, non-scored 5/12.5, 10/25 mg. *Zestoretic* (lisinopril + hydrochlorothiazide): Generic/Trade: Tabs, non-scored 10/12.5, 20/12.5, 20/25 mg. *Ziac* (bisoprolol + hydrochlorothiazide): Generic/Trade: Tabs, non-scored 2.5/6.25, 5/6.25, 10/6.25 mg.

### Antihypertensives - Other

aliskiren (*Tekturna*): HTN: 150 mg PO daily, max 300 mg/day. [Trade only: Tabs, non-scored 150, 300 mg.] ▶LK ♀− ▶−? $$$

fenoldopam (*Corlopam*): Severe HTN: 10 mg in 250 mL D5W (40 mcg/mL), start at 0.1 mcg/kg/min titrate q15 min, usual effective dose 0.1-1.6 mcg/kg/min. ▶LK ♀B ▶? $$$$$

hydralazine (*Apresoline*): Hypertensive emergency: 10-50 mg IM or 10-20 mg IV, repeat as needed. HTN: Start 10 mg PO bid-qid, max 300 mg/day. Headaches, peripheral edema, lupus syndrome. [Generic/Trade: Tabs, non-scored 10,25,50, 100 mg.] ▶LK ♀C ▶+ $

nitroprusside (*Nipride, Nitropress*): Hypertensive emergency: 50 mg in 250 mL D5W (200 mcg/mL), start at 0.3 mcg/kg/min (for 70 kg adult = 6 mL/h). Max 10 mcg/kg/min. Protect from light. Cyanide toxicity with high doses, hepatic/renal impairment, and prolonged infusions; check thiocyanate levels. ▶RBC's ♀C ▶− $

phentolamine (**Regitine, Rogitine**): Diagnosis of pheochromocytoma: 5 mg increments IV/IM. Peds 0.05-0.1 mg/kg IV/IM up to 5 mg per dose. Extravasation: 5-10 mg in 10 mL NS local SC injection. ▶Plasma ♀C ▶? $$

### Antiplatelet Drugs

abciximab (**ReoPro**): Platelet aggregation inhibition, percutaneous coronary intervention: 0.25 mg/kg IV bolus via separate infusion line before procedure, then 0.125 mcg/kg/min (max 10 mcg/min) IV infusion for 12h. ▶Plasma ♀C ▶? $$$$$

**Aggrenox** (aspirin + dipyridamole): Prevention of stroke after TIA/stroke: 1 cap PO bid. [Trade only: Caps, 25 mg aspirin/ 200 mg extended-release dipyridamole.] ▶LK ♀D ▶? $$$$

clopidogrel (**Plavix**): Reduction of thrombotic events: recent AMI/stroke, established peripheral arterial disease: 75 mg PO daily; acute coronary syndrome: non-ST segment elevation: 300 mg loading dose, then 75 mg PO daily in combination with aspirin. ST segment elevation MI: Start with/without 300 mg loading dose, then 75 mg PO daily in combination with aspirin, with/without thrombolytics. [Generic/Trade: Tab, non-scored 75 mg.] ▶LK ♀B ▶? $$$$

dipyridamole (**Persantine**): Antithrombotic: 75-100 mg PO qid. [Generic/Trade: Tabs, non-scored 25, 50, 75 mg.] ▶L ♀B ▶? $

eptifibatide (**Integrilin**): Acute coronary syndrome: Load 180 mcg/kg IV bolus, then infusion 2 mcg/kg/min for up to 72 hr. Discontinue infusion prior to CABG. Percutaneous coronary intervention: Load 180 mcg/kg IV bolus just before procedure, followed by infusion 2 mcg/kg/min and a second 180 mcg/kg IV bolus 10 min after the first bolus. Continue infusion for up to 18-24 hr (minimum 12 hr) after procedure. Reduce infusion dose with CrCl <50 mL/min; contraindicated in dialysis patients. ▶K ♀B ▶? $$$$$

ticlopidine (**Ticlid**): Due to high incidence of neutropenia and thrombotic thrombocytopenia purpura, other drugs preferred. Platelet aggregation inhibition/reduction of thrombotic stroke: 250 mg PO bid with food. [Generic/Trade: Tab, non-scored 250 mg.] ▶L ♀B ▶? $$$$

tirofiban (**Aggrastat**): Acute coronary syndromes: Start 0.4 mcg/kg/min IV infusion for 30 mins, then decrease to 0.1 mcg/kg/min for 48-108 hr or until 12-24 hr after coronary intervention. Half dose with CrCl <30 mL/min. Use concurrent heparin to keep PTT twice normal. ▶K ♀B ▶? $$$$$

### Beta Blockers (See also antihypertensive combinations.)

**NOTE:** Not first-line for stable angina, post-MI, left ventricular dysfunction. Abrupt discontinuation may precipitate angina, myocardial infarction, arrhythmias, or rebound HTN; discontinue by tapering over 2 weeks. Avoid using nonselective beta-blockers and use agents with beta-1 selectivity cautiously in asthma/COPD. Beta-1 selectivity diminishes at high doses. Avoid in decompensated heart failure, sick sinus syndrome, severe peripheral artery disease.

acebutolol (**Sectral, ✦Rhotral**): HTN: Start 400 mg PO daily or 200 mg PO bid, maximum 1200 mg/day. Beta1 receptor selective. [Generic/Trade: Caps, 200,400 mg.] ▶LK ♀B ▶- $

atenolol (**Tenormin**): Acute MI: 5 mg IV over 5 min, repeat in 10 min. HTN: Start 25-50 mg PO daily or divided bid, maximum 100 mg/day. Beta1 receptor selective. [Generic/Trade: Tabs, non-scored 25,100; scored, 50 mg.] ▶K ♀D ▶- $

betaxolol (**Kerlone**): HTN: Start 5-10 mg PO daily, max 20 mg/day. Beta1 receptor selective. [Trade only: Tabs, scored 10, non-scored 20 mg.] ▶LK ♀C ▶? $$

bisoprolol (**Zebeta, ✦Monocor**): HTN: Start 2.5-5 mg PO daily, max 20 mg/day. Beta1 receptor selective. [Generic/Trade: Tabs, scored 5, non-scored 10 mg.] ▶LK ♀C ▶? $$

**carvedilol (*Coreg, Coreg CR*):** Heart failure, immediate release: Start 3.125 mg PO bid, double dose q2 weeks as tolerated up to max of 25 mg bid (if <85 kg) or 50 mg bid (if >85 kg). Heart failure, sustained release: Start 10 mg PO daily, double dose q2 weeks as tolerated up to max of 80 mg/day. LV dysfunction following acute MI, immediate release: Start 6.25 mg PO bid, double dose q 3-10 days as tolerated to max of 25 mg bid. LV dysfunction following acute MI, sustained release: Start 20 mg PO daily, double dose q 3-10 days as tolerated to max of 80 mg/day. HTN, immediate release: Start 6.25 mg PO bid, double dose q7-14 days as tolerated to max 50 mg/day. HTN, sustained release: Start 20 mg PO daily, double dose q7-14 days as tolerated to max 80 mg/day. Take with food to decrease orthostatic hypotension. Give Coreg CR in the morning. Alpha1, beta1, beta2 receptor blocker. [Trade only: Tabs, immediate-release non-scored 3.125, 6.25, 12.5, 25 mg. Caps, extended-release 10, 20, 40, 80 mg.] ▶L ♀C ▶? $$$$

**esmolol (*Brevibloc*):** SVT/HTN emergency: Mix infusion 5 g in 500 mL (10 mg/mL), load with 500 mcg/kg over 1 minute (70 kg: 35 mg or 3.5 mL) then infusion 50-200 mcg/kg/min (70 kg: 100 mcg/kg/min = 40 mL/h). Half-life = 9 minutes. Beta1 receptor selective. ▶K ♀C ▶? $$

**labetalol (*Trandate*):** HTN: Start 100 mg PO bid, max 2400 mg/day. HTN emergency: Start 20 mg IV slow injection, then 40-80 mg IV q10 min prn up to 300 mg or IV infusion 0.5-2 mg/min. Peds: Start 0.3-1 mg/kg/dose (max 20 mg). Alpha1, beta1, and beta2 receptor blocker. [Generic/Trade: Tabs, scored 100,200,300 mg.] ▶LK ♀C ▶+ $$$

**metoprolol (*Lopressor, Toprol-XL, ♣Betaloc*):** Acute MI: 5 mg increments IV q5-15 min up to 15 mg followed by oral therapy. HTN (immediate release): Start 100 mg PO daily or in divided doses, increase as needed up to 450 mg/day; may require multiple daily doses to maintain 24 hour BP control. HTN (extended release): Start 25-100 mg PO daily, increase as needed up to 400 mg/day. Heart failure: Start 12.5-25 mg (extended-release) PO daily, double dose every 2 weeks as tolerated up to max 200 mg/day. Angina: Start 50 mg PO bid (immediate-release) or 100 mg PO daily (extended-release), increase as needed up to 400 mg/day. Beta1 receptor selective. [Generic/Trade: Tabs, scored 50,100 mg, extended-release 25, 50, 100, 200 mg. Generic: Tabs, scored 25 mg.] ▶L ♀C ▶? $$

**nadolol (*Corgard*):** HTN: Start 20-40 mg PO daily, max 320 mg/day. Beta1 and beta2 receptor blocker. [Generic/Trade: Tabs, scored 20,40,80,120,160 mg.] ▶K ♀C ▶- $$

**oxprenolol (♣*Trasicor, Slow-Trasicor*):** Canada only. HTN: Regular release: Initially 20 mg PO tid, titrate upwards prn to usual maintenance 120-320 mg/day divided bid-tid. Alternatively, may substitute an equivalent daily dose of sustained release product; do not exceed 480 mg/day. [Trade only: Regular release tabs: 40, 80 mg. Sustained release tabs: 80, 160 mg.] ▶D ▶- $$

**pindolol (♣*Visken*):** HTN: Start 5 mg PO bid, max 60 mg/day. Beta1 and beta2 receptor blocker. [Generic only: Tabs, scored 5,10 mg.] ▶K ♀B ▶? $$$

**propranolol (*Inderal, Inderal LA, InnoPran XL*):** HTN: Start 20-40 mg PO bid or 60-80 mg PO daily, max 640 mg/day; extended-release (Inderal LA) max 640 mg/day; extended release (InnoPran XL) 80 mg qhs (10 PM), max 120 mg qhs (chronotherapy). Supraventricular tachycardia or rapid atrial fibrillation/flutter: 1 mg IV q2min. Max of 2 doses in 4 hours. Migraine prophylaxis: Start 40 mg PO bid or 80 mg PO daily (extended-release), max 240 mg/day. Beta1 and beta2 receptor blocker. [Generic/Trade: Tabs, scored 10, 20, 40, 60, 80. Caps, extended-release 60, 80, 120, 160 mg. Generic only: Solution 20, 40 mg/5 mL. Concentrate 80 mg/mL. Trade only: (InnoPran XL qhs) 80, 120 mg.] ▶L ♀C ▶+ $$

### Calcium Channel Blockers (CCBs) – Dihydropyridines (See also combinations.)

**amlodipine (*Norvasc*):** HTN: Start 2.5 to 5 mg PO daily, max 10 daily. [Generic/Trade: Tabs, non-scored 2.5, 5, 10 mg.] ▶L ♀C ▶? $$$

**felodipine (*Plendil*, ♣*Renedil*):** HTN: Start 2.5-5 mg PO daily, max 10 mg/day. [Generic/Trade: Tabs, extended-release, non-scored 2.5, 5, 10 mg.] ▶L ♀C ▶? $$

**isradipine (*DynaCirc, DynaCirc CR*):** HTN: Start 2.5 mg PO bid, max 20 mg/day (max 10 mg/day in elderly). Controlled-release: 5-10 mg PO daily. [Generic/Trade: Immediate release caps 2.5 mg. Generic only: Immediate release caps 5 mg. Trade only: Tabs, controlled-release 5,10 mg.] ▶L ♀C ▶? $$$

**nicardipine (*Cardene, Cardene SR*):** HTN emergency: Begin IV infusion at 5 mg/h, titrate to effect, max 15 mg/h. HTN: Start 20 mg PO tid, max 120 mg/day. Sustained release: Start 30 mg PO bid, max 120 mg/day. [Generic/Trade: caps, immediate-release 20,30 mg. Trade only: caps, sustained-release 30,45,60 mg.] ▶L ♀C ▶? $$

**nifedipine (*Procardia, Adalat, Procardia XL, Adalat CC, ♣ Adalat XL, Adalat PA*):** HTN/angina: extended-release: 30-60 mg PO daily, max 120 mg/day. Angina: immediate-release: Start 10 mg PO tid, max 120 mg/d. Avoid sublingual administration, may cause excessive hypotension, AMI, stroke. Do not use immediate-release caps for treating HTN. Preterm labor: loading dose: 10 mg PO q20-30 min if contractions persist, up to 40 mg within the first hour. Maintenance dose: 10-20 mg PO q4-6h or 60-160 mg extended release PO daily. [Generic/Trade: Caps, 10,20 mg. Tabs, extended-release 30,60,90 mg.] ▶L ♀C ▶+ $$

**nisoldipine (*Sular*):** HTN: Start 20 mg PO daily, max 60 mg/day. [Trade only: Tabs, extended-release 10,20,30,40 mg.] ▶L ♀C ▶? $$

### Calcium Channel Blockers (CCBs) – Other (See also antihypertensive combinations)

**diltiazem (*Cardizem, Cardizem SR, Cardizem LA, Cardizem CD, Cartia LA, Dilacor XR, Diltiazem CD, Diltia XT, Diltzac, Tiazac, Taztia XT*):** Atrial fibrillation/flutter, PSVT: bolus 20 mg (0.25 mg/kg) IV over 2 min. Rebolus 15 min later (if needed) 25 mg (0.35 mg/kg). Infusion 5-15 mg/h. Once daily, extended-release, HTN: Start 120-240 mg PO daily, max 540 mg/day. Once daily, graded extended-release (Cardizem LA), HTN: Start 180-240 mg PO daily, max 540 mg/day. Twice daily, sustained-release, HTN: Start 60-120 mg PO bid, max 360 mg/day. Immediate-release, angina: Start 30 mg PO qid, max 360 mg/day divided tid-qid; extended-release, Start 120-240 mg PO daily, max 540 mg/day. Once daily, graded extended-release (Cardizem LA), angina: Start 180 mg PO daily, doses >360 mg may provide no additional benefit. [Generic/Trade: Immediate-release tabs, non-scored (Cardizem) 30, scored 60, 90, 120 mg; extended-release caps (Cardizem CD, Taztia XT daily) 120, 180, 240, 300, 360 mg, (Cartia XT, Dilt-CD) 120, 180, 240, 300, (Tiazac daily) 120, 180, 240, 300, 360, 420 mg, (Dilacor XR, Diltia XT daily) 120, 180, 240 mg, (Diltzac) 120,180,240,300,360 mg. Trade only: Sustained-release caps (Cardizem SR q12h) 60, 90, 120 mg; extended-release graded tabs (Cardizem LA daily) 120, 180, 240, 300, 360, 420 mg.] ▶L ♀C ▶+ $$

**verapamil (*Isoptin, Calan, Covera-HS, Verelan, Verelan PM, ♣Veramil*):** SVT: 5-10 mg IV over 2 min; peds (1-15 yr): 2-5 mg (0.1-0.3 mg/kg) IV, max dose 5 mg. Angina: immediate-release, start 40-80 mg PO tid-qid, max 480 mg/day; sustained-release, start 120-240 mg PO daily, max 480 mg/day (use bid dosing for doses >240 mg/day with Isoptin SR and Calan SR). (Covera-HS) 180 mg PO qhs, max 480 mg/day. HTN: same as angina, except (Verelan PM) 100-200 mg PO qhs, max 400 mg/day; immediate-release tabs should be avoided in treating HTN.

[Generic/Trade: tabs, immediate-release, scored 40,80,120 mg; sustained-release, non-scored (Calan SR, Isoptin SR) 120, scored 180,240 mg; caps, sustained-release (Verelan) 120,180,240,360 mg. Trade only: tabs, extended-release (Covera HS) 180,240 mg; caps, extended-release (Verelan PM) 100,200,300 mg.] ▶L ♀C ▶+ $$

### Diuretics - Carbonic Anhydrase Inhibitors

**acetazolamide (Diamox):** Glaucoma: 250 mg PO up to qid (immediate release) or 500 mg PO up to bid (sustained release). Max 1g/day. Acute glaucoma: 250 mg IV q4h or 500 mg IV initially with 125-250 mg q4h, followed by oral therapy. Mountain sickness prophylaxis: 125-250 mg PO bid-tid, beginning 1-2 days prior to ascent and continuing ≥5 days at higher altitude. Edema: Rarely used, start 250-375 mg IV/PO qam given intermittently (qod or 2 consecutive days followed by none for 1-2 days) to avoid loss of diuretic effect. [Generic only: Tabs, 125,250 mg; Trade only: cap, sustained-release 500 mg.] ▶LK ♀C ▶+ $

### Diuretics - Loop

**bumetanide (Bumex, ✦Burinex):** Edema: 0.5-1 mg IV/IM; 0.5-2 mg PO daily. 1 mg bumetanide is roughly equivalent to 40 mg furosemide. [Generic/Trade: Tabs, scored 0.5,1,2 mg.] ▶K ♀C ▶? $

**ethacrynic acid (Edecrin):** Rarely used. May be useful in sulfonamide-allergic patients. Edema: 0.5-1.0 mg/kg IV, max 100 mg/dose; 25-100 mg PO daily-bid. [Trade only: Tabs, scored 25] ▶LK ♀B ▶? $$

**furosemide (Lasix):** Edema: Initial dose 20-80 mg IV/IM/PO, increase dose by 20-40 mg every 6-8h until desired response is achieved, max 600 mg/day. Use lower doses in elderly. [Generic/Trade: Tabs, non-scored 20, scored 40,80 mg. Generic only: Oral solution 10 mg/mL, 40 mg/5 mL.] ▶LK ♀C ▶? $

**torsemide (Demadex):** Edema: 5-20 mg IV/PO daily. [Generic/Trade: Tabs, scored 5,10,20,100 mg.] ▶LK ♀B ▶? $

### Diuretics - Thiazide Type (See also antihypertensive combinations.)

**chlorthalidone (Thalitone):** HTN: 12.5-25 mg PO daily, max 50 mg/day. Edema: 50-100 mg PO daily, max 200 mg/day. Nephrolithiasis (unapproved use): 25-50 mg PO daily. [Trade only: Tabs, non-scored (Thalitone) 15 mg. Generic only: Tabs non-scored 25,50 mg.] ▶L ♀B, D if used in pregnancy-induced HTN ▶+ $

**hydrochlorothiazide (HCTZ, Esidrix, Oretic, Microzide, HydroDiuril):** HTN: 12.5-25 mg PO daily, max 50 mg/day. Edema: 25-100 mg PO daily, max 200 mg/day. [Generic/Trade: Tabs, scored 25, 50 mg; Cap 12.5 mg.] ▶L ♀B, D if used in pregnancy-induced HTN ▶+ $

**indapamide (Lozol, ✦Lozide):** HTN: 1.25-5 mg PO daily, max 5 mg/day. Edema: 2.5-5 mg PO qam. [Generic/Trade: Tabs, non-scored 1.25, 2.5 mg.] ▶L ♀B, D if used in pregnancy-induced HTN ▶? $

**metolazone (Zaroxolyn):** Edema: 5-10 mg PO daily, max 10 mg/day in heart failure, 20 mg/day in renal disease. If used with loop diuretic, start with 2.5 mg PO daily. [Generic/Trade: Tabs 2.5,5,10 mg.] ▶L ♀B, D if used in pregnancy-induced HTN ▶? $$$

### Nitrates

**isosorbide dinitrate (Isordil, Dilatrate-SR, ✦Cedocard SR, Coronex):** Angina prophylaxis: 5-40 mg PO tid (7 am, noon, 5 pm), sustained-release: 40-80 mg PO bid (8 am, 2 pm). Acute angina, SL Tabs: 2.5-10 mg SL q5-10 min prn, up to 3 doses in 30 min. [Generic/Trade: Tabs, scored 5, 10, 20, 30, 40, chewable, scored

5,10, sublingual tabs, non-scored 2.5,5,10 mg. Trade only: cap, sustained-release (Dilatrate-SR) 40 mg. Generic only: tab, sustained-release 40 mg.] ▶L ♀C ▶? $

isosorbide mononitrate (*ISMO, Monoket, Imdur*): Angina: 20 mg PO bid (8 am and 3 pm). Extended-release: Start 30-60 mg PO daily, maximum 240 mg/day. [Generic/Trade: Tabs, non-scored (ISMO, bid dosing) 20, scored (Monoket, bid dosing) 10,20, extended-release, scored (Imdur, daily dosing) 30,60, non-scored 120 mg.] ▶L ♀C ▶? $$

nitroglycerin intravenous infusion (*Tridil*): Perioperative HTN, acute MI/Heart failure, acute angina: mix 50 mg in 250 mL D5W (200 mcg/mL), start at 10-20 mcg/min (3-6 mL/h), then titrate upward by 10-20 mcg/min as needed. [Brand name "Tridil" no longer manufactured, but retained herein for name recognition.] ▶L ♀C ▶? $

nitroglycerin ointment (*Nitrol, Nitro-BID*): Angina prophylaxis: Start 0.5 inch q8h, maintenance 1-2 inches q8h, maximum 4 inches q4-6h; 15 mg/inch. Allow for a nitrate-free period of 10-14 h to avoid nitrate tolerance. 1 inch ointment is approximately 15 mg. [Trade only: Ointment, 2%, tubes 1,30,60g (Nitro-BID).] ▶L ♀C ▶? $

nitroglycerin spray (*Nitrolingual, NitroMist*): Acute angina: 1-2 sprays under the tongue prn, max 3 sprays in 15 min. [Trade only: Nitrolingual solution, 4,9,12 mL. 0.4 mg/spray (60 or 200 sprays/canister); NitroMist aerosol 0.4 mg/spray (230 sprays/canister).] ▶L ♀C ▶? $$$

nitroglycerin sublingual (*Nitrostat, NitroQuick*): Acute angina: 0.4 mg SL under tongue, repeat dose every 5 min as needed up to 3 doses in 15 min. [Generic/Trade: Sublingual tabs, non-scored 0.3,0.4,0.6 mg; in bottles of 100 or package of 4 bottles with 25 tabs each.] ▶L ♀C ▶? $

nitroglycerin transdermal (*Minitran, Nitro-Dur*, ✚*Trinipatch*): Angina prophylaxis: 1 patch 12-14 h each day. Allow for a nitrate-free period of 10-14 h each day to avoid nitrate tolerance. [Trade only: Transdermal system, doses in mg/h: Nitro-Dur 0.1,0.2,0.3,0.4,0.6,0.8; Minitran 0.1,0.2,0.4,0.6. Generic only: Transdermal system, doses in mg/h: 0.1,0.2,0.4,0.6.] ▶L ♀C ▶? $$$

### Pressors / Inotropes

dobutamine (*Dobutrex*): Inotropic support: 2-20 mcg/kg/min. 70 kg: 5 mcg/kg/min with 1 mg/mL concentration (eg, 250 mg in 250 mL D5W) = 21 mL/h. ▶Plasma ♀D ▶- $

dopamine (*Intropin*): Pressor: Start at 5 mcg/kg/min, increase as needed by 5-10 mcg/kg/min increments at 10 min intervals, max 50 mcg/kg/min. 70 kg: 5 mcg/kg/min with 1600 mcg/mL concentration (eg, 400 mg in 250 mL D5W) = 13 mL/h. Doses mcg/kg/min: 2-4 = (traditional renal dose, apparently ineffective) dopaminergic receptors; 5-10 = (cardiac dose) dopaminergic and beta1 receptors; >10 = dopaminergic, beta1, and alpha1 receptors. ▶Plasma ♀C ▶- $

ephedrine: Pressor: 10-25 mg slow IV, repeat q5-10 min prn. [Generic only: Caps, 50 mg.] ▶K ♀C ▶? $

epinephrine (*EpiPen, EpiPen Jr, Twinject, adrenalin*): Cardiac arrest: 1 mg IV q3-5 minutes. Anaphylaxis: 0.1-0.5 mg SC/IM, may repeat SC dose q 10-15 minutes. Acute asthma & hypersensitivity reactions: Adults: 0.1 to 0.3 mg of 1:1,000 soln SC or IM; Peds: 0.01 mg/kg (up to 0.3 mg) of 1:1,000 soln SC or IM. [Soln for injection: 1,10,000 (1 mg/mL in 10 mL syringe), 1:1,000 (1 mg/mL in 1 mL amps). EpiPen Auto-injector delivers 0.3 mg (1:1,000 soln) IM dose. EpiPen Jr. Auto-injector delivers 0.15 mg (1:2,000 solution) IM dose. Twinject Auto-injector delivers 0.15, 0.3 mg IM/SQ dose.] ▶Plasma ♀C ▶- $

inamrinone (*Amrinone*): Heart failure: 0.75 mg/kg bolus IV over 2-3 min, then infusion 100 mg in 100 mL NS (1 mg/mL) at 5-10 mcg/kg/min. 70 kg: 5 mcg/kg/min = 21 mL/h. ▶K ♀C ▶? $$$$$

| CARDIAC PARAMETERS AND FORMULAS | *Normal* |
|---|---|
| Cardiac output (CO) = heart rate x stroke volume | 4-8 l/min |
| Cardiac index (CI) = CO/BSA | 2.8-4.2 l/min/m2 |
| MAP (mean arterial press) = [(SBP – DBP)/3] + DBP | 80-100 mmHg |
| SVR (systemic vasc resis) = (MAP – CVP)x(80)/CO | 800-1200 dyne/sec/cm5 |
| PVR (pulm vasc resis) = (PAM – PCWP)x(80)/CO | 45-120 dyne/sec/cm5 |
| QTc = QT / square root of RR [calculate using both measures in sec] | ≤0.44 |
| Right atrial pressure (central venous pressure) | 0-8 mmHg |
| Pulmonary artery systolic pressure (PAS) | 20-30 mmHg |
| Pulmonary artery diastolic pressure (PAD) | 10-15 mmHg |
| Pulmonary capillary wedge pressure (PCWP) | 8-12 mmHg (post-MI ~16 mmHg) |

midodrine (***Orvaten, ProAmatine, ♣Amatine***): Orthostatic hypotension: 10 mg PO tid while awake. [Generic/Trade: Tabs, scored 2.5,5,10 mg.] ▶LK ♀C ▶? $$$$

milrinone (***Primacor***): Systolic heart failure (NYHA class III,IV): Load 50 mcg/kg IV over 10 min, then begin IV infusion of 0.375-0.75 mcg/kg/min. ▶K ♀C ▶? $$$$$

norepinephrine (***Levophed***): Acute hypotension: 4 mg in 500 mL D5W (8 mcg/mL) start 8-12 mcg/min, adjust to maintain BP, average maintenance rate 2-4 mcg/min, ideally through central line. Max dose = 22.5 mcg/min. ▶Plasma ♀C ▶? $

phenylephrine (***Neo-Synephrine***): Severe hypotension: 50 mcg boluses IV. Infusion: 20 mg in 250 mL D5W (80 mcg/mL), start 100-180 mcg/min (75-135 mL/h), usual dose once BP is stabilized 40-60 mcg/min. ▶Plasma ♀C ▶- $

### Thrombolytics

alteplase (***tpa, t-PA, Activase, Cathflo, ♣Activase rt-PA***): Acute MI: 15 mg IV bolus, then 50 mg over 30 min, then 35 mg over the next 60 min; (patient ≤67 kg) 15 mg IV bolus, then 0.75 mg/kg (max 50 mg) over 30 min, then 0.5 mg/kg (max 35 mg) over the next 60 min. Concurrent heparin infusion. Acute ischemic stroke with symptoms ≤3h: 0.9 mg/kg (max 90 mg); give 10% of total dose as IV bolus, and the remainder IV over 60 min. Multiple exclusion criteria.. Acute pulmonary embolism: 100 mg IV over 2h, then restart heparin when PTT ≤twice normal. Occluded central venous access device: 2 mg/mL in catheter for 2 hr. May use second dose if needed. ▶L ♀C ▶? $$$$$

reteplase (***Retavase***): Acute MI: 10 units IV over 2 min; repeat once in 30 min. ▶L ♀C ▶? $$$$$

---

**THROMBOLYTIC THERAPY FOR ACUTE MI** (if high-volume cath lab unavailable)
*Indications*: Clinical history & presentation strongly suggestive of MI within 12 hours plus ≥1 of the following: 1 mm ST↑ in ≥2 contiguous leads; new left BBB; or 2 mm ST↓ in V1-4 suggestive of true posterior MI. *Absolute contraindications*: Previous cerebral hemorrhage, known cerebral aneurysm or arteriovenous malformation, known intracranial neoplasm, recent (<3 months) ischemic stroke (except acute ischemic stroke <3 hours), aortic dissection, active bleeding or bleeding diathesis (excluding menstruation), significant closed head or facial trauma (<3 months). *Relative contraindications*: Severe uncontrolled HTN (>180/110 mmHg) on presentation or chronic severe HTN; prior ischemic stroke (>3 months), dementia, other intracranial pathology; traumatic/prolonged (>10 minutes) cardiopulmonary resuscitation; major surgery (<3 weeks); recent (within 2-4 weeks) internal bleeding; puncture of non-compressible vessel; pregnancy; active peptic ulcer disease; current use of anticoagulants. For streptokinase/anistreplase: prior exposure (>5 days ago) or prior allergic reaction.                    *Circulation* 2004;110:588-636

streptokinase (**Streptase, Kabikinase**): Acute MI: 1.5 million units IV over 60 minutes. ▶L ♀C ▶? $$$$$

tenecteplase (**TNKase**): Acute MI: Single IV bolus dose over 5 seconds based on body weight; <60 kg, 30 mg; 60-69 kg, 35 mg; 70-79 kg, 40 mg; 80-89 kg, 45 mg; ≥90kg, 50 mg. ▶L ♀C ▶? $$$$$

urokinase (**Kinlytic**): PE: 4400 units/kg IV loading dose over 10 min, followed by IV infusion 4400 units/kg/h for 12 hours. Occluded IV catheter: 5000 units instilled into catheter, remove solution after 5 min. ▶L ♀B ▶? $$$$$

### Volume Expanders

albumin (**Albuminar, Buminate, Albumarc, ♣Plasbumin**): Shock, burns: 500 mL of 5% solution IV infusion as rapidly as tolerated, repeat in 30 min if needed. ▶L ♀C ▶? $$$$

dextran (**Rheomacrodex, Gentran, Macrodex**): Shock/hypovolemia: 20 mL/kg up to 500 mL IV. ▶K ♀C ▶? $$$$

hetastarch (**Hespan, Hextend**): Shock/hypovolemia: 500-1000 mL IV 6% solution. ▶K ♀C ▶? $$$

plasma protein fraction (**Plasmanate, Protenate, Plasmatein**): Shock/hypovolemia: 5% soln 250-500 mL IV prn. ▶L ♀C ▶? $$$

### Other

**BiDil** (hydralazine + isosorbide dinitrate): Heart Failure (adjunct to standard therapy in black patients): Start 1 tab PO tid, increase as tolerated to max 2 tabs bid. May decrease to ½ tab tid with intolerable side effects; try to increase dose when side effects subside. [Trade only: Tabs, scored 37.5/20 mg.] ▶See component drugs ♀See component drugs ▶See component drugs $$$$$

cilostazol (**Pletal**): Intermittent claudication: 100 mg PO bid on empty stomach. 50 mg PO bid with cytochrome P450 3A4 inhibitors (eg, ketoconazole, itraconazole, erythromycin, diltiazem) or cytochrome P450 2C19 inhibitors (eg, omeprazole). Avoid grapefruit juice. [Generic/Trade: Tabs 50, 100 mg.] ▶L ♀C ▶? $$$

nesiritide (**Natrecor**): Hospitalized patients with decompensated heart failure with dyspnea at rest: 2 mcg/kg IV bolus over 60 seconds, then 0.01 mcg/kg/min IV infusion for up to 48 hours. Do not initiate at higher doses. Limited experience with increased doses. 1.5 mg vial in 250mL D5W (6 mcg/mL). 70 kg: 2 mcg/kg bolus = 23.3 mL, 0.01 mcg/kg/min infusion = 7 mL/h. Symptomatic hypotension. May increase mortality. Not indicated for outpatient infusion, for scheduled repetitive use, to improve renal function, or to enhance diuresis. ▶K, plasma ♀C ▶? $$$$$

pentoxifylline (**Trental**): 400 mg PO tid with meals. [Generic/Trade: Tabs 400 mg.] ▶L ♀C ▶? $$$

ranolazine (**Ranexa**): Chronic angina: 500 mg PO bid, max 2000 mg daily. Reserve for angina not controlled with other antianginal drugs. Contraindicated with pre-existing QT prolongation, hepatic impairment, QT prolonging drugs. Many drug interactions. [Trade only: Tabs, extended release 500 mg.] ▶LK ♀C ▶? $$$$$

## CONTRAST MEDIA

### MRI Contrast - Gadolinium-based (all non-iodinated)

gadobenate (**MultiHance**): Non-ionic IV contrast for MRI. ▶K ♀C ▶? $$$$
gadodiamide (**Omniscan**): Non-ionic IV contrast for MRI. ▶K ♀C ▶? $$$$
gadopentetate (**Magnevist**): IV contrast for MRI. ▶K ♀C ▶? $$$
gadoteridol (**Prohance**): Non-ionic IV contrast for MRI. ▶K ♀C ▶? $$$$
gadoversetamide (**OptiMARK**): IV contrast for MRI. ▶K ♀C ▶- $$$$

### MRI Contrast – Other (all non-iodinated)

ferumoxides (**Feridex**): Iron-based IV contrast for hepatic MRI. ▶L ♀C ▷? $$$$

ferumoxsil (**GastroMARK**): Iron-based, oral GI contrast for MRI. ▶L ♀B ▷? $$$$

mangafodipir (**Teslascan**): Manganese-based IV contrast for MRI. ▶L ♀- ▷- $$$$

### Radiography Contrast

> **NOTE:** Beware of allergic or anaphylactoid reactions. Avoid IV contrast in renal insufficiency or dehydration. Hold metformin (Glucophage) prior to or at the time of iodinated contrast dye use and for 48 h after procedure. Restart after procedure only if renal function is normal.

barium sulfate: Non-iodinated GI (eg, oral, rectal) contrast. ▶Not absorbed ♀? ▷+ $

diatrizoate (**Cystografin, Gastrografin, Hypaque, MD-Gastroview, RenoCal, Reno-DIP, Reno-60, Renografin**): Iodinated, ionic, high osmolality IV or GI contrast. ▶K ♀C ▷? $

iodixanol (**Visipaque**): Iodinated, non-ionic, iso-osmolar IV contrast. ▶K ♀B ▷? $$$

iohexol (**Omnipaque**): Iodinated, non-ionic, low osmolality IV and oral/body cavity contrast. ▶K ♀B ▷? $$$

iopamidol (**Isovue**): Iodinated, non-ionic, low osmolality IV contrast. ▶K ♀? ▷? $$

iopromide (**Ultravist**): Iodinated, non-ionic, low osmolality IV contrast. ▶K ♀B ▷? $$$

iothalamate (**Conray**, ✚**Vascoray**): Iodinated, ionic, high osmolality IV contrast. ▶K ♀B ▷- $

ioversol (**Optiray**): Iodinated, non-ionic, low osmolality IV contrast. ▶K ♀B ▷? $$

ioxaglate (**Hexabrix**): Iodinated, ionic, low osmolality IV contrast. ▶K ♀B ▷- $$$

ioxilan (**Oxilan**): Iodinated, non-ionic, low osmolality IV contrast. ▶K ♀B ▷- $$$

# DERMATOLOGY

### Acne Preparations

adapalene (**Differin**): apply qhs. [Trade only: gel 0.1% & 0.3% (15,45 g) cream 0.1% (15,45 g), soln 0.1% pad (30 mL).] ▶Bile ♀C ▷? $$

azelaic acid (**Azelex, Finacea, Finevin**): apply bid. [Trade only: cream 20%, 30g, 50g (Azelex, Finevin), gel 15% 30g (Finacea).] ▶K ♀B ▷? $$$

**BenzaClin** (clindamycin + benzoyl peroxide): apply bid. [Trade only: gel clindamycin 1% + benzoyl peroxide 5%; 25, 50 g, gel pump clindamycin 1% + benzoyl peroxide 5%; 50 g.] ▶K ♀C ▷+ $$$

**Benzamycin** (erythromycin base + benzoyl peroxide): apply bid. [Generic/Trade: gel erythromycin 3% + benzoyl peroxide 5%; 23.3, 46.6 g.] ▶LK ♀C ▷? $$$

benzoyl peroxide (**Benzac, Benzagel 10%, Desquam, Clearasil**, ✚**Solugel, Benoxyl**): apply daily; increase to bid-tid if needed. [OTC and Rx generic: liquid 2.5,5,10%, bar 5,10%, mask 5%, lotion 5,5.5,10%, cream 5,10%, cleanser 10%, gel 2.5,4,5, 6,10,20%.] ▶LK ♀C ▷? $

**Clenia** (sodium sulfacetamide + sulfur): apply 1-3 times daily. [Generic only: lotion (sodium sulfacetamide 10% & sulfur 5%) 25 g. Trade only (sodium sulfacetamide 10% & sulfur 5%): cream 28 g, foaming wash 170,340 g.] ▶K ♀C ▷? $$

clindamycin (**Cleocin T, ClindaMax, Evoclin**, ✚**Dalacin T**): apply daily (Evoclin) or bid (Cleocin T). [Generic/Trade: gel 1% 7.5, 30g, lotion 1% 60 mL, solution 1% 30,60 mL. Trade only: foam 1% 50 g (Evoclin).] ▶L ♀B ▷- $$

**Diane-35** (cyproterone + ethinyl estradiol): Canada only. 1 tab PO daily for 21 consecutive days, stop for 7 days, repeat cycle. [Rx trade only: blister pack of 21 tabs 2 mg/0.035 mg cyproterone acetate/ethinyl estradiol.] ▶L ♀X ▷- $$

**Duac** (clindamycin + benzoyl peroxide, ✚**Clindoxyl**): apply qhs. [Trade only: gel clindamycin 1% + benzoyl peroxide 5%; 45 g.] ▶K ♀C ▷+ $$$$

erythromycin (*Eryderm, Erycette, Erygel, A/T/S,* ♣*Sans-Acne, Erysol*): apply bid. (Generic only: solution 1.5% 60 mL, 2% 60,120 mL, pads 2%, gel 2% 30,60 g, ointment 2% 25 g.] ▶L ♀B ▶? $$

isotretinoin (*Accutane, Amnesteem, Claravis, Sotret,* ♣*Clarus*): 0.5-2 mg/kg/day PO divided bid for 15-20 weeks. Typical target dose is 1 mg/kg/day. Can only be prescribed by healthcare professionals who are registered with the iPledge program. Potent teratogen; use extreme caution. May cause depression. Not for long -term use. [Generic/Trade: caps 10, 20, 40 mg. Generic only (Sotret & Claravis): caps 30 mg.] ▶LK ♀X ▶- $$$$$

*Rosula* (sodium sulfacetamide + sulfur): apply 1-3 times daily. [Generic only: lotion (sodium sulfacetamide 10% & sulfur 5%) 25 g. Trade only: gel (sodium sulfacetamide 10% & sulfur 5%) 45 mL, aqueous cleanser (sodium sulfacetamide 10% & sulfur 5%) 355 mL.] ▶K ♀C ▶? $$

salicylic acid (*Akurza, Clearasil Cleanser, Stridex Pads*): Apply/wash area up to three times daily. [Generic/Trade: OTC: pads, foam, mask scrub, 0.5%, 1%, 2%. Rx/Trade: cream 6%, 12 oz. (Akurza), lotion 6%, 12 oz. (Akurza)] ▶Not absorbed ♀? ▶? $

sodium sulfacetamide (*Klaron*): apply bid. [Generic/Trade: lotion 10% 59, 118 mL.] ▶K ♀C ▶? $$

*Sulfacet-R* (sodium sulfacetamide + sulfur): apply 1-3 times daily. [Trade (Sulfacet-R) and generic: lotion sodium sulfacetamide 10% & sulfur 5% 25 g.] ▶K ♀C ▶? $$

tazarotene (*Tazorac, Avage*): Acne (Tazorac): apply 0.1% cream qhs. Psoriasis: apply 0.05% cream qhs, increase to 0.1% prn. [Trade only (Tazorac): Cream 0.05% and 0.1% - 30, 60g, Gel 0.05% and 0.1% - 30, 100g. Trade only (Avage): Cream 0.1% 15, 30g.] ▶L ♀X ▶- $$$$

tretinoin (*Retin-A, Retin-A Micro, Renova, Retisol-A,* ♣*Stieva-A, Rejuva-A, Vitamin A Acid Cream*): Apply qhs. [Generic/Trade: cream 0.025% 20,45 g, 0.05% 20,45 g, 0.1% 20,45 g, gel 0.025% 15,45 g, 0.1% 15,45 g, liquid 0.05% 28 mL. Trade only: Renova cream 0.02% & 0.05% 40,60 g, Retin-A Micro gel 0.04%, 0.1% 20,45 g.] ▶LK ♀C ▶? $$

*Ziana* (clindamycin + tretinoin): Apply qhs. [Trade only: gel clindamycin 1.2% + tretinoin 0.025% 30, 60 g.] ▶LK ♀C ▶? $$$$

### Actinic Keratosis Preparations

diclofenac (*Solaraze*): Actinic/solar keratoses: apply bid to lesions x 60-90 days. [Trade only: gel 3% 50, 100 g.] ▶L ♀B ▶? $$$$

fluorouracil (*5-FU, Carac, Efudex, Fluoroplex*): Actinic keratoses: apply bid x 2-6 wks. Superficial basal cell carcinomas: apply 5% cream/solution bid. [Trade only: Cream 0.5% 30 g (Carac), 5% 25, 40 g (Efudex), 1% 30 g (Fluoroplex). Generic/Trade: Solution 2% & 5% 10 mL (Efudex).] ▶L ♀X ▶- $$$$$

methylaminolevulinate (*Metvixia*): Apply cream to non-hyperkeratotic actinic keratoses lesion and surrounding area on face or scalp; cover with dressing for 3h; remove dressing and cream and perform illumination therapy. Repeat in 7 days. [Trade only: cream: 16.8%, 2 g.] ▶Not absorbed ♀C ▶? ?

### Antibacterials (Topical)

bacitracin, ♣*Baciguent*: apply daily-tid. [OTC Generic/Trade: ointment 500 units/g 1,15,30g.] ▶Not absorbed ♀C ▶? $

fusidic acid (♣*Fucidin*): Canada only. Apply tid-qid. [Canada trade only: cream 2% fusidic acid 5,15,30 g, ointment 2% sodium fusidate 5,15,30 g.] ▶L ♀? ▶? $

gentamicin (*Garamycin*): apply tid-qid. [Generic/Trade: ointment 0.1% 15,30 g, cream 0.1% 15,30 g.] ▶K ♀D ▶? $

mafenide (***Sulfamylon***): Apply daily-bid. [Trade only: cream 37, 114, 411 g, 5% topical solution 50 g packets.] ▶LK ♀C ▶? $$$

metronidazole (***Noritate, MetroCream, MetroGel, MetroLotion, ♣Rosasol***): Rosacea: apply daily (1%) or bid (0.75%). [Trade only: Gel (MetroGel) 1% 45,60 g, Cream (Noritate) 1% 30,60 g. Generic/Trade: Gel 0.75% 29g. Cream 0.75% 45 g. Lotion (MetroLotion) 0.75% 59 mL.] ▶KL ♀B(- in 1st trimester) ▶- $$$

mupirocin (***Bactroban, Centany***): Impetigo/infected wounds: apply tid. Nasal methicillin-resistant Staph aureus eradication: 0.5 g in each nostril bid x 5 days. [Generic/Trade: cream/ointment 2% 15, 22, 30 g, 2% nasal ointment 1 g single-use tubes (for MRSA eradication).] ▶Not absorbed ♀B ▶? $$$

***Neosporin cream*** (neomycin + polymyxin): apply daily-tid. [OTC Trade: neomycin 3.5 mg/g + polymyxin 10,000 units/g 15 g and unit dose 0.94 g.] ▶K ♀C ▶? $

***Neosporin ointment*** (bacitracin + neomycin + polymyxin): apply daily-tid. [OTC Generic/Trade: bacitracin 400 units/g + neomycin 3.5 mg/g + polymyxin 5,000 units/g 2.4,9.6,14.2,15, 30 g and unit dose 0.94 g.] ▶K ♀C ▶? $

***Polysporin*** (bacitracin + polymyxin, ***♣Polytopic***): apply ointment/aerosol/powder daily-tid. [OTC Trade only: ointment 15,30 g and unit dose 0.9 g, powder 10 g, aerosol 90 g.] ▶K ♀C ▶? $

retapamulin (***Altabax***): Impetigo: apply bid for 5 days. [Trade only: ointment 1% 5, 10, 15 g.] ▶Not absorbed ♀B ▶? $$$

silver sulfadiazine (***Silvadene, ♣Dermazin, Flamazine, SSD***): apply daily-bid. [Generic/Trade: cream 1% 20,50,85,400,1000g.] ▶LK ♀B ▶- $

### Antifungals (Topical)

butenafine (***Lotrimin Ultra, Mentax***): apply daily-bid. [Trade only. Rx: cream 1% 15,30 g (Mentax). OTC: cream 1% 12,24 g (Lotrimin Ultra).] ▶L ♀B ▶? $

ciclopirox (***Loprox, Penlac, ♣Stieprox shampoo***): Cream, lotion: apply bid. Nail solution: apply daily to affected nails; apply over previous coat; remove with alcohol every 7 days. Seborrheic dermatitis (Loprox shampoo): shampoo twice/week x 4 weeks. [Trade only: gel (Loprox) 0.77% 30,45 g, shampoo (Loprox) 1% 120 mL, nail solution (Penlac) 8% 6.6 mL. Generic/Trade: cream (Loprox) 0.77% 15,30,90 g, lotion (Loprox) 0.77% 30,60 mL.] ▶K ♀B ▶? $$$$

clotrimazole (***Lotrimin, Mycelex, ♣Canesten, Clotrimaderm***): apply bid. [Note that Lotrimin brand cream, lotion, solution are clotrimazole, while Lotrimin powders and liquid spray are miconazole. OTC & Rx generic/trade: cream 1% 15, 30, 45, 90 g, solution 1% 10,30 mL. Trade: lotion 1% 30 mL.] ▶L ♀B ▶? $

econazole (***Spectazole***): Tinea pedis, cruris, corporis, tinea versicolor: apply daily. Cutaneous candidiasis: apply bid. [Generic/Trade: cream 1% 15, 30, 85g.] ▶Not absorbed ♀C ▶? $$

ketoconazole (***Extina, Nizoral, Xolegel, ♣Ketoderm***): Tinea/candidal infections: apply daily. Seborrheic dermatitis: apply cream daily-bid for 4 weeks or gel daily for 2 weeks or foam bid for 4 weeks. Dandruff: apply 1% shampoo twice a week. Tinea versicolor: apply shampoo to affected area, leave on for 5 min, rinse. [Generic/Trade: cream 2% 15, 30, 60 g, shampoo 2% (120 mL). Trade only: shampoo 1% (OTC), gel 2%, 15g (Rx, Xolegel) foam 2%, 50, 100 g (Rx, Extina).] ▶L ♀C ▶? $$

miconazole (***Monistat-Derm, Micatin, Lotrimin***): Tinea, candida: apply bid. [Note that Lotrimin brand cream, lotion, solution are clotrimazole, while Lotrimin powders and liquid spray are miconazole. OTC generic/trade: ointment 2% 29 g, spray 2% 105 mL, solution 2% 7,39, 30 mL. Generic/Trade: cream 2% 15,30,90 g, powder 2% 90 g, spray powder 2% 90,100 g, spray liquid 2% 105,113 mL.] ▶L ♀+ ▶? $

naftifine (**Naftin**): Tinea: apply daily (cream) or bid (gel). [Trade only: cream 1% 15,30,60 g, gel 1% 20,40, 60 g.] ▸L ♀B ▸? $$$

nystatin (**Mycostatin**, **✦Nilstat, Nyaderm, Candistatin**): Candidiasis: apply bid-tid. [Generic/Trade: cream 100,000 units/g 15,30,240 g, ointment 100,000 units/g 15,30, g, powder 100,000 units/g 15 g.] ▸Not absorbed ♀C ▸? $

oxiconazole (**Oxistat, Oxizole**): Tinea pedis, cruris, and corporis: apply daily-bid. Tinea versicolor (cream only): apply daily. [Trade only: cream 1% 15, 30, 60 g, lotion 1% 30 mL.] ▸? ♀B ▸? $$$

sertaconazole (**Ertaczo**): Tinea pedis: apply bid. [Trade only: cream 2% 15, 30, 60 g.] ▸Not absorbed ♀C ▸? $$

terbinafine (**Lamisil, Lamisil AT**): Tinea: apply daily-bid. [Trade only: cream 1% 15,30, g, gel 1% 5,15,30 g OTC: Trade only (Lamisil AT): cream 1% 12,24 g, spray pump solution 1% 30 mL.] ▸L ♀B ▸? $$

tolnaftate (**Tinactin**, **✦ZeaSorb AF**): apply bid. [OTC Generic/Trade: cream 1% 15,30, solution 1% 10,15 mL, powder 1% 45,90 g, spray powder 1% 100,105,150 g, spray liquid 1% 60,120 mL. Trade only: gel 1% 15 g.] ▸? ♀? ▸? $

## Antiparasitics (Topical)

A-200 (pyrethrins + piperonyl butoxide, **✦R&C**): Lice: Apply shampoo, wash after 10 min. Reapply in 5-7 days. [OTC Generic/Trade: shampoo (0.33% pyrethrins, 4% piperonyl butoxide) 60,120,240 mL.] ▸L ♀C ▸? $

crotamiton (**Eurax**): Scabies: apply cream/lotion topically from chin to feet, repeat in 24 hours, bathe 48 h later. Pruritus: massage prn. [Trade only: cream 10% 60 g, lotion 10% 60,480 mL.] ▸? ♀C ▸? $$

lindane (**✦Hexit**): Other drugs preferred. Scabies: apply 30-60 mL of lotion, wash after 8-12h. Lice: 30-60 mL of shampoo, wash off after 4 min. Can cause seizures in epileptics or if overused/misused in children. Not for infants. [Generic/Trade: lotion 1% 30,60,480 mL, shampoo 1% 30,60,480 mL.] ▸L ♀B ▸? $

malathion (**Ovide**): apply to dry hair, let dry naturally, wash off in 8-12 hrs. [Trade only: lotion 0.5% 59 mL.] ▸? ♀B ▸? $$

permethrin (**Elimite, Acticin, Nix**, **✦Kwellada-P**): Scabies: apply cream from head (avoid mouth/ nose/eyes) to soles of feet & wash after 8-14h. 30 g is typical adult dose. Lice: Saturate hair and scalp with 1% rinse, wash after 10 min. Do not use in children <2 months old. May repeat therapy in 7 days, as necessary. [Trade only: cream (Elimite, Acticin) 5% 60 g. OTC Generic/Trade: liquid creme rinse (Nix) 1% 60 mL.] ▸L ♀B ▸? $$

RID (pyrethrins + piperonyl butoxide): Lice: Apply shampoo/mousse, wash after 10 min. Reapply in 5-10 days. [OTC Generic/Trade: shampoo 60,120,240 mL. Trade only: mousse 5.5 oz.] ▸L ♀C ▸? $

## Antipsoriatics

acitretin (**Soriatane**): 25-50 mg PO daily. Avoid pregnancy during therapy and for 3 years after discontinuation. [Trade only: cap 10,25 mg.] ▸L ♀X ▸- $$$$$

alefacept (**Amevive**): 7.5 mg IV or 15 mg IM once weekly x 12 doses. May repeat with 1 additional 12-week course after 12 weeks have elapsed since last dose. ▸? ♀B ▸? $$$$$

anthralin (**Anthra-Derm, Drithocreme**, **✦Anthrascalp, Anthranol, Anthraforte, Dithranol**): Apply daily. Short contact periods (i.e. 15-20 minutes) followed by removal may be preferred. [Trade only: ointment 0.1% 42.5 g, 0.25% 42.5 g, 0.4% 60 g, 0.5% 42.5 g, 1% 42.5 g, cream 0.1% 50 g, 0.2% 50 g, 0.25% 50 g, 0.5% 50 g. Generic/Trade: cream 1% 50 g.] ▸? ♀C ▸- $$

calcipotriene (**Dovonex**): apply bid. [Trade only: ointment 0.005% 30,60,100 g, cream 0.005% 30,60,100 g, scalp solution 0.005% 60 mL.] ▶L ♀C ▶? $$$

efalizumab (**Raptiva**): 0.7 mg/kg SC x 1 then 1 mg/kg SC q week. [Trade only: single use vials, 125 mg.] ▶L ♀C ▶? $$$$$

**Taclonex** (calcipotriene + betamethasone): Apply daily for up to 4 weeks. [Trade only: ointment calcipotriene 0.005% + betamethasone dipropionate 0.064% ointment 15, 30, 60g.] ▶L ♀C ▶? $$$$$

### Antivirals (Topical)

acyclovir (**Zovirax**): Herpes genitalis: apply oint q3h (6 times/d) x 7 days. Recurrent herpes labialis: apply cream 5 times/day for 4 days. [Trade only: ointment 5% 15 g, cream 5% (2 & 5 g).] ▶K ♀C ▶? $$$$$

docosanol (**Abreva**): Oral-facial herpes (cold sores): apply 5x/day until healed. [OTC: Trade only: cream 10% 2 g.] ▶Not absorbed ♀B ▶? $

imiquimod (**Aldara**): Genital/perianal warts: apply 3 times weekly during sleeping hours for up to 16 weeks. Wash off after 8 hours. Nonhyperkeratotic, nonhypertrophic actinic keratoses on face/scalp in immunocompetent adults: apply 2 times weekly during sleeping hours for 16 weeks. Wash off after 8 hours. Primary superficial basal cell carcinoma: apply 5 times weekly x 6 weeks. Wash off after 8h. [Trade only: cream 5% 250 mg single use packets.] ▶Not absorbed ♀C ▶? $$$$$

penciclovir (**Denavir**): Herpes labialis (cold sores): apply cream q2h while awake x 4 days. [Trade only: cream 1% tubes 1.5 g.] ▶Not absorbed ♀B ▶? $$

podofilox (**Condylox**, ✚**Condyline, Wartec**): External genital warts (gel and solution) and perianal warts (gel only): apply bid for 3 consecutive days of a week and repeat for up to 4 wks. [Generic/Trade: Solution 0.5% 3.5 mL. Trade only: Gel 0.5% 3.5 g.] ▶? ♀C ▶? $$$

podophyllin (**Podocon-25, Podofin, Podofilm**): Warts: apply by physician. Not to be dispensed to patients. [Trade only: Liquid 25% 15 mL] ▶? ♀- ▶- $$$

sinecatechins (**Veregen**): Apply tid to external genital warts for up to 16 weeks. [Trade only: ointment 15% 15g.] ▶Unknown ♀C ▶? ?

### Atopic Dermatitis Preparations

pimecrolimus (**Elidel**): Atopic dermatitis: apply bid. [Trade only: cream 1% 30, 60, 100 g.] ▶L ♀C ▶? $$$$

tacrolimus (**Protopic**): Atopic dermatitis: apply bid. [Trade only: ointment 0.03% 30, 60, 100 g, 0.1% 30, 60, 100 g.] ▶Minimal absorption ♀C ▶? $$$$

### Corticosteroid / Antimicrobial Combinations

**Cortisporin** (neomycin + polymyxin + hydrocortisone): apply bid-qid. [Trade only: Cream 7.5 g, Ointment 15 g.] ▶LK ♀C ▶? $$$

**Fucidin H** (fusidic acid + hydrocortisone): Canada only. apply tid. [Canada trade only: cream 2% fusidic acid, 1% hydrocortisone acetate 30 g.] ▶L ♀? ▶? $$

**Lotrisone** (clotrimazole + betamethasone, ✚**Lotriderm**): Apply bid. Do not use for diaper rash. [Generic/Trade: cream (clotrimazole 1% + betamethasone 0.05%) 15,45 g, lotion (clotrimazole 1% + betamethasone 0.05%) 30 mL.] ▶L ♀C ▶? $$$

**Mycolog II** (nystatin + triamcinolone): apply bid. [Generic/Trade: cream 15,30,60, 120 g, ointment 15,30,60,120 g.] ▶L ♀C ▶? $

### Hemorrhoid Care

dibucaine (**Nupercainal**): apply cream/ointment tid-qid prn. [OTC Generic/Trade: ointment 1% 30 g.] ▶L ♀? ▶? $

pramoxine (**Anusol Hemorrhoidal Ointment, Fleet Pain Relief, Proctofoam NS**): ointment / pads / foam up to 5 times/day prn. [OTC Trade only: ointment (Anusol

## CORTICOSTEROIDS – TOPICAL*

| | Agent | Strength/Formulation* | Freq |
|---|---|---|---|
| **Low Potency** | alclometasone dipropionate (*Aclovate*) | 0.05% **C O** | bid-tid |
| | clocortolone pivalate (*Cloderm*) | 0.1% **C** | tid |
| | desonide (*DesOwen, Tridesilon*) | 0.05% **C L O** G F (Verdeso) | bid-tid |
| | hydrocortisone (*Hytone*, others) | 0.5% **C L O**; 1% **C L O**; 2.5% **C L O** | bid-qid |
| | hydrocortisone acetate (*Cortaid, Corti-caine*) | 0.5% **C O**, 1% **C O** SP | bid-qid |
| **Medium Potency** | betamethasone valerate (*Luxiq*) | 0.1% **C L O**; 0.12% F(*Luxiq*) | qd-bid |
| | desoximetasone‡ (*Topicort*) | 0.05% **C** | bid |
| | fluocinolone (*Synalar*) | 0.01% **C S**; 0.025% **C O** | bid-qid |
| | flurandrenolide (*Cordran*) | 0.05% CLO; T | bid-qid |
| | fluticasone propionate (*Cutivate*) | 0.005% **O**; 0.05% **C L** | qd-bid |
| | hydrocortisone butyrate (*Locoid*) | 0.1% **C O S** | bid-tid |
| | hydrocortisone valerate (*Westcort*) | 0.2% **C O** | bid-tid |
| | mometasone furoate (*Elocon*) | 0.1% **C L O** | qd |
| | triamcinolone‡ (*Kenalog*) | 0.025% **CLO**; 0.1% **CLO**; SP | bid-tid |
| **High Potency** | amcinonide (*Cyclocort*) | 0.1% **C L O** | bid-tid |
| | betamethasone dipropionate‡ (*Maxivate*, others) | 0.05% **C L O** (non-*Diprolene*) | qd-bid |
| | desoximetasone‡ (*Topicort*) | 0.05% **G**; 0.25% **C O** | bid |
| | diflorasone diacetate (*Psorcon E*) | 0.05% **C O** | bid |
| | fluocinonide (*Lidex*) | 0.05% **C G O S** | bid-qid |
| | halcinonide (*Halog*) | 0.1% **C O S** | bid-tid |
| | triamcinolone‡ (*Kenalog*) | 0.5% **C O** | bid-tid |
| **Very high** | betamethasone dipropionate‡ (*Diprolene, Diprolene AF*) | 0.05% **C G L O** | qd-bid |
| | clobetasol (*Temovate, Cormax, Olux*) | 0.05% **C G O L S** SH SP F (*Olux*) | bid |
| | halobetasol propionate (*Ultravate*) | 0.05% **C O** | qd-bid |

*C-cream, G-gel, L-lotion, O-ointment, S-solution, SH-shampoo, T-tape, F-foam, SP-spray; bolded items have available generics. Potency based on vasoconstrictive assays, which may not correlate with efficacy. Not all available products are listed, including those lacking potency ratings. ‡These drugs have formulations in more than once potency category.

Hemorrhoidal Ointment), pads (Fleet Pain Relief), aerosol foam (ProctoFoam NS).] ▶Not absorbed ♀+ ▶+ $
starch (**Anusol Suppositories**): 1 suppository up to 6 times/day prn. [OTC Trade only: suppositories (51% topical starch; soy bean oil, tocopheryl acetate).] ▶Not absorbed ♀+ ▶+ $
witch hazel (**Tucks**): Apply to anus/perineum up to 6 times/day prn. [OTC Generic/Trade: pads, gel.] ▶? ♀+ ▶+ $

### Other Dermatologic Agents
alitretinoin (**Panretin**): Apply bid-qid to cutaneous Kaposi's lesions [Trade only: gel 0.1%, 60 g.] ▶Not absorbed ♀D ▶- $$$$$
aluminum chloride (**Drysol, Certain Dri**): Apply qhs. [Rx: Generic/Trade: solution

20%: 37.5 mL bottle, 35, 60 mL bottle with applicator. OTC: Trade only (Certain Dri): solution 12.5%: 36 mL bottle.] ▶K ♀? ▶? $

becaplermin (**Regranex**): Diabetic ulcers: apply gel daily. [Trade only: gel 0.01% 2, 15 g.] ▶Minimal absorption ♀C ▶? $$$$$

calamine: apply lotion tid-qid prn for poison ivy/oak or insect bite itching. [OTC Generic only: lotion 120, 240, 480 mL.] ▶? ♀? ▶? $

***Capital Soleil 15*** (avobenzone + ecamsule + octocrylene): Apply sunscreen prn . [OTC Trade only: Cream, 2% avobenzone + 3% ecamsule + 10% octocrylene 120 mL.] ▶? ♀? ▶? $

capsaicin (**Zostrix, Zostrix-HP**): Arthritis, post-herpetic or diabetic neuralgia: apply cream up to tid-qid. [OTC Generic/Trade: cream 0.025% 45,60 g, 0.075% 30,60 g, lotion 0.025% 59 mL, 0.075% 59 mL, gel 0.025% 15,30 g, 0.05% 43 g, roll-on 0.075% 60 mL.] ▶? ♀? ▶? $

coal tar (**Polytar, Tegrin, Cutar, Tarsum**): apply shampoo at least twice a week, or for psoriasis apply daily-qid. [OTC Generic/Trade: shampoo, conditioner, cream, ointment, gel, lotion, soap, oil.] ▶? ♀? ▶? $

doxepin (**Zonalon**): Pruritus: apply qid for up to 8 days. [Trade only: cream 5% 30,45 g.] ▶L ♀B ▶- $

eflornithine (**Vaniqa**): Reduction of facial hair: apply to face bid. [Trade only: cream 13.9% 30 g.] ▶K ♀C ▶? $$$

***EMLA*** (prilocaine + lidocaine): Topical anesthesia: apply 2.5g cream or 1 disc to region at least 1 hour before procedure. Cover cream with an occlusive dressing. [Trade only: cream (2.5% lidocaine + 2.5% prilocaine) 5 g, disc 1 g. Generic/Trade: cream (2.5% lidocaine + 2.5% prilocaine) 30 g.] ▶LK ♀B ▶? $$

finasteride (**Propecia**): Androgenetic alopecia in men: 1 mg PO daily. [Generic/Trade: tab 1 mg.] ▶L ♀X ▶- $$$

hyaluronic acid (**Restylane**): Moderate to severe facial wrinkles: inject into wrinkle/fold. [Rx: 0.4 mL and 0.7 mL syringe.] ▶? ♀? ▶? $$$$$

hydroquinone (**Eldopaque, Eldoquin, Eldoquin Forte, EpiQuin Micro, Esoterica, Glyquin, Lustra, Melanex, Solaquin, Claripel, ♣Ultraquin**): Hyperpigmentation: apply to area bid. [OTC Generic/Trade: cream 1.5%, lotion 2%. Rx Generic/Trade: solution 3%, gel 4%, cream 4%.] ▶? ♀C ▶? $$$

lactic acid (**Lac-Hydrin, Amlactin, ♣Dermalac**): apply lotion/cream bid. [Trade only: lotion 12% 150,360 mL. Generic/OTC: cream 12% 140,385 g. AmLactin AP is lactic acid (12%) with pramoxine (1%).] ▶? ♀? ▶? $$

lidocaine (**Xylocaine, Lidoderm, Numby Stuff, LMX, Zingo ♣Maxilene**): Apply prn. Dose varies with anesthetic procedure, degree of anesthesia required and individual patient response. Postherpetic neuralgia: apply up to 3 patches to affected area at once for up to 12h within a 24h period. Apply 30 min prior to painful procedure (ELA-Max 4%). Discomfort with anorectal disorders: apply prn (ELA-Max 5%). Intradermal powder injection for venipuncture / IV cannulation, 3-18 yo (Zingo): 0.5 mg to site 1-10 minutes prior. [For membranes of mouth and pharynx: spray 10%, ointment 5%, liquid 5%, solution 2,4%, dental patch. For urethral use: jelly 2%. Patch (Lidoderm) 5%. Intradermal powder injection system: 0.5 mg (Zingo). OTC: Trade only: liposomal lidocaine 4% (ELA-Max).] ▶LK ♀B ▶+ $$

minoxidil (**Rogaine, Rogaine Forte, Rogaine Extra Strength, Minoxidil for Men, Theroxidil Extra Strength, ♣Minox, Apo-Gain**): Androgenetic alopecia in men or women: 1 mL to dry scalp bid. [OTC Trade only: solution 2%, 60 mL, 5%, 60 mL, 5% (Rogaine Extra Strength, Theroxidil Extra Strength - for men only) 60 mL, foam 5% 60g.] ▶K ♀C ▶? $

monobenzone (**Benoquin**): Extensive vitiligo: apply bid-tid. [Trade only: cream 20% 35.4 g.] ▶Minimal absorption ♀C ▶? $$

oatmeal (*Aveeno*): Pruritus from poison ivy/oak, varicella: apply lotion qid prn. Also bath tub packets. [OTC Generic/Trade: lotion, packets.] ▶Not absorbed ♀? ▶? $

*Panafil* (papain + urea + chlorophyllin copper complex): Debridement of acute or chronic lesions: apply to clean wound and cover daily-bid. [Trade only: Ointment: 6, 30 g, spray 33 mL.] ▶? ♀? ▶? $$$

*Pliagis* (tetracaine + lidocaine): Apply 20-30 min prior to superficial dermatological procedure (60 min for tattoo removal). [Trade only: cream lidocaine 7% + tetracaine 7%.] ▶Minimal absorption ♀B ▶? $$

*Pramosone* (pramoxine + hydrocortisone, ✦*Pramox HC*): Inflammatory and pruritic manifestations of corticosteroid-responsive dermatoses: Apply tid-qid. [Trade only: 1% pramoxine/1% hydrocortisone acetate: cream 30, 60 g, oint 30 g, lotion 60, 120, 240 mL. 1% pramoxine/2.5% hydrocortisone acetate: cream 30, 60 g, oint 30 g, lotion 60, 120 mL.] ▶Not absorbed ♀C ▶? $$$

selenium sulfide (*Selsun, Exsel, Versel*): Dandruff, seborrheic dermatitis: apply 5-10 mL lotion/shampoo twice weekly x 2 weeks then less frequently, thereafter. Tinea versicolor: Apply 2.5% lotion/shampoo to affected area daily x 7 days. [OTC Generic/Trade: lotion/shampoo 1% 120,210,240, 330 mL, 2.5% 120 mL. Rx Generic/Trade: lotion/shampoo 2.5% 120 mL.] ▶? ♀C ▶? $

*Solag* (mequinol + tretinoin, ✦*Solage*): Apply to solar lentigines bid. [Trade only: soln 30 mL (mequinol 2% + tretinoin 0.01%).] ▶Not absorbed ♀X ▶? $$$$

*Synera* (tetracaine + lidocaine): Apply 20-30 min prior to superficial dermatological procedure. [Trade only: patch lidocaine 70 mg + tetracaine 70 mg.] ▶Minimal absorption ♀B ▶? $$

*Tri-Luma* (fluocinolone + hydroquinone + tretinoin): Melasma of the face: apply qhs x 4-8 weeks. [Trade only: soln 30 g (fluocinolone 0.01% + hydroquinone 4% + tretinoin 0.05%).] ▶Minimal absorption ♀C ▶? $$$

*Vusion* (miconazole + zinc oxide + white petrolatum): Apply to affected diaper area with each change for 7 days. [Trade only: 50 g.] ▶Minimal absorption ♀C ▶? $$$$

## ENDOCRINE & METABOLIC

### Androgens / Anabolic Steroids (See OB/GYN section for other hormones.)

methyltestosterone (*Android, Methitest, Testred, Virilon*): Advancing inoperable breast cancer in women who are 1-5 years postmenopausal: 50-200 mg/day PO in divided doses. Hypogonadism in men: 10-50 mg PO daily. [Generic only: Caps 10 mg, Tabs 10, 25 mg.] ▶L ♀X ▶? ©III $$$

nandrolone (*Deca-Durabolin*): Anemia of renal disease: women 50-100 mg IM q week, men 100-200 mg IM q week. ▶L ♀X ▶- ©III $$

oxandrolone (*Oxandrin*): Weight gain: 2.5 mg PO bid-qid for 2-4 wks. [Generic/Trade: Tabs 2.5, 10 mg.] ▶L ♀X ▶? ©III $$$$

testosterone (*Androderm, AndroGel, Delatestryl, Depo-Testosterone, Striant, Testim, Testopel, Testro GA* ✦*Andriol*): Injectable enanthate or cypionate: 50-400 mg IM q2-4 wks. Transdermal - Androderm: 5 mg patch to nonscrotal skin qhs. AndroGel 1%: Apply 5 g from gel pack or 4 pumps (5 g) from dispenser daily to shoulders/upper arms/abdomen. Testim: One tube (5 g) daily to shoulders/upper arms. Pellet - Testopel: 2-6 (150-450 mg testosterone) pellets SC q 3-6 months. Buccal-Striant: 30 mg q 12 hours on upper gum above the incisor tooth; alternate sides for each application. [Trade only: Patch 2.5 & 5 mg/24hr (Androderm). Gel 1% 2.5, 5 g packet & 75 g multi-dose pump (AndroGel). Gel 1%, 5 g tube (Testim). Pellet 75 mg (Testopel). Buccal: blister packs - 30 mg (Striant). Generic/Trade: Injection 100, 200 mg/mL (cypionate), 200 mg/mL (ethanate).] ▶L ♀X ▶? ©III $$$$$

### Bisphosphonates

**alendronate (*Fosamax, Fosamax Plus D, ✦Fosavance*):** Postmenopausal osteoporosis prevention (5 mg PO daily or 35 mg PO weekly) & treatment (10 mg daily, 70 mg PO weekly or 70 mg/vit D3 2800 IU PO weekly). Treatment of glucocorticoid-induced osteoporosis in men & women: 5 mg PO daily or 10 mg PO daily (postmenopausal women not taking estrogen). Treatment of osteoporosis in men: 10 mg PO daily, 70 mg PO weekly, or 70 mg/vit D3 2800 IU PO weekly. Paget's disease in men & women: 40 mg PO daily x 6 mon. May cause severe esophagitis. [Trade only (Fosamax): Tabs 5, 10, 35, 40, 70 mg. Oral soln 70 mg/75 mL (single dose bottle). Fosamax Plus D: 70 mg + either 2800 or 5600 units of vitamin D3.] ▶K ♀C ▶– $$$

**clodronate (*✦Ostac, Bonefos*):** Canada only. IV single dose - 1500 mg slow infusion over ≥4 hours. IV multiple dose - 300 mg slow infusion daily over 2-6 hours up to 10 days. Oral - following IV therapy, maintenance 1600-2400 mg/day in single or divided doses. Max PO dose 3200 mg/day; duration of therapy is usually 6 months. [Generic/Trade: Capsules 400 mg.] ▶K ♀D ▶– $$$$$

**etidronate (*Didronel*):** Paget's disease: 5-10 mg/kg PO daily x 6 months or 11-20 mg/kg daily x 3 months. [Generic/Trade: Tabs 200, 400 mg.] ▶K ♀C ▶? $$$$

**ibandronate (*Boniva*):** Treatment/Prevention of postmenopausal osteoporosis. Oral: 2.5 mg PO daily or 150 mg PO q month. IV: 3 mg IV every 3 months. [Trade only: 2.5, 150 mg tabs.] ▶K ♀C ▶? $$$

**pamidronate (*Aredia*):** Hypercalcemia of malignancy: 60-90 mg IV over 2-24 h. Wait ≥7 days before considering retreatment. ▶K ♀D ▶? $$$$$

**risedronate (*Actonel, Actonel Plus Calcium*):** Paget's disease: 30 mg PO daily x 2 months. Prevention & treatment of postmenopausal osteoporosis: 5 mg PO daily, 35 mg PO weekly, or 75 mg PO on two consecutive days each month. Treatment of osteoporosis in men: 35 mg PO weekly. Prevention & treatment of glucocorticoid-induced osteoporosis: 5 mg PO daily. May cause esophagitis. [Trade only: Tabs 5, 30, 35, 75 mg; 35/1250 mg (calcium).] ▶K ♀C ▶? $$$

**zoledronic acid (*Reclast, Zometa, ✦Aclasta*):** Hypercalcemia (Zometa): 4 mg IV infusion over ≥15 min. Wait ≥7 days before considering retreatment. Paget's Disease (Reclast): 5 mg IV single dose. Multiple myeloma & metastatic bone lesions from solid tumors (Zometa): 4 mg IV infusion over ≥15 min q3-4 weeks. Osteoporosis: 4 mg (Zometa) or 5 mg (Reclast) IV dose once yearly. ▶K ♀D ▶? $$$$$

### Corticosteroids (See also dermatology, ophthalmology.)

**betamethasone (*Celestone, Celestone Soluspan, ✦Betaject*):** Anti-inflammatory/Immunosuppressive: 0.6-7.2 mg/day PO divided bid-qid; up to 9 mg/day IM. Fetal lung maturation, maternal antepartum: 12 mg IM q24h x 2 doses. [Trade only: Syrup 0.6 mg/5 mL.] ▶L ♀C ▶– $$$$$

**cortisone (*Cortone*):** 25-300 mg PO daily. [Generic: Tabs 5, 10, 25 mg.] ▶L ♀D ▶– $

**dexamethasone (*Decadron, Dexpak, ✦Dexasone*):** Anti-inflammatory/Immunosuppressive: 0.5-9 mg/day PO/IV/IM, divided bid-qid. Cerebral edema: 10-20 mg IV load, then 4 mg IM q6h (off-label IV use common) or 1-3 mg PO tid. Bronchopulmonary dysplasia in preterm infants: 0.5 mg/kg PO/IV divided q12h x 3 days, then taper. Croup: 0.6 mg/kg PO or IM x 1. Acute asthma: >2 yo: 0.6 mg/kg to max 16 mg PO daily x 2 days. Fetal lung maturation, maternal antepartum: 6 mg IM q12h x 4 doses. Antiemetic, prophylaxis: 8 mg IV or 12 mg PO prior to chemotherapy; 8 mg PO daily x 2-4 days. Antiemetic, treatment: 10-20 mg PO/IV q4-6h. [Generic/Trade: Tabs 0.5, 0.75. Generic only: Tabs 0.25, 1.0, 1.5, 2, 4, 6 mg; elixir 0.5 mg/5 mL; solution 0.5 mg/5 mL, 1 mg/1 mL (concentrate). Trade only: Dexpak (51 total 1.5 mg tabs for a 13 day taper).] ▶L ♀C ▶– $

fludrocortisone (**Florinef**): Mineralocorticoid activity: 0.1 mg PO 3 times weekly to 0.2 mg PO daily. [Generic only: Tabs 0.1 mg.] ▶L ♀C ▶? $

hydrocortisone (**Cortef, Cortenema, Solu-Cortef**): 100-500 mg IV/IM q2-6h prn (sodium succinate). 20-240 mg/day PO divided tid- qid. Ulcerative colitis: 100 mg retention enema qhs (laying on side for ≥1 hour) for 21 days. [Generic/Trade: Tabs 5, 10, 20 mg, Enema 100 mg/60 mL.] ▶L ♀C ▶- $

methylprednisolone (**Solu-Medrol, Medrol, Depo-Medrol**): Oral (Medrol): dose varies, 4-48 mg PO daily. Medrol Dosepak tapers 24 to 0 mg PO over 7 days. IM/Joints (Depo-Medrol): dose varies, 4-120 mg IM q1-2 weeks. Parenteral (Solu-Medrol): dose varies, 10-250 mg IV/IM. Acute spinal cord injury: 30 mg/kg IV over 15 min, followed in 45 min by a 5.4 mg/kg/h IV infusion x 23-47h. Peds: 0.5-1.7 mg/kg PO/IV/IM divided q6-12h. [Trade only: Tabs 2, 16, 32 mg. Generic/Trade: Tabs 4, 8 mg. Medrol Dosepak (4 mg-21 tabs).] ▶L ♀C ▶- $

prednisolone (**Prelone, Pediapred, Orapred, Orapred ODT**): 5-60 mg PO/IV/IM daily. [Generic/Trade: Syrup 15 mg/5 mL (Prelone; wild cherry flavor). Solution 15 mg/5 mL (Orapred; grape flavor). Trade: orally disintegrating tabs 10, 15, 30 mg (Orapred ODT). Generic: Tabs 5 mg, Syrup & Solution 5 mg/5 mL.] ▶L ♀C ▶+ $$

prednisone (**Deltasone, Sterapred, ✦Winpred**): 1-2 mg/kg or 5-60 mg PO daily. [Trade only: Sterapred (5 mg tabs): tapers 30 to 5 mg PO over 6d or 30 to 10 mg over 12d), Sterapred DS (10 mg tabs: tapers 60 to 10 mg over 6d, or 60 to 20 mg PO over 12d) taper packs. Generic only: Tabs 1, 2.5, 5, 10, 20, 50 mg. Solution 5 mg/5 mL & 5 mg/mL (Prednisone Intensol).] ▶L ♀C ▶+ $

triamcinolone (**Aristocort, Kenalog, Aristospan**): 4-48 mg PO/IM daily. [Trade only: Tabs 4 mg. Injection 10 mg/mL & 40 mg/mL (Kenalog), 5 mg/mL & 20 mg/mL (Aristospan), 25 mg/mL & 40 mg/mL (Aristocort).] ▶L ♀C ▶- $$$$

| CORTICOSTEROIDS | Approximate equivalent dose (mg) | Relative anti-inflammatory potency | Relative mineralocorticoid potency | Biologic Half-life (hours) |
|---|---|---|---|---|
| betamethasone | 0.6-0.75 | 20-30 | 0 | 36-54 |
| cortisone | 25 | 0.8 | 2 | 8-12 |
| dexamethasone | 0.75 | 20-30 | 0 | 36-54 |
| fludrocortisone | -- | 10 | 125 | 18-36 |
| hydrocortisone | 20 | 1 | 2 | 8-12 |
| methylprednisolone | 4 | 5 | 0 | 18-36 |
| prednisolone | 5 | 4 | 1 | 18-36 |
| prednisone | 5 | 4 | 1 | 18-36 |
| triamcinolone | 4 | 5 | 0 | 12-36 |

### Diabetes-Related - Alphaglucosidase Inhibitors

acarbose (**Precose, ✦Glucobay**): Start 25 mg PO tid with meals, and gradually increase as tolerated to maintenance 50-100 mg tid. [Trade only: Tabs 25, 50, 100 mg.] ▶Gut/K ♀B ▶- $$$

miglitol (**Glyset**): Start 25 mg PO tid with meals, maintenance 50-100 tid. [Trade only: Tabs 25, 50, 100 mg.] ▶K ♀B ▶- $$$

### Diabetes-Related - Combinations

**ACTOPLUS Met** (pioglitazone + metformin): 1 tab PO daily-bid. If inadequate control with metformin monotherapy, start 15/500 or 15/850 PO daily-bid. If inadequate control with pioglitazone monotherapy, start 15/500 PO bid or 15/850 daily.

Max 45/2550 mg/day. Obtain LFTs before therapy and periodically thereafter. [Trade only: Tabs 15/500, 15/850 mg.] ▶KL ♀C ▶? $$$$

*Avandamet* (rosiglitazone + metformin): Initial therapy (drug naive): Start 2/500 mg PO daily or bid. If inadequate control with metformin alone, select tab strength based on adding 4 mg/day rosiglitazone to existing metformin dose. If inadequate control with rosiglitazone alone, select tab strength based on adding 1000 mg/day metformin to existing rosiglitazone dose. Max 8/2000 mg/day. Obtain LFTs before therapy & periodically thereafter. [Trade only: Tabs 2/500, 4/500, 2/1000, 4/1000 mg.] ▶KL ♀C ▶? $$$$$

*Avandaryl* (rosiglitazone + glimepiride): Initial therapy (drug naive): Start 4/1 mg PO daily. If switching from monotherapy with a sulfonylurea or glitazone, consider 4/2 mg PO daily. Max 8/4 mg per day. Obtain LFTs before therapy & periodically thereafter. [Trade only: Tabs 4/1, 4/2, 4/4, 8/2, 8/4 mg rosiglitazone/glimepiride.] ▶LK ♀C ▶? $$$

*Duetact* (pioglitazone + glimepiride): Start 30/2 mg PO daily. May start up to 30/4 mg PO daily if prior glimepiride therapy, or up to 30/2 mg PO daily if prior pioglitazone therapy; max 30/4 mg per day. Obtain LFTs before therapy & periodically thereafter. [Trade: Tabs 30/2, 30/4 mg pioglitazone/glimepiride.] ▶LK ♀C ▶- $$$$

*Glucovance* (glyburide + metformin): Initial therapy (drug naive): Start 1.25/250 mg PO daily or bid with meals; max 10/2000 mg daily. Inadequate control with sulfonylurea or metformin alone: Start 2.5/500 or 5/500 mg bid with meals; max 20/2000 mg daily. [Generic/Trade: Tabs 1.25/250, 2.5/500, 5/500 mg.] ▶KL ♀B ▶? $$$

*Janumet* (sitagliptin + metformin): 1 tab PO bid. Individualize based on patient's current therapy. If inadequate control with metformin monotherapy, start 50/500 or 50/1000 bid based on current metformin dose. If inadequate control on sitagliptin, start 50/500 bid. Max 100/2000 mg daily. Give with meals. [Trade only: Tabs 50/500, 50/1000 mg sitagliptin/metformin.] ▶K ♀B ▶? $$$$

## DIABETES NUMBERS*

| *Criteria for diagnosis:* | | *Self-monitoring glucose goals* | |
|---|---|---|---|
| Pre-diabetes: Fasting glucose 100-125 mg/dL | | Preprandial | 90-130 mg/dL |
| Diabetes:† Fasting glucose ≥126 mg/dL, | | Postprandial | < 180 mg/dL |
| random glucose with symptoms: ≥200 mg/dL, | | *A1C* Normal/individualized | |
| or ≥200 mg/dL 2h after 75 g oral glucose load | | goal <6%; general goal <7% | |

*Complications prevention & management:* Aspirin‡ (75–162 mg/day) in Type 1 & 2 adults for primary prevention (those with an increased cardiovascular risk, including >40 yo or with additional risk factors) and secondary prevention (those with any vascular disease) unless contraindicated; statin therapy to achieve 30-40% LDL reduction for >40 yo regardless of baseline LDL; ACE inhibitor or ARB if hypertensive or micro-/macro-albuminuria; pneumococcal vaccine (revaccinate one time if age >64 and previously received vaccine at age <65 and >5 years ago). *At every visit:* Measure weight & BP (goal <130/80 mmHg); visual foot exam; review self-monitoring glucose record; review/adjust meds; review self-management skills, dietary needs, and physical activity; smoking cessation counseling. *Twice a year:* A1C in those meeting treatment goals with stable glycemia (quarterly if not); dental exam. *Annually:* Fasting lipid profile [goal LDL <100 mg/dL; cardiovascular disease consider LDL <70mg/dL, HDL >40 mg/dL (>50 mg/dL in women), TG <150 mg/dL], q2 years with low-risk lipid values; creatinine; albumin to creatinine ratio spot collection; dilated eye exam; flu vaccine; comprehensive foot exam.

*See recommendations at: care.diabetesjournals.org. Reference: *Diabetes Care* 2007;30 (Suppl 1):S4-S41. Glucose values are plasma. †Confirm diagnosis with glucose testing on subsequent days. ‡Avoid aspirin if <21 yo due to Reye's Syndrome risk; use if <30 yo has not been studied.

*Metaglip* (glipizide + metformin): Initial therapy (drug naive): Start 2.5/250 mg PO daily to 2.5/500 mg PO bid with meals; max 10/2000 mg daily. Inadequate control with a sulfonylurea or metformin alone: Start 2.5/500 or 5/500 mg PO bid with meals; max 20/2000 mg daily. [Generic/Trade: Tabs 2.5/250, 2.5/500, 5/500 mg.] ►KL ♀C ▶? $$$

### Diabetes-Related - "Glitazones" (Thiazolidinediones)

pioglitazone (*Actos*): Start 15-30 mg PO daily, max 45 mg/day. Monitor LFTs. [Trade only: Tabs 15, 30, 45 mg.] ►L ♀C ▶- $$$$

rosiglitazone (*Avandia*): Diabetes monotherapy or in combination with metformin, sulfonylurea or insulin: Start 4 mg PO daily or divided bid, max 8 mg/day monotherapy or in combination with metformin and/or sulfonylurea. Max 4 mg/day when used with insulin. Obtain LFTs before therapy & periodically thereafter. [Trade only: Tabs 2, 4, 8 mg.] ►L ♀C ▶- $$$$

### Diabetes-Related - Insulins

insulin - inhaled (*Exubera*): Initial per meal dose based on patient body weight. 1 mg (30-39.9 kg); 2 mg (40-59.9 kg); 3 mg (60-79.9 kg); 4 mg (80-99.9 kg); 5 mg (100-119.9 kg); 6 mg (120-139.9 kg). Rapid-acting; administer immediately before a meal (within 10 min). [Trade: Combination pack #12 (90 x 1 mg insulin blisters and 90 x 3 mg blisters, 2 release units). Combination pack #15 (180 x 1 mg insulin blisters and 90 x 3 mg insulin blisters, 2 release units).] ►LK ♀C ▶? $$$$

insulin - injectable combinations (*Humalog Mix 75/25, Humalog Mix 50/50, Humulin 70/30, Humulin 50/50, Novolin 70/30, Novolog Mix 70/30*): Diabetes: Doses vary, but typically total insulin 0.3-1 unit/kg/day SC in divided doses (Type 1), and 0.5-1.5 unit/kg/day SC in divided doses (Type 2). Administer rapid-acting insulin mixtures (Humalog, NovoLog) within 15 min before meals. Administer regular insulin mixtures 30 minutes before meals. [Trade only: injection insulin lispro protamine suspension / insulin lispro (Humalog Mix 75/25, Humalog Mix 50/50), insulin aspart protamine/insulin aspart (Novolog Mix 70/30) NPH and regular insulin mixtures (Humulin 70/30, Novolin 70/30 or Humulin 50/50). Insulin available in pen form: Novolin 70/30 Innolet, Novolog Mix 70/30 FlexPen, Humulin 70/30, Humalog Mix 75/25, Humalog Mix 50/50.] ►LK ♀B/C ▶+ $$$

insulin - injectable intermediate/long-acting (*Novolin N, Humulin N, Lantus, Levemir*): Diabetes: Doses vary, but typically total insulin 0.3-0.5 unit/kg/day SC in divided doses (Type 1), and 1-1.5 unit/kg/day SC in divided doses (Type 2). Generally, 50-70% of insulin requirements are provided by rapid or short-acting insulin and the remainder from intermediate- or long-acting insulin. Lantus: Start 10 units SC daily (same time everyday) in insulin naive patients. Levemir: Type 2 DM (inadequately controlled on oral meds): Start 0.1-0.2 units/kg once daily in evening or 10 units SC daily or BID. [Trade only: injection NPH (Novolin N, Humulin N), insulin glargine (Lantus), insulin detemir (Levemir). Insulin available in pen form: Humulin N Isophase Insulin Pen, Novolin N Innolet, Lantus OptiClick, Levemir Innolet, Levemir FlexPen. Premixed preparations of NPH and regular insulin also available.] ►LK ♀B/C ▶+ $$$

insulin - injectable short/rapid-acting (*Apidra, Novolin R, NovoLog, Humulin R, Humalog, ♥NovoRapid*): Diabetes: Doses vary, but typically total insulin 0.3-0.5 unit/kg/day SC in divided doses (Type 1), and 1-1.5 unit/kg/day SC in divided doses (Type 2). Generally, 50-70% of insulin requirements are provided by rapid or short-acting insulin and the remainder from intermediate- or long-acting insulin. Administer rapid-acting insulin (Humalog, NovoLog, Apidra) within 15 min before or immediately after a meal. Administer regular insulin 30 minutes before meals. Severe hyperkalemia: 5-10 units regular insulin plus concurrent dextrose IV. Profound hyperglycemia (eg, DKA): 0.1 unit regular/kg IV bolus, then initial infusion 100 units regular in 100 mL NS (1 unit/mL), at 0.1 units/kg/hr. 70 kg: 7 units/h (7 mL/h). [Trade only: injection regular, insulin glulisine (Apidra), insulin lispro (Humalog), insulin aspart (NovoLog). Insulin available in pen form: Novolog FlexPen, Humalog, Novolin R, Apidra OptiClik.] ▶LK ♀B/C ▶+ $$$

| INSULINS, INJECTABLE* | | Onset (h) | Peak (h) | Duration (h) |
|---|---|---|---|---|
| Rapid/short-acting: | Insulin aspart (*NovoLog*) | <0.2 | 1-3 | 3-5 |
| | Insulin glulisine (*Apidra*) | 0.30-0.4 | 1 | 4-5 |
| | Insulin lispro (*Humalog*) | 0.25-0.5 | 0.5-2.5 | ≤ 5 |
| | Regular (*Novolin R, Humulin R*) | 0.5-1 | 2-3 | 3-6 |
| Intermediate /long-acting: | NPH (*Novolin N, Humulin N*) | 2-4 | 4-10 | 10-16 |
| | Insulin detemir (*Levemir*) | not available | flat action profile | up to 23† |
| | Insulin glargine (*Lantus*) | 2-4 | peakless | 24 |
| Mixtures: | Insulin aspart protamine suspension/aspart (*NovoLog Mix 70/30*) | 0.25 | 1-4 (biphasic) | up to 24 |
| | Insulin lispro protamine suspension/insulin lispro (*HumaLog Mix 75/25, HumaLog Mix 50/50*) | <0.25 | 1-3 (biphasic) | 10-20 |
| | NPH/Reg (*Humulin 70/30, Humulin 50/50, Novolin 70/30*) | 0.5-1 | 2-10 (biphasic) | 10-20 |

*These are general guidelines, as onset, peak, and duration of activity are affected by the site of injection, physical activity, body temperature, and blood supply.
† Dose dependent duration of action, range from 6-23 hours.

### Diabetes-Related - Meglitinides

nateglinide (*Starlix*): 120 mg PO tid ≤30 min before meals; use 60 mg PO tid in patients who are near goal A1C. [Trade only: Tabs 60, 120 mg.] ▶L ♀C ▶? $$$$
repaglinide (*Prandin*, ♥*Gluconorm*): Start 0.5- 2 mg PO tid before meals, maintenance 0.5-4 mg tid-qid, max 16 mg/day. [Trade only: Tabs 0.5, 1, 2 mg.] ▶L ♀C ▶? $$$$

### Diabetes-Related - Sulfonylureas

gliclazide (♥*Diamicron*): Canada only. Immediate release: Start 80-160 mg PO daily, max 320 mg PO daily (≥160 mg in divided doses). Modified release: Start 30 mg PO daily, max 120 mg PO daily (Diamicron). [Generic/Trade: Tab 80 mg (Diamicron). Trade only: Tabs, modified release 30 mg (Diamicron MR).] ▶KL ♀C ▶? $
glimepiride (*Amaryl*): Start 1-2 mg PO daily, usual 1-4 mg/day, max 8 mg/day. [Generic/Trade: Tabs 1, 2, 4 mg. Generic only: Tabs 8 mg.] ▶L ♀C ▶- $$
glipizide (*Glucotrol, Glucotrol XL*): Start 5 mg PO daily, usual 10-20 mg/day, max 40 mg/day (divide bid if >15 mg/day). Extended release: Start 5 mg PO daily, usual 5-10 mg/day, max 20 mg/day. [Generic/Trade: Tabs 5, 10 mg; Extended release tabs 2.5, 5, 10 mg.] ▶LK ♀C ▶? $
glyburide (*Micronase, DiaBeta, Glynase PresTab*, ♥*Euglucon*): Start 1.25-5 mg PO daily, usual 1.25-20 mg daily or divided bid, max 20 mg/day. Micronized tabs: Start 1.5-3 mg PO daily, usual 0.75-12 mg/day divided bid, max 12 mg/d. [Generic/Trade: Tabs (scored) 1.25, 2.5, 5 mg. micronized Tabs (scored) 1.5, 3, 4.5, 6 mg.] ▶LK ♀B ▶? $

### Diabetes-Related - Other

A1C home testing (**Metrika A1CNow**): For home A1C testing ▸None ♀+ ▸+

dextrose (**Glutose, B-D Glucose, Insta-Glucose, Dex-4**): Hypoglycemia: 0.5-1 g/kg (1-2 mL/kg) up to 25 g (50 mL) of 50% soln IV. Dilute to 25% for pediatric administration. [OTC Generic/Trade: Chewable tablets 4 g (Dex-4), 5 g (Glutose). Trade only: Oral gel 40%.] ▸L ♀C ▸? $

exenatide (**Byetta**): Type 2 DM adjunctive therapy when inadequate control on metformin, a sulfonylurea, or a glitazone (alone or in combination): 5 mcg SC bid (within 1 h before the morning and evening meals, or 1 h before the two main meals of the day ≥6h apart). May increase to 10 mcg SC bid after 1 month. [Trade only: prefilled pen (60 doses each) 5 mcg/dose, 1.2 mL; 10 mcg/dose, 2.4 mL.] ▸K ♀C ▸? $$$$$

glucagon (**GlucaGen**): Hypoglycemia: 1 mg IV/IM/SC, onset 5-20 min. Diagnostic aid: 1 mg IV/IM/SC. [Trade only: injection 1 mg.] ▸LK ♀B ▸? $$$

glucose home testing (**Accu-Chek Active, Accu-Check Advantage, Accu-Check Compact, Ascencia, FreeStyle, GlucoWatch, OneTouch InDuo, OneTouch Ultra, OneTouch UltraSmart, Precision Sof-Tact, Precision QID, Precision Xtra, True Track Smart System, Clinistix, Clinitest, Diastix, Tes-Tape**): Use for home glucose monitoring. ▸None ♀+ ▸+ $$

metformin (**Glucophage, Glucophage XR, Glumetza, Fortamet, Riomet**): Diabetes: Start 500 mg PO daily-bid with meals, may gradually increase to max 2550 mg/day or 2000 mg/day (ext'd release). Polycystic ovary syndrome (unapproved): 500 mg PO tid. Glucophage XR: 500 mg PO daily with evening meal; increase by 500 mg q week to max 2000 mg/day (may divide 1000 mg PO bid). Fortamet: 500-1000 mg daily with evening meal; increase by 500 mg q week to max 2500 mg/day. [Generic/Trade: Tabs 500, 850,1000 mg, extended release 500, 750 mg. Trade only, extended release: Fortamet 500, 1000 mg; Glumetza 500, 1000 mg. Trade only: oral soln 500 mg/5 mL (Riomet).] ▸K ♀B ▸? $

pramlintide (**Symlin**): Type 1 DM with mealtime insulin therapy: Initiate 15 mcg SC immediately before major meals & titrate by 15 mcg increments (if significant nausea has not occurred for ≥3 days) to maintenance 30-60 mcg as tolerated. Type 2 DM with mealtime insulin therapy: Initiate 60 mcg SC immediately before major meals and increase to 120 mcg as tolerated (if significant nausea has not occurred for 3-7 days). [Trade only: 5 mL vials, 0.6 mg/mL.] ▸K ♀C ▸? $$$$

sitagliptin (**Januvia**): Type 2 DM monotherapy, or in combination with metformin or a glitazone: 100 mg PO daily. [Trade only: Tabs 25, 50,100 mg.] ▸K ♀B ▸? $$$$

### Diagnostic Agents

cosyntropin (**Cortrosyn, ♣Synacthen**): Rapid screen for adrenocortical insufficiency: 0.25 mg (0.125 mg if <2 yo) IM/ IV over 2 min; measure serum cortisol before and 30-60 min after. ▸L ♀C ▸? $

### Gout-Related

allopurinol (**Aloprim, Zyloprim**): Mild gout or recurrent oxalate stones: 200-300 mg PO daily-bid, max 800 mg/day. [Generic/Trade: Tabs 100, 300 mg.] ▸K ♀C ▸+ $

**Colbenemid** (colchicine + probenecid): 1 tab PO daily x 1 week, then 1 tab PO bid. [Generic only: Tabs 0.5 mg colchicine + 500 mg probenecid.] ▸KL ♀C ▸? $$$

colchicine: Rapid treatment of acute gouty arthritis: 0.6 mg PO q1h for up to 3h (max 3 tabs). Gout prophylaxis: 0.6 mg PO bid if CrCl ≥50 mL/min, 0.6 mg PO daily if CrCl 35-49 mL/min, 0.6 mg PO q2-3 days if CrCl 10-34 mL/min. [Generic only: Tabs 0.6 mg.] ▸L ♀C ▸? $

probenecid (**♣Benuryl**): Gout: 250 mg PO bid x 7 days, then 500 bid. Adjunct to penicillin injection: 1-2 g PO. [Generic only: Tabs 500 mg.] ▸KL ♀B ▸? $

### Minerals

**calcium acetate** (*PhosLo*): Hyperphosphatemia: Initially 2 tabs/caps PO with each meal. [Trade only: Gelcaps 667 mg (169 mg elem Ca).] ▶K ♀+ ▶? $$$

**calcium carbonate** (*Caltrate, Mylanta Children's, Os-Cal, Oyst-Cal, Tums, Surpass, Viactiv, ♥Calsan*): Supplement: 1-2 g elem Ca/day or more PO with meals divided bid-qid. Antacid: 1000-3000 mg PO q2h prn or 1-2 pieces gum chewed prn, max 7000 mg/day. [OTC Generic/Trade: tab 500, 650, 750, 1000, 1250, 1500 mg, chew tab 400, 500, 750,850, 1000, 1177, 1250 mg, cap 1250 mg, gum 300, 450 mg, susp 1250 mg/5 mL. Calcium carbonate is 40% elem Ca and contains 20 mEq of elem Ca/g calcium carbonate. Not more than 500-600 mg elem Ca/dose. Available in combination with sodium fluoride, vitamin D and/or vitamin K. Trade examples: Caltrate 600 + D = 600 mg elemental Ca/200 units vit D, Os-Cal 500 + D = 500 mg elemental Ca/200 units vit D, Os-Cal Extra D = 500 mg elemental Ca/400 units vit D, Tums (regular strength) = 200 mg elemental Ca, Tums (ultra) = 400 mg elemental Ca, Viactiv (chew) 500 mg elemental Ca+ 100 units vit D + 40 mcg vit K.] ▶K ♀+ (? 1st trimester) ▶? $

**calcium chloride:** 500-1000 mg slow IV q1-3 days. [Generic only: injectable 10% (1000 mg/10 mL) 10 mL ampules, vials, syringes.] ▶K ♀+ ▶+ $

**calcium citrate** (*Citracal*): 1-2 g elem Ca/day or more PO with meals divided bid-qid. [OTC: Trade only (mg elem Ca): 200 & 250 mg with 200 units vitamin D and 250 mg with 125 units vitamin D and 80 mg of magnesium. Chew tabs 500 mg with 200 units vitamin D. OTC: Generic/Trade: Tabs 200, 315 mg with 200 units vitamin D.] ▶K ♀+ ▶+ $

**calcium gluconate:** 2.25-14 mEq slow IV. 500-2000 mg PO bid-qid. [Generic only: Injectable 10% (1000 mg/10 mL, 4.65mEq/10 mL) 1, 10, 50, 100, 200 mL. OTC Generic only: Tab 50, 500, 650, 975,1000 mg. Chew tab 650 mg.] ▶K ♀+ ▶+ $

**ferric gluconate complex** (*Ferrlecit*): 125 mg elem iron IV over 10 min or diluted in 100 mL NS IV over 1 h. Peds ≥6 yo: 1.5 mg/kg (max 125 mg) elem iron diluted in 25 mL NS & administered IV over 1h. ▶KL ♀B ▶? $$$$

**ferrous gluconate** (*Fergon*): 800-1600 mg ferrous gluconate PO divided tid. [OTC Generic/Trade: Tab (ferrous gluconate) 240. Generic only: Tab 27, 300, 324, 325 mg.] ▶K ♀+ ▶+ $

**ferrous sulfate** (*Fer-In-Sol, Feosol, ♥Ferodan, Slow-Fe*): 500-1000 mg ferrous sulfate (100-200 mg elem iron) PO divided tid. Liquid: Adults 5-10 mL tid, non-infant children 2.5-5 mL tid. Many other available formulations. [OTC Generic/Trade (mg ferrous sulfate): Tabs, extended-release 160 mg; tabs 324 & 325 mg; drops 75 mg/0.6 mL. OTC Generic only: Tabs, extended-release 50 mg; elixir 220 mg/5 mL.] ▶K ♀+ ▶+ $

**fluoride** (*Luride, ♥Fluor-A-Day, Fluotic*): Adult dose: 10 mL of topical rinse swish and spit daily. Peds daily dose based on fluoride content of drinking water (table). [Generic: chew tab 0.5,1 mg, tab 1 mg, drops 0.125 mg, 0.25 mg, and 0.5 mg/dropperful, lozenges 1 mg, solution 0.2 mg/mL, gel 0.1%, 0.5%, 1.23%, rinse (sodium fluoride) 0.05,0.1,0.2%).] ▶K ♀? ▶? $

| Peds daily dose is based on drinking water fluoride (shown in ppm) | | | |
|---|---|---|---|
| Age | <0.3 | 0.3-0.6 | >0.6 |
| (years) | ppm | ppm | ppm |
| 0-0.5 | none | none | none |
| 0.5-3 | 0.25mg | none | none |
| 3-6 | 0.5mg | 0.25mg | none |
| 6-16 | 1 mg | 0.5 mg | none |

**iron dextran** (*InFed, DexFerrum, ♥Dexiron, Infufer*): 25-100 mg IM daily prn. Equations available to calculate IV dose based on weight & Hb. ▶KL ♀- ▶? $$$$

**iron polysaccharide** (*Niferex, Niferex-150, Nu-Iron 150*): 50-200 mg PO divided daily-tid. [OTC Trade only: Cap 60 mg (Niferex). OTC Generic/Trade: Cap 150

| INTRAVENOUS SOLUTIONS (ions in mEq/l) | | | | | | | | |
|---|---|---|---|---|---|---|---|---|
| *Solution* | *Dextrose* | *Cal/l* | *Na* | *K* | *Ca* | *Cl* | *Lactate* | *Osm* |
| 0.9 NS | 0 g/l | 0 | 154 | 0 | 0 | 154 | 0 | 310 |
| LR | 0 g/l | 9 | 130 | 4 | 3 | 109 | 28 | 273 |
| D5 W | 50 g/l | 170 | 0 | 0 | 0 | 0 | 0 | 253 |
| D5 0.2 NS | 50 g/l | 170 | 34 | 0 | 0 | 34 | 0 | 320 |
| D5 0.45 NS | 50 g/l | 170 | 77 | 0 | 0 | 77 | 0 | 405 |
| D5 0.9 NS | 50 g/l | 170 | 154 | 0 | 0 | 154 | 0 | 560 |
| D5 LR | 50 g/l | 179 | 130 | 4 | 3 | 109 | 28 | 527 |

mg (Niferex-150, Nu-Iron 150), liquid 100 mg/5 mL (Niferex). 1 mg iron polysaccharide = 1 mg elemental iron.] ▶K ♀+ ▶+ $$

**iron sucrose (*Venofer*):** Iron deficiency with hemodialysis: 5 mL (100 mg elem iron) IV over 5 min or diluted in 100 mL NS IV over ≥15 min. Iron deficiency in nondialysis chronic kidney disease: 10 mL (200 mg elem iron) IV over 5 minutes. ▶KL ♀B ▶? $$$$$

**magnesium chloride (*Slow-Mag*):** 2 tabs PO daily. [OTC Trade only: enteric coated tab 64 mg. 64 mg tab Slow-Mag = 64 mg elem magnesium.] ▶K ♀A ▶+ $

**magnesium gluconate (*Almora, Magtrate, Maganate, ♣Maglucate*):** 500-1000 mg PO divided tid. [OTC Generic only: tab 500 mg, liquid 54 mg elem Mg/5 mL.] ▶K ♀A ▶+ $

**magnesium oxide (*Mag-200, Mag-Ox 400*):** 400-800 mg PO daily. [OTC Generic/Trade: cap 140,250,400,420,500 mg.] ▶K ♀A ▶+ $

**magnesium sulfate:** Hypomagnesemia: 1 g of 20% soln IM q6h x 4 doses, or 2 g IV over 1 h (monitor for hypotension). Peds: 25-50 mg/kg IV/IM q4-6h for 3-4 doses, max single dose 2g. Eclampsia: 4-6 g IV over 30 min, then 1-2 g/h. Drip: 5 g in 250 mL D5W (20 mg/mL), 2 g/h = 100 mL/h. Preterm labor: 6 g IV over 20 minutes, then 1-3 g/h titrated to decrease contractions. Monitor respirations & reflexes. If needed, may reverse toxic effects with calcium gluconate 1g IV. Torsades de pointes: 1-2 g IV in D5W over 5-60 minutes. ▶K ♀A ▶+ $

**phosphorus (*Neutra-Phos, K-Phos*):** 1 cap/packet PO qid. 1-2 tabs PO qid. Severe hypophosphatemia (eg, <1 mg/dl): 0.08-0.16 mmol/kg IV over 6h. [OTC: Trade only: (Neutra-Phos, Neutra-Phos K) tab/cap/packet 250 mg (8 mmol) phosphorus. Rx: Trade only: (K-Phos) tab 250 mg (8 mmol) phosphorus.] ▶K ♀C ▶? $

**potassium (*Cena-K, Effer-K, K+8, K+10, Kaochlor, Kaon, Kaon Cl, Kay Ciel, Kaylixir, K+Care, K+Care ET, K-Dur, K-G Elixir, K-Lease, K-Lor, Klor-con, Klorvess, Klorvess Effervescent, Klotrix, K-Lyte, K-Lyte Cl, K-Norm, Kolyum, K-Tab, K-vescent, Micro-K, Micro-K LS, Slow-K, Ten-K, Tri-K*):** IV infusion 10 mEq/h (diluted). 20-40 mEq PO daily-bid. [Injectable, many different products in a variety of salt forms (i.e. chloride, bicarbonate, citrate, acetate, gluconate). Potassium gluconate is available OTC.] ▶K ♀C ▶? $

**POTASSIUM, oral forms**

Effervescent Tablets: 25 mEq (*Effer-K, K-Lyte, K-Lyte/Cl, Klor-Con/EF*), 50 mEq (*K-Lyte DS, K-Lyte/Cl 50*)
Liquids: 20 mEq/15 mL (*Kay Ciel, Kaon Elixir*), 30 mEq/15 mL (*Rum-K*), 40 mEq/15 mL (generic only)
Powders: 20 mEq/pack (*Kay Ciel, K-Lor, Klor-Con*), 25 mEq/pack (*Klor-Con 25*)
Tabs/Caps: 8 mEq (*Klor-Con 8, Micro-K*), 10 mEq (*Kaon-Cl 10, Klor-Con 10, Klotrix, K-Tab, K-Dur 10, Micro-K 10*), 20 mEq (*Klor-Con M20, K-Dur 20*)

zinc acetate (*Galzin*): Dietary supplement: 8-12 mg (elemental) daily. Zinc deficiency: 25-50 mg (elemental) daily. Wilson's disease: 25-50 mg (elemental) tid. [Trade: cap 25, 50 mg elemental zinc.] ▶Minimal absorption ♀A ▶- $

zinc sulfate (*Orazinc, Zincate*): Dietary supplement: 8-12 mg (elemental) daily. Zinc deficiency: 25-50 mg (elemental) daily. [OTC Generic/Trade: tab 66, 110, 200 mg; Rx: cap 220 mg.] ▶Minimal absorption ♀A ▶- $

| PEDIATRIC REHYDRATION SOLUTIONS (ions in mEq/l) | | | | | | | | | |
|---|---|---|---|---|---|---|---|---|---|
| Brand | Glucose | Cal/l | Na | K | Cl | Citrate | Phos | Ca | Mg |
| CeraLyte 50* | 0 g/l | 160 | 50 | 20 | 40 | 30 | 0 | 0 | 0 |
| CeraLyte 70* | 0 g/l | 160 | 70 | 20 | 60 | 30 | 0 | 0 | 0 |
| CeraLyte 90* | 0 g/l | 160 | 90 | 20 | 80 | 30 | 0 | 0 | 0 |
| Infalyte | 30 g/l | 140 | 50 | 25 | 45 | 34 | 0 | 0 | 0 |
| Lytren† | 20 g/l | 80 | 50 | 25 | 45 | 30 | 0 | 0 | 0 |
| Naturalyte | 25 g/l | 100 | 45 | 20 | 35 | 48 | 0 | 0 | 0 |
| Pedialyte‡ | 25 g/l | 100 | 45 | 20 | 35 | 30 | 0 | 0 | 0 |
| Rehydralyte | 25 g/l | 100 | 75 | 20 | 65 | 30 | 0 | 0 | 0 |
| Resol | 20 g/l | 80 | 50 | 20 | 50 | 34 | 5 | 4 | 4 |

*Available in premeasured powder packet. †Canada. ‡and Pedialyte Freezer Pops

## Nutritionals

"banana bag", "rally pack": Alcoholic malnutrition (one formula): Add thiamine 100 mg + folic acid 1 mg + IV multivitamins to 1 liter NS and infuse over 4h. Magnesium sulfate 2g may be added. "Banana bag" and "rally pack" are jargon and not valid drug orders; specify individual components. ▶KL ♀+ ▶+ $

fat emulsion (*Intralipid, Liposyn*): Dosage varies. ▶L ♀C ▶? $$$$$

formulas - infant (*Enfamil, Similac, Isomil, Nursoy, Prosobee, Soyalac, Alsoy, Nutramigen Lipil*): Infant meals. [OTC: Milk-based (Enfamil, Similac, SMA) or soy-based (Isomil, Nursoy, ProSobee, Soyalac, Alsoy).] ▶L ♀+ ▶+ $

levocarnitine (*Carnitor*): 10-20 mg/kg IV at each dialysis session. [Generic/Trade: Tabs 330 mg, Oral solution 1 g /10 mL] ▶L ♀B ▶? $$$$$

omega-3 fatty acid (*fish oil, Lovaza, Omacor, Promega, Cardio-Omega 3, Sea-Omega, Marine Lipid Concentrate, MAX EPA, SuperEPA 1200*): Hypertriglyceridemia: Lovaza: 4 capsules PO daily or divided bid; 2-4 g EPA+DHA content daily. Lovaza is only FDA approved fish oil, previously known as Omacor. Marine Lipid Concentrate, Super EPA 1200 mg cap contains EPA 360 mg + DHA 240 mg, daily dose = 4-8 caps. [Trade: Lovaza 1 g cap (total 840 mg EPA+DHA). Generic/Trade: cap, shown as EPA+DHA mg content, 240 (Promega Pearls), 300 (Cardi-Omega 3, Max EPA), 320 (Sea-Omega), 400 (Promega), 500 (Sea-Omega), 600 (Marine Lipid Concentrate, SuperEPA 1200), 875 mg (SuperEPA 2000).] ▶L ♀C ▶? $$

## Phosphate Binders

lanthanum carbonate (*Fosrenol*): Hyperphosphatemia in end stage renal disease: Start 750-1500 mg/day PO in divided doses with meals. Titrate dose q2-3 weeks in increments of 750 mg/day until acceptable serum phosphate is reached. Most will require 1500-3000 mg/day to reduce phosphate <6.0 mg/dL. [Trade only: chewable tabs 250, 500, 750, 1000 mg.] ▶Not absorbed ♀C ▶? $$$$$

sevelamer (*Renagel*): Hyperphosphatemia: 800-1600 mg PO tid with meals. [Trade only: Tabs 400, 800 mg.] ▶Not absorbed ♀C ▶? $$$$$

### Thyroid Agents

**levothyroxine** (*L-Thyroxine, Levolet, Levo-T, Levothroid, Levoxyl, Novothyrox, Synthroid, Thyro-Tabs, Tirosint, Unithroid, T4, ♥Eltroxin, Euthyrox*): Start 100-200 mcg PO daily (healthy adults) or 12.5-50 mcg PO daily (elderly or CV disease), increase by 12.5-25 mcg/day at 3-8 week intervals. Usual maintenance dose 100-200 mcg/day, max 300 mcg/d. [Generic/Trade: Tabs 25, 50, 75, 88, 100, 112, 125, 137, 150, 175, 200, 300 mcg. Trade only: Caps: 25, 50, 75, 100, 125, 150 mcg in 7 day blister packs.] ►L ♀A ▶+ $

**liothyronine** (*T3, Cytomel, Triostat*): Start 25 mcg PO daily, max 100 mcg/day. [Trade only: Tabs 5, 25, 50 mcg.] ►L ♀A ▶? $$

**methimazole** (*Tapazole*): Start 5-20 mg PO tid or 10-30 mg PO daily, then adjust. [Generic/Trade: Tabs 5, 10. Generic only: Tabs 15, 20 mg.] ►L ♀D ▶+ $$$

**propylthiouracil** (*PTU, ♥Propyl Thyracil*): Start 100 mg PO tid, then adjust. Thyroid storm: 200-300 mg PO qid, then adjust. [Generic only: Tabs 50 mg.] ►L ♀D (but preferred over methimazole) ▶+ $

**sodium iodide I-131** (*Iodotope, Sodium Iodide I-131 Therapeutic*): Specialized dosing for hyperthyroidism and thyroid carcinoma. [Generic/Trade: Capsules & oral solution: radioactivity range varies at the time of calibration.] ►K ♀X ▶- $$$$$

### Vitamins

**ascorbic acid** (*vitamin C, ♥Redoxon*): 70-1000 mg PO daily. [OTC: Generic only: tab 25,50,100,250,500,1000 mg, chew tab 100,250,500 mg, time-released tab 500 mg, 1000,1500 mg, time-released cap 500 mg, lozenge 60 mg, liquid 35 mg/0.6 mL, oral solution 100 mg/mL, syrup 500 mg/5 mL.] ►K ♀C ▶? $

**calcitriol** (*Rocaltrol, Calcijex*): 0.25-2 mcg PO daily. [Generic/Trade: Cap 0.25, 0.5 mcg. Oral soln 1 mcg/mL. Injection 1,2 mcg/mL.] ►L ♀C ▶? $$

**cyanocobalamin** (*vitamin B12, CaloMist, Nascobal*): Deficiency states: 100-200 mcg IM q month or 1000-2000 mcg PO daily for 1-2 weeks followed by 1000 mcg PO daily, 500 mcg intranasal weekly (Nascobal: 1 spray one nostril once weekly), or 50-100 mcg intranasal daily (CaloMist: 1-2 sprays each nostril daily). [OTC Generic only: tab 100, 500, 1000, 5000 mcg; lozenges 100, 250, 500 mcg. Rx Trade only: nasal spray 500 mcg/spray (Nascobal 2.3 mL), 25 mcg/spray (CaloMist, 18mL).] ►K ♀C ▶+ $

**Diatx** (folic acid + niacinamide + cobalamin + pantothenic acid + pyridoxine + d-biotin + thiamine + ascorbic acid + riboflavin): 1 tab PO daily. [Trade only: Each tab contains folic acid 5 mg + niacinamide 20 mg + cobalamin 1 mg + pantothenic acid 10 mg + pyridoxine 50 mg + d-biotin 300 mcg + thiamine 1.5 mg + vitamin C 60 mg + riboflavin 1.5 mg. Diatx Fe: adds 100 mg ferrous fumarate per tab. Diatx Zn adds 25 mg of zinc oxide per tab.] ►LK ♀? ▶? $$$

**dihydrotachysterol** (*DHT*): 0.2-1.75 mg PO daily. [Generic only: tab 0.125,0.2, 0.4 mg, cap 0.125 mg, oral solution 0.2 mg/mL.] ►L ♀C ▶? $$

**doxercalciferol** (*Hectorol*): Secondary hyperparathyroidism on dialysis: Oral: 10 mcg PO 3x/ week. May increase q8 weeks by 2.5 mcg/dose; max 60 mcg/week. IV: 4 mcg IV 3x/ week. May increase dose q8 weeks by 1-2 mcg/dose; max 18 mcg/week. Secondary hyperparathyroidism not on dialysis: Start 1 mcg PO daily, may increase by 0.5 mcg/dose q 2 weeks. Max 3.5 mcg/day. [Trade only: Caps 0.5, 2.5 mcg.] ►L ♀B ▶? $$$$

**Folgard** (folic acid + cyanocobalamin + pyridoxine): 1 tab PO daily. [Trade: folic acid 0.8 mg + cyanocobalamin 0.115 mg + pyridoxine 10 mg tab.] ►K ♀? ▶? $

**folic acid** (*folate, Folvite*): 0.4-1 mg IV/IM/PO/SC daily. [OTC Generic only: Tab 0.4,0.8 mg. Rx Generic 1 mg.] ►K ♀A ▶+ $

***Foltx*** (folic acid + cyanocobalamin + pyridoxine): 1 tab PO daily. [Trade only: folic acid 2.5 mg/ cyanocobalamin 2 mg/ pyridoxine 25 mg tab.] ▶K ♀A ▶+ $

multivitamins (***MVI***): Dose varies with product. Tabs come with and without iron. [OTC & Rx: Many different brands and forms available with and without iron (tab, cap, chew tab, drops, liquid).] ▶LK ♀+ ▶+ $

***Nephrocap*** (ascorbic acid + folic acid + niacin + thiamine + riboflavin + pyridoxine + pantothenic acid + biotin + cyanocobalamin): 1 cap PO daily. If on dialysis, take after treatment. [Generic/Trade: vitamin C 100 mg/folic acid 1 mg/ niacin 20 mg/ thiamine 1.5 mg/ riboflavin 1.7 mg/ pyridoxine 10 mg/ pantothenic acid 5 mg/ biotin 150 mcg/ cyanocobalamin 6 mcg] ▶K ♀? ▶? $

***Nephrovite*** (ascorbic acid + folic acid + niacin + thiamine + riboflavin + pyridoxine + pantothenic acid + biotin + cyanocobalamin): 1 tab PO daily. If on dialysis, take after treatment. [Generic/Trade: vitamin C 60 mg/folic acid 1 mg/ niacin 20 mg/ thiamine 1.5 mg/ riboflavin 1.7 mg/ pyridoxine 10 mg/ pantothenic acid 10 mg/ biotin 300 mcg/ cyanocobalamin 6 mcg] ▶K ♀? ▶? $

niacin (***vitamin B3, nicotinic acid, Niacor, Nicolar, Slo-Niacin, Niaspan***): Niacin deficiency: 10-500 mg PO daily. Hyperlipidemia: Start 50-100 mg PO bid-tid with meals, increase slowly, usual maintenance range 1.5-3 g/day, max 6 g/day. Extended-release (Niaspan): Start 500 mg qhs, increase monthly as needed to max 2000 mg. Extended-release formulations not listed here may have greater hepatotoxicity. Titrate slowly and use aspirin or NSAID 30 minutes before niacin doses to decrease flushing reaction. [OTC: Generic only: tab 50,100,250,500 mg, timed-release cap 125,250,400 mg, timed-release tab 250,500 mg, liquid 50 mg/5 mL. Trade only: 250,500,750 mg (Slo-Niacin). Rx: Trade only: tab 500 mg (Niacor), timed-release cap 500 mg, timed-release tab 500,750,1000 mg (Niaspan, $$$$).] ▶L ♀C ▶? $

paricalcitol (***Zemplar***): Prevention/treatment of secondary hyperparathyroidism with renal insufficiency: 1-2 mcg PO daily or 2-4 mcg PO 3 times/wk; increase dose by 1 mcg/day or 2 mcg/week until desired PTH level is achieved. Prevention/treatment of secondary hyperparathyroidism with renal failure (CrCl<15 mL/min): 0.04-0.1 mcg/kg (2.8-7 mcg) IV 3 times/wk at dialysis; increase dose by 2-4 mcg q 2-4 weeks until desired PTH level is achieved. Max dose 0.24 mcg/kg (16.8 mcg). [Trade only: Caps 1, 2, 4 mcg.] ▶L ♀C ▶? $$$$$

phytonadione (***vitamin K, Mephyton, AquaMephyton***): Single dose of 0.5-1 mg IM within 1h after birth. Excessive oral anticoagulation: Dose varies based on INR. INR 5-9: 1-2.5 mg PO (≤5 mg may be given if rapid reversal necessary); INR >9 with no bleeding: 5-10 mg PO; Serious bleeding & elevated INR: 10 mg slow IV infusion. Adequate daily intake 120 mcg (males) and 90 mcg (females). [Trade only: Tab 5 mg.] ▶L ♀C ▶+ $

pyridoxine (***vitamin B6***): 10-200 mg PO daily. INH overdose: 1 g IV/IM q 30 min, total dose of 1 g for each gram of INH ingested. [OTC Generic only: Tab 25,50,100 mg, timed-release tab 100 mg.] ▶K ♀A ▶+ $

riboflavin (***vitamin B2***): 5-25 mg PO daily. [OTC Generic only: tab 25,50,100 mg.] ▶K ♀A ▶+ $

thiamine (***vitamin B1***): 10-100 mg IV/IM/PO daily. [OTC Generic only: tab 50,100,250,500 mg, enteric coated tab 20 mg.] ▶K ♀A ▶+ $

tocopherol (***vitamin E, ♥Aquasol E***): RDA is 22 units (natural, d-alpha-tocopherol) or 33 units (synthetic, d,l-alpha-tocopherol) or 15 mg (alpha-tocopherol). Max recommended 1000 mg (alpha-tocopherol). Antioxidant: 400-800 units PO daily. [OTC Generic only: tab 200,400 units, cap 73.5, 100, 147, 165, 200, 330, 400, 500, 600, 1000 units, drops 50 mg/mL.] ▶L ♀A ▶? $

vitamin A: RDA: 900 mcg RE (retinol equivalents) (males), 700 mcg RE (females). Treatment of deficiency states: 100,000 units IM daily x 3 days, then 50,000 units IM daily for 2 weeks. 1 RE = 1 mcg retinol or 6 mcg beta-carotene. Max recommended daily dose 3000 mcg. [OTC: Generic only: cap 10,000, 15,000 units. Trade only: tab 5,000 units. Rx: Generic: 25,000 units. Trade only: soln 50,000 units/mL.] ▶L ♀A (C if exceed RDA, X in high doses) ▶+ $

vitamin D (**vitamin D2, ergocalciferol, Calciferol, Drisdol, ✦Osteoforte**): Familial hypophosphatemia (Vitamin D Resistant Rickets): 12,000-500,000 units PO daily. Hypoparathyroidism: 50,000-200,000 units PO daily. Adequate daily intake adults: 19-50 yo: 5 mcg (200 units) ergocalciferol; 51-70 yo: 10 mcg (400 units); >70 yo: 15 mcg (600 units). [OTC: Trade only: soln 8000 units/mL. Rx: Trade only: cap 50,000 units, inj 500,000 units/mL.] ▶L ♀A (C if exceed RDA) ▶+ $

### Other

cabergoline (**Dostinex**): Hyperprolactinemia: 0.25-1 mg PO twice/wk. [Generic/Trade: Tabs 0.5 mg.] ▶L ♀B ▶- $$$$$

calcitonin (**Miacalcin, Fortical, ✦Calcimar, Caltine**): Skin test before using injectable product: 1 unit intradermally and observe for local reaction. Osteoporosis: 100 units SC/IM or 200 units (1 spray) intranasal daily (alternate nostrils). Paget's disease: 50-100 units SC/IM daily. Hypercalcemia: 4 units/kg SC/IM q12h. May increase after 2 days to max of 8 units/kg q6h. [Trade: nasal spray 200 units/activation in 3.7 mL bottle (minimum of 30 doses/bottle).] ▶Plasma ♀C ▶? $$$$

desmopressin (**DDAVP, Stimate, ✦Minirin, Octostim**): Diabetes insipidus: 10-40 mcg intranasally daily or divided bid-tid, 0.05-1.2 mg/day PO or divided bid-tid, or 0.5-1 mL/day SC/IV in 2 divided doses. Hemophilia A, von Willebrand's disease: 0.3 mcg/kg IV over 15-30 min, or 150-300 mcg intranasally. Enuresis: 10-40 mcg intranasally qhs or 0.2-0.6 mg PO qhs. Not for children <6 yo. [Trade only: Stimate nasal spray 150 mcg/0.1 mL (1 spray), 2.5 mL bottle (25 sprays). Generic/Trade (DDAVP nasal spray): 10 mcg/0.1 mL (1 spray), 5 mL bottle (50 sprays). Note difference in concentration of nasal solutions. Rhinal Tube: 2.5 mL bottle with 2 flexible plastic tube applicators with graduation marks for dosing.] ▶LK ♀B ▶? $$$$

sodium polystyrene sulfonate (**Kayexalate**): Hyperkalemia: 1 g/kg up to 15-60 g PO or 30-50 g retention enema (in sorbitol) q6h prn. Irrigate with tap water after enema to prevent necrosis. [Generic only: Suspension 15 g/60 mL. Powdered resin.] ▶Fecal excretion ♀C ▶? $$$$

somatropin (**human growth hormone, Genotropin, Humatrope, Norditropin, Norditropin NordiFlex, Nutropin, Nutropin AQ, Nutropin Depot, Omnitrope, Protropin, Serostim, Serostim LQ, Saizen, Tev-Tropin, Valtropin, Zorbtive**): Dosages vary by indication and product. [Single dose vials (powder for injection with diluent). Tev-Tropin: 5mg vial (powder for injection with diluent, stable for 14 days when refrigerated). Genotropin: 1.5, 5.8, 13.8 mg cartridges. Humatrope: 6, 12, 24 mg pen cartridges, 5mg vial (powder for injection with diluent, stable for 14 days when refrigerated). Nutropin AQ: 10 mg multiple dose vial & 10 mg/pen cartridges. Norditropin: 5,10,15 mg pen cartridges. Norditropin NordiFlex: 5, 10, 15 mg prefilled pens. Omnitrope: 1.5, 5.8 mg vial (powder for injection with diluent). Saizen: pre-assembled reconstitution device with autoinjector pen. Serostim: 4, 5, 6 mg single dose vials, 4 & 8.8 mg multidose vials and 8.8 mg cartridges for autoinjector. Valtropin: 5 mg single dose vials, 5mg prefilled syringe. Zorbtive: 8.8 mg vial (powder for injection with diluent, stable for 14 days when refrigerated).] ▶LK ♀B/C ▶? $$$$$

teriparatide (**Forteo**): Treatment of postmenopausal women or men with primary or hypogonadal osteoporosis and high risk for fracture: 20 mcg SC daily in thigh or abdomen for ≤2 years. [Trade only: 28-dose pen injector (20 mcg/dose).] ▶LK ♀C ▶- $$$$$

vasopressin (**Pitressin, ADH, ♣Pressyn AR**): Diabetes insipidus: 5-10 units IM/SC bid-qid prn. Cardiac arrest: 40 units IV; may repeat if no response after 3 min. Septic shock: 0.01-0.1 units/min IV infusion, usual dose <0.04 units/min. Variceal bleeding: 0.2-0.4 units/min initially (max 0.9 units/min). ▶LK ♀C ▶? $$$$$

# ENT

## Antihistamines - Nonsedating

desloratadine (**Clarinex, ♣Aerius**): Adults & children ≥12 yo: 5 mg PO daily. 6-11 yo: 1 teaspoonful (2.5 mg) PO daily. 12 mo - 5 yo: ½ teaspoonful (1.25 mg) PO daily. 6-11 mo: 2 mL (1 mg) PO daily. [Trade only: Tabs 5 mg. Fast-dissolve RediTabs 2.5 & 5 mg. Syrup 0.5 mg/mL] ▶LK ♀C ▶+ $$$

fexofenadine (**Allegra**): 60 mg PO bid or 180 mg daily. 6-12 yo: 30 mg PO bid. [Generic/Trade: Tabs 30, 60, 180 mg, Caps 60 mg. Trade only: Susp 30mg/5 mL, orally disintegrating tab 30 mg.] ▶LK ♀C ▶+ $$$

loratadine (**Claritin, Claritin Hives Relief, Claritin RediTabs, Alavert, Tavist ND**): Adults & children ≥6 yo: 10 mg PO daily. 2-5 yo: 5 mg PO daily. [OTC: Generic/Trade: Tabs 10 mg. Fast-dissolve tabs (Alavert, Claritin RediTabs) 5, 10 mg. Syrup 1 mg/mL. Rx: Trade only: Chew tab 5 mg (Claritin).] ▶LK ♀B ▶+ $

## Antihistamines - Other

cetirizine (**Zyrtec, ♣Reactine, Aller-Relief**): Adults & children ≥6 yo: 5-10 mg PO daily. 2-5 yo: 2.5 mg PO daily-bid. 6-23 mo: 2.5 mg PO daily. [Trade: Tabs 5, 10 mg. Syrup 5 mg/5 mL. Chewable tabs, grape-flavored 5, 10 mg.] ▶LK ♀B ▶- $$$

chlorpheniramine (**Chlor-Trimeton, Aller-Chlor**): 4 mg PO q4-6h. Max 24 mg/day. [OTC: Trade only: Tabs, extended-release 12 mg. Generic/Trade: Tabs 4 mg. Syrup 2 mg/5 mL. Tabs, extended release 8 mg.] ▶LK ♀B ▶- $

clemastine (**Tavist-1**): 1.34 mg PO bid. Max 8.04 mg/day. [OTC: Generic/Trade: Tabs 1.34 mg. Rx: Generic/Trade: Tabs 2.68 mg, Syrup 0.67 mg/5 mL. Rx: Generic only: Syrup 0.5mg/5 mL.] ▶LK ♀B ▶- $

cyproheptadine (**Periactin**): Start 4 mg PO tid. Max 32 mg/day. [Generic only: Tabs 4 mg. Syrup 2 mg/5 mL.] ▶LK ♀B ▶- $

dexchlorpheniramine (**Polaramine**): 2 mg PO q4-6h. Timed release tabs: 4 or 6 mg PO at qhs or q8-10h. [Generic only: Tabs, immediate release 2 mg, timed release 4, 6 mg. Syrup 2 mg/5 mL.] ▶LK ♀? ▶- $$

diphenhydramine (**Benadryl, Banophen, Allermax, Diphen, Diphenhist, Dytan, Siladryl, Sominex, ♣Allerdryl, Nytol**): Allergic rhinitis, urticaria, hypersensitivity reactions: 25-50 mg IV/IM/PO q4-6h. Peds: 5 mg/kg/day divided q4-6h. EPS: 25-50 mg PO tid-qid or 10-50 mg IV/IM tid-qid. Insomnia: 25-50 mg PO qhs. Peds ≥12 yo: 50 mg PO qhs. [OTC: Trade only: Tabs 25, 50 mg, Chew tabs 12.5 mg. OTC & Rx: Generic only: Caps 25, 50 mg, softgel cap 25 mg. OTC: Generic/Trade: Solution 6.25 or 12.5 mg per 5 mL. Rx: Trade only: (Dytan) Suspension 25 mg/mL, Chew tabs 25 mg.] ▶LK ♀B ▶- $

hydroxyzine (**Atarax, Vistaril**): 25-100 mg IM/PO daily-qid or prn. [Generic: Tabs 10, 25, 50, 100 mg, Caps 100 mg, Syrup 10 mg/5 mL. Generic/Trade: Caps 25, 50 mg, Susp 25 mg/5 mL (Vistaril). Caps = Vistaril, Tabs = Atarax.] ▶L ♀C ▶- $$

levocetirizine (**Xyzal**): Adults & children ≥12 yo: 5 mg PO daily. 6-11 yo: 2.5 mg PO daily. [Trade only: Tabs 5 mg, scored.] ▶K ♀B ▶- $$$

| ENT COMBINATIONS (selected) | Decon-gestant | Antihis-tamine | Anti-tussive | Typical Adult Doses |
|---|---|---|---|---|
| **OTC** | | | | |
| Actifed Cold & Allergy | PE | CH | - | 1 tab q4-6h |
| Actifed Cold & Sinus‡ | PS | CH | - | 2 tabs q 6h |
| Allerfrim, Aprodine | PS | TR | - | 1 tab or 10 mL q4-6h |
| Benadryl Allergy/Cold‡ | PE | DPH | - | 2 tabs q 4 h |
| Benadryl-D Allergy/Sinus Tablets | PE | DPH | - | 1 tab q 4 h |
| Claritin-D 12 hour, Alavert D-12 | PS | LO | - | 1 tab q12h |
| Claritin-D 24 hour | PS | LO | - | 1 tab daily |
| Dimetapp Cold & Allergy Elixir | PE | BR | - | 20mL q 4h |
| Dimetapp DM Cold & Cough | PE | BR | DM | 20mL q 4h |
| Drixoral Cold & Allergy | PS | DBR | - | 1 tab q12h |
| Mucinex-DM Extended-Release | - | - | GU,DM | 1-2 tab q12h |
| Robitussin CF | PE | - | GU, DM | 10 mL q4h* |
| Robitussin DM, Mytussin DM | - | - | GU, DM | 10 mL q4h* |
| Robitussin PE, Guiatuss PE | PE | - | GU | 10 mL q4h* |
| Triaminic Cold & Allergy | PE | CH | - | 10 mL q4h |
| **Rx Only** | | | | |
| Allegra-D 12- hour | PS | FE | - | 1 tab q12h |
| Allegra-D 24- hour | PS | FE | - | 1 tab daily |
| Bromfenex | PS | BR | - | 1 cap q12h |
| Clarinex-D24-hour | PS | DL | - | 1 tab daily |
| Deconamine | PS | CH | - | 1 tab or 10 mL tid-qid |
| Deconamine SR, Chlordrine SR | PS | CH | - | 1 tab q12h |
| Deconsal II | PE | - | GU | 1-2 tabs q12h |
| Dimetane-DX | PS | BR | DM | 10 mL PO q4h |
| Duratuss | PE | - | GU | 1 tab q12h |
| Duratuss HD©III | PE | - | GU, HY | 5-10mL q4-6h |
| Entex PSE, Guaifenex PSE 120 | PS | - | GU | 1 tab q12h |
| Histussin D ©III | PS | - | HY | 5 mL qid |
| Histussin HC ©III | PE | CH | HY | 10 mL q4h |
| Humibid DM | - | - | GU, DM | 1 tab q12h |
| Hycotuss ©III | - | - | GU, HY | 5mL pc & qhs |
| Phenergan/Dextromethorphan | - | PR | DM | 5 mL q4-6h |
| Phenergan VC | PE | PR | - | 5 mL q4-6h |
| Phenergan VC w/codeine©V | PE | PR | CO | 5 mL q4-6h |
| Robitussin AC ©V (generic only) | - | - | GU, CO | 10 mL q4h* |
| Robitussin DAC ©V (generic only) | PE | - | GU, CO | 10 mL q4h* |
| Rondec Syrup | PE | CH | - | 5 mL qid† |
| Rondec DM Syrup | PE | CH | DM | 5 mL qid† |
| Rondec Oral Drops | PE | CH | - | 0.75 to 1 mL qid |
| Rondec DM Oral Drops | PE | CH | DM | 0.75 to 1 mL qid |
| Rynatan | PE | CH | - | 1-2 tabs q12h |
| Rynatan-P Pediatric | PE | CH | - | 2.5-5 mL q12h* |
| Semprex-D | PS | AC | - | 1cap q4-6h |
| Tanafed | PS | CH | - | 10-20 mL q12h* |
| Tussionex ©III | - | CH | HY | 5 mL q12h |

AC=acrivastine  DL= desloratadine  FE=fexofenadine  PE=phenylephrine
BR=brompheniramine  DM=dextromethorphan  GU=guaifenesin  PR=promethazine
CH=chlorpheniramine  DBR=dexbrompheniramine  HY=hydrocodone  PS=pseudoephedrine
CO=codeine  DPH=diphenhydramine  LO=loratadine  TR=triprolidine

*5 mL/dose if 6-11 yo. 2.5 mL if 2-5 yo. †2.5 mL/dose if 6-11 yo. 1.25 mL if 2-5 yo. ‡Also contains acetaminophen.

meclizine (*Antivert, Bonine, Medivert, Meclicot, Meni-D,* ✚*Bonamine*): Motion sickness: 25-50 mg PO 1 hr prior to travel, then 25-50 mg PO daily. Vertigo: 25 mg PO q6h prn. [Rx/OTC/Generic/Trade: tabs 12.5, 25 mg. Chew tabs 25 mg. Rx/Trade only: tabs 50 mg.] ▶L ♀B ▶? $

### Antitussives / Expectorants

benzonatate (*Tessalon, Tessalon Perles*): 100-200 mg PO tid. Swallow whole. Do not chew. Numbs mouth; possible choking hazard. [Generic/Trade: Softgel caps: 100, 200 mg.] ▶L ♀C ▶? $$

dextromethorphan (*Benylin, Delsym, Dexalone, Robitussin Cough, Vick's 44 Cough*): 10-20 mg PO q4h or 30 mg PO q6-8h. Sustained action liquid 60 mg PO q12h. [OTC: Trade only: Caps 15 mg (Robitussin) & 30 mg (DexAlone), Suspension, extended release 30 mg/5 mL (Delsym). Generic/Trade: Syrup 5, 7.5, 10, 15 mg/5 mL. Generic only: Lozenges 5, 10 mg.] ▶L ♀+ ▶+ $

guaifenesin (*Robitussin, Hytuss, Guiatuss, Mucinex*): 100-400 mg PO q4h. 600-1200 mg PO q12h (extended release). 100-200 mg/dose if 6-11 yo. 50-100 mg/dose if 2-5 yo. [Rx-Generic/Trade: Extended release tabs 600, 1200 mg. OTC-Generic/Trade: Liquid & Syrup 100 mg/5 mL. OTC-Trade only: Caps 200 mg (Hytuss), Extended release tabs 600 mg (Mucinex). OTC-Generic only: Tabs 100, 200, 400 mg.] ▶L ♀C ▶+ $

### Decongestants (See ENT - Nasal Preparations for nasal spray decongestants.)

phenylephrine (*Sudafed PE*): 10 mg PO q4h. [OTC: Trade only: Tabs 10 mg.] ▶L ♀C ▶+ $

pseudoephedrine (*Sudafed, Sudafed 12 Hour, Efidac/24, Dimetapp Decongestant Infant Drops, PediaCare Infants' Decongestant Drops, Triaminic Oral Infant Drops,* ✚*Pseudofrin*): Adult: 60 mg PO q4-6h. Peds: 30 mg/dose if 6-12 yo, 15 mg/dose if 2-5 yo. Extended release: 120 mg PO bid or 240 mg PO daily. Dimetapp, PediaCare, & Triaminic Infant Drops: (7.5 mg/0.8 mL): Give PO q4-6h. Max 4 doses/day. 2-3 yo: 1.6 mL. 12-23 mo: 1.2 mL. 4-11 mo: 0.8 mL. 3-3 mo: 0.4 mL. [OTC: Generic/Trade: Tabs 30, 60 mg, Tabs, extended release 120 mg (12 hour), Infant drops 7.5 mg/0.8 mL, Solution 15 & 30 mg/5 mL. Trade only: Chew tabs 15 mg, Tabs, extended release 240 mg (24 hour).] ▶L ♀C ▶+ $

### Ear Preparations

**Auralgan** (benzocaine + antipyrine): 2-4 drops in ear(s) tid-qid prn. [Generic/Trade: Otic soln 10 & 15 mL.] ▶Not absorbed ♀C ▶? $

carbamide peroxide (*Debrox, Murine Ear*): 5-10 drops in ear(s) bid x 4 days. [OTC: Generic/Trade: Otic soln 6.5%, 15 & 30 mL.] ▶Not absorbed ♀? ▶? $

*Cipro HC Otic* (ciprofloxacin + hydrocortisone): ≥1 yo to adult: 3 drops in ear(s) bid x 7 days. [Trade only: Otic suspension 10 mL.] ▶Not absorbed ♀C ▶- $$$$

*Ciprodex Otic* (ciprofloxacin + dexamethasone): ≥6 mo to adult: 4 drops in ear(s) bid x 7 days. [Trade: Otic suspension 5 & 7.5 mL.] ▶Not absorbed ♀C ▶- $$$$

*Cortisporin Otic* (hydrocortisone + polymyxin + neomycin, *Pediotic*): 4 drops in ear(s) tid-qid up to 10 days of soln or susp. Peds: 3 drops in ear(s) tid-qid up to 10 days. Caveats with perforated TMs or tympanostomy tubes: (1) Risk of neomycin ototoxicity, especially if use prolonged or repeated; (2) Use susp rather than acidic soln. [Generic/Trade: Otic soln or susp 7.5, 10 mL.] ▶Not absorbed ♀? ▶? $

*Cortisporin TC Otic* (hydrocortisone + neomycin + thonzonium + colistin): 4-5 drops in ear(s) tid-qid up to 10 days. [Trade only: Otic suspension, 10 mL.] ▶Not absorbed ♀? ▶? $$$

docusate sodium (*Colace*): Cerumen impaction: Instill 1 mL in affected ear. [Generic/Trade: Liquid 150 mg/15 mL.] ▶Not absorbed ♀+ ▶+ $

**Domeboro Otic** (acetic acid + aluminum acetate): 4-6 drops in ear(s) q2-3h. Peds: 2-3 drops in ear(s) q3-4h. [Generic: Otic soln 60 mL.] ▶Not absorbed ♀? ▶? $

fluocinolone - otic (*DermOtic*): 5 drops in affected ear(s) bid for 7-14 days. [Trade only: Otic oil 0.01% 20 mL.] ▶L ♀C ▶? $$

ofloxacin - otic (*Floxin Otic*): >12 yo: 10 drops in ear(s) bid. 1-12 yo: 5 drops in ear(s) bid. [Trade only: Otic soln 0.3% 5, 10 mL, "Singles": single-dispensing containers 0.25 mL (5 drops), 2 per foil pouch.] ▶Not absorbed ♀C ▶- $$$

**Swim-Ear** (isopropyl alcohol + anhydrous glycerins): 4-5 drops in ears after swimming. [OTC: Trade only: Otic soln 30 mL.] ▶Not absorbed ♀? ▶? $

**VoSol HC** (acetic acid + propylene glycol + hydrocortisone): 5 drops in ear(s) tid-qid. Peds >3 yo: 3-4 drops in ear(s) tid-qid. VoSol HC adds hydrocortisone 1%. [Generic/Trade: Otic soln 2%-3%-1% 10 mL.] ▶Not absorbed ♀? ▶? $

## Mouth & Lip Preparations

amlexanox (*Aphthasol, OraDisc A*): Aphthous ulcers: Apply ¼ inch paste or mucoadhesive patch to affected area qid after oral hygiene for up to 10 days. Up to 3 patches may be applied at one time. [Trade only: Oral paste 5%, 5 g tube. Mucoadhesive patch 2 mg, #20.] ▶LK ♀B ▶? $

cevimeline (*Evoxac*): Dry mouth due to Sjogren's syndrome: 30 mg PO tid. [Trade only: Caps 30 mg.] ▶L ♀C ▶- $$$$

chlorhexidine gluconate (*Peridex, Periogard, ✿Denticare*): Rinse with 15 mL of undiluted soln for 30 seconds bid. Do not swallow. Spit after rinsing. [Generic/Trade: Oral rinse 0.12% 473-480 mL bottles.] ▶Fecal excretion ♀B ▶? $

**Debacterol** (sulfuric acid + sulfonated phenolics): Aphthous stomatitis, mucositis: Apply to dry ulcer. Rinse with water. [Trade only: 1 mL prefilled, single-use applicator.] ▶Not absorbed ♀C ▶+ $$

**Gelclair** (maltodextrin + propylene glycol): Aphthous ulcers, mucositis, stomatitis: Rinse mouth with 1 packet tid or prn. [Trade only: 21 packets/box.] ▶Not absorbed ♀+ ▶+ $$$

lidocaine - viscous (*Xylocaine*): Mouth or lip pain in adults only: 15-20 mL topically or swish & spit q3h. [Generic/Trade: soln 2%, 20 mL unit dose, 100 mL bottle.] ▶LK ♀B ▶+ $

"magic mouthwash" (diphenhydramine + *Mylanta* + sucralfate): 5 mL PO swish & spit or swish & swallow tid before meals and prn. [Compounded suspension. A standard mixture is 30 mL diphenhydramine liquid (12.5 mg/5 mL)/60 mL Mylanta or Maalox/4 g Carafate.] ▶LK ♀B(- in 1st trimester) ▶- $$$

pilocarpine (*Salagen*): Dry mouth due to radiation of head & neck or Sjogren's syndrome: 5 mg PO tid-qid. [Generic/Trade: Tabs 5, 7.5 mg.] ▶L ♀C ▶- $$$$

## Nasal Preparations - Corticosteroids

beclomethasone (*Vancenase, Vancenase AQ Double Strength, Beconase AQ*): Vancenase: 1 spray per nostril bid-qid. Beconase AQ: 1-2 spray(s) per nostril bid. Vancenase AQ Double Strength: 1-2 spray(s) per nostril qd. [Trade: Vancenase 42 mcg/spray, 80 or 200 sprays/bottle. Beconase AQ 42 mcg/spray, 200 sprays/bottle. Vancenase AQ Double Strength 84 mcg/spray, 120 sprays/bottle.] ▶L ♀C ▶? $$$$

budesonide (*Rhinocort Aqua*): 1-4 sprays per nostril daily. [Trade only: Nasal inhaler 120 sprays/bottle.] ▶L ♀B ▶? $$$

ciclesonide (*Rhinocort Aqua*): 2 sprays per nostril daily. [Trade only: Nasal spray, 50 mcg/spray, 120 sprays/bottle.] ▶L ♀C ▶? $$

flunisolide (**Nasalide, Nasarel, ✿Rhinalar**): Start 2 sprays/nostril bid. Max 8 sprays/nostril/day. [Generic/Trade: Nasal soln 0.025%, 200 sprays/bottle. Nasalide with pump unit. Nasarel with meter pump & nasal adapter.] ▶L ♀C ▶? $$

fluticasone (**Flonase, Veramyst**): 2 sprays per nostril daily. [Generic/Trade: Flonase: Nasal spray 0.05%, 120 sprays/bottle. Trade only: (Veramyst): Nasal spray suspension: 27.5 mcg/spray, 120 sprays/bottle.] ▶L ♀C ▶? $$$

mometasone (**Nasonex**): Adult: 2 sprays/nostril daily. Peds 2-11 yo: 1 spray/nostril daily. [Trade only: Nasal spray, 120 sprays/bottle.] ▶L ♀C ▶? $$$

triamcinolone (**Nasacort AQ, Nasacort HFA, Tri-Nasal**): Nasacort HFA, Tri-Nasal: 2 sprays per nostril daily-bid. Max 4 sprays/nostril/day. Nasacort AQ: 2 sprays per nostril daily. [Trade only: Nasal inhaler 55 mcg/spray, 100 sprays/bottle (Nasacort HFA). Nasal spray, 55 mcg/spray, 120 sprays/bottle (Nasacort AQ). Nasal spray 50 mcg/spray, 120 sprays/bottle (Tri-Nasal).] ▶L ♀C ▶- $$$

### Nasal Preparations - Other

azelastine (**Astelin**): Allergic/vasomotor rhinitis: 1-2 sprays/nostril bid. [Trade only: Nasal spray, 200 sprays/bottle.] ▶L ♀C ▶? $$$

cromolyn (**NasalCrom**): 1 spray per nostril tid-qid. [OTC: Generic/Trade: Nasal inhaler 200 sprays/bottle 13 & 26 mL.] ▶LK ♀B ▶+ $

ipratropium (**Atrovent Nasal Spray**): 2 sprays per nostril bid-qid. [Generic/Trade: Nasal spray 0.03%, 345 sprays/bottle & 0.06%, 165 sprays/bottle.] ▶L ♀B ▶? $$

levocabastine (**✿Livostin Nasal Spray**): Canada only. 2 sprays in each nostril bid, increase prn to tid-qid. [Trade only: nasal spray 0.5 mg/mL, plastic bottles of 15 ml. Each spray delivers 50 mcg.] ▶L (but minimal absorption) ♀C ▶- $$

oxymetazoline (**Afrin, Dristan 12 Hr Nasal, Nostrilla, Vicks Sinex 12 Hr**): 2-3 drops/sprays per nostril bid prn rhinorrhea for ≤ 3 days. [OTC: Generic/Trade: Nasal spray 0.05% 15 & 30 mL, Nose drops 0.025% & 0.05% 20 mL with dropper.] ▶L ♀C ▶? $

phenylephrine (**Neo-Synephrine, Vicks Sinex**): 2-3 sprays/drops per nostril q4h prn x 3 days. [OTC: Generic/Trade: Nasal drops/spray 0.25, 0.5, 1% (15 mL).] ▶L ♀C ▶? $

saline nasal spray (**SeaMist, Entsol, Pretz, NaSal, Ocean, ✿HydraSense**): Nasal dryness: 1-3 sprays or drops per nostril prn. [Generic/Trade: Nasal spray 0.4, 0.5, 0.65, 0.75%, Nasal drops 0.4 & 0.65%. Trade only: Preservative Free-Nasal spray 3% (Entsol).] ▶Not metabolized ♀A ▶+ $

### Other

Cetacaine (benzocaine + tetracaine + butyl aminobenzoate): Topical anesthesia of mucous membranes: Spray: Apply for ≤1 second. Liquid or gel: Apply with cotton applicator directly to site. [Trade only: (14%-2%-2%) Spray 56 mL. Topical liquid 56 mL. Hospital gel 29 g.] ▶LK ♀C ▶? $$

## GASTROENTEROLOGY

### Antidiarrheals

bismuth subsalicylate (**Pepto-Bismol, Kaopectate**): 2 tabs or 30 mL (262 mg/15 mL) PO q 30 min-1 h up to 8 doses/day. Peds: 10 mL (262 mg/15 mL) or 2/3 tab if 6-9 yo, 5 mL (262 mg/15 mL) or 1/3 tab if 3-6 yo. Risk of Reye's syndrome in children. [OTC Generic/Trade: chew tab 262 mg, susp 262,525,750 mg/15 mL. Generic only: susp 130 mg/15 mL. Trade only: caplets 262 mg (Pepto-Bismol), susp 87 mg/5 mL (Kaopectate Children's Liquid), caplets 750mg (Kaopectate).] ▶K ♀D ▶? $

*Imodium Advanced* (loperamide + simethicone): 2 caplets PO initially, then 1 caplet PO after each unformed stool to a max of 4 caplets/24 h. Peds: 1 caplet PO initially, then ½ caplet PO after each unformed stool to a max of 2 caplets/day (if 6-8 yo or 48-59 lbs) or 3 caplets/day (if 9-11 yo or 60-95 lbs). [OTC Generic/trade: caplet & chew tab 2 mg loperamide/125 mg simethicone.] ▶L ♀B ▶+ $

*Lomotil* (diphenoxylate + atropine): 2 tabs or 10 mL PO qid. [Generic/Trade: soln 2.5/0.025 mg diphenoxylate/atropine per 5 mL, tab 2.5/0.025 mg.] ▶L ♀C ▶– ©V $

loperamide (*Imodium, Imodium AD,* ✦*Loperacap, Diarr-eze*): 4 mg PO initially, then 2 mg PO after each unformed stool to a maximum of 16 mg/day. Peds: 2 mg PO tid if >30 kg, 2 mg bid if 20-30 kg, 1 mg tid if 13-20 kg. [Rx Generic/Trade: cap 2 mg, tab 2 mg. OTC Generic/Trade: tab 2 mg, liquid 1 mg/5 mL.] ▶L ♀B ▶+ $

*Motofen* (difenoxin + atropine): 2 tabs PO initially, then 1 after each loose stool q3-4 h prn. Maximum of 8 tabs/24h. [Trade only: tab difenoxin 1 mg + atropine 0.025 mg.] ▶L ♀C ▶– ©IV $

opium (*opium tincture, paregoric*): 5-10 mL paregoric PO daily-qid or 0.3-0.6 mL PO opium tincture qid. [Trade only: opium tincture 10% (deodorized opium tincture, 10 mg morphine equivalent per mL). Generic only: paregoric (camphorated opium tincture, 2 mg morphine equivalent/5 mL).] ▶L ♀B (D with long-term use) ▶? ©II (opium tincture), III (paregoric) $$

## Antiemetics - 5-HT3 Receptor Antagonists

dolasetron (*Anzemet*): Nausea with chemo: 1.8 mg/kg up to 100 mg IV/PO single dose. Post-op nausea: 12.5 mg IV in adults and 0.35 mg/kg IV in children as single dose. Alternative for prevention 100 mg (adults) or 1.2 mg/kg (children) PO 2 h before surgery. [Trade only: tab 50,100 mg.] ▶LK ♀B ▶? $$$

granisetron (*Kytril*): Nausea with chemo: 10 mcg/kg IV over 5 minutes, 30 minutes prior to chemo. Oral: 1 mg PO bid x 1 day only. Radiation-induced nausea and vomiting: 2 mg PO 1 hr before first irradiation fraction of each day. [Trade only: tab 1 mg, oral soln 2 mg/10 mL (30 mL).] ▶L ♀B ▶? $$$

ondansetron (*Zofran*): Nausea with chemo (≥6 month old): 32 mg IV over 15 min, or 0.15 mg/kg doses 30 min prior to chemo and repeated at 4 & 8 hrs after first dose. Oral dose if ≥12 yo: 8 mg PO and repeated 8 hrs later. If 4-11 yo: 4 mg PO 30 min prior to chemo and repeated at 4 & 8 hrs. Prevention of post-op nausea: 4 mg IV over 2-5 min or 4 mg IM or 16 mg PO 1 hr before anesthesia. If 1 month-12 yo: 0.1 mg/kg IV over 2-5 min x 1 if ≤40 kg; 4 mg IV over 2-5 min x 1 if >40 kg. Prevention of N/V associated with radiotherapy: 8 mg PO tid. [Generic/Trade: Tab 4, 8, 24 mg, orally disintegrating tab 4, 8 mg, solution 4 mg/5 mL. Generic only: Tab 16 mg, orally disintegrating tab 16, 24 mg.] ▶L ♀B ▶? $$$$$

palonosetron (*Aloxi*): Nausea with chemo: 0.25 mg IV over 30 seconds, 30 minutes prior to chemo. ▶L ♀B ▶? $$$$$

## Antiemetics - Other

aprepitant (*Emend*): Prevention of nausea with moderately to highly emetogenic chemo, in combination with dexamethasone and ondansetron: 125 mg PO on day 1 (1 h prior to chemo), then 80 mg PO qam on days 2 & 3. Prevention of postoperative N/V: 40 mg PO within 3 hours prior to anesthesia. [Trade only: cap 40, 80, 125 mg.] ▶L ♀B ▶? $$$$$

*Diclectin* (doxylamine + pyridoxine): Canada only. 2 tabs PO qhs. May add 1 tab in am and 1 tab in afternoon, if needed. [Trade only: delayed-release tab doxylamine 10 mg + pyridoxine 10 mg.] ▶LK ♀A ▶? $

dimenhydrinate (*Dramamine,* ✦*Gravol*): 50-100 mg PO/IM/IV q4-6h prn. [OTC: Generic/Trade: tab 50 mg. Trade only: chew tab 50 mg. Generic only: solution 12.5 mg/5ml.] ▶LK ♀B ▶– $

domperidone (**♣***Motilium*): Canada only. Postprandial dyspepsia: 10-20 mg PO tid -qid, 30 minutes before a meal. [Trade/generic: tabs 10, 20 mg.] ▶L ♀? ▶- $

doxylamine (*Unisom Nighttime Sleep Aid, others*): 12.5 mg PO bid; often used in combination with pyridoxine. [OTC Generic/Trade: tabs 25 mg.] ▶L ♀A ▶? $

dronabinol (*Marinol*): Nausea with chemo: 5 mg/m² PO 1-3 h before chemo then 5 mg/m²/dose q2-4h after chemo for 4-6 doses/day. Anorexia associated with AIDS: Initially 2.5 mg PO bid before lunch and dinner. [Trade only: cap 2.5, 5, 10 mg.] ▶L ♀C ▶- ⊝III $$$$$

droperidol (*Inapsine*): 0.625-2.5 mg IV or 2.5 mg IM. May cause fatal QT prolongation, even in patients with no risk factors. Monitor ECG before, ▶L ♀C ▶? $

metoclopramide (*Reglan*, **♣***Maxeran*): 10 mg IV/IM q2-3h prn. 10-15 mg PO qid, 30 min before meals and qhs. [Generic/Trade: tabs 5,10 mg, Generic only: soln 5 mg/5 mL.] ▶K ♀B ▶? $

nabilone (*Cesamet*): 1 to 2 mg PO bid, 1 to 3 hours before chemotherapy. [Trade only: cap 1 mg.] ▶L ♀? ▶? $$$$

phosphorated carbohydrates (*Emetrol*): 15-30 mL PO q15 min prn, max 5 doses. Peds: 5-10 mL. [OTC Generic/Trade: Solution containing dextrose, fructose, and phosphoric acid.] ▶L ♀A ▶+ $

prochlorperazine (*Compazine*, **♣***Stemetil*): 5-10 mg IV over ≥2 min. 5-10 mg PO/IM tid-qid. 25 mg PR q12h. Sustained release: 15 mg PO qam or 10 mg PO q12h. Peds: 0.1 mg/kg/dose PO/PR tid-qid or 0.1-0.15 mg/kg/dose IM tid-qid. [Generic/Trade: tabs 5,10,25 mg, supp 25 mg. Trade: extended-release caps (Compazine Spansules) 10,15,30 mg, supp 2.5,5 mg, liquid 5 mg/5 mL.] ▶LK ♀C ▶? $

promethazine (*Phenergan*): Adults: 12.5-25 mg PO/IM/PR q4-6h. Peds: 0.25-1 mg/kg PO/IM/PR q4-6h. Contraindicated if <2 yo; caution in older children. IV use common but not approved. [Generic/Trade: tab/supp 12.5, 25, 50 mg. Generic only: syrup 6.25 mg/5ml] ▶LK ♀C ▶- $

scopolamine (*Transderm-Scop, Scopace*, **♣***Transderm-V*): Motion sickness: Apply 1 disc (1.5 mg) behind ear 4h prior to event; replace q3 days. Tablet: 0.4 to 0.8 mg PO 1 hour before travel and q8h prn. [Trade only: topical disc 1.5 mg/72h, box of 4. Oral tablet 0.4 mg.] ▶L ♀C ▶? $

thiethylperazine (*Torecan*): 10 mg PO/IM 1-3 times/day. [Trade only: tab 10 mg.] ▶L ♀? ▶? $

trimethobenzamide (*Tigan*): 250 mg PO q6-8h, 200 mg IM/PR q6-8h. Peds: 100-200 mg/dose PO/PR q6-8h if 13.6-40.9 kg; 100 mg PR q6-8h if <13.6kg (not newborns). [Generic/Trade: Caps 300 mg. Generic only: Caps 250 mg.] ▶LK ♀C but +▶? $

## Antiulcer - Antacids

*Alka-Seltzer* (aspirin + citrate + bicarbonate): 2 regular strength tabs in 4 oz water q4h PO prn, max 8 tab (<60 yo) or 4 tabs (>60 yo) in 24h or 2 extra-strength tabs in 4 oz water q6h PO prn, max 7 tabs (<60 yo) or 4 tabs (>60 yo) in 24h. [OTC Trade only: regular strength, original: ASA 325 mg + citric acid 1000 mg + sodium bicarbonate 1916 mg. Regular strength lemon lime and cherry: 325 mg + 1000 mg + 1700 mg. Extra-strength: 500 mg + 1000 mg + 1985 mg. Not all forms of Alka Seltzer contain aspirin (eg, Alka Seltzer Heartburn Relief).] ▶LK ♀? (- 3rd trimester) ▶? $

aluminum hydroxide (*Alternagel, Amphojel, Alu-Tab, Alu-Cap*, **♣***Basalgel, Mucaine*): 5-10 mL or 1-2 tabs PO up to 6 times daily. Constipating. [OTC Generic/Trade: cap 475 mg, susp 320 & 600 mg/5 mL. Trade only: cap 400 mg (Alu-Cap)] ▶K ♀+ (? 1st trimester) ▶? $

***Citrocarbonate*** (bicarbonate + citrate): 1-2 teaspoonfuls in cold water PO 15 minutes to 2 hours after meals prn. [OTC Trade: sodium bicarbonate 0.78 g + sodium citrate anhydrous 1.82 g in each 1 tsp dissolved in water, 150, 300g.] ▶K ♀? ▶? $

***Gaviscon*** (aluminum hydroxide + magnesium carbonate): 2-4 tabs or 15-30 mL (regular strength) or 10 mL (extra strength) PO qid prn. [OTC Trade: Tab: regular strength (Al hydroxide 80 mg + Mg trisilicate 20 mg), extra strength (Al hydroxide 160 mg + Mg carbonate 105 mg). Liquid: regular strength (Al hydroxide 95 mg + Mg carbonate 358 mg per 15 mL), extra strength (Al hydroxide 508 mg + Mg carbonate 475 mg per 30 mL )] ▶K ♀? ▶? $$$

***Maalox*** (aluminum hydroxide + magnesium hydroxide): 10-20 mL or 1-4 tab PO prn. [OTC Generic/Trade: regular strength chew tab (Al hydroxide + Mg hydroxide 200/200 mg), susp (225/200 mg per 5 mL).] ▶K ♀+ (? 1st trimester) ▶? $

magaldrate (***Riopan***): 5-10 mL PO prn. [OTC Trade only: susp 540 mg/5 mL. Riopan Plus (with simethicone) available as susp 540/20 mg/5 mL, chew tab 540/ 20 mg.] ▶K ♀+ (? 1st trimester) ▶? $

***Mylanta*** (aluminum hydroxide + magnesium hydroxide + simethicone): 2-4 tab or 10-45 mL PO prn. [OTC Generic/Trade: Liquid, double strength liquid, tab, double strength tab. Trade: sodium + sugar + dye free.] ▶K ♀+ (? 1st trimester) ▶? $

***Rolaids*** (calcium carbonate + magnesium hydroxide): 2-4 tabs PO q1h prn, max 12 tabs/day (regular strength) or 10 tabs/day (extra-strength). [OTC Trade only: Tab: regular strength (Ca carbonate 550 mg, Mg hydroxide 110 mg), extra-strength (Ca carbonate 675 mg, Mg hydroxide 135 mg).] ▶K ♀? ▶? $

---

### Antiulcer - H2 Antagonists

cimetidine (***Tagamet, Tagamet HB***): 300 mg IV/IM/PO q6-8h, 400 mg PO bid, or 400-800 mg PO qhs. Erosive esophagitis: 800 mg PO bid or 400 mg PO qid. Continuous IV infusion 37.5-50 mg/h (900-1200 mg/day). [Rx Generic/Trade: tab 200, 300, 400, 800 mg. Rx Generic liquid 300 mg/5 mL. OTC Generic/Trade: tab 200 mg.] ▶LK ♀B ▶+ $$$

famotidine (***Pepcid, Pepcid AC, Maximum Strength Pepcid AC***): 20 mg IV q12h. 20-40 mg PO qhs, or 20 mg PO bid. [Generic/Trade: tab 10 mg (OTC, Pepcid AC Acid Controller), 20 (Rx and OTC, Maximum Strength Pepcid AC), 30, 40 mg. Rx Trade only: susp.40 mg/5 mL.] ▶LK ♀B ▶? $$

nizatidine (***Axid, Axid AR***): 150-300 mg PO qhs, or 150 mg PO bid. [OTC Trade only (Axid AR): tabs 75 mg Rx Trade only: oral solution 15 mg/mL (120, 480 mL). Rx Generic/Trade: cap 150, 300 mg.] ▶K ♀B ▶? $$$$

***Pepcid Complete*** (famotidine + calcium carbonate + magnesium hydroxide): Treatment of heartburn: 1 tab PO prn. Max 2 tabs/day. [OTC: Trade only: chew tab famotidine 10 mg with calcium carbonate 800 mg & magnesium hydroxide 165 mg.] ▶LK ♀B ▶? $

ranitidine (***Zantac, Zantac 25, Zantac 75, Zantac 150, Peptic Relief***): 150 mg PO bid or 300 mg PO qhs. 50 mg IV/IM q8h, or continuous infusion 6.25 mg/h (150 mg/d). [Generic/Trade: tabs 75 (OTC, Zantac 75, Zantac 150), 150,300 mg, syrup 75 mg/5 mL. Rx Trade only: effervescent tab 25,150 mg. Rx Generic only: caps 150,300 mg.] ▶K ♀B ▶? $$$

---

### Antiulcer - Helicobacter pylori Treatment

***Helidac*** (bismuth subsalicylate + metronidazole + tetracycline): 1 dose PO qid for 2 weeks. To be given with an H2 antagonist. [Trade only: Each dose: bismuth subsalicylate 524 (2x262 mg) chewable tab + metronidazole 250 mg tab + tetracycline 500 mg cap.] ▶LK ♀D ▶- $$$$

**PrevPac** (lansoprazole + amoxicillin + clarithromycin, ✚*HP-Pac*): 1 dose PO bid x 10-14 days. [Trade only: lansoprazole 30 mg x 2 + amoxicillin 1 g (2x500 mg) x 2, clarithromycin 500 mg x 2.] ▶LK ♀C ▶? $$$$$

**Pylera** (biskalcitrate + metronidazole + tetracycline): 3 capsules PO qid (after meals and at bedtime) x 10 days. To be given with omeprazole 20 mg PO bid. [Trade only: Each capsule: biskalcitrate 140 mg + metronidazole 125 mg + tetracycline 125 mg.] ▶LK ♀D ▶- $$$$$

## HELICOBACTER PYLORI THERAPY

- Triple therapy PO x 7-14 days: clarithromycin 500 mg bid + amoxicillin 1 g bid (or metronidazole 500 mg bid) + a proton pump inhibitor*
- Quadruple therapy PO x 14 days: bismuth subsalicylate 525 mg (or 30 mL) tid-qid + metronidazole 500 mg tid-qid + tetracycline 500 mg tid-qid + a proton pump inhibitor* or a H₂ blocker†

*PPI's esomeprazole 40 mg qd, lansoprazole 30 mg bid, omeprazole 20 mg bid, pantoprazole 40 mg bid, rabeprazole 20 mg bid. †H₂ blockers cimetidine 400 mg bid, famotidine 20 mg bid, niza-tidine 150 mg bid, ranitidine 150 mg bid. Adapted from *Medical Letter Treatment Guidelines* 2004.

### Antiulcer - Proton Pump Inhibitors

**esomeprazole** (**Nexium**): Erosive esophagitis: 20-40 mg PO daily x 4-8 weeks. Maintenance of erosive esophagitis: 20 mg PO daily. Zollinger-Ellison: 40 mg PO bid x 4-8 weeks, may repeat for additional 4-8 weeks. GERD: 20 mg PO daily x 4 weeks. GERD with esophagitis: 20-40 mg IV daily x 10 days until taking PO. Prevention of NSAID-associated gastric ulcer: 20-40 mg PO daily x up to 6 months. H pylori eradication: 40 mg PO daily with amoxicillin 1000 mg PO bid & clarithromycin 500 mg PO bid x 10 days. [Trade only: delayed release cap 20, 40 mg. Suspension powder 20, 40 mg.] ▶L ♀B ▶? $$$$

**lansoprazole** (**Prevacid, Prevacid NapraPac**): Duodenal ulcer or maintenance therapy after healing of duodenal ulcer, erosive esophagitis, NSAID-induced gastric ulcer: 30 mg PO daily x 8 weeks (treatment), 15 mg PO daily for up to 12 weeks (prevention). GERD: 15 mg PO daily. Gastric ulcer: 30 mg PO daily. Erosive esophagitis: 30 mg PO daily or 30 mg IV daily x 7 days or until taking PO. [Trade only: cap 15,30 mg. Susp 15,30 mg packets. Orally disintegrating tab 15,30 mg. Prevacid NapraPac: 7 lansoprazole 15 mg caps packaged with 14 naproxen tabs 375 mg or 500 mg.] ▶L ♀B ▶? $$$$

**omeprazole** (**Prilosec**, ✚*Losec*): GERD, duodenal ulcer, erosive esophagitis: 20 mg PO daily. Heartburn (OTC): 20 mg PO daily x 14 days. Gastric ulcer: 40 mg PO daily. Hypersecretory conditions: 60 mg PO daily. [Rx Generic/Trade: Cap 10, 20 mg. Trade only: Cap 40 mg. OTC: 20 mg.] ▶L ♀C ▶? $$$$

**pantoprazole** (**Protonix**, ✚*Pantoloc*): GERD: 40 mg PO daily. Zollinger-Ellison syndrome: 80 mg IV q8-12h x 6 days until taking PO. GERD associated with a history of erosive esophagitis: 40 mg IV daily x 7-10 days until taking PO. [Trade only: Tabs 20, 40 mg.] ▶L ♀B ▶? $$$$

**rabeprazole** (**Aciphex**, ✚*Pariet*): 20 mg PO daily. [Generic/Trade: Tab 20 mg.] ▶L ♀B ▶? $$$$

**Zegerid** (omeprazole + bicarbonate): Duodenal ulcer, GERD, erosive esophagitis: 20 mg PO daily x 4-8 weeks. Gastric ulcer: 40 mg PO once daily x 4-8 weeks. Reduction of risk of upper GI bleed in critically ill (susp only): 40 mg PO, then 40 mg 6-8 hours later, then 40 mg once daily thereafter x 14 days. [Trade only: Caps 20/1,100 & 40/1,100 omeprazole/sodium bicarbonate, powder packets for suspension 20/1,680 & 40/1,680 mg.] ▶L ♀C ▶? $$$$

### Antiulcer - Other

**dicyclomine (Bentyl, Bentylol, Antispas, ❧Formulex, Protylol, Lomine):** 10-20 mg PO/IM qid up to 40 mg PO qid. [Generic/Trade: Tab 20 mg, cap 10 mg, syrup 10 mg/5 mL. Generic only: cap 20 mg.] ►LK ♀B ▶- $$

**Donnatal** (phenobarbital + atropine + hyoscyamine + scopolamine): 1-2 tabs/caps or 5-10 mL PO tid-qid. 1 extended release tab PO q8-12h. [Generic/Trade: Phenobarbital 16.2 mg + hyoscyamine 0.1 mg + atropine 0.02 mg + scopolamine 6.5 mcg in each tab, cap or 5 mL. Extended-release tab 48.6 + 0.3111 + 0.0582 + 0.0195 mg.] ►LK ♀C ▶- $

**"GI cocktail", "green goddess":** Acute GI upset: mixture of Maalox/Mylanta 30 mL + viscous lidocaine (2%) 10 mL + Donnatal 10 mL PO in a single dose. ►LK ?

**hyoscyamine (Anaspaz, A-spaz, Cystospaz, ED Spaz, Hyosol, Hyospaz, Levbid, Levsin, Levsinex, Medispaz, NuLev, Spacol, Spasdel, Symax):** Bladder spasm, control gastric secretion, GI hypermotility, irritable bowel syndrome: 0.125 -0.25 mg PO/SL q4h or prn. Extended release: 0.375-0.75 mg PO q12h. Max 1.5 mg/day. [Generic/Trade: Tab 0.125. Sublingual Tab 0.125 mg. Extended release Tab 0.375 mg. Extended release Cap 0.375 mg. Elixir 0.125 mg/ 5 mL. Drops 0.125 mg/1 mL. Trade: Tab 0.15 mg (Hyospaz, Cystospaz). Tab, orally disintegrating 0.125 mg (NuLev).] ►LK ♀C ▶- $

**mepenzolate (Cantil):** 25-50 mg PO tid-qid, with meals and qhs. [Trade only: tab: 25 mg.] ►LK ♀B ▶? $$$$$

**misoprostol (PGE1, Cytotec):** Prevention of NSAID-induced gastric ulcers: Start 100 mcg PO bid, then titrate as tolerated up to 200 mcg PO qid. Cervical ripening: 25 mcg intravaginally q3-6h (or 50 mcg q6h). First-trimester pregnancy failure: 800 mcg intravaginally, repeat on day 3 if expulsion incomplete. [Generic/Trade: Oral tabs 100 & 200 mcg.] ►LK ♀X ▶- $

**propantheline (Pro-Banthine, ❧Propanthel):** 7.5-15 mg PO 30 min ac & qhs. [Generic/Trade: tab 15 mg. Trade only: tab 7.5 mg.] ►LK ♀C ▶- $$$

**simethicone (Mylicon, Gas-X, Phazyme, ❧Ovol):** 40-160 mg PO qid prn. Infants: 20 mg PO qid prn [OTC: Generic/Trade: tab 60,95 mg, chew tab 40,80,125 mg, cap 125 mg, drops 40 mg/0.6 mL.] ▶Not absorbed ♀C but + ▶? $

**sucralfate (Carafate, ❧Sulcrate):** 1 g PO 1h before meals (2h before other medications) & qhs. [Generic/Trade: tab 1 g, susp 1g/10 mL] ►Not absorbed ♀B ▶? $$$

### Laxatives - Bulk-Forming

**methylcellulose (Citrucel):** 1 heaping tablespoon in 8 oz. water PO daily-tid. [OTC Trade only: regular & sugar-free packets and multiple use canisters, clear-mix solution, caplets 500 mg.] ▶Not absorbed ♀+ ▶? $

**polycarbophil (FiberCon, Fiberall, Konsyl Fiber, Equalactin):** Laxative: 1 g PO qid prn. Diarrhea: 1 g PO q30 min. Max daily dose 6 g. [OTC Generic/Trade: tab 500,625 mg, chew tab 500,1000 mg.] ▶Not absorbed ♀+ ▶? $

**psyllium (Metamucil, Fiberall, Konsyl, Hydrocil, ❧Prodium Plain):** 1 tsp in liquid, 1 packet in liquid or 1-2 wafers with liquid PO daily-tid. [OTC: Generic/Trade: regular and sugar-free powder, granules, capsules, wafers, including various flavors and various amounts of psyllium.] ▶Not absorbed ♀+ ▶? $

### Laxatives - Osmotic

**glycerin (Fleet):** one adult or infant suppository PR prn. [OTC Generic/Trade: supp infant & adult, solution (Fleet Babylax) 4 mL/applicator.] ▶Not absorbed ♀C ▶? $

**lactulose (Chronulac, Cephulac, Kristalose):** Constipation: 15-30 mL (syrup) or 10-20 g (powder for oral solution) PO daily. Hepatic encephalopathy: 30-45 mL (syrup) PO tid-qid, or 300 mL retention enema. [Generic/Trade: syrup 10 g/15 mL. Trade (Kristalose): 10, 20 g packets for oral solution.] ▶Not absorbed ♀B ▶? $$

**magnesium citrate** (✚*Citro-Mag*): 150- 300 mL PO divided daily-bid. Children <6 yo: 2-4 mL/kg/24h. [OTC Generic only: solution 300 mL/bottle. Low sodium & sugar-free available.] ▶K ♀+ ▶? $

**magnesium hydroxide** (*Milk of Magnesia*): Laxative: 30-60 mL regular strength liquid PO. Antacid: 5-15 mL regular strength liquid or 622-1244 mg PO qid prn. [OTC Generic/Trade: susp 400 mg/5ml. Trade only: chew tab 311 mg. Generic only: susp (concentrated) 1200 mg/5 mL, sugar-free mg/5 mL.] ▶K ♀+ ▶? $

**polyethylene glycol** (*MiraLax, GlycoLax*): 17 g (1 heaping tablespoon) in 4-8 oz water, juice, soda, coffee, or tea PO daily. [OTC Generic/Trade: powder for oral solution 17g/scoop. Rx Trade: 17 g packets for oral soln.] ▶Not absorbed ♀C ▶? $

**polyethylene glycol with electrolytes** (*GoLytely, Colyte, TriLyte, NuLytely, Moviprep, HalfLytely and Bisacodyl Tablet Kit*, ✚*Klean-Prep, Electropeg, Peg-Lyte*): Bowel prep: 240 mL q10 min PO or 20-30 mL/min per NG until 4L is consumed. Moviprep: Follow specific instructions. [Generic/Trade: powder for oral solution in disposable jug 4L or 2L (Moviprep). Also, as a kit of 2L bottle of polyethylene glycol with electrolytes and 4 bisacodyl tabs 5 mg (HalfLytely and Bisacodyl Tablet Kit). Trade only (GoLytely): packet for oral solution to make 3.785 L.] ▶Not absorbed ♀C ▶? $

**sodium phosphate** (*Fleet enema, Fleet Phospho-Soda, Accu-Prep, Visicol*, ✚*Enemol, Phoslax*): 1 adult or pediatric enema PR or 20-30 mL of oral soln PO prn (max 45 mL/24 h). Visicol: Evening before colonoscopy: 3 tabs with 8 oz clear liquid q15 min until 20 tabs are consumed. Day of colonoscopy: starting 3-5 h before procedure, 3 tabs with 8 oz clear liquid q15 min until 20 tabs are consumed. [OTC Trade only: pediatric & adult enema, oral solution. Rx Trade only: Visicol tab (trade $$$): 1.5 g.] ▶Not absorbed ♀C ▶? $

**sorbitol**: 30-150 mL (of 70% solution) PO or 120 mL (of 25-30% solution) PR as a single dose. Cathartic: 1-2 mL/kg PO. [Generic soln 70%] ▶Not absorbed ♀+ ▶? $

### Laxatives - Stimulant

**bisacodyl** (*Correctol, Dulcolax, Feen-a-Mint*): 10-15 mg PO prn, 10 mg PR prn, 5-10 mg PR prn if 2-11 yo. [OTC Generic/Trade: tab 5 mg, supp 10 mg] ▶L ♀C ▶+ $

**cascara**: 325 mg PO qhs prn or 5 mL of aromatic fluid extract PO qhs prn. [OTC Generic only: tab 325 mg, liquid aromatic fluid extract.] ▶L ♀C ▶+ $

**castor oil** (*Purge, Fleet Flavored Castor Oil*): 15-60 mL of castor oil or 30-60 mL emulsified castor oil PO qhs, 5-15 mL/dose of castor oil PO or 7.5-30 mL emulsified castor oil PO for child. [OTC Generic/Trade: liquid 30,60,120,480 mL, emulsified suspension 45,60,90,120 mL.] ▶Not absorbed ♀- ▶? $

**lubiprostone** (*Amitiza*): 24 mcg PO bid with meals. [Trade only: 24 mcg caps.] ▶Gut ♀C ▶? $$$$

**senna** (*Senokot, SenokotXTRA, Ex-Lax, Fletcher's Castoria*, ✚*Glysennid*): 2 tabs or 1 tsp granules or 10-15 mL syrup PO. Max 8 tabs, 4 tsp granules, 30 mL syrup per day. Take granules with full glass of water. [OTC Generic/Trade (All dosing is based on sennosides content; 1 mg sennosides = 21.7 mg standardized senna concentrate): granules 15 mg/tsp, syrup 8.8 mg/5 mL, liquid 3 mg/mL (Fletcher's Castoria), tab 8.6, 15, 17, 25 mg , chewable tab 15 mg] ▶L ♀C ▶+ $

### Laxatives - Stool Softener

**docusate** (*Colace, Surfak, Kaopectate Stool Softener*): Docusate calcium: 240 mg PO daily. Docusate sodium: 50-500 mg/day PO divided in 1-4 doses. Peds: 10-40 mg/d if <3 yo, 20-60 mg/d if 3-6 yo, 40-150 mg/d if 6-12 yo. [Docusate calcium OTC Generic/Trade: cap 240 mg. Docusate sodium OTC Generic/Trade: cap 50,100, 250 mg, tab 50,100 mg, liquid 10 & 50 mg/5 mL, syrup 16.75 & 20 mg/5 mL.] ▶L ♀+ ▶? $

### Laxatives - Other or Combinations

**mineral oil (*Kondremul, Fleet Mineral Oil Enema, ✦Lansoyl*):** 15-45 mL PO. Peds: 5-15 mL/dose PO. Mineral oil enema: 60-150 mL PR. Peds 30-60 mL PR. [OTC Generic/Trade: plain mineral oil, mineral oil emulsion (Kondremul).] ▶Not absorbed ♀C ▶? $

***Peri-Colace*** (docusate + sennosides): 2-4 tabs PO once daily or in divided doses prn. [OTC Generic/Trade: tab 50 mg docusate + 8.6 mg sennosides] ▶L ♀C ▶? $

***Senokot-S*** (senna + docusate): 2 tabs PO daily. [OTC Generic/Trade: tab 8.6 mg senna concentrate/50 mg docusate.] ▶L ♀C ▶+ $

### Ulcerative Colitis

**balsalazide (*Colazal*):** 2.25 g PO tid x 8-12 weeks. [Trade only: cap 750 mg.] ▶Minimal absorption ♀B ▶? $$$$$

**mesalamine (5-aminosalicylic acid, 5-ASA, *Asacol, Lialda, Pentasa, Canasa, Rowasa, ✦Mesasal, Salofalk*):** Asacol: 800-1600 mg PO tid. Pentasa: 1000 mg PO qid. Lialda: 2.4-4.8 g PO daily with a meal. Canasa: 500 mg PR bid-tid or 1000 mg PR qhs. [Trade only: delayed-release tab 400 mg (Asacol), controlled-release cap 250 & 500 mg (Pentasa), delayed-release tablet 1200 mg (Lialda), rectal supp 1000 mg (Canasa). Generic/Trade: rectal susp 4 g/60 mL (Rowasa).] ▶Gut ♀B ▶? $$$$$

**olsalazine (*Dipentum*):** Ulcerative colitis: 500 mg PO bid. [Trade only: cap 250 mg.] ▶L ♀C ▶- $$$$

**sulfasalazine (*Azulfidine, Azulfidine EN-tabs, ✦Salazopyrin En-tabs, S.A.S.*):** Colitis: 500-1000 mg PO bid. RA: 500 mg PO daily-bid after meals up to 1g PO bid. May turn body fluids, contact lenses or skin orange-yellow. [Generic/Trade: Tabs 500 mg, scored. Enteric coated, Delayed-release (EN-Tabs) 500 mg.] ▶L ♀B ▶- $$

### Other GI Agents

**alosetron (*Lotronex*):** Diarrhea-predominant IBS in women who have failed conventional therapy: 1 mg PO daily for 4 weeks; may increase to 1 mg PO bid. Discontinue if symptoms not controlled in 4 weeks on 1 mg PO bid. [Trade only: tab 0.5, 1 mg.] ▶L ♀B ▶? $$$$$

**alpha-galactosidase (*Beano*):** 5 drops per ½ cup gassy food, 3 tabs PO (chew, swallow, crumble) or 15 drops per typical meal. [OTC Trade only: drops 150 GalU/5 drops, tab 150 GalU.] ▶Minimal absorption ♀? ▶? $

**budesonide (*Entocort EC*):** 9 mg PO daily x 8 weeks (remission induction) or 6 mg PO daily x 3 months (maintenance). [Trade only: cap 3 mg.] ▶L ♀C ▶? $$$$$

**chlordiazepoxide-clidinium:** 1 cap PO tid-qid. [Generic only: cap clidinium 2.5 mg + chlordiazepoxide 5 mg.] ▶K ♀D ▶? $$$

**glycopyrrolate (*Robinul, Robinul Forte*):** 0.1 mg/kg PO bid-tid, max 8 mg/day. [Trade only: tab 1, 2 mg.] ▶K ♀B ▶? $$$$

**lactase (*Lactaid*):** Swallow or chew 3 caplets (Original strength), 2 caplets (Extra strength), 1 caplet (Ultra) with first bite of dairy foods. Adjust dose based on response. [OTC Generic/Trade: caplets, chew tab.] ▶Not absorbed ♀+ ▶+ $

***Librax*** (chlordiazepoxide + methscopolamine): 1 cap PO tid-qid. [Trade only: cap methscopolamine 2.5 mg + chlordiazepoxide 5 mg.] ▶K ♀D ▶- $$$$

**neomycin (*Mycifradin, Neo-Fradin*):** Hepatic encephalopathy: 4-12 g/day PO divided q6-8h. Peds: 50-100 mg/kg/day PO divided q6-8h. [Generic: tab 500 mg. Trade (Neo-Fradin): solution 125 mg/5 mL.] ▶Minimally absorbed ♀D ▶? $$$

**octreotide (*Sandostatin, Sandostatin LAR*):** Variceal bleeding: Bolus 50-100 mcg IV followed by infusion 25-50 mcg/hr. AIDS diarrhea: 100-500 mcg SC tid. [Generic/Trade: injection vials 0.05, 0.1, 0.2, 0.5, 1 mg. Trade only: long-acting injectable susp (Sandostatin LAR) 10,20,30 mg.] ▶LK ♀B ▶? $$$$$

orlistat (*Alli, Xenical*): Weight loss: 120 mg PO tid with meals. [Trade only: Caps 60 (OTC), 120 (Rx) mg.] ▶Gut ♀B ▶? $$$$$

pancreatin (*Creon, Donnazyme, Ku-Zyme, ♣Entozyme*): 8,000-24,000 units lipase (1-2 tab/cap) PO with meals and snacks. [Tab, cap with varying amounts of pancreatin, lipase, amylase and protease.] ▶Gut ♀C ▶? $$$

pancrelipase (*Viokase, Pancrease, Pancrecarb, Cotazym, Ku-Zyme HP*): 4,000-33,000 units lipase (1-3 tab/cap) PO with meals and snacks. [Tab, cap, powder with varying amounts of lipase, amylase and protease.] ▶Gut ♀C ▶? $$$

pinaverium (*♣Dicetel*): Canada only. 50-100 mg PO tid. [Trade only: tabs 50, 100 mg.] ▶? ♀C ▶- $$$

secretin (*SecreMax*): Test dose 0.2 mcg IV. If tolerated, 0.2-0.4 mcg/kg IV over 1 minute. ▶Serum ♀C ▶? $$$$$

ursodiol (*Actigall, Urosfalk, URSO, URSO Forte*): Gallstone dissolution (Actigall): 8-10 mg/kg/day PO divided bid-tid. Prevention of gallstones associated with rapid weight loss (Actigall): 300 mg PO bid. Primary biliary cirrhosis (URSO): 13-15 mg/kg/day PO divided in 2-4 doses. [Generic/Trade: cap 300 mg. Trade only: tab 250 (URSO), 500 mg (URSO Forte).] ▶Bile ♀B ▶? $$$$

# HEMATOLOGY (See cardiovascular section for antiplatelet drugs & thrombolytics.)

## Anticoagulants - Heparin, LMW Heparins, & Fondaparinux

dalteparin (*Fragmin*): DVT prophylaxis, acute medical illness with restricted mobility: 5,000 units SC daily. DVT prophylaxis, abdominal surgery: 2,500 units SC 1-2 h preop & daily postop. DVT prophylaxis, abdominal surgery in patients with malignancy: 5,000 units SC evening before surgery and daily postop, or 2,500 units 1-2 h preop and 12 h later, then 5,000 units daily. DVT prophylaxis, hip replacement: Pre-op start: 2,500 units SC given 2 h preop, 4-8h postop, then 5,000 units daily starting ≥6h after second dose, or 5,000 units 10-14 h preop, 4-8h postop, then daily (approximately 24h between doses). Postop start: 2,500 units SC 4-8h postop, then 5,000 units daily starting ≥6h after first dose. Treatment of DVT/PE in cancer: 200 units/kg SC daily x 1 month, then 150 units/kg SC daily x 5 months; max 18,000 units/day. Unstable angina or non-Q-wave MI: 120 units/kg up to 10,000 units SC q12h with aspirin (75-165 mg/day PO) until clinically stable. [Trade only: Single-dose syringes 2,500 & 5,000 anti-Xa units/0.2 mL, 7500 anti-Xa/0.3 mL, 10,000 anti-Xa units/1 mL, 12,500 anti-Xa units/0.5 mL, 15,000 anti-Xa units/0.6 mL, 18,000 anti-Xa units/0.72 mL; multi-dose vial 10,000 anti-Xa units/mL, 9.5 mL and 25,000 units/mL, 3.8 mL.] ▶LK ♀B ▶+ $$$$

enoxaparin (*Lovenox*): DVT prophylaxis, acute medical illness with restricted mobility: 40 mg SC daily (CrCl <30 mL/min): 30 mg SC daily). Hip/knee replacement: 30 mg SC q12h starting 12-24 h postop (CrCl <30 mL/min: 30 mg SC daily). Alternative for hip replacement: 40 mg SC daily starting 12h preop. Abdominal surgery: 40 mg SC daily starting 2 h preop (CrCl <30 mL/min: 30 mg SC daily). Outpatient treatment of DVT without pulmonary embolus: 1 mg/kg SC q12h. Continue for ≥5 days and until therapeutic oral anticoagulation established. Inpatient treatment of DVT with/without pulmonary embolus: 1 mg/kg SC q12h or 1.5 mg/kg SC q24h (CrCl <30 mL/min: 1 mg/kg SC daily). Continue for ≥5 days and until therapeutic oral anticoagulation established. Unstable angina or non-Q-wave MI: 1 mg/kg SC q12h with aspirin (100-325 mg PO daily) for ≥2 days and until clinically stable (CrCl <30 mL/min: 1 mg/kg SC daily). Acute ST-elevation MI: if ≤75 yo: 30

mg IV bolus plus 1 mg/kg SC dose then 1 mg/kg (max 100 mg for the first two doses) SC q12 hours (CrCl <30 ml/min: 30 mg IV bolus plus 1 mg/kg SC dose then 1 mg/kg SC daily); if >75 yo: 0.75 mg/kg (max 75 mg for the first two doses, no bolus) SC q12 hours (CrCl <30 ml/min: 1 mg/kg SC daily, no bolus). [Trade only: Multi-dose vial 300 mg; Syringes 30,40; graduated syringes 60,80,100,120, 150 mg. Concentration is 100 mg/mL except for 120, 150 mg which are 150 mg/ mL.] ▶KL ♀B ▶+ $$$$$

fondaparinux (*Arixtra*): DVT prophylaxis, hip/knee replacement or hip fracture surgery, abdominal surgery: 2.5 mg SC daily starting 6-8 h postop. DVT / PE treatment based on weight: 5 mg (if <50 kg), 7.5 mg (if 50-100 kg), 10 mg (if >100 kg) SC daily for ≥5 days & therapeutic oral anticoagulation. [Trade only: Pre-filled syringes 2.5 mg/0.5 mL, 5 mg/0.4 mL, 7.5 mg/0.6 mL, 10 mg/0.8 mL.] ▶K ♀B ▶? $$$$$

heparin (✿*Hepalean*): Venous thrombosis/pulmonary embolus treatment: Load 80 units/kg IV, then initiate infusion at 18 units/kg/h. Adjust based on coagulation testing (PTT). DVT prophylaxis: 5,000 units SC q8-12h. Peds: Load 50 units/kg IV, then infuse 25 units/kg/h. [Generic: 1000, 2500, 5000, 7500, 10,000 units/ mL in various vial and syringe sizes.] ▶Reticuloendothelial system ♀C but + ▶+ $

tinzaparin (*Innohep*): DVT with/without pulmonary embolus: 175 units/kg SC daily for ≥6 days and until adequate anticoagulation with warfarin. [Trade only: 20,000 anti-Xa units/mL, 2 mL multi-dose vial.] ▶K ♀B ▶+ $$$$$

## WEIGHT-BASED HEPARIN DOSING FOR DVT/PE*

| |
|---|
| Initial dose: 80 units/kg IV bolus, then 18 units/kg/h. Check PTT in 6 h. |
| PTT <35 secs (<1.2 x control): 80 units/kg IV bolus, then ↑ infusion by 4 units/kg/h. |
| PTT 35-45 secs (1.2-1.5 x control): 40 units/kg IV bolus, then ↑ infusion by 2 units/kg/h. |
| PTT 46-70 seconds (1.5-2.3 x control): No change. |
| PTT 71-90 seconds (2.3-3 x control): ↓ infusion rate by 2 units/kg/h. |
| PTT >90 seconds (>3 x control): Hold infusion for 1 h, then ↓ infusion rate by 3 units/kg/h. |

* PTT = Activated partial thromboplastin time. Reagent-specific target PTT may differ; use institutional nomogram when appropriate. Adjusted dosing may be appropriate in obesity. Consider establishing a max bolus dose / max initial infusion rate or use an adjusted body weight in obesity. Monitor PTT 6h after heparin initiation and 6h after each dosage adjustment. When PTT is stable within therapeutic range, monitor every morning. Therapeutic PTT range corresponds to anti-factor Xa activity of 0.3-0.7 units/mL. Check platelets between days 3-5. Can begin warfarin on 1st day of heparin; continue heparin for ≥4 to 5 days of combined therapy. Adapted from *Ann Intern Med* 1993;119:874; *Chest* 2004:126:191S-192S, *Circulation* 2001; 103:2994.

### Anticoagulants - Other

argatroban: Heparin-induced thrombocytopenia: Start 2 mcg/kg/min IV infusion. Get PTT at baseline and 2 h after starting infusion. Adjust dose (not >10 mcg/kg/min) until PTT is 1.5-3 times baseline (not >100 seconds). ▶L ♀B ▶- $$$$$

bivalirudin (*Angiomax*): Anticoagulation during PCI (including patients with or at risk of heparin-induced thrombocytopenia and thrombosis syndrome: 0.75 mg/kg IV bolus prior to intervention, then 1.75 mg/kg/hr for duration of procedure (with provisional Gp IIb/IIIa inhibition). For CrCl <30 mL/min, reduce infusion dose to 1mg/kg/hr after bolus. Use with aspirin 300-325 mg PO daily. Additional bolus of 0.3 mg/kg if activated clotting time <225 sec. ▶proteolysis/K ♀B ▶? $$$$$

lepirudin (*Refludan*): Anticoagulation in heparin-induced thrombocytopenia and associated thromboembolic disease: Bolus 0.4 mg/kg up to 44 mg IV over 15-20 seconds, then infuse 0.15 mg/kg/h up to 16.5 mg/h. Adjust dose to maintain APTT ratio of 1.5-2.5. ▶K ♀B ▶? $$$$$

warfarin (**Coumadin, Jantoven**): Start 2-5 mg PO daily x 1-2 days, then adjust dose to maintain therapeutic PT/INR. [Generic/Trade: Tabs 1, 2, 2.5, 3, 4, 5, 6, 7.5, 10 mg.] ▶L ♀X ▶+ $

## THERAPEUTIC GOALS FOR ANTICOAGULATION

| INR Range* | Indication |
|---|---|
| 2.0-3.0 | Atrial fibrillation, deep venous thrombosis, pulmonary embolism, bioprosthetic heart valve, mechanical prosthetic heart valve (aortic position, bileaflet or tilting disk with normal sinus rhythm and normal left atrium) |
| 2.5-3.5 | Mechanical prosthetic heart valve: (1) mitral position, (2) aortic position with atrial fibrillation, (3) caged ball or caged disk |

*Aim for an INR in the middle of the INR range (e.g. 2.5 for range of 2-3 and 3.0 for range of 2.5-3.5). Adapted from: *Chest* suppl *2004*; 126: 416S, 450S, 474S; see this manuscript for additional information and other indications.

### Colony Stimulating Factors

darbepoetin (**Aranesp, NESP**): Anemia of chronic renal failure: 0.45 mcg/kg IV/SC once weekly, or q2 weeks in some patients. Cancer chemo anemia: 2.25 mcg/kg SC q week, or 500 mcg SC every 3 weeks. Adjust dose based on Hb. [Trade only: All forms are available with or without albumin. Single-dose vials 25, 40, 60, 100, 200, 300, 500 mcg/1 mL, and 150 mcg/0.75 mL. Single-dose prefilled syringes or autoinjectors - 25 mcg/0.42 mL, 40 mcg/0.4 mL, 60 mcg/0.3 mL, 100 mcg/0.5 mL, 150 mcg/0.3 mL, 200 mcg/0.4 mL, 300 mcg/0.6 mL, 500 mcg/1 mL.] ▶cellular sialidases, L ♀C ▶? $$$$$

erythropoietin (**Epogen, Procrit, epoetin, ♣Eprex**): Anemia: 1 dose IV/SC 3 times /week. Initial dose if renal failure = 50-100 units/kg, Zidovudine-induced anemia = 100 units/kg, or chemo-associated anemia = 150 units/kg. Alternate for chemo-associated anemia: 40,000 units SC once/week. Adjust dose based on Hb. [Trade only: Single-dose 1 mL vials 2,000, 3,000, 4,000, 10,000, 40,000 units/mL. Multi-dose vials 10,000 units/mL 2 mL & 20,000 units/mL 1 mL.] ▶L ♀C ▶? $$$$$

filgrastim (**G-CSF, Neupogen**): Neutropenia: 5 mcg/kg SC/IV daily. [Trade only: Single-dose vials 300 mcg/1 mL, 480 mcg/1.6 mL. Single-dose syringes 300 mcg/0.5 mL, 480 mcg/0.8 mL.] ▶L ♀C ▶? $$$$$

oprelvekin (**Neumega**): Chemotherapy-induced thrombocytopenia in adults: 50 mcg /kg SC daily. [Trade only: 5 mg single-dose vials with diluent.] ▶K ♀C ▶? $$$$$

pegfilgrastim (**Neulasta**): 6 mg SC once each chemo cycle. [Trade only: Single-dose syringes 6 mg/0.6 mL.] ▶Plasma ♀C ▶? $$$$$

sargramostim (**GM-CSF, Leukine**): Specialized dosing for marrow transplant. ▶L ♀C ▶? $$$$$

### Other Hematological Agents (See endocrine section for vitamins and minerals.)

aminocaproic acid (**Amicar**): Hemostasis: 4-5 g PO/IV over 1h, then 1 g/h prn. [Generic/Trade: Syrup or oral soln 250 mg/mL, tabs 500 mg.] ▶K ♀D ▶? $$

anagrelide (**Agrylin**): Thrombocytopenia due to myeloproliferative disorders: Start 0.5 mg PO qid or 1 mg PO bid, then after 1 week adjust to lowest effective dose. Max 10 mg/d. [Generic/Trade: Caps, 0.5, 1 mg]. ▶LK ♀C ▶? $$$$$

protamine: Reversal of heparin: 1 mg antagonizes ~100 units heparin. Reversal of low molecular weight heparin: 1 mg protamine per 100 anti-Xa units of dalteparin or tinzaparin. 1 mg protamine per 1 mg enoxaparin. Give IV (max 50 mg) over 10 minutes. May cause allergy/anaphylaxis. ▶Plasma ♀C ▶? $

## HERBAL & ALTERNATIVE THERAPIES

**NOTE:** In the US, herbal and alternative products are regulated as dietary supplements, not drugs. Premarketing evaluation and FDA approval are not required unless specific therapeutic claims are made. Since these products are not required to demonstrate efficacy, it is unclear whether many of them have health benefits. In addition, there may be considerable variability in content from lot to lot or between manufacturers. See www.tarascon.com/herbals for the evidence-based efficacy ratings used by Tarascon editorial staff.

**aloe vera (*acemannan, burn plant*):** Topical: Efficacy unclear for seborrheic dermatitis, psoriasis, genital herpes, skin burns. Do not apply to surgical incisions; impaired healing reported. Oral: Mild to moderate active ulcerative colitis (possibly effective): 100 mL PO bid. Efficacy unclear for type 2 diabetes. OTC laxatives containing aloe were removed from US market due to possible increased risk of colon cancer. ▶LK ♀oral- topical +? ▶oral- topical +? $

**androstenedione (*andro*):** Marketed as anabolic steroid to enhance athletic performance. May cause androgenic (primarily in women) and estrogenic (primarily in men) side effects. FDA warned manufacturers to stop marketing as dietary supplement in 2004. ▶L, peripheral conversion to estrogens & androgens ♀- $

**aristolochic acid (*Aristolochia, Asarum, Bragantia*):** Nephrotoxic & carcinogenic; do not use. Was promoted for weight loss. ▶? ♀- ▶- $

**arnica (*Arnica montana, leopard's bane, wolf's bane*):** Do not take by mouth. Topical promoted for treatment of skin wounds, bruises, aches, and sprains; but insufficient data to assess efficacy. Do not use on open wounds. ▶? ♀- ▶? - $

**artichoke leaf extract (*Cynara-SL, Cynara scolymus*):** May reduce total cholesterol, but clinical significance is unclear. Cynara-SL is promoted as digestive aid (possibly effective for dyspepsia) at a dose of 1-2 caps PO daily (320 mg dried artichoke leaf extract/cap). ▶? ♀? ▶? $

**astragalus (*Astragalus membranaceus, huang qi, vetch*):** Used in combination with other herbs in traditional Chinese medicine, but efficacy unclear for CHD, CHF, chronic kidney disease, viral infections, and URIs. Possibly effective for improving survival and performance status with platinum-based chemotherapy for non-small cell lung cancer. ▶? ♀? ▶? $

**bilberry (*Vaccinium myrtillus, huckleberry, Tegens, VMA extract*):** Cataracts (efficacy unclear): 160 mg PO bid of 25% anthocyanosides extract. Insufficient data to evaluate efficacy for macular degeneration. Does not appear effective for improving night vision. ▶Bile, K ♀- ▶- $

**bitter melon (*Momordica charantia, karela*):** Possibly effective for type 2 diabetes. Dose unclear; juice may be more potent than dried fruit powder. Hypoglycemic coma reported in 2 children ingesting tea. Seeds can cause hemolytic anemia in G6PD deficiency. ▶? ♀- ▶- $$

**bitter orange (*Citrus aurantium, Seville orange, Acutrim Natural AM, Dexatrim Natural Ephedrine Free*):** Sympathomimetic similar to ephedra; safety and efficacy not established. Case reports of stroke and MI in patients taking bitter orange with caffeine. Do not use with MAOIs. ▶K ♀- ▶? $

**black cohosh (*Cimicifuga racemosa, Remifemin, Menofem*):** Ineffective for relief of menopausal symptoms. ▶? ♀- ▶- $

**butterbur (*Petasites hybridus, Petadolex, Petaforce, Tesalin, ZE 339*):** Migraine prophylaxis (possibly effective): Petadolex 50-75 mg PO bid. Allergic rhinitis prophylaxis (possibly effective): Petadolex 50 mg PO bid or Tesalin 1 tab PO qid or 2 tabs tid. Efficacy unclear for asthma or allergic skin disease. [Standardized pyrrolizidine-free extracts: Petadolex (7.5 mg of petasin & isopetasin/50 mg tab). Tesalin (ZE 339; 8 mg petasin/tab).] ▶? ♀- ▶- $

chamomile (***Matricaria recutita - German chamomile, Anthemis nobilis - Roman chamomile***): Promoted as a sedative or anxiolytic, to relieve GI distress, for skin infections or inflammation, many other indications. Efficacy unclear for any indication. ▶? ♀- ▶- $

chaparral (***Larrea divaricata, creosote bush***): Hepatotoxic; do not use. Promoted as cancer cure. ▶? ♀- ▶- $

chasteberry (***Vitex agnus castus fruit extract, Femaprin***): Premenstrual syndrome (possibly effective): 20 mg PO daily of extract ZE 440. ▶? ♀- ▶- $

chondroitin: Does not appear effective for relief of knee osteoarthritis pain, but possibly reduces joint space narrowing. Glucosamine/ Chondroitin Arthritis Intervention Trial (GAIT) did not find overall improvement in pain of knee OA with chondroitin 400 mg PO tid +/- glucosamine. Chondroitin + glucosamine improved pain in subgroup of patients with moderate to severe knee OA. ▶K ♀? ▶? $

coenzyme Q10 (***CoQ-10, ubiquinone***): Heart failure: 100 mg/day PO divided bid-tid (conflicting clinical trials; Am Heart Assoc do not recommend). Statin-induced muscle pain: 100-200 mg PO daily (conflicting clinical trials). Parkinson's disease: 1200 mg/day PO divided qid ($$$$; efficacy unclear; might slow progression slightly, but Am Acad Neurol does not recommend). Efficacy unclear for improving athletic performance. Appears ineffective for diabetes. ▶Bile ♀- ▶- $

comfrey (***Symphytum officinale***): May cause hepatic cancer; do not use, even topically. ▶? ♀- ▶- $

cranberry (***Cranactin, Vaccinium macrocarpon***): Prevention of UTI (possibly effective): 300 mL/day PO cranberry juice cocktail. Usual dose of cranberry juice extract caps/tabs is 300-400 mg PO bid. Insufficient data to assess efficacy for treatment of UTI. ▶? ♀? ▶? $

creatine: Promoted to enhance athletic performance. No benefit for endurance exercise; modest benefit for intense anaerobic tasks lasting <30 seconds. Usual loading dose of 20 g/day PO x 5 days, then 2-5 g/day divided bid. ▶LK ♀- ▶- $

dehydroepiandrosterone (***DHEA, Aslera, Fidelin, Prasterone***): No convincing evidence that DHEA slows aging or improves cognition in elderly. To improve well-being in women with adrenal insufficiency: 50 mg PO daily (possibly effective; conflicting clinical trials). ▶Peripheral conversion to estrogens/androgens ♀- ▶- $

devil's claw (***Harpagophytum procumbens, Phyto Joint, Doloteffin, Harpadol***): Osteoarthritis, acute exacerbation of chronic low back pain (possibly effective): 2400 mg extract/day (50-100 mg harpagoside/day) PO divided bid-tid. [Extracts standardized to harpagoside (iridoid glycoside) content.] ▶? ♀- ▶- $

dong quai (***Angelica sinensis***): Appears ineffective for postmenopausal symptoms; North American Menopause Society recommends against use. May increase bleeding risk with warfarin; avoid concurrent use. ▶? ♀- ▶- $

echinacea (***E. purpurea, E. angustifolia, E. pallida, cone flower, EchinaGuard, Echinacin Madaus***): Conflicting clinical trials for prevention or treatment of upper respiratory infections. ▶? ♀- ▶- $

elderberry (***Sambucus nigra, Rubini, Sambucol, Sinupret***): Efficacy unclear for influenza, sinusitis, and bronchitis. ▶? ♀- ▶- $

ephedra (***Ephedra sinica, ma huang, Metabolife 356, Biolean, Ripped Fuel, Xenadrine***): Little evidence of efficacy for obesity, other than modest short-term weight loss. Traditional use as bronchodilator. ▶K ♀- ▶- $

evening primrose oil (***Oenothera biennis***): Appears ineffective for premenstrual syndrome, postmenopausal symptoms, atopic dermatitis. ▶? ♀? ▶? $

fenugreek (***Trigonella foenum-graecum***): Efficacy unclear for diabetes or hyperlipidemia. ▶? ♀- ▶? $$

feverfew (*Chrysanthemum parthenium, Migra-Lief, MigraSpray, Tanacetum parthenium L.*): Prevention of migraine (possibly effective): 50-100 mg extract PO daily; 2-3 fresh leaves PO with or after meals daily; 50-125 mg freeze-dried leaf PO daily. May take 1-2 months to be effective. Inadequate data to evaluate efficacy for acute migraine. ▶? ♀- ▶- $

flavocoxid (*Limbrel*): Osteoarthritis (efficacy unclear): 250-500 mg PO bid. [Caps 250,500 mg. Marketed as medical food by prescription only (not all medical foods require a prescription). Medical foods are intended to be given under physician supervision to meet distinctive nutritional needs of a disease, but they do not undergo an approval process to establish safety and efficacy.] ▶? ♀- ▶- $$$

garcinia (*Garcinia cambogia, Citri Lean*): Appears ineffective for weight loss. ▶? ♀- ▶- $

garlic supplements (*Allium sativum, Kwai, Kyolic*): Ineffective for hyperlipidemia. Small reductions in BP, but efficacy in HTN unclear. Does not appear effective for DM. Cytochrome P450 3A4 inducer. Significantly decreases saquinavir levels. May increase bleeding risk with warfarin with/without increase in INR. ▶LK ♀- ▶- $

ginger (*Zingiber officinale*): Prevention of motion sickness (efficacy unclear): 500-1000 mg powdered rhizome PO single dose 1 h before exposure. American College of OB/GYN considers ginger 250 mg PO qid a nonpharmacologic option for N/V of pregnancy. Conflicting clinical trials for postop N/V. ▶? ♀? ▶? $

ginkgo biloba (*EGb 761, Ginkgold, Ginkoba, Quanterra Mental Sharpness*): Dementia (modestly effective): 40 mg PO tid of standardized extract containing 24% ginkgo flavone glycosides and 6% terpene lactones. Benefit may be delayed for up to 4 weeks. Does not appear to improve memory in elderly with normal cognitive function. Does not appear effective for prevention of acute altitude sickness. Limited benefit in intermittent claudication. ▶K ♀- ▶- $

ginseng - American (*Panax quinquefolius L.*): Reduction of postprandial glucose in type 2 diabetes (possibly effective): 3 g PO taken with or up to 2h before meal. ▶K ♀- ▶- $

ginseng - Asian (*Panax ginseng, Ginsana, G115, Korean red ginseng*): Promoted to improve vitality and well-being: 200 mg PO daily. Ginsana: 2 caps PO daily or 1 cap PO bid. Ginsana Sport: 1 cap PO daily. Preliminary evidence of efficacy for erectile dysfunction. Efficacy unclear for improving physical or psycho-motor performance, diabetes, herpes simplex infections, cognitive or immune function. American College of OB/GYN and North American Menopause Society recommend against use for postmenopausal hot flashes . ▶? ♀- ▶- $

ginseng - Siberian (*Eleutherococcus senticosus, Ci-wu-jia*): Does not appear effective for improving athletic endurance, or chronic fatigue syndrome. May interfere with FPIA and MEIA digoxin assays. ▶? ♀- ▶- $

glucosamine (*Aflexa, Cosamin DS, Dona, Flextend, Promotion*): Efficacy for osteoarthritis is unclear (conflicting data). Glucosamine/ Chondroitin Arthritis Intervention Trial (GAIT) did not find overall improvement in pain of knee OA with glucosamine HCl 500 mg +/- chondroitin 400 mg both PO tid. Glucosamine + chondroitin did improve pain in subgroup of patients with moderate to severe OA. Some earlier studies reported improved pain with a different salt [glucosamine sulfate (Dona) 1500 mg PO once daily]. ▶? ♀- ▶- $

goldenseal (*Hydrastis canadensis*): Often used in attempts to achieve false-negative urine test for illicit drug use (efficacy unclear). When combined with echinacea in cold remedies; but insufficient data to assess efficacy for common cold or URIs. ▶? ♀- ▶- $

grape seed extract (*Vitis vinifera L., procyanidolic oligomers, PCO*): Small clinical trials suggest benefit in chronic venous insufficiency. No benefit in single study of seasonal allergic rhinitis. ▶? ♀? ▶? $

green tea (**Camellia sinensis**): Efficacy unclear for cancer prevention, weight loss, hypercholesterolemia. Large doses might decrease INR with warfarin due to vitamin K content. Contains caffeine. [Green tea extract available in caps standardized to polyphenol content.] ▶? ♀+ in moderate amount in food, - in supplements ▶+ in moderate amount in food, - in supplements $

guarana (**Paullinia cupana**): Marketed as an ingredient in weight-loss dietary supplements. Seeds contain caffeine. Guarana in weight loss dietary supplements may provide high doses of caffeine. ▶? ♀+ in food, - in supplements ▶+ in food, - in supplements $

guggulipid (**Commiphora mukul extract, guggul**): Does not appear effective for hyperlipidemia. ▶? ♀- ▶- $$

hawthorn (**Crataegus laevigata, monogyna, oxyacantha, standardized extract WS 1442 - Crataegutt novo, HeartCare**): Mild heart failure (possibly effective): 80 mg PO bid to 160 mg PO tid of standardized extract (19% oligomeric procyanidins; WS 1442; HeartCare 80 mg tabs). ▶? ♀- ▶- $

horse chestnut seed extract (**Aesculus hippocastanum, HCE50, Venastat**): Chronic venous insufficiency (effective): 1 cap Venastat (16% aescin standardized extract) PO bid with water before meals. ▶? ♀- ▶- $

kava (**Piper methysticum, One-a-day Bedtime & Rest, Sleep-Tite**): Promoted as anxiolytic (possibly effective) or sedative. Do not use due to hepatotoxicity. ▶K ♀- ▶- $

kombucha tea (**Manchurian or Kargasok tea**): Do not use. No proven benefit for any indication; may cause severe acidosis. ▶? ♀- ▶- $

licorice (**Glycyrrhiza glabra, Glycyrrhiza uralensis**): Insufficient data to assess efficacy for postmenopausal vasomotor symptoms. Chronic high doses can cause pseudo-primary aldosteronism (with HTN, edema, hypokalemia). ▶Bile ♀- ▶- $

melatonin (**N-acetyl-5-methoxytryptamine**): To reduce jet lag after flights over >5 time zones (possibly effective): 0.5-5 mg PO qhs x 3-6 nights starting on day of arrival. ▶L ♀- ▶- $

methylsulfonylmethane (**MSM, dimethyl sulfone, crystalline DMSO2**): Insufficient data to assess efficacy of oral and topical MSM for arthritis pain. ▶? ♀- ▶- $

milk thistle (**Silybum marianum, Legalon, silymarin, Thisyln**): Hepatic cirrhosis (possibly effective): 100-200 mg PO tid of standardized extract with 70-80% silymarin. ▶LK ♀- ▶- $

nettle root (**stinging nettle, Urtica dioica radix**): Efficacy unclear for treatment of BPH. ▶? ♀- ▶- $

noni (**Morinda citrifolia**): Promoted for many disorders; but insufficient data to assess efficacy. Potassium content comparable to orange juice; hyperkalemia reported in chronic renal failure. Case reports of hepatotoxicity. ▶? ♀- ▶- $$$

policosanol (**One-A-Day Cholesterol Plus, CholeRx, Cholest Response, Cholesstor, Cholestin**): Ineffective for hyperlipidemia. A Cuban formulation (unavailable in US) reduced LDL cholesterol in studies by a single group of researchers, but studies by other groups found no benefit. Clinical study of a US formulation (Cholesstor) also found no benefit. ▶? ♀- ▶- $

probiotics (**Acidophilus, Bifidobacteria, Lactobacillus, Bacid, Culturelle, Florastor, IntestiFlora, Lactinex, LiveBac, Power-Dophilus, Primadophilus, Probiotica, Saccharomyces boulardii, VSL#3**): Prevention of antibiotic-associated diarrhea (effective): Forastor (Saccharomyces boulardii) 2 caps PO bid for adults; 1 cap PO bid for peds. Culturelle (Lactobacillus GG) 1 cap PO once daily or bid for peds. Give 2 h before/after antibiotic. Peds rotavirus gastroenteritis (effective): Lactobacillus GG ≥10 billion cells/day PO started early in illness. Prevention of recurrent C difficile diarrhea in adults (possibly effective): Florastor 2 caps PO bid x 4 weeks. VSL#3 (approved as medical food) for ulcerative colitis or pouchitis: 1-4 packets/day for adults depending on number of bowel movements; peds dose based on weight and number of bowel movements. [Culturelle contains Lactobacillus GG 10 billion cells/cap. Florastor contains Saccharomyces boulardii 5 billion cells/250 mg cap. Probiotica contains Lactobacillus reuteri 100 million cells/chew tab. VSL#3 contains 450 billion cells/packet (Bifidobacterium breve, longum, infantis; Lactobacillus acidophilus, plantarum, casei, bulgaricus; Streptococcus thermophilus). VSL#3 is marketed as non-prescription medical food. Medical foods are intended to be given under physician supervision to meet distinctive nutritional needs of a disease, but they do not undergo an approval process to establish safety and efficacy.] ▶? ♀+ ▶+ $

pycnogenol (*French maritime pine tree bark*): Promoted for many medical disorders; but insufficient data to assess efficacy. ▶L ♀? ▶? $

pygeum africanum (*African plum tree, Prostata, Prostatonin, Provol*): BPH (may have modest efficacy): 50-100 mg PO bid or 100 mg PO daily of standardized extract containing 14% triterpenes. Prostatonin (also contains Urtica dioica): 1 cap PO bid with meals up to 6 weeks for full response. ▶? ♀- ▶- $

red clover isoflavone extract (*Trifolium pratense, trefoil, Promensil, Rimostil, Supplifem, Trinovin*): Postmenopausal vasomotor symptoms (conflicting evidence; does not appear effective overall, but may have modest benefit for severe symptoms): Promensil 1 tab PO daily-bid with meals. [Isoflavone content (genistein, daidzein, biochanin, formononetin) is 40 mg/tab in Promensil and Trinovin, 57 mg/tab in Rimostil.] ▶Gut, L, K ♀- ▶- $$

red yeast rice (*Monascus purpureus, Xuezhikang, Zhibituo, Hypocol, Lipolysar*): Efficacy of currently available US products for hyperlipidemia is unclear. A formulation of Cholestin was pulled from the US market because it contained a small amount of lovastatin formed in the fermentation process. The current Cholestin formulation contains policosanol (ineffective for hyperlipidemia). It is unclear whether current red yeast rice products contain statins, but cases of myopathy have been reported. [Xuezhikang marketed in Asia, Norway (HypoCol), Italy (Lipolysar).] ▶L ♀- ▶- $$$

s-adenosylmethionine (*SAM-e, sammy*): Depression (possibly effective): 400-1600 mg/day PO. Osteoarthritis (possibly effective): 400-1200 mg/day PO. Onset of response in OA in 2-4 weeks. ▶L ♀? ▶? $$$

Saint John's wort (*Alterra, Hypericum perforatum, Kira, Movana, One-a-day Tension & Mood, LI-160, St John's wort*): Mild depression (effective): 300 mg PO tid of standardized extract (0.3% hypericin). Conflicting clinical trials for moderate major depression. May decrease efficacy of many drugs (eg, oral contraceptives) by inducing liver metabolism. May cause serotonin syndrome with SSRIs, MAOIs. ▶L ♀- ▶- $

saw palmetto (*Serenoa repens, One-a-day Prostate Health, Quanterra*): BPH (possibly effective for mild to moderate; appears ineffective for moderate to severe): 160 mg PO bid or 320 mg PO daily of standardized liposterolic extract. Take with food. Brewed teas may not be effective. ▶? ♀- ▶- $

shark cartilage (*BeneFin, Cancenex, Cartilade*): Appears ineffective for palliative care of advanced cancer. ▶? ♀- ▶- $$$$$

silver - colloidal (*mild & strong silver protein, silver ion*): Promoted as antimicrobial; unsafe and ineffective for any use. Silver accumulates in skin (leads to grey tint), conjunctiva, and internal organs with chronic use. [May come as silver chloride, cyanide, iodide, oxide, or phosphate.] ▶? ♀- ▶- $

soy (*Genisoy, Healthy Woman, Novasoy, Phytosoya, Supro*): Cardiovascular risk reduction: ≥25 g/day soy protein (50 mg/day isoflavones) PO. Hypercholesterolemia: ~50 g/day soy protein PO reduces LDL cholesterol by ~3%; no apparent benefit for isoflavone supplements. Postmenopausal vasomotor symptoms (modest benefit if any): 20-60 g/day soy protein PO (40-80 mg/day isoflavones). Conflicting clinical trials for postmenopausal bone loss. ▶Gut, L, K ♀+ for food, ? for supplements ▶+ for food, ? for supplements $

stevia (*Stevia rebaudiana*): Leaves traditionally used as sweetener. Efficacy unclear for treatment of type 2 diabetes or hypertension. ▶L ♀? ▶? $

tea tree oil (*melaleuca oil, Melaleuca alternifolia*): Not for oral use; CNS toxicity reported. Efficacy unclear for onychomycosis, tinea pedis, acne vulgaris, dandruff, pediculosis. ▶? ♀- ▶- $

valerian (*Valeriana officinalis, Alluna, One-a-day Bedtime & Rest, Sleep-Tite*): Insomnia (possibly effective): 400-900 mg of standardized extract PO 30 minutes before bedtime. Alluna: 2 tabs PO 1 h before bedtime. ▶? ♀- ▶- $

wild yam (*Dioscorea villosa*): Ineffective as topical "natural progestin". Was used historically to synthesize progestins, cortisone, and androgens; it is not converted to them or DHEA in the body. ▶L ♀? ▶? $

willow bark extract (*Salix alba, Salicis cortex, Assalix, salicin*): Osteoarthritis, low back pain (possibly effective): 60 to 240 mg/day salicin PO divided bid-tid. [Some products standardized to 15% salicin content.] ▶K ♀- ▶- $

yohimbe (*Corynanthe yohimbe, Pausinystalia yohimbe, Potent V*): Nonprescription yohimbe promoted for impotence and as aphrodisiac, but these products rarely contain much yohimbine. FDA considers yohimbe bark in herbal remedies an unsafe herb. [Yohimbine is the primary alkaloid in the bark of the yohimbe tree. Yohimbine HCl is a prescription drug in the US; yohimbe bark is available without prescription. Yohimbe bark (not by prescription) and prescription yohimbine HCl are not interchangeable.] ▶L ♀- ▶- $

# IMMUNOLOGY

*Immunizations* (For vaccine info see CDC website www.cdc.gov.)

avian influenza vaccine H5N1 - inactivated injection: 1 mL IM x 2 doses, separated by 21-35 days. ♀C ▶? $$$$

BCG vaccine (*Tice BCG, ✚Oncotice, Immucyst*): 0.2-0.3 mL percutaneously. ♀C ▶? $$$$

*Comvax* (haemophilus b + hepatitis B vaccine): 0.5 mL IM. ♀C ▶? $$$

diphtheria tetanus and acellular pertussis vaccine (*DTaP, Tdap, Tripedia, Infanrix, Daptacel, Boostrix, Adacel, ✚Tripacel*): Adult formulation 1 mL IM. Do not use Boostrix or Adacel for primary childhood vaccination series. ♀C ▶- $$

diphtheria-tetanus toxoid (*Td, DT, ✚D2T5*): 0.5 mL IM. [Injection DT (pediatric: 6 weeks- 6 yo). Td (adult and children: ≥7 years).] ▶Immune system ♀C ▶?

haemophilus b vaccine (*ActHIB, HibTITER, PedvaxHIB*): 0.5 mL IM. ♀C ▶? $

hepatitis A vaccine (*Havrix, Vaqta, ✚Avaxim, Epaxal*): Adult formulation 1 mL IM, repeat in 6-12 months. Peds ≥1 yo: 0.5 mL IM, repeat 6-18 months later. [Single dose vial (specify pediatric or adult).] ▶Immune system ♀C ▶+ $$$

hepatitis B vaccine (*Engerix-B, Recombivax HB*): Adults: 1 mL IM, repeat in 1 and 6 months. Separate pediatric formulations and dosing. ♀C ▶+ $$$

human papillomavirus recombinant vaccine (*Gardasil*): 0.5 mL IM at 0, 2 and 6 months. ♀B ▶? $$$$$

influenza vaccine - inactivated (*Fluarix, FluLaval, Fluzone, Fluvirin, ✚Fluviral, Vaxigrip*): 0.5 mL IM. Fluarix and FluLaval not indicated in children. ♀C ▶+ $

influenza vaccine - live intranasal (*FluMist*): 1 dose (0.5 mL) intranasally. ♀C ▶+ $

Japanese encephalitis vaccine (*JE-Vax*): 1.0 mL SC x 3 doses on days 0, 7, and 30. ♀C ▶? $$$$

measles mumps & rubella vaccine (*M-M-R II*, ✚*Priorix*): 0.5 mL (1 vial) SC. ♀C ▶+ $$$

meningococcal polysaccharide vaccine (*Menomune-A/C/Y/W-135, Menactra*, ✚*Menjugate*): 0.5 mL SC (Menomune) or IM (Menactra). ♀C ▶? $$$$

*Pediarix* (diphtheria tetanus and acellular pertussis vaccine + hepatitis B vaccine + polio vaccine): 0.5 mL at 2, 4, 6 months IM. ♀C ▶? $$$

plague vaccine: Age 18-61 yo: 1 mL IM x 1 dose, then 0.2 mL IM 1-3 months after the 1st injection, then 0.2 mL IM 5-6 months later. ♀C ▶+ $

pneumococcal 23-valent vaccine (*Pneumovax, ✚Pneumo 23*): 0.5 mL IM/SC. ♀C ▶+ $$

pneumococcal 7-valent conjugate vaccine (*Prevnar*): 0.5 mL IM x 3 doses 6-8 wks apart starting at 2-6 mo, followed by a fourth dose at 12-15 months. ♀C ▶? $$$$

polio vaccine (*IPOL*): 0.5 mL IM or SC. ♀C ▶? $$

*ProQuad* (measles mumps & rubella vaccine + varicella vaccine): 12 months-12 years: 0.5 mL (1 vial) SC. ♀C ▶? $$$$

rabies vaccine (*RabAvert, Imovax Rabies, BioRab, Rabies Vaccine Adsorbed*): 1 mL IM in deltoid region on days 0, 3, 7, 14, 28. ♀C ▶? $$$$$

rotavirus vaccine (*RotaTeq*): Give the first dose (2 mL PO) between 6-12 weeks of age, and then the 2nd & 3rd doses at 4-10 weeks intervals thereafter (last dose no later than 32 weeks). [Trade: Oral susp 2 mL.] ▶Immune system ♀ ▶? $$$$$

tetanus toxoid: 0.5 mL IM/SC. ♀C ▶+ $

*TriHibit* (haemophilus b + diphtheria tetanus and acellular pertussis vaccine): 4th dose only, 15-18 mos: 0.5 mL IM. ♀C ▶- $$$

*Twinrix* (hepatitis A vaccine + hepatitis B vaccine): Adults: 1 mL IM in deltoid, repeat in 1 & 6 months. Accelerated dosing schedule: 0, 7, 21-30 days and booster dose at 12 months. ♀C ▶? $$$

typhoid vaccine - inactivated injection (*Typhim Vi*, ✚*Typherix*): 0.5 mL IM x 1 dose. May revaccinate q2-5 yrs if high risk. ♀C ▶? $$

| CHILDHOOD IMMUNIZATION SCHEDULE* | | | | | | *Months* | | | | *Years* | |
|---|---|---|---|---|---|---|---|---|---|---|---|
| Age | Birth | 1 | 2 | 4 | 6 | 12 | 15 | 18 | 2 | 4-6 | 11-12 |
| Hepatitis B | HB | HB | | | | HB | | | | | |
| Rotavirus | | | Rota | Rota | Rota | | | | | | |
| DTP | | | DTaP | DTaP | DTaP | | DTaP | | | DTaP | TDaP |
| H influenza b | | | Hib | Hib | Hib | Hib | | | | | |
| Pneumococci | | | PCV | PCV | PCV | PCV | | | | | |
| Polio | | | IPV | IPV | | IPV | | | | IPV | |
| Influenza† | | | | | | Influenza (yearly)† | | | | | |
| MMR | | | | | | MMR | | | | MMR | |
| Varicella | | | | | | Varicella | | | | Vari | |
| Hepatitis A¶ | | | | | | Hep A x 2¶ | | | | | |
| Papillomavirus§ | | | | | | | | | | | HPV x 3§ |
| Meningococcal | | | | | | | | | | | MCV |

*2007 schedule from the CDC, ACIP, AAP, & AAFP, see CDC website (www.cdc.gov). †If ≥5 yo and healthy can use intranasal form. If <9 yo receiving for first time, should get 2 doses ≥4 weeks apart for injected form and ≥6 weeks apart for intranasal. ¶Two doses at least 6 months apart. §Second and third doses 2 and 6 months after first dose.

typhoid vaccine - live oral (*Vivotif Berna*): 1 cap qod x 4 doses. May revaccinate q2-5 yrs if high risk. [Trade only: Caps] ▶Immune system ♀C ▶? $$

varicella vaccine (*Varivax*, *Varilrix*): Children 1 to 12 yo: 0.5 mL SC x 1 dose. Age ≥13: 0.5 mL SC, repeat 4-8 weeks later. ♀C ▶+ $$$

yellow fever vaccine (*YF-Vax*): 0.5 mL SC. ♀C ▶+ $$$

zoster vaccine - live (*Zostavax*): Adults ≥60 yo: 0.65 mL SC x 1. ♀C ▶? $$$$

## TETANUS WOUND CARE
(www.cdc.gov)

| | Uncertain or <3 prior tetanus immunizations | ≥3 prior tetanus immunizations |
|---|---|---|
| Non tetanus prone wound (e.g., clean and minor) | Td (DT if <7 yo) | Td if >10 years since last dose |
| Tetanus prone wound (e.g., dirt, contamination, punctures, crush components) | Td (DT if <7 yo), tetanus immune globulin 250 units IM at site other than Td. | Td if >5 years since last dose |

When immunizing adults or adolescents ≥10 yo consider DTaP (*Adacel* at 11-64 yo, *Boostrix* if 10-18 yo) if patient has never received a pertussis booster.

### Immunoglobulins

antivenin - crotalidae immune Fab ovine polyvalent (*CroFab*): Rattlesnake envenomation: Give 4-6 vials IV infusion over 60 minutes, within 6 hours of bite if possible. Administer 4-6 additional vials if no initial control of envenomation syndrome, then 2 vials q6h for up to 18 hours (3 doses) after initial control has been established. ▶? ♀C ▶? $$$$$

botulism immune globulin (*BabyBIG*): Infant botulism <1 yo: 1 mL (50 mg)/kg IV. ▶L ♀? ▶? $$$$$

hepatitis B immune globulin (*H-BIG, BayHep B, HepaGam B, NABI-HB*): 0.06 mL/kg IM within 24 h of needlestick, ocular, or mucosal exposure, repeat in 1 month. ▶L ♀C ▶? $$$

immune globulin - intramuscular (*Baygam*, ✿*Gamastan*): Hepatitis A prophylaxis: 0.02-0.06 mL/kg IM depending on length of stay. Measles (within 6 days post-exposure): 0.2-0.25 mL/kg IM. ▶L ♀C ▶? $$$$

immune globulin - intravenous (*Carimune, Polygam, Panglobulin, Octagam, Flebogamma, Gammagard, Gamunex, Iveegam, Venoglobulin*): IV dosage varies by indication and product. ▶L ♀C ▶? $$$$$

immune globulin - subcutaneous (*Vivaglobulin*): 100-200 mg/kg SC weekly. ▶L ♀C ▶? $$$$$

lymphocyte immune globulin human (*Atgam*): Specialized dosing. ▶L ♀C ▶? $$$$$

rabies immune globulin human (*Imogam Rabies-HT, HyperRAB S/D*): 20 units/kg, as much as possible infiltrated around bite, the rest IM. ▶L ♀C ▶? $$$$$

RSV immune globulin (*RespiGam*): IV infusion for RSV. ▶Plasma ♀C ▶? $$$$$

tetanus immune globulin (*BayTet*, ✿*Hypertet*): Prophylaxis: 250 units IM. ▶L ♀C ▶? $$$$

varicella-zoster immune globulin (*VariZIG*): Specialized dosing. ▶L ♀C ▶? $$$$$

### Immunosuppression (Specialized dosing for organ transplantation.)

basiliximab (*Simulect*): ▶Plasma ♀B ▶? $$$$$

cyclosporine (*Sandimmune, Neoral, Gengraf*): Organ transplantation, rheumatoid arthritis, and psoriasis. [Generic/Trade: microemulsion caps 25, 100 mg. Generic/Trade: Caps (Sandimmune) 25, 100 mg, solution (Sandimmune) 100 mg/mL, microemulsion solution (Neoral, Gengraf) 100 mg/mL.] ▶L ♀C ▶- $$$$$

daclizumab (**Zenapax**): ▶L ♀C ▶? $$$$$

mycophenolate mofetil (**Cellcept, Myfortic**): [Trade only (CellCept): caps 250 mg, tabs 500 mg, oral suspension 200 mg/mL. Trade (Myfortic): tablet, extended-release: 180, 360 mg.] ▶? ♀C ▶? $$$$$

sirolimus (**Rapamune**): [Trade: oral soln 1 mg/mL. Tab 1, 2 mg.] ▶L ♀C ▶- $$$$$

tacrolimus (**Prograf, FK 506**): [Trade only: Caps 1,5 mg.] ▶L ♀C ▶- $$$$$

*Other*

hymenoptera venom: Specialized desensitization protocol. ▶Serum ♀C ▶? $$$$

tuberculin PPD (**Aplisol, Tubersol, Mantoux, PPD**): 5 TU (0.1 mL) intradermally, read 48-72h later. ▶L ♀C ▶+ $

# NEUROLOGY

## *Alzheimer's Disease - Cholinesterase Inhibitors*

donepezil (**Aricept**): Start 5 mg PO qhs. May increase to 10 mg PO qhs in 4-6 wks. For severe disease (MMSE ≤10), the recommended dose is 10 mg/d. [Trade only: Tabs 5,10 mg. Orally disintegrating tabs 5,10 mg.] ▶LK ♀C ▶? $$$$

galantamine (**Razadyne, Razadyne ER, ✦Reminyl**): Extended release: Start 8 mg PO q am with food; increase to 16 mg q am after 4 wks. May increase to 24 mg q am after another 4 wks. Immediate release: Start 4 mg PO bid with food; increase to 8 mg bid after 4 wks. May increase to 12 mg bid after another 4 wks. [Trade: Tabs (Razadyne) 4, 8, 12 mg; oral soln 4 mg/mL. Extended release caps (Razadyne ER) 8, 16, 24 mg. Prior to April 2005 was called Reminyl.] ▶LK ♀B ▶? $$$$$

rivastigmine (**Exelon, Exelon Patch**): Alzheimer's disease: Start 1.5 mg PO bid with food. Increase to 3 mg bid after 2 wks. Max 12 mg/d. Patch: Start 4.6 mg/24h once daily; may increase after ≥1 month to max 9.5 mg/24h. Dementia associated with Parkinson's disease: Start 1.5 mg PO bid with food. Increase by 3 mg/d at intervals >4 weeks to max 12 mg/d. Patch: Start 4.6 mg/24h once daily; may increase after ≥1 month to max 9.5 mg/24h. [Trade only: Caps 1.5, 3, 4.5, 6 mg. Oral solution 2 mg/mL (120 mL). Transdermal patch: 4.6 mg/24h (9 mg/patch), 9.5 mg/24h (18 mg/patch).] ▶K ♀B ▶? $$$$

## *Alzheimer's Disease - NMDA Receptor Antagonists*

memantine (**Namenda, ✦Ebixa**): Start 5 mg PO daily. Increase by 5 mg/d at weekly intervals to max 20 mg/d. Doses >5 mg/d should be divided bid. [Trade only: Tabs 5, 10 mg. Oral soln 2 mg/mL.] ▶KL ♀B ▶? $$$$

## *Anticonvulsants*

carbamazepine (**Tegretol, Tegretol XR, Carbatrol, Epitol, Equetro**): Epilepsy: 200-400 mg PO bid-qid. Extended-release: 200 mg PO bid. Age 6-12 yo: 100 mg PO bid or 50 mg PO qid; increase by 100 mg/d at weekly intervals divided tid-qid (regular release), bid (extended-release), or qid (suspension). Age <6 yo: 10-20 mg/kg/d PO divided bid-qid. Bipolar disorder, acute manic/mixed episodes (Equetro): Start 200 mg PO bid; increase by 200 mg/d to max 1,600 mg/d. Aplastic anemia, agranulocytosis, many drug interactions. [Generic/Trade: Tabs 200 mg, chew tabs 100 mg, susp 100 mg/5 ml. Generic Only: Tabs 100,300,400 mg, chew tabs 200 mg. Trade only: Extended-release tabs (Tegretol XR): 100, 200, 400 mg. Extended-release caps (Carbatrol & Equetro): 100, 200, 300 mg.] ▶LK ♀D ▶+ $$

clobazam (**✦Frisium**): Canada only. Adults: Start 5-15 mg PO daily. Increase prn to max 80 mg/d. Children <2 yo: 0.5-1 mg/kg PO daily. Children 2-16 yo: Start 5 mg PO daily. May increase prn to max 40 mg/d. [Generic/Trade: Tabs 10 mg.] ▶L ♀X (first trimester) D (2nd/3rd trimesters) ▶- $

**ethosuximide (*Zarontin*):** Absence seizures, age 3-6 yo: Start 250 mg PO daily (or divided bid). Age >6 yo: Start 500 mg PO daily (or divided bid). Max 1.5 g/d. [Generic/Trade: Caps 250 mg. Syrup 250 mg/5 mL.] ▶LK ♀C ▶+ $$$$

**felbamate (*Felbatol*):** Start 400 mg PO tid. Max 3,600 mg/d. Peds: Start 15 mg/kg/d PO divided tid-qid. Max 45 mg/kg/d. Aplastic anemia, hepatotoxicity. Not first line. Requires written informed consent. [Trade only: Tabs 400, 600 mg. Susp 600 mg/5 mL.] ▶KL ♀C ▶- $$$$$

**fosphenytoin (*Cerebyx*):** Load: 15-20 mg "phenytoin equivalents" (PE) per kg IM/IV no faster than 150 PE mg/min. Maintenance: 4-6 PE/kg/d. ▶L ♀D ▶+ $$$$$

**gabapentin (*Neurontin*):** Partial seizures, adjunctive therapy: Start 300 mg PO qhs. Increase gradually to 300-600 mg PO tid. Max 3,600 mg/d. Postherpetic neuralgia: Start 300 mg PO on day 1; increase to 300 mg bid on day 2, and to 300 mg tid on day 3. Max 1,800 mg/d. Partial seizures, initial monotherapy: Titrate as above. Usual effective dose is 900-1,800 mg/day. [Generic only: Tabs 100, 300, 400 mg. Generic/Trade: Caps 100, 300, 400 mg. Tabs 600, 800 mg (scored). Soln 50 mg/mL.] ▶K ♀C ▶? $$$$

**lamotrigine (*Lamictal, Lamictal CD*):** Partial seizures, Lennox-Gastaut syndrome, or generalized tonic-clonic seizures, adjunctive therapy with a single enzyme-inducing anticonvulsant. Age >12 yo: 50 mg PO daily x 2 wks, then 50 mg bid x 2 wks, then gradually increase to 150-250 mg PO bid. Age 2-12 yo: dosing is based on weight and concomitant meds (see package insert). Also approved for conversion to monotherapy (age ≥16 yo): see package insert. Drug interaction with valproate (see package insert for adjusted dosing guidelines). Potentially life-threatening rashes reported in 0.3% of adults and 0.8% of children; discontinue at first sign of rash. [Generic/Trade: Chewable dispersible tabs 5, 25 mg. Trade only: Tabs 25, 100, 150, 200 mg. Chewable dispersible tabs (Lamictal CD) 2 mg not available in pharmacies; obtain through manufacturer representative, or by calling 1-888-825-5249.] ▶LK ♀C ▶- $$$$

**levetiracetam (*Keppra*):** Partial seizures, juvenile myoclonic epilepsy (JME), or primary generalized tonic-clonic seizures (GTC), adjunctive: Start 500 mg PO/IV bid; increase by 1,000 mg/d q2 wks prn to max 3,000 mg/d (partial seizures) or to target dose of 3,000 mg/d (JME or GTC). [Trade only: Tabs 250, 500, 750, 1,000 mg. Oral solution 100 mg/mL.] ▶K ♀C ▶? $$$$$

**oxcarbazepine (*Trileptal*):** Start 300 mg PO bid. Titrate to 1200 mg/d (adjunctive) or 1,200-2,400 mg/d (monotherapy). Peds 2-16 yo: Start 8-10 mg/kg/d divided bid. Life-threatening rashes & hypersensitivity reactions. [Trade only: Tabs (scored) 150, 300, 600 mg. Oral suspension 300 mg/5 mL.] ▶LK ♀C ▶- $$$$$

**phenobarbital (*Luminal*):** Load: 20 mg/kg IV at rate ≤60 mg/min. Maintenance: 100-300 mg/d PO given once daily or divided bid; peds 3-5 mg/kg/d PO divided bid-tid. Many drug interactions. [Generic only: Tabs 15, 16.2, 30, 32.4, 60, 100 mg. Elixir 20 mg/5 mL.] ▶L ♀D ▶- ◎IV $

**phenytoin (*Dilantin, Phenytek*):** Status epilepticus: Load 10-15 mg/kg IV no faster than 50 mg/min, then 100 mg IV/PO q6-8h. Epilepsy: Oral load: 400 mg PO initially, then 300 mg in 2h and 4h. Maintenance: 5 mg/kg (or 300 mg PO) given once daily (extended-release) or divided tid (standard release) and titrated to a therapeutic level. [Generic/Trade: Extended-release caps 100 mg (Dilantin). Suspension 125 mg/5 mL. Trade only: Extended-release caps 30 mg (Dilantin), 200, 300 mg (Phenytek). Chew tabs 50 mg (Dilantin Infatabs).] ▶L ♀D ▶+ $$

**pregabalin (*Lyrica*):** Painful diabetic peripheral neuropathy: Start 50 mg PO tid; may increase within 1 wk to max 100 mg PO tid. Postherpetic neuralgia: Start 150 mg/

day PO divided bid-tid. May increase within 1 wk to 300 mg/d divided bid-tid; max 600 mg/d. Partial seizures (adjunctive): Start 150 mg/d PO divided bid-tid; increase prn to max 600 mg/d divided bid-tid. Fibromyalgia: Start 75 mg PO bid; may increase to 150 mg bid within 1 week; max dose 225 mg bid. [Trade only: Caps 25, 50, 75, 100, 150, 200, 225, 300 mg.] ▶K ♀C ▷? ©V $$$$

primidone (**Mysoline**): Start 100-125 mg PO qhs. Increase over 10d to 250 mg tid-qid. Max 2 g/d. Metabolized to phenobarbital. [Generic/Trade: Tabs 50, 250 mg.] ▶LK ♀D ▷- $$$$

tiagabine (**Gabitril**): Start 4 mg PO daily. Increase by 4-8 mg at weekly intervals prn to max 32 mg/d (children ≥12 yo) or 56 mg/d (adults) divided bid-qid. Avoid off-label use. [Trade only: Tabs 2, 4, 12, 16 mg.] ▶L ♀C ▷? $$$$$

topiramate (**Topamax**): Partial seizures or primary generalized tonic-clonic seizures, monotherapy (age >10 yo): Start 25 mg PO bid (week 1), 50 mg bid (week 2), 75 mg bid (week 3), 100 mg bid (week 4), 150 mg bid (week 5), then 200 mg bid as tolerated. Partial seizures, primary generalized tonic-clonic seizures, or Lennox Gastaut Syndrome, adjunctive therapy: Start 25-50 mg PO qhs. Increase weekly by 25-50 mg/d to usual effective dose of 200 mg PO bid. Doses >400 mg/d not shown to be more effective. Migraine prophylaxis: 50 mg PO bid. [Trade only: Tabs 25, 50, 100, 200 mg. Sprinkle Caps 15, 25 mg.] ▶K ♀C ▷? $$$$$

valproic acid (**Depakene, Depakote, Depakote ER, Depacon, divalproex, sodium valproate, ✦Epival, Deproic**): Epilepsy: 10-15 mg/kg/d PO/IV divided bid-qid (standard release, delayed release, or IV) or given once daily (Depakote ER). Titrate to max 60 mg/kg/d. Use rate ≤20 mg/min when given IV. Hepatotoxicity, drug interactions, reduce dose in elderly. [Generic/Trade: Immediate release caps 250 mg (Depakene), syrup (Depakene, valproic acid) 250 mg/5 mL. Trade only (Depakote): Delayed release sprinkle caps 125 mg, delayed release tabs 125, 250, 500 mg; extended release tabs (Depakote ER) 250, 500mg.] ▶L ♀D ▷+ $$$$

zonisamide (**Zonegran**): Start 100 mg PO daily. Titrate q2 wks to 200-400 mg/d given once daily or divided bid. Max 600 mg/d. Drug interactions. Contraindicated in sulfa allergy. [Generic/Trade: Caps 25, 50, 100 mg.] ▶LK ♀C ▷? $$$$

## Migraine Therapy - Triptans (5-HT1 Receptor Agonists)

> NOTE: May cause vasospasm. Avoid in ischemic or vasospastic heart disease, cerebrovascular syndromes, peripheral arterial disease, uncontrolled HTN, and hemiplegic or basilar migraine. Do not use within 24 hours of ergots or other triptans. Risk of serotonin syndrome with SSRIs, MAOIs.

almotriptan (**Axert**): 6.25-12.5 mg PO. May repeat in 2h prn. Max 25 mg/d. Avoid MAOIs. [Trade only: Tabs 6.25, 12.5 mg.] ▶LK ♀C ▷? $$

eletriptan (**Relpax**): 20-40 mg PO. May repeat in >2h prn. Max 40 mg/dose or 80 mg/d. Drug interactions. Avoid MAOIs. [Trade: Tabs 20, 40 mg.] ▶LK ♀C ▷? $$

frovatriptan (**Frova**): 2.5 mg PO. May repeat in 2h prn. Max 7.5 mg/24h. [Trade only: Tabs 2.5 mg.] ▶LK ♀C ▷? $

naratriptan (**Amerge**): 1-2.5 mg PO. May repeat in 4h prn. Max 5 mg/24h. [Trade only: Tabs 1, 2.5 mg.] ▶LK ♀C ▷? $$

rizatriptan (**Maxalt, Maxalt MLT**): 5-10 mg PO. May repeat in 2h prn. Max 30 mg/24h. MLT form dissolves on tongue without liquids. Avoid MAOIs. [Trade only: Tabs 5, 10 mg. Orally disintegrating tabs (MLT) 5, 10 mg.] ▶LK ♀C ▷? $$

sumatriptan (**Imitrex**): 4-6 mg SC. May repeat in 1h prn. Max 12 mg/24h. Tablets: 25-100 mg PO (50 mg most common). May repeat q2h prn with 25-100 mg doses. Max 200 mg/24h. Intranasal spray: 5-20 mg q2h. Max 40 mg/24h. Avoid MAOIs. [Trade only: Tabs 25, 50, 100 mg. Nasal spray 5, 20 mg/ spray. Injection 6 mg/0.5 mL, 4 mg and 6 mg cartridges (STATdose System)] ▶K ♀C ▷+ $$

## DERMATOMES

### MOTOR NERVE ROOTS

| Level | Motor function |
|---|---|
| C4 | Spontaneous breathing |
| C5 | Shoulder shrug / deltoid |
| C6 | Biceps / wrist extension |
| C7 | Triceps / wrist flexion |
| C8/T1 | finger flexion |
| T1-T12 | Intercostal/abd muscles |
| T12 | cremasteric reflex |
| L1/L2 | hip flexion |
| L2/L3/L4 | hip adduction / quads |
| L5 | great toe dorsiflexion |
| S1/S2 | foot plantarflexion |
| S2-S4 | rectal tone |

| LUMBOSACRAL NERVE ROOT COMPRESSION | Root | Motor | Sensory | Reflex |
|---|---|---|---|---|
| | L4 | quadriceps | medial foot | knee-jerk |
| | L5 | dorsiflexors | dorsum of foot | medial hamstring |
| | S1 | plantarflexors | lateral foot | ankle-jerk |

### GLASGOW COMA SCALE

| Eye Opening | Verbal Activity | Motor Activity |
|---|---|---|
| | | 6. Obeys commands |
| 4. Spontaneous | 5. Oriented | 5. Localizes pain |
| 3. To command | 4. Confused | 4. Withdraws to pain |
| 2. To pain | 3. Inappropriate | 3. Flexion to pain |
| 1. None | 2. Incomprehensible | 2. Extension to pain |
| | 1. None | 1. None |

zolmitriptan (**Zomig, Zomig ZMT**): 1.25-2.5 mg PO q2h. Max 10 mg/24h. Orally disintegrating tabs (ZMT) 2.5 mg PO. May repeat in 2h prn. Max 10 mg/24h. Nasal spray: 5 mg (1 spray) in one nostril. May repeat in 2h. Max 10 mg/24h. [Trade only: Tabs 2.5, 5 mg. Orally disintegrating tabs $$$ (ZMT) 2.5, 5 mg. Nasal spray 5 mg/spray.] ▶L ♀C ▶? $$

#### Migraine Therapy - Other

**Cafergot** (ergotamine + caffeine): 2 tabs (1/100 mg each) PO at onset, then 1 tab q30 min prn. Max 6 tabs/attack or 10/wk. Suppositories (2/100 mg): 1 PR at onset; may repeat in 1h prn. Max 2/attack or 5/wk. Drug interactions. Fibrotic complications. [Trade only: Tabs 1/100 mg ergotamine/caffeine.] ▶L ♀X ▶- $

dihydroergotamine (**D.H.E. 45, Migranal**): Solution (DHE 45) 1 mg IV/IM/SC. May repeat in 1h prn. Max 2 mg (IV) or 3 mg (IM/SC) per day. Nasal spray (Migranal): 1 spray in each nostril. May repeat in 15 min prn. Max 6 sprays/24h or 8 sprays/wk. Drug interactions. Fibrotic complications. [Trade only: Nasal spray 0.5 mg/spray (Migranal). Self-injecting solution (D.H.E 45): 1 mg/mL.] ▶L ♀X ▶- $$

flunarizine (✿ **Sibelium**): Canada only. 10 mg PO qhs. [Generic/Trade: Caps 5 mg] ▶L ♀C ▶- $$

**Midrin** (isometheptene + dichloralphenazone + acetaminophen, **Amidrine, Durdrin, Migquin, Migratine, Migrazone, Va-Zone**): Tension & vascular headache treatment: 1-2 caps PO q4h. Max 8 caps/d. Migraine treatment: 2 caps PO x 1, then 1 cap q1h prn to max 5 caps/12h. [Generic only: Caps 65/100/325 mg of isometheptene / dichloralphenazone / acetaminophen.] ▶L ♀? ▶? ©IV $

## Multiple sclerosis

glatiramer (*Copaxone*): Multiple sclerosis: 20 mg SC daily. [Trade only: Injection 20 mg single dose vial.] ▶Serum ♀B ▶? $$$$$

interferon beta-1A (*Avonex, Rebif*): Multiple sclerosis: Avonex- 30 mcg (6 million units) IM q wk. Rebif- start 8.8 mcg SC three times weekly; titrate over 4 wks to maintenance dose of 44 mcg three times weekly. Suicidality, hepatotoxicity, blood dyscrasias. Follow LFTs and CBC. [Trade only: Avonex: Injection 33 mcg (6.6 million units) single dose vial. Rebif: Starter kit 20 mcg pre-filled syringe, 22 & 44 mcg prefilled syringes.] ▶ L ♀C ▶? $$$$$

interferon beta-1B (*Betaseron*): Multiple sclerosis: Start 0.0625 mg SC qod; titrate over six weeks to 0.25 mg (8 million units) SC qod. Suicidality, hepatotoxicity. Follow LFTs. [Trade only: Injection 0.3 mg (9.6 million units) single dose vial.] ▶L ♀C ▶? $$$$$

## Myasthenia Gravis

edrophonium (*Tensilon, Enlon*): Evaluation for myasthenia gravis: 2 mg IV over 15-30 seconds (test dose) while on cardiac monitor, then 8 mg IV after 45 sec. Atropine should be readily available in case of cholinergic reaction. Duration of effect is 5-10 min. ▶Plasma ♀C ▶? $

neostigmine (*Prostigmin*): 15-375 mg/d PO in divided doses, or 0.5 mg IM/SC. [Trade only: Tabs 15 mg.] ▶L ♀C ▶? $$$

pyridostigmine (*Mestinon, Mestinon Timespan, Regonal*): Myasthenia gravis: 60-200 mg PO tid (standard release) or 180 mg PO daily or divided bid (extended release). [Generic/Trade: Tabs 60 mg. Trade only: Extended release tabs 180 mg. Syrup 60 mg/5 mL.] ▶Plasma, K ♀C ▶+ $$

## Parkinsonian Agents - Anticholinergics

benztropine mesylate (*Cogentin*): Parkinsonism: 0.5-2 mg IM/PO/IV given once daily or divided bid. EPS: 1-4 mg PO/IM/IV given once daily or divided bid. [Generic only: Tabs 0.5, 1, 2 mg.] ▶LK ♀C ▶? $

biperiden (*Akineton*): 2 mg PO tid-qid, max 16 mg/d. [Trade only: Tabs 2 mg] ▶LK ♀C ▶? $$$

trihexyphenidyl (*Artane*): Start 1 mg PO daily. Gradually increase to 6-10 mg/d divided tid. Max 15 mg/d. [Generic: Tabs 2, 5 mg. Elixir 2 mg/5 mL.] ▶LK ♀C ▶? $

## Parkinsonian Agents - COMT Inhibitors

entacapone (*Comtan*): Start 200 mg PO with each dose of carbidopa/levodopa. Max 8 tabs (1,600 mg)/d. [Trade only: Tabs 200 mg.] ▶L ♀C ▶? $$$$$

## Parkinsonian Agents - Dopaminergic Agents & Combinations

apomorphine (*Apokyn*): Start 0.2 mL SC prn. May increase in 0.1 mL increments every few days. Monitor for orthostatic hypotension after initial dose and with dose escalation. Max 0.6 mL/dose or 2 mL/d. Potent emetic - pretreat with trimethobenzamide 300 mg PO tid starting 3d prior to use, and continue for ≥2 months. Contains sulfites. [Trade only: Cartridges (for injector pen, 10 mg/mL) 3 mL. Ampules (10 mg/mL) 2 mL.] ▶L ♀C ▶? $$$$$

carbidopa-levodopa (*Sinemet, Sinemet CR, Parcopa*): Start 1 tab (25/100 mg) PO tid. Increase q1-4 d as needed. Sustained release: Start 1 tab (50/200 mg) PO bid; increase q 3d as needed. [Generic/Trade: Tabs (carbidopa/levodopa) 10/100, 25/100, 25/250 mg. Tabs, sustained release (Sinemet CR, carbidopa-levodopa ER) 25/100, 50/200 mg. Trade only: orally disintegrating tablet (Parcopa) 10/100, 25/100, 25/250.] ▶L ♀C ▶? $$$$

pramipexole (*Mirapex*): Parkinson's disease: Start 0.125 mg PO tid. Gradually increase to 0.5-1.5 mg PO tid. Restless legs syndrome: Start 0.125 mg PO 2-3 hrs prior to bedtime. May increase q4-7 days to max 0.5 mg/dose. [Trade only: Tabs 0.125, 0.25, 0.5, 1, 1.5 mg.] ▶K ♀C ▶? $$$$

ropinirole (*Requip*): Parkinson's disease: Start 0.25 mg PO tid, then gradually increase to 1 mg PO tid. Max 24 mg/d. Restless legs syndrome: Start 0.25 mg PO 1-3 hrs before sleep for 2 days, then increase to 0.5 mg/d on days 3-7. Increase by 0.5 mg/d at weekly intervals prn to max 4mg/d given 1-3 hours before sleep. [Trade only: Tabs 0.25, 0.5, 1, 2, 3, 4, 5 mg.] ▶L ♀C ▶? $$$$

rotigotine (*Neupro*): Parkinson's disease: Start 2 mg/24h patch daily x 1 wk, then increase to lowest effective dose of 4 mg/24h. May increase prn in ≥1 wk to max 6 mg/24h. Rotate application sites daily. Remove before MRI or cardioversion. [Trade only: Transdermal patch 2, 4, 6 mg/24 hours.] ▶L ♀C ▶? $$$$$

*Stalevo* (carbidopa + levodopa + entacapone): Parkinson's disease (conversion from carbidopa-levodopa +/- entacapone): Start Stalevo tab that contains the same amount of carbidopa-levodopa as the patient was previously taking, and titrate to desired response. May need to reduce levodopa dose if not already taking entacapone. [Trade only: Tabs (carbidopa/levodopa/entacapone): Stalevo 50 (12.5/50/200 mg), Stalevo 100 (25/100/200 mg), Stalevo 150 (37.5/150/200 mg).] ▶L ♀C ▶- $$$$$

### Parkinsonian Agents - Monoamine Oxidase Inhibitors (MAOIs)

rasagiline (*Azilect*): Parkinson's disease, monotherapy: 1 mg PO qam. Parkinson's disease, adjunctive: 0.5 mg PO qam. Max 1 mg/d. MAOI diet. [Trade only: Tabs 0.5, 1 mg.] ▶L ♀C ▶? $$$$

selegiline (*Eldepryl, Zelapar*): 5 mg PO q am and q noon, max 10 mg/d. Zelapar ODT: 1.25-2.5 mg q am, max 2.5 mg/d. [Generic/Trade: Caps 5 mg. Tabs 5 mg. Trade only (Zelapar): Oral disintegrating tabs (ODT) 1.25 mg.] ▶LK ♀C ▶? $$$$

### Other Agents

botulinum toxin type A (*Botox, Botox Cosmetic*): Dose varies based on indication. [Trade only: 100 unit single-use vials.] ▶Not absorbed ♀C ▶? $$$$$

mannitol (*Osmitrol, Resectisol*): Intracranial HTN: 0.25-2 g/kg IV over 30-60 min. ▶K ♀C ▶? $$

nimodipine (*Nimotop*): Subarachnoid hemorrhage: 60 mg PO q4h x 21 d. [Generic/Trade: Caps 30 mg.] ▶L ♀C ▶? $$$$

oxybate (*Xyrem, GHB, gamma hydroxybutyrate*): Narcolepsy-associated cataplexy or excessive daytime sleepiness: 2.25 g/night. Repeat in 2.5-4h. May increase by 1.5 g/d at >2 wk intervals to max 9 g/d. From a centralized pharmacy. [Trade only: Solution 180 mL (500 mg/mL) supplied with measuring device and child-proof dosing cups.] ▶L ♀B ▶? ©III $$$$$

riluzole (*Rilutek*): ALS: 50 mg PO q12h. Monitor LFTs. [Trade only: Tabs 50 mg.] ▶LK ♀C ▶- $$$$$

tetrabenazine (❖*Nitoman*): Hyperkinetic movement disorders (Canada only): Start 12.5 mg PO bid-tid. May increase by 12.5 mg/d q3-5 d to usual dose of 25 mg PO tid. Max 200 mg/d. Suicidality. Avoid MAOIs. [Trade: Tabs 25 mg.] ▶L ♀? ▶- $$$$

OB/GYN

---

*Contraceptives – Other* (Oral contraceptives on table on next page)

etonogestrel (*Implanon*): Contraception: 1 subdermal implant every three years. [Trade only: Single rod implant, 68 mg etonogestrel.] ▶L ♀X ▶+ $$$$$

levonorgestrel (*Plan B*): Emergency contraception: 1 tab PO ASAP but within 72h of intercourse. 2nd tab 12h later. [OTC: Trade only: Kit contains 2 tabs 0.75 mg.] ▶L ♀X ▶- $$

*NuvaRing* (ethinyl estradiol vaginal ring + etonogestrel): Contraception: 1 ring intravaginally x 3 weeks each month. [Trade only: Flexible intravaginal ring, 15 mcg ethinyl estradiol/0.120 mg etonogestrel/day. 1 and 3 rings/box.] ▶L ♀X ▶- $$

*Ortho Evra* (norelgestromin + ethinyl estradiol, ✦*Evra*): Contraception: 1 patch q week x 3 weeks, then 1 week patch-free. [Trade only: Transdermal patch: 150/20 mcg norelgestromin/ethinyl estradiol/day. 1 and 3 patches/ box.] ▶L ♀X ▶- $$$

*Estrogens* (See also Hormone Combinations.)

esterified estrogens (*Menest*): 0.3 to 1.25 mg PO daily. [Trade only: Tabs 0.3, 0.625, 1.25, 2.5 mg.] ▶L ♀X ▶- $

estradiol (*Estrace, Gynodiol*): 1-2 mg PO daily. [Generic/Trade: Tabs, micronized 0.5, 1, 2 mg, scored. Trade only: 1.5 mg (Gynodiol).] ▶L ♀X ▶- $$

estradiol acetate (*Femtrace*): 0.45-1.8 mg PO daily. [Trade only: Tabs, 0.45, 0.9, 1.8 mg.] ▶L ♀X ▶- $$

estradiol acetate vaginal ring (*Femring*): Menopausal atrophic vaginitis & vasomotor symptoms: Insert & replace after 90 days. [Trade only: 0.05 mg/day and 0.1 mg/day.] ▶L ♀X ▶- $$$

estradiol cipionate (*Depo-Estradiol*): 1-5 mg IM q 3-4 weeks. ▶L ♀X ▶- $

estradiol gel (*Divigel, Estrogel, Elestrin*): Thinly apply 1 complete pump depression to 1 entire arm (Estrogel) or upper arm (Elestrin) or contents of 1 foil packet (Divigel) to one upper thigh. [Trade only: Gel 0.06% in non-aerosol, metered-dose pump with 64 1.25 g doses (Estrogel) & 100 0.87 g doses (Elestrin). Gel 0.1% in single dose foil packets of 0.25, 0.5 & 1.0 g, carton of 30.] ▶L ♀X ▶- $$$

estradiol topical emulsion (*Estrasorb*): Rub in contents of one pouch each to left and right legs (spread over thighs & calves) qam. Daily dose = two 1.74 g pouches. [Trade only: Topical emulsion, 56 pouches/carton.] ▶L ♀X ▶- $$

estradiol transdermal patch (*Alora, Climara, Esclim, Estraderm, FemPatch, Menostar, Vivelle, Vivelle Dot, ✦Estradot, Oesclim*): Apply one patch weekly (Climara, FemPatch, Estradiol, Menostar) or twice per week (Esclim, Estraderm, Vivelle, Vivelle Dot, Alora). [Generic/Trade: Transdermal patches doses in mg/day: Climara (q week) 0.025, 0.0375, 0.05, 0.06, 0.075, 0.1. Trade only: FemPatch (q week) 0.025. Esclim (twice/week) 0.025, 0.0375, 0.05, 0.075, 0.1. Vivelle, Vivelle Dot (twice/week) 0.025, 0.0375, 0.05, 0.075, 0.1. Estraderm (twice/week) 0.05, & 0.1. Alora (twice/week) 0.025, 0.05, 0.075, 0.1.] ▶L ♀X ▶- $$

estradiol transdermal spray (*Evamist*): 1-3 sprays daily to forearm. [Trade: Spray: 1.53 mg estradiol per 90 mcL spray, 56 sprays per pump.] ▶L ♀X ▶- ?

estradiol vaginal ring (*Estring*): Menopausal atrophic vaginitis: Insert & replace after 90 days. [Trade only: 2 mg ring single pack.] ▶L ♀X ▶- $$$

estradiol vaginal tab (*Vagifem*): Menopausal atrophic vaginitis: one tablet vaginally daily x 2 weeks, then one tablet vaginally 2x/week. [Trade only: Vaginal tab: 25 mcg in disposable single-use applicators, 8 & 18/pack.] ▶L ♀X ▶- $-$$

estradiol valerate (*Delestrogen*): 10-20 mg IM q4 weeks. ▶L ♀X ▶- $$

estrogen vaginal cream (*Premarin, Estrace*): Menopausal atrophic vaginitis: Premarin: 0.5-2 g daily. Estrace: 2-4 g daily x 2 weeks, then reduce. [Trade: Vaginal

| ORAL CONTRACEPTIVES* ▸L♀X<br>Monophasic | Estrogen (mcg) | Progestin (mg) |
|---|---|---|
| Norinyl 1+50, Ortho-Novum 1/50, Necon 1/50 | 50 mestranol | 1 norethindrone |
| Ovcon-50 | 50 ethinyl estradiol | 1 norethindrone |
| Demulen 1/50, Zovia 1/50E | | 1 ethynodiol |
| Ovral, Ogestrel | | 0.5 norgestrel |
| Norinyl 1+35, Ortho-Novum 1/35, Necon 1/35, Nortrel 1/35 | 35 ethinyl estradiol | 1 norethindrone |
| Brevicon, Modicon, Necon 0.5/35, Nortrel 0.5/35 | | 0.5 norethindrone |
| Ovcon-35, Femcon Fe | | 0.4 norethindrone |
| Previfem | | 0.18 norgestimate |
| Ortho-Cyclen, MonoNessa, Sprintec-28 | | 0.25 norgestimate |
| Demulen 1/35, Zovia 1/35E, Kelnor 1/35 | | 1 ethynodiol |
| Loestrin 21 1.5/30, Loestrin Fe 1.5/30, Junel 1.5/30, Junel Fe 1.5/30, Microgestin Fe 1.5/30 | 30 ethinyl estradiol | 1.5 norethindrone |
| Cryselle, Lo/Ovral, Low-Ogestrel | | 0.3 norgestrel |
| Apri, Desogen, Ortho-Cept, Reclipsen | | 0.15 desogestrel |
| Levlen, Levora, Nordette, Portia, Seasonale, Seasonique†, Quasense | | 0.15 levonorgestrel |
| Yasmin | | 3 drospirenone |
| Loestrin 21 1/20, Loestrin Fe 1/20, Loestin 24 Fe, Junel 1/20, Junel Fe 1/20, Microgestin Fe 1/20 | 20 ethinyl estradiol | 1 norethindrone |
| Alesse, Aviane, Lessina, Levlite, Lutera | | 0.1 levonorgestrel |
| Lytrel | | 0.09 levonorgestrel |
| Yaz | | 3 drospirenone |
| **Progestin-only** | | |
| Micronor, Nor-Q.D., Camila, Errin, Jolivette, Nora-BE | none | 0.35 norethindrone |
| Ovrette | | 0.075 norgestrel |
| **Biphasic** (estrogen & progestin contents vary) | | |
| Kariva, Mircette | 20/10 eth estrad | 0.15/0 desogestrel |
| Ortho Novum 10/11, Necon 10/11 | 35 eth estradiol | 0.5/1 norethindrone |
| **Triphasic** (estrogen & progestin contents vary) | | |
| Cyclessa, Velivet | 25 ethinyl estradiol | 0.100/0.125/0.150 desogestrel |
| Ortho-Novum 7/7/7, Necon 7/7/7, Nortrel 7/7/7 | 35 ethinyl estradiol | 0.5/0.75/1 norethindr |
| Tri-Norinyl, Leena | | 0.5/1/0.5 norethindr |
| Enpresse, Tri-Levlen, Triphasil, Trivora-28 | 30/40/30 ethinyl estradiol | 0.5/0.75/0.125 levonorgestrel |
| Ortho Tri-Cyclen, Trinessa, Tri-Sprintec, Tri-Previfem | 35 ethinyl estradiol | 0.18/0.215/0.25 norgestimate |
| Ortho Tri-Cyclen Lo | 25 ethinyl estradiol | |
| Estrostep Fe | 20/30/35 eth estr | 1 norethindrone |

**\*All**: Not recommended in smokers. Increase risk of thromboembolism, stroke, MI, breast neoplasia & gallbladder disease. Nausea, breast tenderness, & breakthrough bleeding are common transient side effects. Effectiveness reduced by hepatic enzyme-inducing drugs such as certain anticonvulsants and barbiturates, rifampin, rifabutin, griseofulvin, & protease inhibitors. Coadministration with St. John's wort may decrease efficacy. Vomiting or diarrhea may also increase the risk of contraceptive failure. Consider an additional form of birth control in above circumstances. See product insert for instructions on missing doses. Most available in 21 and 28 day packs. **Progestin only**: Must be taken at the same time every day. Because much of the literature regarding OC adverse effects pertains mainly to estrogen/progestin combinations, the extent to which progestin-only contraceptives cause these effects is unclear. No significant interaction has been found with broad-spectrum antibiotics. The effect of St. John's wort is unclear. No placebo days, start new pack immediately after finishing current one. Available in 28 day packs. Readers may find the following website useful: www.managingcontraception.com. †84 light blue-green active pills followed by 7 yellow pills w/ 10 mcg ethinyl estradiol.

**EMERGENCY CONTRACEPTION** within 72 hours of unprotected sex: Take first dose ASAP, then identical dose 12h later. *Plan B* kit contains 2 levonorgestrel 0.75mg tabs. Each dose is 1 pill. The progestin-only method causes less nausea & may be more effective. Alternate regimens: Each dose is either 2 pills of *Ovral* or *Ogestrel*, 4 pills of *Cryselle, Levlen, Levora, Lo/Ovral, Nordette, Tri-Levlen*, *Triphasil*, *Trivora*, or *Low Ogestrel*, or 5 pills of *Alesse, Aviane, Lessina,* or *Levlite*. If vomiting occurs within 1 hour of taking either dose of medication, consider whether or not to repeat that dose with an antiemetic 1h prior. More info at: www.not-2-late.com. *Use 0.125 mg levonorgestrel/30 mcg ethinyl estradiol tabs.

cream. Premarin: 0.625 mg conjugated estrogens/g in 42.5 g with or w/o calibrated applicator. Estrace: 0.1 mg estradiol/g in 42.5 g w/calibrated applicator.] ▶L ♀X ▶? $$$

estrogens conjugated (*Premarin, C.E.S., Congest*): 0.3 to 1.25 mg PO daily. Abnormal uterine bleeding: 25 mg IV/IM. Repeat in 6-12h if needed. [Trade only: Tabs 0.3, 0.45, 0.625, 0.9, 1.25 mg.] ▶L ♀X ▶- $$

estrogens synthetic conjugated A (*Cenestin*): 0.3 to 1.25 mg PO daily. [Trade only: Tabs 0.3, 0.45, 0.625, 0.9, 1.25 mg.] ▶L ♀X ▶- $$

estrogens synthetic conjugated B (*Enjuvia*): 0.3 to 1.25 mg PO daily. [Trade only: Tabs 0.3, 0.45, 0.625, 0.9, 1.25 mg.] ▶L ♀X ▶- $$

estropipate (*Ogen, Ortho-Est*): 0.75 to 6 mg PO daily. [Generic/Trade: Tabs 0.75, 1.5, 3, 6 mg of estropipate.] ▶L ♀X ▶- $

*Hormone Combinations* (See also estrogens.)

**Activella** (estradiol + norethindrone): 1 tab PO daily. [Trade: Tab 1/0.5 & 0.5/0.1 mg estradiol/norethindrone acetate in calendar dial pack dispenser.] ▶L ♀X ▶- $$

**Angeliq** (estradiol + drospirenone): 1 tab PO daily. [Trade only: Tabs 1 mg estradiol/0.5 mg drospirenone.] ▶L ♀X ▶- $$

**Climara Pro** (estradiol + levonorgestrel): 1 patch weekly. [Trade only: Transdermal 0.045/0.015 estradiol/levonorgestrel in mg/day, 4 patches/box.] ▶L ♀X ▶- $$

**CombiPatch** (estradiol + norethindrone, ✦*Estalis*): 1 patch twice weekly. [Trade only: Transdermal patch 0.05 estradiol/ 0.14 norethindrone & 0.05 estradiol/0.25 norethindrone in mg/day, 8 patches/box.] ▶L ♀X ▶- $$

**Estratest** (esterified estrogens + methyltestosterone): 1 tab PO daily. [Trade only: Tabs 1.25 mg esterified estrogens/2.5 mg methyltestosterone.] ▶L ♀X ▶- $$$$

**Estratest H.S.** (esterified estrogens + methyltestosterone): 1 tab PO daily. [Trade only: Tabs 0.625 mg esterified estrogens/1.25 mg methyltestosterone.] ▶L ♀X ▶- $$$

**FemHRT** (ethinyl estradiol + norethindrone): 1 tab PO daily. [Trade: Tabs 5/1 and 2.5/0.5 mcg ethinyl estradiol/mg norethindrone, 28/blister card.] ▶L ♀X ▶- $$

**Prefest** (estradiol + norgestimate): 1 pink tab PO daily x 3 days followed by 1 white tab PO daily x 3 days, sequentially throughout the month. [Trade only: Tabs in 30-day blister packs 1 mg estradiol (15 pink) & 1 mg estadiol/0.09 mg norgestimate (15 white).] ▶L ♀X ▶- $$$

**Premphase** (estrogens conjugated + medroxyprogesterone): 1 tab PO daily. [Trade only: Tabs in 28-day EZ-Dial dispensers: 0.625 mg conjugated estrogens (14) & 0.625 mg/5 mg conjugated estrogens/medroxyprogesterone (14).] ▶L ♀X ▶- $$

**Prempro** (estrogens conjugated + medroxyprogesterone, ✦*Premplus*): 1 tab PO daily. [Trade only: Tabs in 28-day EZ-Dial dispensers: 0.625 mg/5 mg, 0.625 mg/2.5 mg, 0.45 mg/1.5 mg, or 0.3 mg/1.5 mg conjugated estrogens/medroxyprogesterone.] ▶L ♀X ▶- $$

**Syntest D.S.** (esterified estrogens + methyltestosterone): 1 tab PO daily. [Trade only: Tabs 1.25 mg esterified estrogens/2.5 mg methyltestosterone.] ▶L ♀X ▶- $$

**Syntest H.S.** (esterified estrogens + methyltestosterone): 1 tab PO daily. [Trade: Tabs 0.625 mg esterified estrogens/1.25 mg methyltestosterone.] ▶L ♀X ▶- $$

### Labor Induction / Cervical Ripening

**dinoprostone** (*PGE2, Prepidil, Cervidil, Prostin E2*): Cervical ripening: One syringe of gel placed directly into the cervical os for cervical ripening or one insert in the posterior vaginal fornix. [Trade: Gel (Prepidil) 0.5 mg/3 g syringe. Vaginal insert (Cervidil) 10 mg. Vag suppository (Prostin E2) 20 mg.] ▶Lung ♀C ▶? $$$$$

**oxytocin** (*Pitocin*): Labor induction: 10 units in 1000 mL NS (10 milliunits/mL), start at 6-12 mU/h (1-2 milliunits/min). Postpartum bleeding: 10 units IM or 10-40 units in 1000 mL NS IV, infuse 20-40 milliunits/minute. ▶LK ♀? ▶- $

### Ovulation Stimulants

**clomiphene** (*Clomid, Serophene*): Specialized dosing for ovulation induction. [Generic/Trade: Tabs 50 mg, scored.] ▶L ♀D ▶? $$

### Progestins

**hydroxyprogesterone caproate**: Amenorrhea, dysfunctional uterine bleeding, metrorrhagia: 375 mg IM. Production of secretory endometrium & desquamation: 125-250 mg IM on 10th day of the cycle, repeat q7days until suppression no longer desired. ▶L ♀X ▶? $

**medroxyprogesterone** (*Provera, Amen*): 10 mg PO daily for last 10-12 days of month, or 2.5-5 mg PO daily. Secondary amenorrhea, abnormal uterine bleeding: 5-10 mg PO daily x 5-10 days. Endometrial hyperplasia: 10-30 mg PO daily. [Generic/Trade: Tabs 2.5, 5, & 10 mg, scored.] ▶L ♀X ▶+ $

**medroxyprogesterone - injectable** (*Depo-Provera, depo-subQ provera 104*): Contraception/Endometriosis: 150 mg IM in deltoid or gluteus maximus or 104 mg SC in anterior thigh or abdomen q13 weeks. ▶L ♀X ▶+ $$$

**megestrol** (*Megace, Megace ES*): Endometrial hyperplasia: 40-160 mg PO daily x 3-4 mo. AIDS anorexia: 800 mg (20 mL) susp PO daily or 625 mg (5 mL) ES daily. [Generic/Trade: Tabs 20 & 40 mg. Suspension 40 mg/mL in 240 mL. Trade only: Megace ES suspension 125 mg/mL (150 mL).] ▶L ♀D ▶? $$$$$

**norethindrone** (*Aygestin, Micronor, Nor-Q.D., Camila, Errin, Jolivette, Nora-BE*): Amenorrhea, abnormal uterine bleeding: 2.5-10 mg PO daily x 5-10 days during the second half of the menstrual cycle. Endometriosis: 5 mg PO daily x 2 weeks. Increase by 2.5 mg q 2 weeks to 15 mg. [Generic/Trade: Tabs 5 mg, scored. Trade only: 0.35 mg tabs.] ▶L ♀D/X ▶See notes $

**progesterone gel** (*Crinone, Prochieve*): Secondary amenorrhea: 45 mg (4%) intravaginally qod up to 6 doses. If no response, use 90 mg (8%) qod up to 6 doses. Infertility: special dosing. [Trade only: 4%, 8% single-use, prefilled applicators.] ▶Plasma ♀- ▶? $$$

**progesterone micronized** (*Prometrium*): 200 mg PO qhs 10-12 days/month or 100 mg qhs daily. Secondary amenorrhea: 400 mg PO qhs x 10 days. Contraindicated in peanut allergy. [Trade only: Caps 100 & 200 mg.] ▶L ♀B ▶+ $$

**progesterone vaginal insert** (*Endometrin*): Infertility: special dosing. [Trade only: 100 mg vaginal insert.] ▶Plasma ♀- ▶? ?

### Selective Estrogen Receptor Modulators

**raloxifene** (*Evista*): Osteoporosis prevention/treatment: 60 mg PO daily. [Trade only: Tabs 60 mg.] ▶L ♀X ▶- $$$$

## DRUGS GENERALLY ACCEPTED AS SAFE IN PREGNANCY (selected)

<u>Analgesics:</u> acetaminophen, codeine*, meperidine*, methadone*. <u>Antimicrobials:</u> penicillins, cephalosporins, erythromycins (not estolate), azithromycin, nystatin, clotrimazole, metronidazole**, nitrofurantoin***, *Nix.* Antivirals: acyclovir, valacyclovir, famciclovir. <u>CV:</u> labetalol, methyldopa, hydralazine. <u>Derm:</u> erythromycin, clindamycin, benzoyl peroxide. <u>Endo:</u> insulin, liothyronine, levothyroxine. <u>ENT:</u> chlorpheniramine, diphenhydramine, dimenhydrinate, dextromethorphan, guaifenesin, nasal steroids, nasal cromolyn. <u>GI:</u> trimethobenzamide, antacids*, simethicone, cimetidine, famotidine, ranitidine, nizatidine, psyllium, metoclopramide, bisacodyl, docusate, doxylamine, meclizine. <u>Heme:</u> Heparin, low molecular weight heparins. <u>Psych:</u> desipramine, doxepin. <u>Pulmonary:</u> short-acting inhaled beta-2 agonists, cromolyn, nedocromil, beclomethasone, budesonide, theophylline, prednisone**.            *Except if used long-term or in high does at term. **Except 1st trimester. ***Contraindicated at term and during labor and delivery.

| APGAR SCORE | Heart rate | 0. Absent | 1. <100 | 2. >100 |
|---|---|---|---|---|
| | Respirations | 0. Absent | 1. Slow/irreg | 2. Good/crying |
| | Muscle tone | 0. Limp | 1. Some flexion | 2. Active motion |
| | Reflex irritability | 0. No response | 1. Grimace | 2. Cough/sneeze |
| | Color | 0. Blue | 1. Blue extremities | 2. Pink |

tamoxifen (*Nolvadex, Soltamox, Tamone,* ✽*Tamofen*): Breast cancer prevention: 20 mg PO daily x 5 years. Breast cancer: 10-20 mg PO bid. [Generic/Trade: Tabs 10, 20 mg, Trade (Soltamox): sugar-free soln 10mg/5mL (150 mL).] ▶L ♀D ▶- $$$

### Uterotonics

carboprost (*Hemabate, 15-methyl-prostaglandin F2 alpha*): Refractory postpartum uterine bleeding: 250 mcg deep IM. ▶LK ♀C ▶? $$$

methylergonovine (*Methergine*): Refractory postpartum uterine bleeding: 0.2 mg IM/PO tid-qid prn. [Trade only: Tabs 0.2 mg.] ▶LK ♀C ▶? $

### Vaginitis Preparations (See also STD/vaginitis table in antimicrobial section.)

boric acid: Resistant vulvovaginal candidiasis: 1 vag supp qhs x 2 weeks. [No commercial preparation; must be compounded by pharmacist. Vaginal suppositories 600 mg in gelatin capsules.] ▶Not absorbed ♀? ▶- $

butoconazole (*Gynazole, Mycelex-3*): Vulvovaginal candidiasis: Mycelex 3: 1 applicatorful qhs x 3-6 days. Gynazole-1: 1 applicatorful intravaginally qhs x 1. [OTC: Trade only (Mycelex 3): 2% vaginal cream in 5 g pre-filled applicators (3s) & 20 g tube with applicators. Rx: Trade only (Gynazole-1): 2% vaginal cream in 5 g pre-filled applicator.] ▶LK ♀C ▶? $(OTC), $$$(Rx)

clindamycin (*Cleocin, Clindesse,* ✽*Dalacin*): Bacterial vaginosis: Cleocin: 1 applicatorful cream qhs x 7d or one vaginal supp qhs x 3d. Clindesse: 1 applicatorful cream x 1. [Generic/Trade: 2% vaginal cream in 40 g tube with 7 disposable applicators (Cleocin). Vag supp (Cleocin Ovules) 100 mg (3) w/applicator. 2% vaginal cream in a single-dose prefilled applicator (Clindesse).] ▶L ♀B ▶? $

clotrimazole (*Mycelex 7, Gyne-Lotrimin,* ✽*Canesten, Clotrimaderm*): Vulvovaginal candidiasis: 1 applicatorful 1% cream qhs x 7 days. 1 applicatorful 2% cream qhs x 3 days. 1 vag supp 100 mg qhs x 7 days. 1 vag tab 200 mg qhs x 3 days. [OTC: Generic/Trade: 1% vaginal cream with applicator (some pre-filled). 2% vaginal cream with applicator. Vaginal suppositories 100 mg (7) & 200 mg (3) with applicators. 1% topical cream in some combination packs.] ▶LK ♀B ▶? $

metronidazole (*MetroGel-Vaginal, Vandazole*): Bacterial vaginosis: 1 applicatorful qhs or bid x 5 days. [Generic/Trade: 0.75% gel in 70 g tube with applicator.] ▶LK ♀B ▶? $$$

miconazole (*Monistat, Femizol-M, M-Zole, Micozole, Monazole*): Vulvovaginal candidiasis: 1 applicatorful qhs x 3 (4%) or 7 (2%) days. 100 mg vag supp qhs x 7 days. 400 mg vag supp qhs x 3 days. 1200 mg vag supp x 1. [OTC: Generic/Trade: 2% vag cream in 45 g with 1 applicator or 7 disposable applicators. Vag supp 100 mg (7) OTC: Trade only: 400 mg (3) & 1200 mg (1) with applicator. Generic/Trade: 4% vaginal cream in 25 g tubes or 3 prefilled applicators. Some in combination packs with 2% miconazole cream for external use.] ▶LK ♀+ ▶? $

nystatin (*Mycostatin*, ✚*Nilstat, Nyaderm*): Vulvovaginal candidiasis: 1 vag tab qhs x 14 days. [Generic/Trade: Vaginal tabs 100,000 units in 15s & 30s with or without applicator(s).] ▶Not metabolized ♀A ▶? $$

terconazole (*Terazol*): Vulvovaginal candidiasis: 1 applicatorful of 0.4% cream qhs x 7 days, or 1 applicatorful of 0.8% cream qhs x 3 days, or 80 mg vag supp qhs x 3 days. [All forms supplied with applicators: Generic/Trade: Vag cream 0.4% (Terazol 7) in 45 g tube, 0.8% (Terazol 3) in 20 g tube. Vag supp (Terazol 3) 80 mg (#3).] ▶LK ♀C ▶- $$

tioconazole (*Monistat 1-Day, Vagistat-1*): Vulvovaginal candidiasis: 1 applicatorful of 6.5% ointment intravaginally qhs single-dose. [OTC: Trade: Vaginal ointment: 6.5% (300 mg) in 4.6 g prefilled single-dose applicator.] ▶Not absorbed ♀C ▶- $

### Other OB/GYN Agents

danazol (*Danocrine*, ✚*Cyclomen*): Endometriosis: Start 400 mg PO bid, then titrate downward to maintain amenorrhea x 3-6 months. Fibrocystic breast disease: 100-200 mg PO bid x 4-6 months. [Generic only: Caps 50, 100, 200 mg.] ▶L ♀X ▶- $$$$$

mifepristone (*Mifeprex, RU-486*): 600 mg PO x 1 followed by 400 mcg misoprostol on day 3, if abortion not confirmed. [Trade only: Tabs 200 mg.] ▶L ♀X ▶? $$$$$

*Premesis-Rx* (pyridoxine + folic acid + cyanocobalamin + calcium carbonate): Pregnancy-induced nausea: 1 tab PO daily. [Trade only: Tabs 75 mg vitamin B6 (pyridoxine), sustained-release, 12 mcg vitamin B12 (cyanocobalamin), 1 mg folic acid, and 200 mg calcium carbonate.] ▶L ♀A ▶+ $

RHO immune globulin (*HyperRHO S/D, MICRhoGAM, RhoGAM, Rhophylac, WinRho SDF*): 300 mcg vial IM to mother at 28 weeks gestation followed by a 2nd dose ≤72 hours of delivery (if mother Rh- and baby is or might be Rh+). Microdose (50 mcg, MICRhoGAM) OK if spontaneous abortion <12 weeks gestation. ▶L ♀C ▶? $$$$$

## ONCOLOGY SECTION

**Alkylating agents**: altretamine (*Hexalen*), busulfan (*Myleran, Busulfex*), carmustine (*BCNU, BiCNU, Gliadel*), chlorambucil (*Leukeran*), cyclophosphamide (*Cytoxan, Neosar*), dacarbazine (*DTIC-Dome*), ifosfamide (*Ifex*), lomustine (*CeeNu, CCNU*), mechlorethamine (*Mustargen*), melphalan (*Alkeran*), procarbazine (*Matulane*), streptozocin (*Zanosar*), temozolomide (*Temodar*, ✚*Temodal*), thiotepa (*Thioplex*). **Antibiotics**: bleomycin (*Blenoxane*), dactinomycin (*Cosmegen*), daunorubicin (*DaunoXome, Cerubidine*), doxorubicin liposomal (*Doxil*, ✚*Caelyx, Myocet*), doxorubicin non-liposomal (*Adriamycin, Rubex*), epirubicin (*Ellence*, ✚*Pharmorubicin*), idarubicin (*Idamycin*), mitomycin (*Mutamycin, Mitomycin-C*), mitoxantrone (*Novantrone*), valrubicin (*Valstar*, ✚*Valtaxin*). **Antimetabolites**: azacitidine (*Vidaza*), capecitabine (*Xeloda*), cladribine (*Leustatin, chlorodeoxyadenosine*), clofarabine (*Clolar*), cytarabine (*Cytosar-U, Tarabine, Depo-Cyt, AraC*), decitabine (*Dacogen*), floxuridine (*FUDR*), fludarabine (*Fludara*), fluorouracil (*Adrucil, 5-FU*), gemcitabine (*Gemzar*), hydroxyurea (*Hydrea, Droxia*), mercaptopurine (*6-MP, Purinethol*), nelarabine (*Arranon*), pemetrexed (*Alimta*), pentostatin (*Nipent*), thioguanine (*Tabloid*, ♣*Lanvis*). **Cytoprotective Agents:** amifostine (*Ethyol*), dexrazoxane (*Zinecard*), mesna (*Mesnex*, ♣*Uromitexan*), palifermin (*Kepivance*). **Hormones:** abarelix (*Plenaxis*), anastrozole (*Arimidex*), bicalutamide (*Casodex*), cyproterone, ♣*Androcur, Androcur Depot* estramustine (*Emcyt*), exemestane (*Aromasin*), flutamide (*Eulexin*, ♣*Euflex*), fulvestrant (*Faslodex*), goserelin (*Zoladex*), histrelin (*Vantas, Supprelin LA*), letrozole (*Femara*), leuprolide (*Eligard, Lupron, Lupron Depot, Oaklide, Viadur*), nilutamide (*Nilandron*), testolactone (*Teslac*), toremifene (*Fareston*), triptorelin (*Trelstar Depot*). **Immunomodulators:** aldesleukin (*Proleukin, interleukin-2*), alemtuzumab (*Campath*, ♣*MabCampath*), BCG (*Bacillus of Calmette & Guerin, Pacis, TheraCys, Tice BCG*, ♣*Oncotice, Immucyst*), bevacizumab (*Avastin*), cetuximab (*Erbitux*), dasatinib (*Sprycel*), denileukin (*Ontak*), erlotinib (*Tarceva*), gemtuzumab (*Mylotarg*), ibritumomab (*Zevalin*), imatinib (*Gleevec*), interferon alfa-2a (*Roferon-A*), lapatinib (*Tykerb*), panitumumab (*Vectibix*), rituximab (*Rituxan*), sunitinib (*Sutent*), temsirolimus (*Torisel*), tositumomab (*Bexxar*), trastuzumab (*Herceptin*). **Mitotic Inhibitors:** docetaxel (*Taxotere*), etoposide (*VP-16, Etopophos, Toposar, VePesid*), paclitaxel (*Taxol, Abraxane, Onxol*), teniposide (*Vumon, VM-26*), vinblastine (*Velban, VLB*), vincristine (*Oncovin, Vincasar, VCR*), vinorelbine (*Navelbine*). **Platinum-Containing Agents:** carboplatin (*Paraplatin*), cisplatin (*Platinol-AQ*), oxaliplatin (*Eloxatin*). **Radiopharmaceuticals:** samarium 153 (*Quadramet*), strontium-89 (*Metastron*). **Miscellaneous:** arsenic trioxide (*Trisenox*), asparaginase (*Elspar*, ♣*Kidrolase*), bexarotene (*Targretin*), bortezomib (*Velcade*), gefitinib (*Iressa*), irinotecan (*Camptosar*), lenalidomide (*Revlimid*), leucovorin (*Wellcovorin, folinic acid*), mitotane (*Lysodren*), pegaspargase (*Oncaspar*), porfimer (*Photofrin*), sorafenib (*Nexavar*), thalidomide (*Thalomid*), topotecan (*Hycamtin*), tretinoin (*Vesanoid*), vorinostat (*Zolinza*).

# OPHTHALMOLOGY

> **NOTE:** Most eye medications can be administered 1 drop at a time despite common manufacturer recommendations of 1-2 drops concurrently. Even a single drop is typically more than the eye can hold and thus a second drop is both wasteful and increases the possibility of systemic toxicity. If twice the medication is desired separate single drops by at least 5 minutes.

### *Antiallergy - Decongestants & Combinations*

naphazoline (*Albalon, AK-Con, Vasocon, Naphcon, Allerest, Clear Eyes*): 1 gtt qid prn for up to 4 days. [OTC Generic/Trade: solution 0.012, 0.02, 0.03% (15, 30 mL). Rx Generic/Trade: 0.1% (15 mL).] ▶? ♀C ▶? $

*Naphcon-A* (naphazoline + pheniramine, Visine-A): 1 gtt qid prn for up to 4 days. [OTC Trade only: solution 0.025% + 0.3% (15 mL).] ▶L ♀C ▶? $

*Vascon-A* (naphazoline + antazoline): 1 gtt qid prn for up to 4 days. [OTC Trade only: solution 0.1% + 0.5% (15 mL).] ▶L ♀C ▶? $

### *Antiallergy - Dual Antihistamine & Mast Cell Stabilizer*

azelastine (*Optivar*): 1 gtt bid. [Trade only: solution 0.05% (3, 6 mL).] ▶L ♀C ▶? $$

epinastine (*Elestat*): 1 gtt bid. [Trade: solution 0.05% (5,10 mL).] ▶K ♀C ▶? $$$

ketotifen (*Alaway, Zaditor*): 1 gtt in each eye q8-12h. [OTC-Generic/Trade: solution 0.025% (5 mL).] ▶Minimal absorption ♀C ▶? $

olopatadine (*Pataday, Patanol*): 1 gtt of 0.1% solution in each eye bid (Patanol) or 1 gtt of 0.2% solution in each eye daily (Pataday). [Trade only: solution 0.1% (5 mL, Patanol), 0.2% (2.5 mL, Pataday).] ▶K ♀C ▶? $$$

### Antiallergy - Pure Antihistamines

emedastine (*Emadine*): 1 gtt up to qid. [Trade: soln 0.05% (5 mL).] ▶L ♀B ▶? $$
levocabastine (*Livostin*): 1 gtt qid. [Trade only: suspension 0.05% (2.5, 5,10 mL).] ▶Minimal absorption ♀C ▶? $$$

### Antiallergy - Pure Mast Cell Stabilizers

cromolyn (*Crolom, Opticrom*): 1-2 gtts in each eye 4-6 times per day. [Generic/Trade: solution 4% (10 mL).] ▶LK ♀B ▶? $$$
lodoxamide (*Alomide*): 1-2 gtts in each eye qid. [Trade only: solution 0.1% (10 mL).] ▶K ♀B ▶? $$$
nedocromil (*Alocril*): 1-2 gtts in each eye bid. [Trade: soln 2% (5 mL)] ▶L♀B ▶? $$$
pemirolast (*Alamast*): 1-2 gtts in each eye qid. [Trade only: solution 0.1% (10 mL).] ▶? ♀C ▶? $$$

### Antibacterials - Aminoglycosides

gentamicin (*Garamycin, Genoptic, Gentak*, ♣*Diogent*): 1-2 gtts q2-4h; ½ inch ribbon of oint bid-tid. [Generic/Trade: solution 0.3% (5 ,15 mL), ointment 0.3% (3.5 g tube).] ▶K ♀C ▶? $
tobramycin (*Tobrex*): 1-2 gtts q1-4h or ½ inch ribbon of ointment q3-4h or bid-tid. [Generic/Trade: soln 0.3% (5 mL). Trade: ointment 0.3% (3.5 g tube). ▶K ♀B ▶- $

### Antibacterials - Fluoroquinolones

ciprofloxacin (*Ciloxan*): 1-2 gtt q1-6h or ½ inch ribbon ointment bid-tid. [Generic/Trade: soln 0.3% (2.5,5,10 mL). Trade: ointment 0.3% (3.5g tube).] ▶LK ♀C ▶? $$
gatifloxacin (*Zymar*): 1-2 gtts q2h while awake up to 8 times/day on days 1 & 2, then 1-2 gtts q4h up to 4 times/day on days 3-7. [Trade: soln 0.3%] ▶K♀C ▶? $$$
levofloxacin (*Iquix, Quixin*): Quixin: 1-2 gtts q2h while awake up to 8 times/day on days 1 & 2, then 1-2 gtts q4h up to 4 times/day on days 3-7. Iquix: 1-2 gtts q30 min to 2h while awake and q4-6h overnight on days 1-3, then 1-2 gtts q1-4h while awake on days 4 to completion of therapy. [Trade only: solution 0.5% (Quixin, 5 mL), 1.5% (Iquix, 5 mL).] ▶LK ♀C ▶? $$$
moxifloxacin (*Vigamox*): 1 gtt tid x 7 days. [Trade: soln 0.5% (3 mL)] ▶LK♀C▶? $$$
ofloxacin (*Ocuflox*): 1-2 gtts q1-6h x 7-10 days. [Generic/Trade: solution 0.3% (5, 10 mL).] ▶LK ♀C ▶? $$

### Antibacterials - Other

azithromycin (*Azasite*): 1 gtt bid x 2 days, then 1 gtt daily x 5 more days. [Trade: solution 1% (2.5 mL).] ▶L ♀B ▶? ?
bacitracin (*AK Tracin*): Apply ¼-½ inch ribbon of ointment q3-4h or bid-qid. [Generic/Trade: ointment 500 units/g (3.5g tube)] ▶Minimal absorption ♀C ▶? $
erythromycin (*Ilotycin, AK-Mycin*): ½ inch ribbon of ointment q3-4h or 2-8 times/day. [Generic only: ointment 0.5% (1, 3.5 g tube).] ▶L ♀B ▶+ $
*Neosporin ointment* (neomycin + bacitracin + polymyxin): ½ inch ribbon of ointment q3-4h x 7-10 days or ½ inch ribbon 2-3 times/day for mild-moderate infection. [Generic/Trade: ointment. (3.5 g tube).] ▶K ♀C ▶? $
*Neosporin solution* (neomycin + polymyxin + gramicidin): 1-2 gtts q1-6h x 7-10 days. [Generic/Trade: solution (10 mL).] ▶KL ♀C ▶? $$

**Polysporin** (polymyxin + bacitracin): ½ inch ribbon of ointment q3-4h x 7-10 days or ½ inch ribbon bid-tid for mild-moderate infection. [Generic/Trade: ointment (3.5 g tube).] ▶K ♀C ▶? $

**Polytrim** (polymyxin + trimethoprim): 1-2 gtts q3-6h x 7-10d, max 6 gtts/day. [Generic/Trade: solution (10 mL).] ▶KL ♀C ▶? $

sulfacetamide (**Sulamyd, Bleph-10, Sulf-10, Isopto Cetamide, AK-Sulf**): 1-2 gtts q2-6h x 7-10d or ½ inch ribbon of ointment q3-8h x 7-10d. [Generic only: solution 10%, 30% (15 mL). Generic/Trade: ointment 10% (3.5g tube). Trade only: solution 10% (2.5,5,15 mL) 10, 15, 30% (15 mL)] ▶K ♀C ▶- $

### Antiviral Agents

trifluridine (**Viroptic**): Herpes: 1 gtt q2-4h x 7-14d, max 9 gtts/day, 21 days. [Trade only: solution 1% (7.5 mL).] ▶Minimal absorption ♀C ▶- $$$

vidarabine (**Vira-A**): ½ inch ribbon of ointment up to 5 times daily x 5-7 days. After re-epithelialization, ½ inch ribbon bid x 5-7 days. [Trade only: ointment 3% (3.5 g tube).] ▶Cornea ♀C ▶? $$$

### Corticosteroid & Antibacterial Combinations

> NOTE: Recommend that only ophthalmologists or optometrists prescribe due to infection, cataract, corneal/scleral perforation, and glaucoma risk. Monitor intraocular pressure.

**Blephamide** (prednisolone + sodium sulfacetamide): 1-2 gtts q1-8h or ½ inch ribbon of ointment daily-qid. [Generic/Trade: solution/suspension (5,10 mL), Trade only: ointment (3.5 g tube).] ▶KL ♀C ▶? $

**Cortisporin** (neomycin + polymyxin + hydrocortisone): 1-2 gtts or ½ inch ribbon of ointment q3-4h or more frequently prn. [Generic/Trade: suspension (7.5 mL), ointment (3.5 g tube).] ▶LK ♀C ▶? $$

**FML-S Liquifilm** (prednisolone + sodium sulfacetamide): 1-2 gtts q1-8h or ½ inch ribbon of ointment daily-qid. [Trade only: suspension (5,10 mL).] ▶KL ♀C ▶? $

**Maxitrol** (dexamethasone + neomycin + polymyxin): 1-2 gtts q1-8h or ½ -1 inch ribbon of ointment daily-qid. [Generic/Trade: suspension (5 mL), ointment (3.5 g tube).] ▶KL ♀C ▶? $

**Pred G** (prednisolone + gentamicin): 1-2 gtts q1-8h daily-qid or ½ inch ribbon of ointment bid-qid. [Trade: susp (2,5,10 mL), ointment (3.5 g tube).] ▶KL ♀C ▶? $$

**TobraDex** (tobramycin + dexamethasone): 1-2 gtts q2-6h or ½ inch ribbon of ointment bid-qid. [Trade: susp (2.5,5,10 mL), ointment (3.5 g tube).] ▶L ♀C ▶? $$$

**Vasocidin** (prednisolone + sodium sulfacetamide): 1-2 gtts q1-8h or ½ inch ribbon of ointment daily-qid. [Generic/Trade: solution (5,10 mL)] ▶KL ♀C ▶? $

**Zylet** (loteprednol + tobramycin): 1-2 gtts q1-2h x 1-2 days then 1-2 gtts q4-6h. [Trade: susp 0.5% loteprednol + 0.3% tobramycin (2.5,5,10 mL)] ▶LK ♀C ▶? $$$

### Corticosteroids

> NOTE: Recommend that only ophthalmologists or optometrists prescribe due to infection, cataract, corneal/scleral perforation, and glaucoma risk. Monitor intraocular pressure.

fluorometholone (**FML, FML Forte, Flarex, Fluor-Op**): 1-2 gtts q1-12h or ½ inch ribbon of ointment q4-24h. [Generic/Trade: suspension 0.1% (5,10,15 mL). Trade only: suspension 0.25% (2,5,10,15 mL), ointment 0.1% (3.5 g tube).] ▶L ♀C ▶? $$

loteprednol (**Alrex, Lotemax**): 1-2 gtts qid. [Trade only: suspension 0.2% (Alrex 5,10 mL), 0.5% (Lotemax 2.5, 5,10,15 mL).] ▶L ♀C ▶? $$$

prednisolone (**AK-Pred, Pred Forte, Pred Mild, Inflamase, Inflamase Forte, Econopred, Econopred Plus, ✚AK Tate, Diopred**): Solution: 1-2 gtts up to q1h during day and q2h at night, when response observed, then 1 gtt q4h, then 1 gtt tid-qid. Suspension: 1-2 gtts bid-qid. [Generic/Trade: suspension 1% (5, 10, 15 mL), solution 0.125% (5 mL), 1% (5,10,15 mL). Trade only: suspension 0.12% (5,10 mL), solution 0.125% (5,10 mL)] ▶L ♀C ▶? $$

rimexolone (*Vexol*): 1-2 gtts q1-6h. [Trade: susp 1% (5,10 mL).] ▶L ♀C ▶? $$

### Glaucoma Agents - Beta Blockers (Use caution in cardiac conditions and asthma.)

betaxolol (*Betoptic, Betoptic S*): 1-2 gtts bid. [Trade only: suspension 0.25% (5,10 mL). Generic only: solution 0.5% (5,10,15 mL).] ▶LK ♀C ▶? $

carteolol (*Ocupress*): 1 gtt bid. [Generic/Trade: soln 1% (5,10,15 mL) ▶KL♀C ▶? $

levobunolol (*Betagan*): 1- 2 gtts daily-bid. [Generic/Trade: solution 0.25% (5,10 mL) 0.5% (5,10,15 mL - Trade only 2 mL).] ▶? ♀C ▶- $

metipranolol (*Optipranolol*): 1 gtt bid. [Generic/Trade: solution 0.3% (5,10 mL).] ▶? ♀C ▶? $

timolol (*Betimol, Timoptic, Timoptic XE, Istalol, Timoptic Ocudose*): 1 gtt bid. Timoptic XE, Istalol: 1 gtt daily. [Generic/Trade: solution 0.25, 0.5% (5,10,15 mL), preservative free 0.2 mL. Generic/Trade: gel forming soln 0.25, 0.5% (2.5*, 5 mL). Trade (Istalol): solution 0.5% 2.5, 5 mL. Note: *0.25% Timoptic XE.] ▶LK ♀C ▶+ $

### Glaucoma Agents - Carbonic Anhydrase Inhibitors

> NOTE: Sulfonamide derivatives; verify absence of sulfa allergy before prescribing.

brinzolamide (*Azopt*): 1 gtt tid. [Trade only: susp 1% (5,10,15 mL).] ▶LK ♀C ▶? $$

dorzolamide (*Trusopt*): 1 gtt tid. [Trade only: solution 2% (5,10 mL).] ▶KL ♀C ▶- $$

methazolamide (*Neptazane*): 25-50 mg PO daily-tid. [Generic only: Tabs 25, 50 mg.] ▶LK ♀C ▶? $

### Glaucoma Agents - Miotics

pilocarpine (*Pilocar, Pilopine HS, Isopto Carpine, Ocusert, Ocu Carpine, ✦Diocarpine, Akarpine*): 1-2 gtts tid-qid up to 6 times/day or ½ inch ribbon of gel qhs. [Generic/Trade: solution 0.5, 1, 2, 3, 4, 6% (15mL). Trade only: 5%, 8% (15 mL), gel 4% (4 g tube).] ▶Plasma ♀C ▶? $

### Glaucoma Agents - Prostaglandin Analogs

bimatoprost (*Lumigan*): 1 gtt qhs. [Trade only: solution 0.03% (2.5, 5, 7.5 mL).] ▶LK ♀C ▶? $$$

latanoprost (*Xalatan*): 1 gtt qhs. [Trade only: solution 0.005% (2.5 mL).] ▶LK ♀C ▶? $$$

travoprost (*Travatan, Travatan Z*): 1 gtt qhs. [Trade only: solution (Travatan) & benzalkonium chloride-free (Travatan Z) 0.004% (2.5, 5 mL).] ▶L ♀C ▶? $$

### Glaucoma Agents - Sympathomimetics

brimonidine (*Alphagan P, ✦Alphagan*): 1 gtt tid. [Trade only: solution 0.1% (5,10, 15 mL). Generic/Trade: solution 0.15% (5,10,15 mL). Generic only: 0.2% solution (5,10,15 mL).] ▶L ♀B ▶? $$

### Glaucoma Agents - Other

Cosopt (dorzolamide + timolol): 1 gtt bid. [Trade only: solution dorzolamide 2% + timolol 0.5% (5, 7.5, 10, 18 mL).] ▶LK ♀D ▶- $$$

### Mydriatics & Cycloplegics

atropine (*Isopto Atropine*): 1-2 gtts before procedure or daily-qid, 1/8-1/4 inch ointment before procedure or daily-tid. Cycloplegia may last up to 5-10d and mydriasis may last up to 7-14d. [Generic/Trade: solution 1% (5,15 mL) Generic only: ointment 1% (3.5 g tube).] ▶L ♀C ▶+ $

cyclopentolate (*AK-Pentolate, Cyclogyl, Pentolair*): 1-2 gtts x 1-2 doses before procedure. Cycloplegia may last 6-24h; mydriasis may last 1 day. [Generic/Trade: solution 1% (2,15 mL). Trade: 0.5% (15 mL) and 2% (2,5,15 mL).] ▶? ♀C ▶? $

homatropine (*Isopto Homatropine*): 1-2 gtts before procedure or bid-tid. Cycloplegia & mydriasis lasts 1-3 days. [Trade only: solution 2% (5 mL), 5% (15 mL). Generic/Trade: solution 5% (5 mL).] ▶? ♀C ▶? $

phenylephrine (*Neo-Synephrine, Mydfrin, Relief*): 1-2 gtts before procedure or tid-qid. No cycloplegia; mydriasis may last up to 5 hours. [Generic/Trade: solution 2.5,10% (3*, 5, 15 mL) Note: * 2.5% Mydfrin.] ▶Plasma, L ♀C ▶? $

tropicamide (*Mydriacyl*): 1-2 gtts before procedure. Mydriasis may last 6 hours. [Generic/Trade: solution 0.5% (15 mL), 1% (2, 3, 15 mL).] ▶? ♀? ▶? $

### Nonsteroidal Anti-Inflammatories

bromfenac (*Xibrom*): 1 gtt bid x 2 weeks. [Trade only: solution 0.09% (2.5, 5 mL).] ▶Minimal absorption ♀C, D (3rd trimester) ▶? $$$$

diclofenac (*Voltaren, ♥ Voltaren Ophtha*): 1 gtt up to qid. [Trade only: solution 0.1% (2.5,5 mL).] ▶L ♀B, D (3rd trimester) ▶? $$$

ketorolac (*Acular, Acular LS*): 1 gtt qid. [Trade only: solution Acular LS 0.4% (5 mL), Acular 0.5% (3, 5, 10 mL), preservative free Acular 0.5% unit dose (0.4 mL).] ▶L ♀C ▶? $$$

nepafenac (*Nevanac*): 1 gtt tid x 2 weeks. [Trade only: suspension 0.1% (3 mL).] ▶Minimal absorption ♀C ▶? $$$

### Other Ophthalmologic Agents

artificial tears (*Tears Naturale, Hypotears, Refresh Tears, GenTeal, Systane*): 1-2 gtts tid-qid prn. [OTC solution (15, 30 mL among others).] ▶None ♀A ▶+ $

cyclosporine (*Restasis*): 1 gtt in each eye q12h. [Trade only: emulsion 0.05% (0.4 mL single-use vials).] ▶Minimal absorption ♀C ▶? $$$$

dapiprazole (*Rev-Eyes*): 2 gtt in each eye, repeat in 5 mins. [Trade only: powder for solution 0.5% (5 mL).] ▶Minimal absorption ♀B ▶? $

hydroxypropyl cellulose (*Lacrisert*): Moderate-severe dry eyes: One insert in each eye daily. Some patients may require bid use. [Trade only: ocular insert 5 mg.] ▶Minimal absorption ♀+ ▶+? $

petrolatum (*Lacrilube, Dry Eyes, Refresh PM, ♣ Duolube*): Apply ¼-½ inch ointment to inside of lower lid prn. [OTC ointment 3.5g tube.] ▶None ♀A ▶+ $

proparacaine (*Ophthaine, Ophthetic, ♣ Alcaine*): 1-2 gtts before procedure. [Generic/Trade: solution 0.5% (15 mL).] ▶L ♀C ▶? $

tetracaine (*Pontocaine*): 1-2 gtts or ½-1 inch ribbon of ointment before procedure. [Generic/Trade: solution 0.5% (15 mL).] ▶Plasma ♀C ▶? $

NOTE for proparacaine and tetracaine above: Do not prescribe for unsupervised or prolonged use. Corneal toxicity and ocular infections may occur with repeated use.

## PSYCHIATRY

### Antidepressants - Heterocyclic Compounds

amitriptyline (*Elavil*): Start 25-100 mg PO qhs; gradually increase to usual effective dose of 50-300 mg/d. Primarily inhibits serotonin reuptake. Demethylated to nortriptyline, which primarily inhibits norepinephrine reuptake. [Generic: Tabs 10, 25, 50, 75, 100,150 mg. Elavil brand name no longer available.] ▶L ♀D ▶- $$

clomipramine (*Anafranil*): Start 25 mg PO qhs; gradually increase to usual effective dose of 150-250 mg/d. Max 250 mg/d. Primarily inhibits serotonin reuptake. [Generic/Trade: Caps 25, 50, 75 mg.] ▶L ♀C ▶+ $$$

desipramine (**Norpramin**): Start 25-100 mg PO given once daily or in divided doses. Gradually increase to usual effective dose of 100-200 mg/d, max 300 mg/d. Primarily inhibits norepinephrine reuptake. [Generic/Trade: Tabs 10, 25, 50, 75, 100, 150 mg.] ▶L ♀C ▶+ $$

doxepin (**Sinequan**): Start 75 mg PO qhs. Gradually increase to usual effective dose of 75-150 mg/d, max 300 mg/d. Primarily inhibits norepinephrine reuptake. [Generic/Trade: Caps 10, 25, 50, 75, 100, 150 mg. Oral concentrate 10 mg/mL.] ▶L ♀C ▶- $$

imipramine (**Tofranil, Tofranil PM**): Depression: Start 75-100 mg PO qhs or in divided doses; gradually increase to max 300 mg/d. Enuresis: 25-75 mg PO qhs. [Generic/Trade: Tabs 10, 25, 50 mg. Trade only: Caps 75, 100, 125, 150 mg (as pamoate salt).] ▶L ♀D ▶- $$$

nortriptyline (**Aventyl, Pamelor**): Start 25 mg PO given once daily or divided bid-qid. Usual effective dose is 75-100 mg/d, max 150 mg/d. Primarily inhibits norepinephrine reuptake. [Generic/Trade: Caps 10, 25, 50, 75 mg. Oral Solution 10 mg/ 5 mL.] ▶L ♀D ▶+ $$$

protriptyline (**Vivactil**): Depression: 15-40 mg/day PO divided tid-qid. Max 60 mg/day. [Trade only: Tabs 5, 10 mg.] ▶L ♀C ▶+ $$$$

## Antidepressants - Monoamine Oxidase Inhibitors (MAOIs)

**NOTE:** Must be on tyramine-free diet throughout treatment, and for 2 weeks after discontinuation. Numerous drug interactions; risk of hypertensive crisis and serotonin syndrome with many medications, including OTC. Allow ≥2 weeks wash-out when converting from an MAOI to an SSRI (6 weeks after fluoxetine), TCA, or other antidepressant.

isocarboxazid (**Marplan**): Start 10 mg PO bid; increase by 10 mg q2-4 days. Usual effective dose is 20-40 mg/d. MAOI diet. [Trade only: Tabs 10 mg.] ▶L ♀C ▶? $$$

phenelzine (**Nardil**): Start 15 mg PO tid. Usual effective dose is 60-90 mg/d in divided doses. MAOI diet. [Trade only: Tabs 15 mg.] ▶L ♀C ▶? $$$

selegiline - transdermal (**Emsam**): Depression: start 6 mg/24hr patch q 24h. Max 12 mg/24h. MAOI diet for doses ≥ 9 mg/d. [Trade only: Transdermal patch 6 mg/24hr, 9 mg/24hr, 12 mg/24hr.] ▶L ♀C ▶? $$$$$

tranylcypromine (**Parnate**): Start 10 mg PO qam; increase by 10 mg/d at 1-3 wk intervals to usual effective dose of 10-40 mg/d divided bid. MAOI diet. [Generic/Trade: Tabs 10 mg.] ▶L ♀C ▶- $$

## Antidepressants - Selective Serotonin Reuptake Inhibitors (SSRIs)

citalopram (**Celexa**): Depression: Start 20 mg PO daily; usual effective dose is 20-40 mg/d, max 60 mg/d. Suicidality. [Generic/Trade: Tabs 10, 20, 40 mg. Oral solution 10 mg/5 mL. Generic only: Oral disintegrating tab 10, 20, 40 mg.] ▶LK ♀C but - in 3rd trimester ▶- $$$

escitalopram (**Lexapro**, ❧ **Cipralex**): Depression, generalized anxiety disorder: Start 10 mg PO daily; max 20 mg/d. Suicidality. [Generic only: Tabs 5, 10, 20 mg (10 & 20 mg scored), Oral solution 1 mg/mL.] ▶LK ♀C but - in 3rd trimester ▶- $$$

fluoxetine (**Prozac, Prozac Weekly, Sarafem**): Depression, OCD: Start 20 mg PO q am; usual effective dose is 20-40 mg/d, max 80 mg/d. Depression, maintenance: 20-40 mg/d (standard-release) or 90 mg/d PO once weekly (Prozac Weekly) starting 7 days after last standard-release dose. Bulimia: Start 20 mg PO daily; may need to titrate slowly, over several days. Panic disorder: Start 10 mg PO q am; titrate to 20 mg/d after one wk, max 60 mg/d. Premenstrual Dysphoric Disorder (Sarafem): 20 mg PO daily, given either throughout the menstrual cycle or for 14 days prior to menses; max 80 mg/day. Doses >20 mg/d can be divided bid (q am and q noon). Suicidality, many drug interactions. [Generic/Trade: Tabs 10 mg. Caps 10, 20, 40 mg. Oral solution 20 mg/5 mL. Trade only: Caps (Sarafem) 10, 15, 20 mg. Caps, delayed-release (Prozac Weekly) 90 mg. Generic only: Tabs 20, 40 mg.] ▶L ♀C but - in 3rd trimester ▶- $$$

fluvoxamine (✦**Luvox**): OCD: Start 50 mg PO qhs; usual effective dose is 100-300 mg/d divided bid, max 300 mg/d. OCD (children ≥8 yo): Start 25 mg PO qhs; usual effective dose is 50-200 mg/d divided bid, max 200 mg/d. Don't use with thioridazine, pimozide, alosetron, cisapride, tizanidine, tryptophan, or MAOIs; use caution with benzodiazepines, TCAs, theophylline, and warfarin. Suicidality. [Generic only: Tabs 25, 50, 100 mg.] ▶L ♀C but - in 3rd trimester ▶- $$$$

paroxetine (**Paxil, Paxil CR, Pexeva**): Depression: Start 20 mg PO qam, max 50 mg/d. Depression, controlled-release: Start 25 mg PO qam, max 62.5 mg/d. OCD: Start 10-20 mg PO qam, max 60 mg/d. Social anxiety disorder: Start 10-20 mg PO qam, max 60 mg/d. Social anxiety disorder, controlled-release: Start 12.5 mg PO qam, max 37.5 mg/d. Generalized anxiety disorder: Start 20 mg PO qam, max 50 mg/d. Panic disorder: Start 10 mg PO qam, increase by 10 mg/day at intervals ≥1 week to usual effective dose of 10-60 mg/d; max 60 mg/d. Panic disorder, controlled-release: Start 12.5 mg PO qam, max 75 mg/d. Post-traumatic stress disorder: Start 20 mg PO qam, max 50 mg/d. Premenstrual dysphoric disorder (PMDD), continuous dosing: Start 12.5 mg PO qam (controlled-release); may increase dose after 1 wk to max 25 mg qam. PMDD, intermittent dosing (given for 2 wks prior to menses): 12.5 mg PO qam (controlled-release), max 25 mg/d. Suicidality, many drug interactions. [Generic/Trade: Tabs 10, 20, 30, 40 mg. Oral Suspension 10 mg/5 mL. Controlled-release tabs 12.5, 25 mg. Trade only: (Paxil CR) 37.5 mg.] ▶LK ♀D ▶? $$$

sertraline (**Zoloft**): Depression, OCD: Start 50 mg PO daily; usual effective dose is 50-200 mg/d, max 200 mg/d. Panic disorder, post-traumatic stress disorder, social anxiety disorder: Start 25 mg PO daily, max 200 mg/d. Premenstrual dysphoric disorder (PMDD), continuous dosing: Start 50 mg PO daily, max 150 mg/d. PMDD, intermittent dosing (given for 14 days prior to menses): Start 50 mg PO daily x 3 days, then increase to 100 mg/d. Suicidality. [Generic/Trade: Tabs 25, 50, 100 mg. Oral concentrate 20 mg/mL.] ▶LK ♀C but - in 3rd trimester ▶+ $$$

### Antidepressants - Serotonin-Norepinephrine Reuptake Inhibitors (SNRIs)

duloxetine (**Cymbalta**): Depression: 20 mg PO bid; max 60 mg/d given once daily or divided bid. Generalized anxiety disorder: Start 30-60 mg PO daily, max 120 mg/d. Diabetic peripheral neuropathic pain: 60 mg PO daily. Suicidality, hepatotoxicity, many drug interactions. [Trade: Caps 20, 30, 60 mg.] ▶L ♀C ▶? $$$$

venlafaxine (**Effexor, Effexor XR**): Depression/anxiety: Start 37.5-75 mg PO daily (Effexor XR) or 75 mg/d divided bid-tid (Effexor). Usual effective dose is 150-225 mg/d, max 225 mg/d (Effexor XR) or 375 mg/d (Effexor). Generalized anxiety disorder or social anxiety disorder: Start 37.5-75 mg PO daily (Effexor XR), max 225 mg/d. Panic disorder: Start 37.5 mg PO daily (Effexor XR), may titrate by 75 mg/d at weekly intervals to max 225 mg/d. Suicidality, seizures, hypertension. [Trade only: Caps, extended-release 37.5, 75, 150 mg. Generic/Trade: Tabs 25, 37.5, 50, 75, 100 mg.] ▶LK ♀C but - in 3rd trimester ▶? $$$$

### Antidepressants - Other

bupropion (**Wellbutrin, Wellbutrin SR, Wellbutrin XL, Zyban, Buproban**): Depression: Start 100 mg PO bid (immediate-release tabs); can increase to 100 mg tid after 4-7 d. Usual effective dose is 300-450 mg/d, max 150 mg/dose and 450 mg/d. Sustained-release: Start 150 mg PO q am; may increase to 150 mg bid after 4-7 d, max 400 mg/d. Give last dose no later than 5 pm. Extended-release: Start 150 mg PO q am; may increase to 300 mg q am after 4 d, max 450 mg q am. Seasonal affective disorder: Start 150 mg of extended release PO q am in autumn; can increase to 300 mg q am after 1 wk, max 300 mg/d. In the spring, decrease to 150 mg/d for 2 weeks and then discontinue. Smoking cessation (Zyban, Buproban): Start 150 mg PO q am x 3d, then increase to 150 mg PO bid x 7-12 wks. Max 150 mg PO bid. Give last dose no later than 5 pm. Seizures, suicidality. [Generic/Trade (for depression): Tabs 75,100 mg. Sustained release tabs 100, 150, 200 mg. Extended-release tabs 150, 300 mg (Wellbutrin XL). Generic/Trade (smoking cessation): Sustained-release tabs 150 mg (Zyban, Buproban).] ▶LK ♀C ▶- $$$$

mirtazapine (*Remeron, Remeron SolTab*): Start 15 mg PO qhs. Usual effective dose is 15-45 mg/d. Agranulocytosis in 0.1% of patients. Suicidality. [Generic/Trade: Tabs 15, 30, 45 mg. Tabs, orally disintegrating (SolTab) 15, 30, 45 mg. Generic: Tabs 7.5 mg.] ▶LK ♀C ▶? $$

trazodone: Depression: Start 50-150 mg/d PO in divided doses; usual effective dose is 400-600 mg/d. Insomnia: 50-150 mg PO qhs. [Generic only: Tabs 50, 100, 150, 300 mg.] ▶L ♀C ▶- $$$$

### Antimanic (Bipolar) Agents

lamotrigine (*Lamictal, Lamictal CD*): Adults with bipolar disorder (maintenance): Start 25 mg PO daily, 50 mg PO daily if on enzyme-inducing drugs, or 25 mg PO qod if on valproate; titrate to 200 mg/d, 400 mg/d divided bid if on enzyme-inducing drugs, or 100 mg/d if on valproate. Potentially life-threatening rashes in 0.3% of adults and 0.8% of children; discontinue at first sign of rash. Drug interaction with valproic acid; see product information for adjusted dosing guidelines. [Generic/Trade: Chewable dispersible tabs 5, 25 mg. Trade only: Tabs 25, 100, 150, 200 mg.] ▶LK ♀C ▶- $$$$

lithium (*Eskalith, Eskalith CR, Lithobid, ✚Lithane*): Acute mania: Start 300-600 mg PO bid-tid; usual effective dose is 900-1,800 mg/d. Steady state is achieved in 5d. Bipolar maintenance usually 900-1200 mg/day titrated to therapeutic trough level of 0.6-1.2 mEq/L. [Generic/Trade: Caps 300, Extended release tabs 300, 450 mg. Generic: Caps 150, 600 mg, Tabs 300 mg, Syrup 300/5 mL.] ▶K ♀D ▶- $

topiramate (*Topamax*): Bipolar disorder (unapproved): Start 25-50 mg/d PO. Titrate prn to max 400 mg/d divided bid. [Trade only: Tabs 25, 50, 100, 200 mg. Sprinkle caps 15, 25 mg.] ▶K ♀C ▶? $$$$$

valproic acid (*Depakote, Depakote ER, divalproex, ✚Epiject, Epival, Deproic*): Mania: 250 mg PO tid (Depakote) or 25 mg/kg once daily (Depakote ER); max 60 mg/kg/d. Hepatotoxicity, drug interactions, reduce dose in the elderly. [Generic/Trade: Caps 250mg (Depakene), syrup (Depakene, valproic acid) 250 mg/5 mL. Trade only (Depakote): Caps, sprinkle 125 mg, delayed release tabs 125, 250, 500 mg; extended release tabs (Depakote ER) 250, 500mg.] ▶L ♀D ▶+ $$$$

### Antipsychotics - First Generation (Typical)

chlorpromazine (*Thorazine*): Start 10-50 mg PO/IM bid-tid, usual dose 300-800 mg/d. [Generic only: Tabs 10, 25, 50, 100, 200 mg. Generic/Trade: Oral concentrate 30 mg/mL, 100 mg/mL. Trade only: Syrup 10 mg/5 mL. Suppositories 25, 100 mg.] ▶LK ♀C ▶- $$$

fluphenazine (*Prolixin, ✚Modecate, Modeten*): 1.25-10 mg/d IM divided q6-8h. Start 0.5-10 mg/d PO divided q6-8h. Usual effective dose 1-20 mg/d. Depot (fluphenazine decanoate/ enanthate): 12.5-25 mg IM/SC q3 weeks = 10-20 mg/d PO fluphenazine. [Generic/Trade: Tabs 1, 2.5, 5, 10 mg. Elixir 2.5 mg/5 mL. Oral concentrate 5 mg/mL.] ▶LK ♀C ▶? $$$

haloperidol (*Haldol*): 2-5 mg IM. Start 0.5- 5 mg PO bid-tid, usual effective dose 6-20 mg/d. Therapeutic range 2-15 ng/ml. Depot haloperidol (haloperidol decanoate): 100-200 mg IM q4 weeks = 10 mg/day oral haloperidol. [Generic only: Tabs 0.5, 1, 2, 5, 10, 20 mg. Oral concentrate 2 mg/mL.] ▶LK ♀C ▶- $$

perphenazine: Start 4-8 mg PO tid or 8-16 mg PO bid-qid (hospitalized patients), maximum 64 mg/d. Can give 5-10 mg IM q6h, maximum 30 mg daily IM. [Generic only: Tabs 2, 4, 8, 16 mg. Oral concentrate 16 mg/5 mL.] ▶LK ♀C ▶? $$$

pimozide (*Orap*): Tourette's: Start 1-2 mg/d PO in divided doses, increase q2 days to usual effective dose of 1-10 mg/d. [Trade only: Tabs 1, 2 mg.] ▶L ♀C ▶- $$$

thioridazine (*Mellaril*, ♥*Rideril*): Start 50-100 mg PO tid, usual dose 200-800 mg /d. Not 1st line therapy. Causes QTc prolongation, torsade de pointes, and sudden death. Contraindicated with SSRIs, propranolol, pindolol. Monitor baseline ECG, potassium. Pigmentary retinopathy with doses>800 mg/d. [Generic only: Tabs 10, 15, 25, 50, 100, 150, 200 mg. Oral concentrate 30, 100 mg/mL.] ▶LK ♀C ▶? $$$

thiothixene (*Navane*): Start 2 mg PO tid. Usual effective dose is 20-30 mg/d, maximum 60 mg/d PO. [Generic: Caps 1, 2, 5, 10. Oral concentrate 5 mg/mL. Trade only: Caps 20 mg.] ▶LK ♀C ▶? $$$

trifluoperazine (*Stelazine*): Start 2-5 mg PO bid. Usual effective dose is 15- 20 mg/ d. [Generic/Trade: Tabs 1, 2, 5, 10 mg. Trade only: Oral concentrate 10 mg/mL.] ▶LK ♀C ▶- $$$

## ANTIPSYCHOTIC RELATIVE ADVERSE EFFECTS[a]

| Antipsychotic | Anti-cholinergic | Seda-tion | Hypo-tension | EPS[b] | Weight gain | DM / ↑ glucose | Dyslipi-demia |
|---|---|---|---|---|---|---|---|
| **First Generation** | | | | | | | |
| chlorpromazine | +++ | +++ | ++ | ++ | ++ | ? | ? |
| fluphenazine | ++ | + | + | ++++ | ++ | ? | ? |
| haloperidol | + | + | + | ++++ | ++ | 0 | ? |
| loxapine | ++ | + | ++ | ++ | + | ? | ? |
| molindone | ++ | ++ | + | ++ | + | ? | ? |
| perphenazine | ++ | + | + | ++ | + | +/? | ? |
| pimozide | + | + | + | +++ | ? | ? | ? |
| thioridazine | ++++ | +++ | +++ | + | +++ | +/? | ? |
| thiothixene | + | ++ | ++ | +++ | ++ | ? | ? |
| trifluoperazine | ++ | + | + | +++ | ++ | ? | ? |
| **Second Generation** | | | | | | | |
| aripiprazole[c] | ++ | + | 0 | 0 | 0/+ | 0 | 0 |
| clozapine | ++++ | +++ | +++ | 0 | ++++ | + | + |
| olanzapine | +++ | ++ | + | 0[b] | +++ | + | + |
| risperidone | + | ++ | ++ | +[b] | ++ | ? | ? |
| quetiapine | + | +++ | ++ | 0 | ++ | ? | ? |
| ziprasidone | + | ++ | + | 0 | 0/+ | ? | ? |

**a.** Risk: 0 (absent) to ++++ (high). ? = Limited or inconsistent comparative data. DM = diabetes. References: Goodman & Gilman 11e p461-500, Applied Therapeutics 8e p78, APA schizophrenia practice guideline, Psychiatry Q 2002; 73:297, Diabetes Care 2004; 27:596. **b.** EPS (extrapyramidal symptoms) are dose-related and are more likely for risperidone >6-8 mg/day / olanzapine >20 mg/day. Akathisia risk remains unclear and may not be reflected in these ratings. **c.** Limited comparative data to other second generation antipsychotics.

### Antipsychotics - Second Generation (Atypical)

**aripiprazole (Abilify, Abilify Discmelt):** Schizophrenia: Start 10-15 mg PO daily. Max 30 mg daily. Bipolar disorder: Start 30 mg PO daily; reduce dose to 15 mg/day if higher dose poorly tolerated. Agitation associated with schizophrenia or bipolar disorder: 9.75 mg IM recommended. May consider 5.25 to 15 mg if indicated. May repeat in >2h up to max 30 mg/d. [Trade only: Tabs 2,5,10,15,20,30 mg. Oral solution 1 mg/mL (150 mL). Orally disintegrating tabs (Discmelt) 10, 15, 20, 30 mg.] ▶L ♀C ▶? $$$$$

**clozapine (Clozaril, FazaClo ODT):** Start 12.5 mg PO daily or bid. Usual effective dose is 300-450 mg/d divided bid, max 900 mg/d. Agranulocytosis 1-2%; check WBC and ANC q week x 6 m, then q2 wks. Seizures, myocarditis, cardiopulmonary arrest. [Generic/Trade: Tabs 25, 100 mg. Generic only: Tabs 12.5, 50, 200 mg. Trade only: Orally disintegrating tab (Fazaclo ODT) 12.5, 25, 100 mg (scored).] ▶L ♀B ▶- $$$$$

**olanzapine (Zyprexa, Zyprexa Zydis):** Agitation in acute bipolar mania or schizophrenia: Start 10 mg IM (use 2.5-5 mg in elderly or debilitated patients); may repeat in ≥2h to max 30 mg/d. Psychotic disorders, oral therapy: Start 5-10 mg/d daily; usual effective dose is 10-15 mg/d. Bipolar disorder, maintenance treatment or monotherapy for acute manic or mixed episodes: Start 10-15 mg PO daily. Increase by 5 mg/d at intervals ≥24 h to usual effective dose of 5-20 mg/d, max 20 mg/d. Bipolar disorder, adjunctive for acute manic or mixed episodes: Start 10 mg PO daily; usual effective dose is 5-20 mg/d, max 20 mg/d. [Trade only: Tabs 2.5, 5, 7.5, 10, 15, 20 mg. Tabs, orally-disintegrating (Zyprexa Zydis) 5,10,15, 20 mg.] ▶L ♀C ▶- $$$$$

**paliperidone (Invega, 9-hydroxyrisperidone):** Schizophrenia: Start 6 mg PO qam. 3 mg/day may be sufficient in some. Max 12 mg/d. [Trade only: Extended-release tabs 3, 6, 9, 12 mg.] ▶KL ♀C ▶- $$$$$

**quetiapine (Seroquel, Seroquel XR):** Schizophrenia: Start 25 mg PO bid (regular tablets); increase by 25-50 mg bid-tid on days 2 and 3, and then to target dose of 300-400 mg/d divided bid-tid on day 4. Usual effective dose is 150-750 mg/d, max 800 mg/d. Schizophrenia, extended release tabs: Start 300 mg PO daily in evening, increase by up to 300 mg/d at intervals of >1 day to usual effective range of 400-800 mg/d. Acute bipolar mania: Start 50 mg PO bid on day 1, then increase to no higher than 100 mg bid on day 2, 150 mg bid on day 3, and 200 mg bid on day 4. May increase prn to 300 mg/day on day 5 and 400 mg bid thereafter. Usual effective dose is 400-800 mg/d. Bipolar depression: 50 mg PO hs on day 1, 100 mg hs day 2, 200 mg hs day 3, and 300 mg hs day 4. May increase prn to 400 mg hs on day 5 and 600 mg hs on day 8. Eye exam for cataracts recommended q 6 mon. [Trade only: Tabs 25, 50, 100, 200, 300, 400 mg. Extended-release tabs 200, 300, 400 mg.] ▶LK ♀C ▶- $$$$$

**risperidone (Risperdal, Risperdal Consta):** Psychotic disorders: Start 1 mg PO bid (0.5 mg bid in the elderly); slowly increase to usual effective dose of 4-8 mg/d given once daily or divided bid, max 16 mg/d. Long-acting injection (Consta): Start 25 mg IM q 2 wks while continuing oral dose x 3 wks. May increase at 4 wk intervals to max 50 mg q 2 wks. Bipolar mania: Start 2-3 mg PO daily; may increase by 1 mg/day at 24 hr intervals to max 6 mg/d. Autistic disorder irritability (≥5 yo): Start 0.25 mg (<20 kg) or 0.5 mg (≥20 kg) PO daily. May increase after ≥4 days to 0.5 mg/d (<20 kg) or 1.0 mg/d (≥20 kg). Maintain ≥14 days. May then increase at ≥14 day intervals by increments of 0.25 mg/d (<20 kg) or 0.5 mg/d (≥20 kg) to max 1.0 mg/d (<20 kg), 2.5 mg/d (20-44 kg) or 3.0 mg/d (>45 kg). [Trade only: Tabs 0.25, 0.5, 1, 2, 3, 4 mg. Orally disintegrating tablets (M-TAB) 0.5, 1, 2 mg. Oral solution 1 mg/mL.] ▶LK ♀C ▶- $$$$$

ziprasidone (**Geodon**): Schizophrenia: Start 20 mg PO bid with food; may adjust at >2 d intervals to max 80 mg PO bid. Acute agitation: 10-20 mg IM, max 40 mg/d. Bipolar mania: Start 40 mg PO bid with food; may increase to 60-80 mg bid on day 2. Usual effective dose is 40-80 mg bid. [Trade only: Caps 20, 40, 60, 80 mg, Susp 10 mg/mL.] ▶L ♀C ▶– \$\$\$\$\$

### Anxiolytics / Hypnotics - Benzodiazepines - Long Half-Life (25-100 hours)

bromazepam (✿**Lectopam**): Canada only. 6-18 mg/d PO in divided doses. [Generic/Trade: Tabs 1.5, 3, 6 mg.] ▶L ♀D ▶– \$

chlordiazepoxide (**Librium**): Anxiety: 5-25 mg PO or 25-50 mg IM/IV tid-qid. Acute alcohol withdrawal: 50-100 mg PO/IM/IV, repeat q3-4h prn up to 300 mg/d. Half-life 5-30 h. [Generic/Trade: Caps 5, 10, 25 mg.] ▶LK ♀D ▶–©IV \$\$

clonazepam (**Klonopin, Klonopin Wafer, ✿Rivotril, Clonapam**): Panic disorder: Start 0.25-0.5 mg PO bid-tid, max 4 mg/d. Half-life 18- 50 h. Epilepsy: Start 0.5 mg PO tid. Max 20 mg/d. [Generic/Trade: Tabs 0.5, 1, 2 mg. Orally disintegrating tabs (approved for panic disorder only) 0.125, 0.25, 0.5, 1, 2 mg.] ▶LK♀D– ©IV \$

clorazepate (**Tranxene, Tranxene SD**): Start 7.5-15 mg PO qhs or bid-tid, usual effective dose is 15-60 mg/day. Acute alcohol withdrawal: 60-90 mg/day on first day divided bid-tid, reduce dose to 7.5-15 mg/day over 5 days. [Generic/Trade: Tabs 3.75, 7.5, 15 mg. Trade only (Tranxene SD): Extended release Tabs 11.25, 22.5 mg.] ▶LK ♀D ▶–©IV \$\$

diazepam (**Valium, Diastat, Diastat AcuDial, ✿Vivol, E Pam, Diazemuls**): Active seizures: 5-10 mg IV q10-15 min to max 30 mg, or 0.2-0.5 mg/kg rectal gel PR. Skeletal muscle spasm, spasticity related to cerebral palsy, paraplegia, athetosis, stiff man syndrome: 2-10 mg PO/PR tid-qid. Anxiety: 2-10 mg PO bid-qid. Half-life 20-80h. Alcohol withdrawal: 10 mg PO tid-qid x 24 hr then 5 mg PO tid-qid prn. [Generic/Trade: Tabs 2, 5, 10 mg. Generic only: Oral solution 5 mg/5 mL. Oral concentrate (Intensol) 5 mg/mL. Trade only: Rectal gel (Diastat) 2.5, 5, 10, 15, 20 mg. Rectal gel (Diastat AcuDial) 10, 20 mg.] ▶LK ♀D ▶–©IV \$

flurazepam (**Dalmane**): 15-30 mg PO qhs. Half-life 70-90h. [Generic/Trade: Caps 15, 30 mg.] ▶LK ♀X ▶–©IV \$

### Anxiolytics / Hypnotics - Benzodiazepines - Medium Half-Life (10-15 hours)

estazolam (**ProSom**): 1-2 mg PO qhs. Half-life 1, 2 mg.] ▶LK ♀X ▶–©IV \$\$

lorazepam (**Ativan**): Anxiety: 0.5-2 mg IV/IM/PO q6-8h, max 10 mg/d. Half-life 10-20h. Status epilepticus: 4 mg IV over 2 minutes; may repeat in 10-15 minutes. Peds status epilepticus: 0.05-0.1 mg/kg (max 4 mg) IV over 2-5 minutes; may repeat 0.05 mg/kg x 1 in 10-15 minutes. [Generic/Trade: Tabs 0.5, 1, 2 mg. Generic only: Oral concentrate 2 mg/mL.] ▶LK ♀D ▶–©IV \$

temazepam (**Restoril**): 7.5-30 mg PO qhs. Half-life 8-25h. [Generic/Trade: Caps 15, 30 mg. Trade only: Caps 7.5, 22.5 mg.] ▶LK ♀X ▶–©IV \$

### Anxiolytics / Hypnotics - Benzodiazepines - Short Half-Life (<12 hours)

alprazolam (**Xanax, Xanax XR, Niravam**): 0.25-0.5 mg PO bid-tid. Half-life 12h. Multiple drug interactions. [Trade only: Orally disintegrating tab (Niravam) 0.25, 0.5, 1, 2 mg. Generic/Trade: Tabs 0.25, 0.5, 1, 2 mg. Extended release tabs: 0.5, 1, 2, 3 mg. Generic only: Oral concentrate (Intensol) 1 mg/mL.] ▶LK ♀D ▶–©IV \$

oxazepam (**Serax**): 10-30 mg PO tid-qid. Half-life 8h. [Generic/Trade: Caps 10, 15, 30 mg. Trade only: Caps 15 mg.] ▶LK ♀D ▶–©IV \$\$\$

triazolam (**Halcion**): 0.125-0.5 mg PO qhs. 0.125 mg/day in elderly. Half-life 2-3h. [Generic/Trade: Tabs 0.125, 0.25 mg.] ▶LK ♀X ▶–©IV \$

## Anxiolytics / Hypnotics - Other

**buspirone (*BuSpar, Vanspar*):** Anxiety: Start 15 mg "dividose" daily (7.5 mg PO bid), usual effective dose 30 mg/day. Max 60 mg/day. [Generic/Trade: Tabs 5, 10, 15 mg. Trade only: Dividose tab 15, 30 mg (scored to be easily bisected or tri-sected). Generic only: Tabs 7.5 mg.] ▶K ♀B ▶- $$$

**chloral hydrate (*Aquachloral Supprettes, Somnote*):** Anxiety: 25-50 mg/kg/day up to 1000 mg PO/PR. Many physicians use higher than recommended doses in children (eg, 75 mg/kg). [Generic only: Syrup 500 mg/5 mL, rectal suppositories 500 mg. Trade only: Caps 500 mg. Rectal suppositories: 325, 650 mg.] ▶LK ♀C ▶+ ©IV $

**eszopiclone (*Lunesta*):** 2 mg PO qhs prn. Max 3 mg. Elderly: 1 mg PO qhs prn, max 2 mg. [Trade only: Tabs 1, 2, 3 mg.] ▶L ♀C ▶? ©IV $$$$

**ramelteon (*Rozerem*):** Insomnia: 8 mg PO qhs. [Trade: Tabs 8 mg.] ▶L ♀C ▶? $$$

**zaleplon (*Sonata*, ♣*Starnoc*):** 5-10 mg PO qhs prn, max 20 mg. Do not use for benzodiazepine or alcohol withdrawal. [Trade: Caps 5, 10 mg.] ▶L ♀C ▶- ©IV $$$

**zolpidem (*Ambien, Ambien CR*):** 5-10 mg PO qhs (standard tabs) or 6.25-12.5 mg PO qhs (controlled release tabs). Do not use for benzodiazepine or alcohol with-drawal. Start with 5 mg in the elderly or debilitated. [Generic/Trade: Tabs 5, 10 mg. Trade only: Controlled release tabs 6.25, 12.5 mg.] ▶L ♀B ▶- ©IV $$$$

**zopiclone (♣*Imovane*):** Canada only. Adults: 5-7.5 mg PO qhs. Reduce dose in elderly. [Generic/Trade: Tabs 5, 7.5 mg. Generic only: Tabs 3.75 mg.] ▶L ♀D ▶- $

## Combination Drugs

**Symbyax (olanzapine + fluoxetine):** Bipolar depression: Start 6/25 mg PO qhs. Max 18/75 mg/day. [Trade only: Caps (olanzapine/fluoxetine) 6/25, 6/50, 12/25, 12/50 mg.] ▶LK ♀C ▶- $$$$$

## Drug Dependence Therapy

**acamprosate (*Campral*):** Maintenance of abstinence from alcohol: 666 mg (2 tabs) PO tid. Start after alcohol withdrawal and when patient is abstinent. [Trade only: delayed-release tabs 333 mg.] ▶K ♀C ▶? $$$$

**disulfiram (*Antabuse*):** Sobriety: 125-500 mg PO daily. Patient must abstain from any alcohol for ≥12 h before using. Metronidazole and alcohol in any form (cough syrups, tonics, etc.) contraindicated. [Trade: Tabs 250, 500 mg.] ▶L ♀C ▶? $$$

**naltrexone (*ReVia, Depade, Vivitrol*):** Alcohol/opioid dependence: 25-50 mg PO daily. Avoid if recent ingestion of opioids (past 7-10 days). Hepatotoxicity with higher than approved doses. [Generic/Trade: Tabs 50 mg. Trade only (Vivitrol): extended-release injectable suspension kits 380 mg.] ▶LK ♀C ▶? $$$$

**nicotine gum (*Nicorette, Nicorette DS*):** Smoking cessation: Gradually taper 1 piece q1-2h x 6 weeks, 1 piece q2-4h x 3 weeks, then 1 piece q4-8h x 3 weeks, max 30 pieces/day of 2 mg or 24 pieces/day of 4 mg. Use Nicorette DS 4 mg/piece in high cigarette use (>24 cigarettes/day). [OTC/Generic/Trade: gum 2, 4 mg.] ▶LK ♀X ▶- $$$$$

**nicotine inhalation system (*Nicotrol Inhaler*, ♣*Nicorette inhaler*):** 6-16 cartridges/day x 12 weeks [Trade only: Oral inhaler 10 mg/cartridge (4 mg nicotine deliver-ed), 42 cartridges/box.] ▶LK ♀D ▶- $$$$$

**nicotine lozenge (*Commit*):** Smoking cessation: In those who smoke <30 min from waking use 4 mg lozenge; others use 2 mg. Take 1-2 lozenges q1-2 h x 6 weeks, then q2-4h in weeks 7-9, then q4-8h in weeks 10-12. Therapy length 12 weeks. [OTC Generic/Trade: 2,4 mg in 72,168-count packages] ▶LK ♀D ▶- $$$$$

**nicotine nasal spray (*Nicotrol NS*):** Smoking cessation:1-2 doses each hour, with each dose = 2 sprays, one in each nostril (1 spray = 0.5 mg nicotine). Minimum recommended: 8 doses/day, max 40 doses/day. [Trade only: nasal solution 10 mg/mL (0.5 mg/inhalation); 10 mL bottles.] ▶LK ♀D ▶- $$$$$

nicotine patches (**Habitrol, NicoDerm CQ, Nicotrol, ♣Prostep**): Smoking cessation: Start one patch (14-22 mg) daily, taper after 6 wks. Ensure patient has stopped smoking. [OTC/Rx/Generic/Trade: patches 11, 22 mg/ 24 hours. 7, 14, 21 mg/ 24 h (Habitrol & NicoDerm). OTC/Trade: 15 mg/ 16 h (Nicotrol).] ▶- $$$$

**Suboxone** (buprenorphine + naloxone): Treatment of opioid dependence: Maintenance: 16 mg SL daily. Can individualize to range of 4-24 mg SL daily. [Trade only: SL tabs 2/0.5 and 8/2 mg buprenorphine / naloxone] ▶L ♀C ▶- ©III $$$$$

**varenicline** (**Chantix**): Smoking cessation: Start 0.5 mg PO daily for days 1-3, then 0.5 mg bid days 4-7, then 1 mg bid thereafter. Take after meals with full glass of water. Start 1 wk prior to cessation and continue x 12 wks. [Trade only: Tabs 0.5, 1 mg.] ▶K ♀C ▶? $$$$

| **BODY MASS INDEX*** | Heights are in feet and inches; weights are in pounds | | | | | |
|---|---|---|---|---|---|---|
| *BMI* | *Classification* | *4'10"* | *5'0"* | *5'4"* | *5'8"* | *6'0"* | *6'4"* |
| <19 | Underweight | <91 | <97 | <110 | <125 | <140 | <156 |
| 19-24 | Healthy Weight | 91-119 | 97-127 | 110-144 | 125-163 | 140-183 | 156-204 |
| 25-29 | Overweight | 120-143 | 128-152 | 145-173 | 164-196 | 184-220 | 205-245 |
| 30-40 | Obese | 144-191 | 153-204 | 174-233 | 197-262 | 221-293 | 246-328 |
| >40 | Very Obese | >191 | >204 | >233 | >262 | >293 | >328 |

*BMI = kg/m² = (weight in pounds)(703)/(height in inches)². Anorectants appropriate if BMI ≥30 (with comorbidities ≥27); surgery an option if BMI >40 (with comorbidities 35-40).

www.nhlbi.nih.gov

### Stimulants / ADHD / Anorexiants

**Adderall** (dextroamphetamine + amphetamine): ADHD, standard-release tabs: Start 2.5 mg (3-5 yo) or 5 mg (≥6 yo) PO daily-bid, increase by 2.5-5 mg every week, max 40 mg/d. ADHD, extended-release caps (Adderall XR): If 6-12 yo, then start 5-10 mg PO daily to a max of 30 mg/d. If 13-17 yo, then start 10 mg PO daily to a max of 20 mg/d. If adult, then 20 mg PO daily. Narcolepsy, standard-release: Start 5-10 mg PO q am, increase by 5-10 mg q week, max 60 mg/d. Avoid evening doses. Monitor growth and use drug holidays when appropriate. [Generic/Trade: Tabs 5, 7.5, 10, 12.5, 15, 20, 30 mg. Trade only: Capsules, extended release (Adderall XR) 5, 10, 15, 20, 25, 30 mg.] ▶L ♀C ▶- ©II $$$$$

**armodafinil** (**Nuvigil**): Obstructive sleep apnea/hypopnea syndrome and narcolepsy: 150-250 mg PO q am. Inconsistent evidence for improved efficacy of 250 mg/ d dose. Shift work sleep disorder: 150 mg PO 1 hr prior to start of shift. [Trade only: tabs 50, 150, 250 mg.] ▶L ♀C ▶? ©IV $$$

**atomoxetine** (**Strattera**): ADHD: Children/adolescents >70 kg and adults: Start 40 mg PO daily, then increase after >3 days to target of 80 mg/d divided daily-bid. Max 100 mg/d. [Trade: caps 10, 18, 25, 40, 60, 80, 100 mg.] ▶L ♀C ▶? $$$$$

**caffeine** (**NoDoz, Vivarin, Caffedrine, Stay Awake, Quick-Pep, Cafcit**): 100-200 mg PO q3-4h prn. [OTC/Generic/Trade: Tabs/Caps 200 mg. OTC/Trade: Extended-release tabs 200 mg. Lozenges 75 mg. Oral solution caffeine citrate (Cafcit): 20 mg/mL in 3 mL vials.] ▶L ♀B/C ▶? $

**dexmethylphenidate** (**Focalin, Focalin XR**): ADHD, extended release, not already on stimulants: 5 mg (children) or 10 mg (adults) PO q am. Immediate release, not already on stimulants: 2.5 mg PO bid. Max 20 mg/day for both. If taking racemic methylphenidate use conversion of 2.5 mg for each 5 mg of methylphenidate, max 20 mg/d. [Generic/Trade: Immediate release tabs 2.5, 5, 10 mg. Trade only: Extended release caps (Focalin XR) 5, 10, 15, 20 mg.] ▶LK ♀C ▶? ©II $$$

dextroamphetamine (**Dexedrine, Dextrostat**): Narcolepsy/ADHD: 2.5-10 mg PO q am or bid-tid or 10-15 mg PO daily (sustained release), max 60 mg/d. Avoid evening doses. Monitor growth and use drug holidays when appropriate. [Generic/Trade: Tabs 5, 10 mg. Extended Release caps 5, 10, 15 mg.] ▶L ♀C ▶– ⊚II $$$

lisdexamfetamine (**Vyvanse**): ADHD ages 6-12: Start 30 mg PO qam. May ↑ weekly by 20 mg/d to max 70 mg/d. Avoid evening doses. Monitor growth and use drug holidays when appropriate. [Trade: Caps 30, 50, 70 mg.] ▶L ♀C ▶– ⊚II $$$$

methylphenidate (**Ritalin, Ritalin LA, Ritalin SR, Methylin, Methylin ER, Metadate ER, Metadate CD, Concerta, Daytrana, ✦Biphentin**): ADHD/Narcolepsy: 5-10 mg PO bid-tid or 20 mg PO qam (sustained and extended release), max 60 mg/d. Or 18-36 mg PO qam (Concerta), max 72 mg/day. Avoid evening doses. Monitor growth and use drug holidays when appropriate. [Trade only: tabs 5, 10, 20 mg (Ritalin, Methylin, Metadate). Extended release tabs 10, 20 mg (Methylin ER, Metadate ER). Extended release tabs 18, 27, 36, 54 mg (Concerta). Extended release caps 10, 20, 30, 40, 50, 60 mg (Metadate CD) May be sprinkled on food. Sustained-release tabs 20 mg (Ritalin SR). Extended release caps 10, 20, 30, 40 mg (Ritalin LA). Chewable tabs 2.5, 5, 10 mg (Methylin). Oral soln 5 mg/5ml, 10 mg/5 ml (Methylin). Transdermal patch (Daytrana) 10 mg/9 hrs, 15 mg/9 hrs, 20 mg/9 hrs, 30 mg/9 hrs. Generic only: tabs 5, 10, 20 mg, extended release tabs 10, 20 mg, sustained-release tabs 20 mg.] ▶L ♀C ▶? ⊚II $$

modafinil (**Provigil, ✦Alertec**): Narcolepsy and sleep apnea/hypopnea: 200 mg PO qam. Shift work sleep disorder: 200 mg PO one hour before shift. [Trade only: Tabs 100, 200 mg.] ▶L ♀C ▶? ⊚IV $$$$$

phentermine (**Adipex-P, Ionamin, Pro-Fast**): 8 mg PO tid or 15-37.5 mg/day q am or 10-14 h before retiring. For short-term use. [Generic/Trade: Caps 15, 18.75, 30, 37.5 mg. Tabs 8, 30, 37.5 mg. Trade only: extended release Caps 15, 30 mg (Ionamin).] ▶KL ♀C ▶– ⊚IV $$

sibutramine (**Meridia**): Start 10 mg PO q am, max 15 mg/d. Monitor pulse and BP. [Trade only: Caps 5, 10, 15 mg.] ▶KL ♀C ▶– ⊚IV $$$$

## PULMONARY

### Beta Agonists

albuterol (**Ventolin, Ventolin HFA, Proventil, Proventil HFA, ProAir HFA, Volmax, VoSpire ER, Ventodisk, ✦Airomir, Asmavent, salbutamol**): MDI 2 puffs q4-6h prn. 0.5 mL of 0.5% soln (2.5 mg) nebulized tid-qid. One 3 mL unit dose (0.083%) nebulized tid-qid. Caps for inhalation 200-400 mcg q4-6h. 2-4 mg PO tid-qid or extended release 4-8 mg PO q12h up to 16 mg PO q12h. Children 2-5 yo: 0.1-0.2 mg/kg/dose PO tid up to 4 mg tid; 6-12 yo: 2-4 mg or extended release 4 mg PO q12h. Prevention of exercise-induced bronchospasm: MDI: 2 puffs 15-30 minutes before exercise. [Generic/Trade: MDI 90 mcg/actuation, 17g-200/can-ister. "HFA" inhalers use hydrofluoroalkane propellant instead of CFCs but are otherwise equivalent. Soln for inhalation 0.042% and 0.083% in 3 mL vial, 0.5% (5 mg/mL) in 20 mL with dropper. Tabs 2, 4 mg. Extended release tabs 4, 8 mg. Generic only: Syrup 2 mg/5 mL. Trade only: (AccuNeb) Solution for inhalation 0.021% in 3 mL vial.] ▶L ♀C ▶? $

arformoterol (**Brovana**): COPD: 15 mcg nebulized bid. [Trade only: Solution for inhalation 15 mcg in 2mL vial.] ▶L ♀C ▶? ?

fenoterol (**✦Berotec**): Canada only. 1-2 puffs prn tid-qid. Nebulizer: up to 2.5 mg q6 hours. [Trade: MDI 100 mcg/actuation. Soln for inhalation: 20 mL bottles of 1 mg/mL (with preservatives that may cause bronchoconstriction).] ▶L ♀C ▶? $

formoterol (**Foradil, Perforomist, ♣Oxeze Turbuhaler**): 1 puff bid. Nebulized: 20 mcg q12h. Not for acute bronchospasm. Use only in combination with corticosteroids. [Trade: DPI 12 mcg, 12 & 60 blisters/pack. Soln for inhalation: 20 mcg in 2 mL vial. Canada only (Oxeze): DPI 6 & 12 mcg 60 blisters/pack.] ▶L ♀C ▶? $$$

levalbuterol (**Xopenex, Xopenex HFA**): MDI 2 puffs q4-6h prn. 0.63-1.25 mg nebulized q6-8h. 6-11 yo: 0.31 mg nebulized tid. [Trade: MDI 45 mcg/actuation, 15g 200/canister. "HFA" inhalers use hydrofluoroalkane propellant. Soln for inhalation 0.31, 0.63, 1.25 mg in 3 mL and 1.25mg in 0.5 mL unit-dose vials.] ▶L ♀C ▶? $$$

metaproterenol (**Alupent, ♣orciprenaline**): MDI 2-3 puffs q3-4h: 0.2-0.3 mL 5% soln nebulized q4h. 20 mg PO tid-qid >9 yo, 10 mg PO tid-qid if 6-9 yo, 1.3-2.6 mg/kg/day divided tid-qid if 2-5 yo. [Trade only: MDI 0.65 mg/actuation, 14g-200/canister. Generic/Trade: Soln for inhalation 0.4% & 0.6% in 2.5 mL unit-dose vials. Generic only: Syrup 10 mg/5mL, Tabs 10 & 20 mg.] ▶L ♀C ▶? $$

pirbuterol (**Maxair, Maxair Autohaler**): MDI 1-2 puffs q4-6h. [Trade only: MDI 0.2 mg/actuation, 14g 400/canister.] ▶L ♀C ▶? $$$$

salmeterol (**Serevent Diskus**): 1 puff bid. Not for acute bronchospasm. Use only in combination with corticosteroids. [Trade only: DPI (Diskus): 50 mcg, 60 blisters.] ▶L ♀C ▶? $$$$

**PREDICTED PEAK EXPIRATORY FLOW** (liters/min)  *Am Rev Resp Dis 1963; 88:644*

| Age (yrs) | Women (height in inches) | | | | | Men (height in inches) | | | | | Child (height in inches) | |
|---|---|---|---|---|---|---|---|---|---|---|---|---|
| | 55" | 60" | 65" | 70" | 75" | 60" | 65" | 70" | 75" | 80" | | |
| 20 | 390 | 423 | 460 | 496 | 529 | 554 | 602 | 649 | 693 | 740 | 44" | 160 |
| 30 | 380 | 413 | 448 | 483 | 516 | 532 | 577 | 622 | 664 | 710 | 46" | 187 |
| 40 | 370 | 402 | 436 | 470 | 502 | 509 | 552 | 596 | 636 | 680 | 48" | 214 |
| 50 | 360 | 391 | 424 | 457 | 488 | 486 | 527 | 569 | 607 | 649 | 50" | 240 |
| 60 | 350 | 380 | 412 | 445 | 475 | 463 | 502 | 542 | 578 | 618 | 52" | 267 |
| 70 | 340 | 369 | 400 | 432 | 461 | 440 | 477 | 515 | 550 | 587 | 54" | 293 |

### Combinations

**Advair, Advair HFA** (fluticasone + salmeterol): Asthma: DPI: 1 puff bid (all strengths). MDI: 2 puffs bid (all strengths). COPD with chronic bronchitis: DPI: 1 puff bid (250/50 only). [Trade only: DPI: 100/50, 250/50, 500/50 mcg fluticasone/salmeterol per actuation; 60 doses per DPI. MDI: 45/21, 115/21, 230/21 mcg fluticasone/salmeterol per actuation; 120 doses/canister.] ▶L ♀C ▶? $$$$

**Combivent** (albuterol + ipratropium): 2 puffs qid, max 12 puffs/day. Contraindicated with soy or peanut allergy. [Trade only: MDI: 90 mcg albuterol/18 mcg ipratropium per actuation, 200/canister.] ▶L ♀C ▶? $$$$

**DuoNeb** (albuterol + ipratropium, ♣Combivent inhalation solution): One unit dose qid. [Generic/Trade: Unit dose: 2.5 mg albuterol/0.5 mg ipratropium per 3 mL vial, premixed; 30 & 60 vials/carton.] ▶L ♀C ▶? $$$$$

**Symbicort** (budesonide + formoterol): Asthma: 2 puffs bid (both strengths). [Trade only: MDI: 80/4.5, 160/4.5 mcg budesonide/formoterol per actuation; 120 doses/canister.] ▶L ♀C ▶? $$$$

### Inhaled Steroids  (See Endocrine-Corticosteroids when oral steroids necessary.)

beclomethasone (**QVAR**): 1-4 puffs bid (40 mcg). 1-2 puffs bid (80 mcg). [Trade only: MDI (non-CFC): 40 mcg & 80 mcg/actuation, 7.3g-100 actuations/canister.] ▶L ♀C ▶? $$$

budesonide (**Pulmicort Respules, Pulmicort Flexhaler**): 1-2 puffs daily-bid. [Trade only: DPI: (Flexhaler) 90 & 180 mcg powder/actuation 60 & 120/canister.

## INHALED STEROIDS: ESTIMATED COMPARATIVE DAILY DOSES*

| Drug | Form | ADULT | | | CHILD (≤12 yo) | | |
|------|------|-----|--------|------|-----|--------|------|
| | | Low | Medium | High | Low | Medium | High |
| beclomethasone MDI | 40 mcg/puff | 2-6 | 6-12 | >12 | 2-4 | 4-8 | >8 |
| | 80 mcg/puff | 1-3 | 3-6 | >6 | 1-2 | 2-4 | >4 |
| budesonide DPI | 200 mcg/dose | 1-3 | 3-6 | >6 | 1-2 | 2-4 | >4 |
| | Soln for nebs | - | - | - | 0.5 mg | 1 mg | 2 mg |
| flunisolide MDI | 250 mcg/puff | 2-4 | 4-8 | >8 | 2-3 | 4-5 | >5 |
| fluticasone MDI | 44 mcg/puff | 2-6 | 6-15 | >15 | 2-4 | 4-10 | >10 |
| | 110 mcg/puff | 1-2 | 3-6 | >6 | 1 | 1-4 | >4 |
| | 220 mcg/puff | 1 | 2-3 | >3 | n/a | 1-2 | >2 |
| fluticasone DPI | 50 mcg/dose | 2-6 | 6-12 | >12 | 2-4 | 4-8 | >8 |
| | 100 mcg/dose | 1-3 | 3-6 | >6 | 1-2 | 2-4 | >4 |
| | 250 mcg/dose | 1 | 2 | >2 | n/a | 1 | >1 |
| mometasone DPI | 220 mcg/dose | 1-2 | 3-4 | >4 | 1 | 2 | >2 |
| triamcinolone MDI | 100 mcg/puff | 4-10 | 10-20 | >20 | 4-8 | 8-12 | >12 |

*MDI=metered dose inhaler. DPI=dry powder inhaler. All doses in puffs (MDI) or inhalations (DPI). Reference: http://www.nhlbi.nih.gov/guidelines/asthma/execsumm.pdf

Respules: 0.25 mg/2 mL & 0.5 mg/2 mL unit dose.] ▶L ♀B ▶? $$$$

flunisolide (*Aerobid, Aerobid-M, Aerospan*): 2-4 puffs bid. [Trade only: MDI: 250 mcg/actuation, 100/canister. AeroBid-M: menthol flavor. Aerospan (HFA) MDI: 80 mcg/actuation, 60 & 120/canister.] ▶L ♀C ▶? $$$

fluticasone (*Flovent, Flovent HFA, Flovent Rotadisk*): MDI: 2-4 puffs bid. [Trade only: MDI: 44, 110, 220 mcg/actuation in 60 & 120/canister. HFA MDI: 44, 110, 220 mcg/actuation in 120/canister. DPI: 50, 100, 250 mcg/actuation delivering 44, 88, 220 mcg respectively.] ▶L ♀C ▶? $$$$

mometasone (*Asmanex Twisthaler*): 1-2 puffs q pm or 1 puff bid. If prior oral corticosteroid therapy: 2 puffs bid. [Trade only: DPI: 220 mcg/actuation, 30, 60 & 120/canister.] ▶L ♀C ▶? $$$$

triamcinolone (*Azmacort*): 2 puffs tid-qid or 4 puffs bid; max dose 16 puffs/day. [Trade: MDI: 100 mcg/actuation, 240/canister. Built-in spacer.] ▶L ♀D ▶? $$$$

### Leukotriene Inhibitors

montelukast (*Singulair*): Adults: 10 mg PO daily. Children 6-14 yo: 5 mg PO daily. 2-5 yo: 4 mg PO daily. 12-23 months (asthma): 4 mg (oral granules) PO daily. 6-23 months (allergic rhinitis): 4 mg (oral granules) PO daily. Prevention of exercise-induced bronchoconstriction: 10 mg PO 2 h before exercise. [Trade only: Tabs 10 mg. Oral granules 4 mg packet, 30/box. Chewable tabs (cherry flavored) 4 & 5 mg.] ▶L ♀B ▶? $$$$

zafirlukast (*Accolate*): 20 mg PO bid. Peds 5-11 yo, 10 mg PO bid. Take 1h ac or 2h pc. Potentiates warfarin & theophylline. [Trade: Tabs 10, 20 mg.] ▶L ♀B ▶- $$$

zileuton (*Zyflo CR*): 1200 mg PO bid. Hepatotoxicity, potentiates warfarin, theophylline, & propranolol. [Trade: Tabs, extended release 600 mg.] ▶L ♀C ▶? $$$$$

### Other Pulmonary Medications

acetylcysteine (*Mucomyst*): Mucolytic: 3-5 mL of 20% or 6-10 mL of 10% soln nebulized tid-qid. [Generic/Trade: Soln 10 & 20% in 4,10 & 30 mL vials.] ▶L ♀B ▶? $

aminophylline (♥*Phyllocontin*): Acute asthma: loading dose: 6 mg/kg IV over 20-30 min. Maintenance 0.5-0.7 mg/kg/hr IV. [Generic only: Tabs 100 & 200 mg. Oral liquid 105 mg/5 mL. Canada Trade only: Tabs controlled release (12 hr) 225, 350 mg, scored.] ▶L ♀C ▶? $

cromolyn (**Intal, Gastrocrom**, ✖**Nalcrom**): Asthma: 2-4 puffs qid or 20 mg nebs qid. Prevention of exercise-induced bronchospasm: 2 puffs 10-15 min prior to exercise. Mastocytosis: Oral concentrate 200 mg PO qid for adults, 100 mg qid in children 2-12 yo. Oral concentrate 100 mg/5 mL in 8 amps/foil pouch (Gastrocrom). Generic/Trade: Soln for nebs: 20 mg/2 mL.] ▶LK ♀B ▶? $$$

dornase alfa (**Pulmozyme**): Cystic fibrosis: 2.5 mg nebulized daily-bid. [Trade only: soln for inhalation: 1 mg/mL in 2.5 mL vials.] ▶L ♀B ▶? $$$$$

epinephrine racemic (**S-2**, ✖**Vaponefrin**): Severe croup: 0.05 mL/kg/dose diluted to 3 mL w/NS. Max dose 0.5 mL. [Trade only: soln for inhalation: 2.25% epinephrine in 15 & 30 mL.] ▶Plasma ♀C ▶- $

ipratropium (**Atrovent, Atrovent HFA**): 2 puffs qid, or one 500 mcg vial neb tid-qid. Contraindicated with soy or peanut allergy (Atrovent MDI only). [Trade only: Atrovent HFA MDI: 17 mcg/actuation, 200/canister. Generic/Trade: Soln for nebulization: 0.02% (500 mcg/vial) in unit dose vials.] ▶Lung ♀B ▶? $$$

ketotifen (✖**Zaditen**): Canada only. 6 mo to 3 yo: 0.05 mg/kg PO bid. Children >3 yo: 1 mg PO bid. [Generic/Trade: Tabs 1 mg. Syrup 1mg/5 mL.] ▶L ♀C ▶- $$

nedocromil (**Tilade**): 2 puffs qid. Reduce as tolerated [Trade only: MDI: 1.75 mg/actuation, 112/canister.] ▶L ♀B ▶? $$$

theophylline (**Elixophyllin, Uniphyl, Theo-24, T-Phyl**, ✖**Theo-Dur, Theolair**): 5-13 mg/kg/day PO in divided doses. Max dose 900 mg/day. Peds dosing variable. [Generic/Trade: Elixir 80 mg/15 mL. Trade only: Caps - Theo-24: 100, 200, 300, 400 mg. T-Phyl - 12 Hr SR tabs 200 mg. Theolair - tabs 125, 250 mg. Generic: 12 Hr tabs 100, 200, 300, 450 mg, 12 Hr caps 125, 200, 300 mg.] ▶L ♀C ▶+ $

tiotropium (**Spiriva**): COPD: Handihaler: 18 mcg inhaled daily. [Trade only: Capsule for oral inhalation 18 mcg. To be used with "Handihaler" device only. Packages of 6 or 30 capsules with Handihaler device.] ▶K ♀C ▶- $$$$

**WHAT COLOR IS WHAT INHALER?** (Body then cap - Generics may differ)

| | | | | | |
|---|---|---|---|---|---|
| Advair | purple | Combivent | clear/orange | Pulmicort | white/brown |
| Advair HFA | purple/light purple | Flovent HFA | orange/peach | QVAR 40 mcg | beige/grey |
| | | Foradil | grey/beige | QVAR 80 mcg | mauve/grey |
| Aerobid | grey/purple | Intal | white/blue | Serevent Diskus | green |
| Aerobid-M | grey/green | Maxair | white/white | Spiriva | grey |
| Alupent | clear/blue | Maxair Autohaler | white/white | Symbicort | red/grey |
| Asmanex | pink/white | ProAir HFA | red/white | Tilade | white/white |
| Atrovent HFA | clear/green | Proventil HFA | yellow/orange | Ventolin HFA | light blue/navy |
| Azmacort | white/white | | | Xopenex HFA | blue/red |

## TOXICOLOGY

acetylcysteine (**Mucomyst, Acetadote**, ✖**Parvolex**): Contrast nephropathy prophylaxis: 600 mg PO bid on the day before and on the day of contrast. Acetaminophen toxicity: *Mucomyst* – loading dose 140 mg/kg PO or NG, then 70 mg/kg q4h x 17 doses. May be mixed in water or soft drink diluted to a 5% solution. *Acetadote* (IV) – loading dose 150 mg/kg in 200 mL of D5W infused over 60 min; maintenance dose 50 mg/kg in 500 mL of D5W infused over 4 hours followed by 100 mg/kg in 1000 mL of D5W infused over 16 hours. [Generic/Trade: solution 10%, 20%. Trade only: IV (Acetadote)] ▶L ♀B ▶? $$$$

## ANTIDOTES

| Toxin | Antidote/Treatment | Toxin | Antidote/Treatment |
|-------|--------------------|-------|--------------------|
| acetaminophen | N-acetylcysteine | ethylene glycol | fomepizole |
| antidepressants* | bicarbonate | heparin | protamine |
| arsenic, mercury | dimercaprol (BAL) | iron | deferoxamine |
| benzodiazepine | flumazenil | lead | EDTA, succimer |
| beta blockers | glucagon | methanol | fomepizole |
| calcium channel | calcium chloride, | methemoglobin | methylene blue |
| blockers | glucagon | opioids | naloxone |
| cyanide | hydroxocobalamin | organophosphates | atropine+pralidoxime |
| digoxin | dig immune Fab | warfarin | vitamin K, FFP |

*cyclic

charcoal (activated charcoal, ***Actidose-Aqua, CharcoAid, EZ-Char, ♣ Charco-date***): 25-100 g (1-2 g/kg or 10 times the amount of poison ingested) PO or NG as soon as possible. May repeat q1-4h prn at doses equivalent to 12.5 g/hr. When sorbitol is coadministered, use only with the first dose if repeated doses are to be given. [OTC/Generic/Trade: Powder 15,30,40,120,240 g. Solution 12.5 g/60 mL, 15 g/75 mL, 15g/120 mL, 25 g/120 mL, 30 g/120 mL, 50 g/240 mL. Suspension 15g/120 mL, 25g/120mL, 30g/150 mL, 50g/240 mL. Granules 15g/120 mL.] ▶Not absorbed ♀+ ▶+ $

Cyanide Antidote Kit (amyl nitrite + sodium nitrite + sodium thiosulfate): Induce methemoglobinemia with inhaled amyl nitrite 0.3 mL followed by sodium nitrite 300 mg IV over 2-4 minutes. Then administer sodium thiosulfate 12.5 g IV. [Package contains amyl nitrite inhalant (0.3mL), sodium nitrite (300 mg/10 mL), sodium thiosulfate (12.5 g/50 mL).] ▶? ♀? ▶? $$$$$

deferasirox (***Exjade***): Chronic iron overload: 20 mg/kg PO daily; adjust dose q3-6 months based on ferritin trends. Max 30 mg/kg/day. [Trade only: Tabs for dissolving into oral suspension 125, 250, 500 mg.] ▶L ♀B ▶? $$$$$

deferoxamine (***Desferal***): Chronic iron overload: 500-1000 mg IM daily and 2 g IV infusion with each unit of blood or 1-2 g SC daily (20-40 mg/kg/day) over 8-24 h via continuous infusion pump. Acute iron toxicity: IV infusion up to 15 mg/kg/hr (consult poison center). ▶K ♀C ▶? $$$$$

flumazenil (***Romazicon***): Benzodiazepine sedation reversal: 0.2 mg IV over 15 sec, then 0.2 mg q1 min prn up to 1 mg total dose. Overdose reversal: 0.2 mg IV over 30 sec, then 0.3-0.5 mg q30 sec prn up to 3 mg total dose. Contraindicated in mixed drug OD or chronic benzodiazepine use. ▶LK ♀C ▶? $$$

hydroxocobalamin (***Cyanokit***): Cyanide poisoning: 5 g IV over 15 minutes; may repeat prn. ▶K ♀C ▶? $$$$$

ipecac syrup: Emesis: 30 mL PO for adults, 15 mL if 1-12 yo. [Generic only (OTC): syrup.] ▶Gut ♀C ▶? $

methylene blue (***Methblue 65, Urolene blue***): Methemoglobinemia: 1-2 mg/kg IV over 5 min. Dysuria: 65-130 mg PO tid after meals with liberal water. May turn urine/contact lenses blue. [Trade only: Tab 65 mg.] ▶K ♀C ▶? $$

pralidoxime (***Protopam, 2-PAM***): Organophosphate poisoning; consult poison center: 1-2 g IV infusion over 15-30 min or slow IV injection ≥5 min (max rate 200 mg/min). May repeat dose after 1 h if muscle weakness persists. Peds: 20-50 mg/kg/dose IV over 15-30 min. ▶K ♀C ▶? $$$

succimer (***Chemet***): Lead toxicity in children ≥1 yo: Start 10 mg/kg PO or 350 mg/m² q8h x 5 days, then reduce the frequency to q12h x 2 weeks. [Trade only: Caps 100 mg.] ▶K ♀C ▶? $$$$$

# UROLOGY

## Benign Prostatic Hyperplasia

**alfuzosin (*UroXatral*, ✚*Xatral*):** BPH: 10 mg PO daily after a meal. [Trade only: extended-release tab 10 mg.] ▶KL ♀B ▶- $$$

**dutasteride (*Avodart*):** BPH: 0.5 mg PO daily. [Trade only: Cap 0.5 mg.] ▶L ♀X ▶- $$$

**finasteride (*Proscar*):** 5 mg PO daily alone or in combination with doxazosin to reduce the risk of symptomatic progression of BPH. [Generic/Trade: Tab 5 mg.] ▶L ♀X ▶- $$$

**tamsulosin (*Flomax*):** 0.4 mg PO daily, 30 min after a meal. Maximum 0.8 mg/day. [Trade only: Cap 0.4 mg.] ▶LK ♀B ▶- $$$

## Bladder Agents - Anticholinergics & Combinations

**darifenacin (*Enablex*):** Overactive bladder with symptoms of urinary urgency, frequency and urge incontinence: 7.5 mg PO daily. May increase to max dose 15 mg PO daily in 2 weeks. Max dose 7.5 mg PO daily with moderate liver impairment or when coadministered with potent CYP3A4 inhibitors (ketoconazole, itraconazole, ritonavir, indinavir, clarithromycin & nefazodone). [Trade only: Extended-release tabs 7.5, 15 mg.] ▶LK ♀C ▶- $$$$

**flavoxate (*Urispas*):** 100-200 mg PO tid-qid. [Trade: Tab 100 mg.] ▶K ♀B ▶? $$$$

**oxybutynin (*Ditropan, Ditropan XL, Oxytrol, ✚Oxybutyn, Uromax*):** Bladder instability: 2.5-5 mg PO bid-tid, max 5 mg PO qid. Extended release tabs: 5-10 mg PO daily, increase 5 mg/day q week to 30 mg/day. Oxytrol: 1 patch twice weekly on abdomen, hips or buttocks. [Generic/Trade: Tab 5 mg. Syrup 5 mg/5 mL Extended release tabs 5, 10, 15 mg. Trade only: Transdermal (Oxytrol) 3.9 mg/day.] ▶LK ♀B ▶? $

***Prosed/DS*** (methenamine + phenyl salicylate + methylene blue + benzoic acid + hyoscyamine): 1 tab PO qid with liberal fluids. May turn urine/contact lenses blue. [Trade only: Tab (methenamine 81.6 mg/phenyl salicylate 36.2 mg/methylene blue 10.8 mg/benzoic acid 9.0 mg/hyoscyamine sulfate 0.12 mg). Prosed EC = enteric coated form.] ▶KL ♀C ▶? $$$

**solifenacin (*VESIcare*):** Overactive bladder with symptoms of urinary urgency, frequency or urge incontinence: 5 mg PO daily. Max dose: 10 mg daily (5 mg daily if CrCl<30 mL/min, moderate hepatic impairment, or concurrent ketoconazole or other potent CYP3A4 inhibitors). [Trade only: Tabs 5,10 mg.] ▶LK ♀C ▶- $$$$

**tolterodine (*Detrol, Detrol LA, ✚Unidet*):** Overactive bladder: 1-2 mg PO bid (Detrol) or 2-4 mg PO daily (Detrol LA). [Trade only: Tabs 1, 2 mg. Caps, extended release 2, 4 mg.] ▶L ♀C ▶- $$$$

**trospium (*Sanctura, ✚Trosec*):** Overactive bladder with urge incontinence: 20 mg PO bid. If CrCl <30 mL/min: 20 mg qhs. If ≥75 yo may taper down to 20 mg daily. [Trade only: Tab 20 mg] ▶LK ♀C ▶? $$$

***Urised*** (methenamine + phenyl salicylate + atropine + hyoscyamine + benzoic acid + methylene blue, Usept): Dysuria: 2 tabs PO qid. May turn urine/contact lenses blue, don't use with sulfa. [Trade only: Tab (methenamine 40.8 mg/phenyl salicylate 18.1 mg/atropine 0.03 mg/hyoscyamine 0.03 mg/4.5 mg benzoic acid/5.4 mg methylene blue).] ▶K ♀C ▶? $$$$

***UTA*** (methenamine + sodium phosphate + phenyl salicylate + methylene blue + hyoscyamine): 1 cap PO qid with liberal fluids. [Trade only: Cap (methenamine 120 mg/sodium phosphate 40.8 mg/phenyl salicylate 36 mg/methylene blue 10 mg/hyoscyamine 0.12 mg).] ▶KL ♀C ▶? $$$

### Bladder Agents - Other

bethanechol (**Urecholine, Duvoid, ❧Myotonachol**): Urinary retention: 10-50 mg PO tid-qid. [Generic/Trade: Tabs 5, 10, 25, 50 mg.] ▶L ♀C ▶? $

phenazopyridine (**Pyridium, Azo-Standard, Urogesic, Prodium, Pyridiate, Uro-dol, Baridium, UTI Relief, ❧Phenazo**): Dysuria: 200 mg PO tid x 2 days. May turn urine/contact lenses orange. [OTC Generic/Trade: Tabs 95, 97.2 mg. Rx Generic/Trade: Tabs 100, 200 mg.] ▶K ♀B ▶? $

### Erectile Dysfunction

alprostadil (**Muse, Caverject, Caverject Impulse, Edex, Prostin VR Pediatric, prostaglandin E1, ❧Prostin VR**): 1 intraurethral pellet (Muse) or intracaverno-sal injection (Caverject, Edex) at lowest dose that will produce erection. Onset of effect is 5-20 minutes. [Trade only: Syringe system (Edex) 10, 20, 40 mcg. (Caverject) 5, 10, 20 mcg. (Caverject Impulse) 10, 20 mcg. Pellet (Muse) 125, 250, 500, 1000 mcg. Intracorporeal injection of locally-compounded combination agents (many variations): "Bi-mix" can be 30 mg/mL papaverine + 0.5 to 1 mg/mL phentolamine, or 30 mg/mL papaverine + 20 mcg/mL alprostadil in 10 mL vials. "Tri-mix" can be 30 mg/mL papaverine + 1 mg/mL phentolamine + 10 mcg/mL al-prostadil in 5, 10 or 20 mL vials.] ▶L ♀- ▶- $$$$

sildenafil (**Viagra, Revatio**): Erectile dysfunction: Start 50 mg PO 0.5-4 h prior to intercourse. Max 1 dose/day. Usual effective range 25-100 mg. Start at 25 mg if >65 yo or liver/renal impairment. Pulmonary hypertension: 20 mg PO tid. Contra-indicated with nitrates. [Trade only (Viagra): Tabs 25, 50, 100 mg. Unscored tab but can be cut in half. Revatio: Tabs 20 mg.] ▶LK ♀B ▶- $$$

tadalafil (**Cialis**): Start 10 mg PO ≥30-45 min prior to sexual activity. May increase to 20 mg or decrease to 5 mg prn. Max 1 dose/day. Start 5 mg (max 1 dose/day) if CrCl 31-50 mL/min. Max 5 mg/day if CrCl <30 mL/min on dialysis. Max 10 mg/day if mild to moderate hepatic impairment; avoid in severe hepatic impair-ment. Max 10 mg once in 72 hours if concurrent potent CYP3A4 inhibitors. Con-traindicated with nitrates & alpha-blockers (except tamsulosin 0.4 mg daily). Not FDA approved for women. [Trade only: Tabs 5, 10, 20 mg.] ▶L ♀B ▶- $$$$

vardenafil (**Levitra**): Start 10 mg PO 1 h before sexual activity. Usual effective dose range 5-20 mg. Max 1 dose/day. Use lower dose (5 mg) if ≥65 yo or moderate hepatic impairment (max 10 mg). Contraindicated with nitrates and alpha-blockers. Not FDA-approved in women. [Trade only: Tabs 2.5, 5, 10, 20 mg] ▶LK ♀B ▶- $$$

yohimbine (**Yocon, Yohimex**): Erectile dysfunction (not FDA approved): 5.4 mg PO tid. [Generic/Trade: Tab 5.4 mg.] ▶L ♀- ▶- $

### Nephrolithiasis

citrate (**Polycitra-K, Urocit-K, Bicitra, Oracit, Polycitra, Polycitra-LC**): Urinary alkalinization: 1 packet in water/juice PO tid-qid. [Trade only: Polycitra-K packet (potassium citrate): 3300 mg. Oracit oral solution: 5 mL = sodium citrate 490 mg. Generic/Trade: Urocit-K wax (potassium citrate) Tabs 5, 10 mEq. Generic only: Polycitra-K oral solution (5 mL = potassium citrate 1100 mg), Bicitra oral solution (5 mL = sodium citrate 500 mg), Polycitra-LC oral solution (5 mL = potassium cit-rate 550 mg/sodium citrate 500 mg), Polycitra oral syrup (5 mL = potassium cit-rate 550 mg/sodium citrate 550 mg).] ▶K ♀C ▶? $$$

# Index

To facilitate speed of use, index entries are shown both with page number and the approximate position on the specified page, ie, "**t**" is top, "**m**" is middle, "**b**" is bottom. Although the PDA software edition of the *Tarascon Pocket Pharmacopoeia* contains more than 6,000 drugs and drug names, it is physically impossible to include all of this information in pocket-sized manuals. Accordingly, a number of rarely used or highly specialized drugs appear only in our PDA edition (noted as "**PDA**"), or just in the PDA and in our larger Deluxe print edition (noted as "**D**").

**129**
**Index**

t = top of page
m = middle of page
b = bottom of page
D, PDA see page 128

**130
Index**

t = top of page
m = middle of page
b = bottom of page
D, PDA see page 128

**131**
**Index**

t = top of page
m = middle of page
b = bottom of page
D, PDA see page 128

**133**

**Index**

t = top of page
m = middle of page
b = bottom of page
D, PDA see page 128

**D**

**134
Index**

t = top of page
m = middle of page
b = bottom of page
D, PDA see page 128

**135
Index**

t = top of page
m = middle of page
b = bottom of page
D, PDA see page 128

**136
Index**

t = top of page
m = middle of page
b = bottom of page
D, PDA see page 128

**139**
**Index**

t = top of page
m = middle of page
b = bottom of page
D, PDA see page 128

**141**
**Index**
t = top of page
m = middle of page
b = bottom of page
D, PDA see page 128

**142**
**Index**

t = top of page
m = middle of page
b = bottom of page
D, PDA see page 128

**144**
**Index**

t = top of page
m = middle of page
b = bottom of page
D, PDA see page 128

**145
Index**

t = top of page
m = middle of page
b = bottom of page
D, PDA see page 128

**146**
**Index**

t = top of page
m = middle of page
b = bottom of page
D, PDA see page 128

**147
Index**

t = top of page
m = middle of page
b = bottom of page
D, PDA see page 128

# Q

**149**
**Index**

t = top of page
m = middle of page
b = bottom of page
D, PDA see page 128

**150 Index**

t = top of page
m = middle of page
b = bottom of page
D, PDA see page 128

**151**
**Index**

t = top of page
m = middle of page
b = bottom of page
D, PDA see page 128

**152
Index**

t = top of page
m = middle of page
b = bottom of page
D, PDA see page 128

Page left blank for notes

Page left blank for notes

Page left blank for notes

Page left blank for notes

Page left blank for notes

Page left blank for notes

## ADULT EMERGENCY DRUGS (selected)

| | |
|---|---|
| **ALLERGY** | diphenhydramine (*Benadryl*): 50 mg IV/IM.<br>epinephrine: 0.1-0.5 mg IM (1:1000 solution), may repeat after 20 minutes.<br>methylprednisolone (*Solu-Medrol*): 125 mg IV/IM. |
| **HYPERTENSION** | esmolol (*Brevibloc*): 500 mcg/kg IV over 1 minute, then titrate 50-200 mcg/kg/minute<br>fenoldopam (*Corlopam*): Start 0.1 mcg/kg/min, titrate up to 1.6 mcg/kg/min<br>labetalol (*Normodyne*): Start 20 mg slow IV, then 40-80 mg IV q10 min prn up to 300 mg total cumulative dose<br>nitroglycerin (*Tridil*): Start 10-20 mcg/min IV infusion, then titrate prn up to 100 mcg/minute<br>nitroprusside (*Nipride*): Start 0.3 mcg/kg/min IV infusion, then titrate prn up to 10 mcg/kg/minute |
| **DYSRHYTHMIAS / ARREST** | adenosine (*Adenocard*): PSVT (not A-fib): 6 mg rapid IV & flush, preferably through a central line or proximal IV. If no response after 1-2 minutes then 12 mg. A third dose of 12 mg may be given prn.<br>amiodarone (*Cordarone, Pacerone*): V-fib or pulseless V-tach: 300 mg IV/IO; may repeat 150 mg just once. Life-threatening ventricular arrhythmia: Load 150 mg IV over 10 min, then 1 mg/min x 6h, then 0.5 mg/min x 18h.<br>atropine: 0.5 mg IV, repeat prn to maximum of 3 mg.<br>diltiazem (*Cardizem*): Rapid A-fib: bolus 0.25 mg/kg or 20 mg IV over 2 min. May repeat 0.35 mg/kg or 25 mg 15 min after 1st dose. Infusion 5-15 mg/h.<br>epinephrine: 1 mg IV/IO q3-5 minutes for cardiac arrest. [1:10,000 solution]<br>lidocaine (*Xylocaine*): Load 1 mg/kg IV, then 0.5 mg/kg q8-10min prn to max 3 mg/kg. Maintenance 2g in 250ml D5W (8 mg/ml) at 1-4 mg/min drip (7-30 ml/h). |
| **PRESSORS** | dobutamine (*Dobutrex*): 2-20 mcg/kg/min IV with 1 mg/mL concentration (eg, 250 mg in 250 mL D5W) = 21 mL/h.<br>dopamine (*Intropin*): Pressor: Start at 5 mcg/kg/min, increase prn by 5-10 mcg/kg/min increments at 10 min intervals, max 50 mcg/kg/min. 70 kg: 5 mcg/kg/min with 1600 mcg/mL concentration (eg, 400 mg in 250 ml D5W) = 13 mL/h. Doses in mcg/kg/min: 2-4 = (traditional renal dose, apparently ineffective) dopaminergic receptors; 5-10 = (cardiac dose) dopaminergic and beta1 receptors; >10 = dopaminergic, beta1, and alpha1 receptors.<br>norepinephrine (*Levophed*): 4 mg in 500 ml D5W (8 mcg/ml) at 2-4 mcg/min. 22.5 ml/h = 3 mcg/min.<br>phenylephrine (*Neo-Synephrine*): 50 mcg boluses IV. Infusion for hypotension: 20 mg in 250ml D5W (80 mcg/ml) at 40-180 mcg/min (35-160ml/h). |
| **INTUBATION** | etomidate (*Amidate*): 0.3 mg/kg IV.<br>methohexital (*Brevital*): 1-1.5 mg/kg IV.<br>propofol (*Diprivan*): 2.0-2.5 mg/kg IV.<br>rocuronium (*Zemuron*): 0.6-1.2 mg/kg IV.<br>succinylcholine (*Anectine*): 1 mg/kg IV. Peds (<5 yo): 2 mg/kg IV.<br>thiopental (*Pentothal*): 3-5 mg/kg IV. |
| **SEIZURES** | diazepam (*Valium*): 5-10 mg IV, or 0.2-0.5 mg/kg rectal gel up to 20 mg PR.<br>fosphenytoin (*Cerebyx*): Load 15-20 "phenytoin equivalents" per kg either IM, or IV no faster than 100-150 mg/min.<br>lorazepam (*Ativan*): 0.05-0.15 mg/kg up to 3-4 mg IV/IM.<br>phenobarbital: 200-600 mg IV at rate ≤60 mg/min; titrate prn up to 20 mg/kg<br>phenytoin (*Dilantin*): 15-20 mg/kg up to 1000 mg IV no faster than 50 mg/min. |

## CARDIAC DYSRHYTHMIA PROTOCOLS (for adults and adolescents)

Chest compressions ~100/minute. Ventilations 8-10/minute if intubated; otherwise 30:2 compression/ventilation ratio. Drugs that can be administered down ET tube (use 2-2.5 x usual dose): epinephrine, atropine, lidocaine, vasopressin, naloxone.

### V-Fib, Pulseless V-Tach

Airway, oxygen, CPR until defibrillator ready
Defibrillate 360 J (old monophasic), 120-200 J (biphasic), or with AED
Resume CPR x 2 minutes (5 cycles)
Repeat defibrillation if no response
Vasopressor during CPR:
- Epinephrine 1 mg IV/IO q3-5 minutes, or
- Vasopressin 40 units IV to replace 1st or 2nd dose of epinephrine
Rhythm/pulse check every ~2 minutes
Consider antiarrhythmic during CPR:
- Amiodarone 300 mg IV/IO; may repeat 150 mg just once
- Lidocaine 1.0-1.5 mg/kg IV/IO, then repeat 0.5-0.75 mg/kg to max 3 doses or 3 mg/kg
- Magnesium 1-2 g IV/IO if suspect torsade de pointes

### Asystole or Pulseless Electrical Activity (PEA)

Airway, oxygen, CPR
Vasopressor (when IV/IO access):
- Epinephrine 1 mg IV/IO q3-5 minutes, or
- Vasopressin 40 units IV/IO to replace 1st or 2nd dose of epinephrine
Consider atropine 1 mg IV/IO for asystole or slow PEA. Repeat q3-5 min up to 3 doses.
Rhythm/pulse check every ~2 minutes
Consider 6 H's: hypovolemia, hypoxia, H+ acidosis, hyper / hypokalemia, hypoglycemia, hypothermia
Consider 5 T's: Toxins, tamponade-cardiac, tension pneumothorax, thrombosis (coronary or pulmonary), trauma

### Bradycardia, <60 bpm and Inadequate Perfusion

Airway, oxygen, IV
Prepare for transcutaneous pacing; don't delay if advanced heart block
Consider atropine 0.5 mg IV; may repeat to max 3 mg
Consider epinephrine (2-10 mcg/min) or dopamine (2-10 mcg/kg/min)
Prepare for transvenous pacing

### Tachycardia with Pulses

Airway, oxygen, IV
If unstable and heart rate >150 bpm, then synchronized cardioversion
If stable narrow-QRS (<120 ms):
- Regular: Attempt vagal maneuvers. If no success, then adenosine 6 mg IV, then 12 mg prn up to twice.
- Irregular: Control rate with diltiazem or beta blocker (caution in CHF or pulmonary disease).
If stable wide-QRS (>120 ms):
- Regular and suspect V-tach: Amiodarone 150 mg IV over 10 min; repeat prn to max 2.2 g/24h. Prepare for elective synchronized cardioversion.
- Regular and suspect SVT with aberrancy: adenosine as per narrow-QRS above.
- Irregular and A-fib: Control rate with diltiazem or beta blocker (caution in CHF/pulmonary disease).
- Irregular and A-fib with pre-excitation (WPW): Avoid AV nodal blocking agents; consider amiodarone 150 mg IV over 10 minutes.
- Irregular and torsade de pointes: magnesium 1-2 g IV load over 5-60 minutes, then infusion.

bpm=beats per minute; CPR=cardiopulmonary resuscitation; ET=endotracheal; IO=intraosseous; J=Joules; ms=milliseconds; WPW=Wolf-Parkinson-White. Source *Circulation* 2005; 112, suppl IV.

# Tarascon Publishing Order Form on Next Page

| Price per Copy by Number of Copies Ordered | | | | |
|---|---|---|---|---|
| Total # of each ordered → | 1–9 | 10–49 | 50–99 | ≥100 |
| **Tarascon Pocket Pharmacopoeia** | | | | |
| • Classic shirt pocket edition | $11.95 | $10.95 | $9.95 | $8.95 |
| • Deluxe lab coat pocket edition | $19.95 | $16.95 | $14.95 | $13.95 |
| • PDA edition on CD, 12 month subscription | $32.95 | $28.00 | $26.36 | $24.70 |
| **Other Tarascon Pocketbooks** | | | | |
| • Tarascon Pediatric Outpatient Pocketbook | $14.95 | $13.45 | $11.94 | $10.44 |
| • Tarascon Internal Med & Crit Care Pocketbook | $14.95 | $13.45 | $11.94 | $10.44 |
| • Tarascon Primary Care Pocketbook | $14.95 | $13.45 | $11.94 | $10.44 |
| • Tarascon Pediatric Emergency Pocketbook | $14.95 | $13.45 | $11.94 | $10.44 |
| • Tarascon Adult Emergency Pocketbook | $14.95 | $13.45 | $11.94 | $10.44 |
| • Tarascon Orthopaedica | $14.95 | $13.45 | $11.94 | $10.44 |
| • How to be a Truly Excellent Junior Med Student | $9.95 | $8.25 | $7.45 | $6.95 |
| **Tarascon Rapid Reference Cards & Magnifier** | | | | |
| • Tarascon Quick P450 Enzyme Reference Card | $1.95 | $1.85 | $1.75 | $1.65 |
| • Tarascon Quick Cardiac Arrest / Emergency | $1.95 | $1.85 | $1.75 | $1.65 |
| • Tarascon Quick Pediatric Reference Card | $1.95 | $1.85 | $1.75 | $1.65 |
| • Tarascon Quick HTN/LDL Reference Card | $1.95 | $1.85 | $1.75 | $1.65 |
| • Tarascon Fresnel Magnifying Lens and Ruler | $1.00 | $0.89 | $0.78 | $0.66 |
| **Other Recommended Pocketbooks** | | | | |
| • Managing Contraception | $10.00 | $9.75 | $9.50 | $9.25 |
| • OB/GYN & Infertility | $19.95 | $19.55 | $19.25 | $18.80 |
| • Airway Cam Pocket Guide to Intubation | $14.95 | $14.55 | $14.25 | $13.80 |
| • Thompson's Rheumatology Pocket Reference | $14.95 | $14.55 | $14.25 | $13.80 |
| • Reproductive Endocrinology/Infertility-Pocket | $14.95 | $14.55 | $14.25 | $13.80 |
| • Reproductive Endocrinology/Infertility-Desk | $24.95 | $24.55 | $24.20 | $23.80 |

| Shipping & Handling (based on subtotal on next page order form) | | | | | |
|---|---|---|---|---|---|
| If subtotal is → | ≤$12 | $13-29.99 | $30-75.99 | $76-200 | $201-700 |
| Standard shipping | $1.50 | $2.75 | $6.25 | $8.00 | $16.00 |
| UPS 2-day air (no PO boxes) | $13.00 | $15.00 | $17.00 | $20.00 | $40.00 |

## Tarascon Pocket Pharmacopoeia®
### Deluxe PDA Edition

*Features*
- Palm / Pocket PC / BlackBerry versions
- Meticulously peer-reviewed drug information
- Multiple drug interaction checking
- Continuous internet auto-updates
- Extended memory card support
- Multiple tables & formulas
- Complete customer privacy
  **Download a FREE 30-day trial version at www.tarascon.com**
  **Subscriptions thereafter priced at $2.50/month**

# Ordering Books From Tarascon Publishing

| **INTERNET** | **MAIL** | **FAX** | **PHONE** |
|---|---|---|---|
| Order through our OnLine store with your credit card at www.tarascon.com | Mail order & check to: **Tarascon Publishing** PO Box 517 Lompoc, CA 93438 | Fax credit card orders 24 hrs/day toll free to **877.929.9926** | For phone orders or customer service, call **800.929.9926** |

| Name | Company name (if applicable) | | |
|---|---|---|---|
| Address | | | |
| City | State | Zip | Residential ☐ Business ☐ |
| Phone | Email | | |

| **TARASCON POCKET PHARMACOPOEIA®** | Quantity | Price* |
|---|---|---|
| *Classic Shirt-Pocket Edition* | | $ |
| *Deluxe Labcoat Pocket Edition* | | $ |
| *PDA software on CD-ROM, 12 month subscription‡* | | $ |
| **OTHER TARASCON POCKETBOOKS** | | |
| *Tarascon Pediatric Outpatient Pocketbook* | | $ |
| *Tarascon Internal Medicine & Critical Care Pocketbook* | | $ |
| *Tarascon Primary Care Pocketbook* | | $ |
| *Tarascon Pediatric Emergency Pocketbook* | | $ |
| *Tarascon Adult Emergency Pocketbook* | | $ |
| *Tarascon Pocket Orthopaedica®* | | $ |
| *How to be a Truly Excellent Junior Medical Student* | | $ |
| **TARASCON RAPID REFERENCE CARDS & MAGNIFIER** | | |
| *Tarascon Quick P450 Enzyme Reference Card* | | $ |
| *Tarascon Quick Cardiac Arrest / Emergency Card* | | $ |
| *Tarascon Quick Pediatric Reference Card* | | $ |
| *Tarascon Quick HTN & LDL Reference Card* | | $ |
| *Tarascon Fresnel Magnifying Lens and Ruler* | | $ |
| **OTHER RECOMMENDED POCKETBOOKS** | | |
| *Managing Contraception* | | $ |
| *OB/GYN & Infertility* | | $ |
| *Airway Cam Pocket Guide to Intubation* | | $ |
| *Thompson's Rheumatology Pocket Reference* | | $ |
| *Reproductive Endocrinology/Infertility Pocket edition* | | $ |
| *Reproductive Endocrinology/Infertility Desk edition* | | $ |

*See prior page for prices / shipping. ‡Or download today at www.tarascon.com*

| ☐ VISA ☐ Mastercard ☐ American Express ☐ Discover | **Subtotal** | $ |
|---|---|---|
| Card number | CA only add 7.25% sales tax | $ |
| Exp date | CID code number | Shipping / handling* | $ |
| Signature | | **TOTAL** | $ |